LA METHODE A MIMILE

Avec l'aimable autorisation
de la **« Méthode Assimil »**

OUVRAGES DES MEMES AUTEURS :

ALPHONSE BOUDARD

LA METAMORPHOSE DES CLOPORTES
(1962 - Plon)

LA CERISE
Prix Sainte-Beuve 1963 (Plon)

LES MATADORS
(1966 - Plon)

LUC ETIENNE

L'ART DU CONTREPET
(1957 - J.-J. Pauvert)

L'ART DE LA CHARADE A TIROIR
(1965 - J.-J. Pauvert)

L'ARGOT SANS PEINE

LA METHODE A MIMILE

PAR

ALPHONSE BOUDARD

ET

LUC ÉTIENNE

Illustré par DÉDÉ

Pour parler en peu de temps
un argot coulant et naturel
Indispensable aux étrangers
qui veulent connaître la langue de Paris
comme aux personnes distinguées
désireuses de s'exprimer
en termes vulgaires

LA JEUNE PARQUE

à Raymond QUENEAU,

orfèvre.

En réalité, le vrai français, c'est le français populaire. Et le français littéraire ne serait plus aujourd'hui, à ce point de vue, qu'une langue artificielle, une langue de mandarins, une sorte d'argot...

Henri BAUCHE, « *Le langage populaire* ». Editions Payot et Cie, Paris, 1920.

INTRODUCTION

Tout le monde connaît la Méthode « Assimil ».

Voici maintenant **« La Méthode à Mimile ».**

Ce titre n'est pas pour nous un simple à-peu-près dépourvu de signification.

Nous avons voulu, en effet, en appliquant ses excellents principes à la langue populaire et à l'argot, rendre un joyeux hommage à cette Méthode « Assimil » d'A. Chérel ❉ qui est aussi drôle qu'ingénieuse et qui donne dans l'étude des langues vivantes de si remarquables résultats.

Au rebours de l'enseignement traditionnel, tel qu'il se pratique encore trop souvent dans les lycées, la Méthode « Assimil » n'estime pas nécessaire d'ennuyer pour enseigner. Elle n'exige pas du malheureux débutant une impossible correction et vous affirme, au contraire, que « c'est en faisant des fautes que vous apprendrez à vous en corriger ». Elle suit la ligne de moindre résistance, rassure et réconforte au lieu de décourager. Répétant et récapitulant sans cesse, elle vous aide « à frayer le sentier » et vous enseigne à rouler sans peine « la grosse boule de neige ».

Après « l'anglais sans peine », ou « le russe sans peine », ou même « le latin sans peine » (1), nous avons voulu qu'il existât un livre pour apprendre « l'argot sans peine » : le besoin d'un tel ouvrage se faisait cruellement sentir.

---

(1) ...sans parler de l'allemand, de l'espagnol, de l'italien, du néerlandais, etc. sans peine, du Französisch ohne Mühe, du french without toil, etc.

Nous avons pensé, en effet, non seulement aux étrangers à qui on n'a appris dans les collèges et les universités de leur pays qu'un français académique et conventionnel, mais aussi à tous les Français trop bien élevés qu'une éducation étouffante a émasculés en leur enseignant un langage artificiel, moins châtié sans doute que châtré. Nous croyons rendre service à ces infirmes en leur donnant la possibilité de vivre ailleurs que dans leurs livres ou que dans l'atmosphère méphitique d'un milieu confiné, et en leur fournissant le moyen de faire vaillamment face aux situations galantes les plus usuelles (2).

Ce que nous leur donnons à connaître, ce n'est pas le français des académiciens ni celui des rapports de gendarmes, c'est la langue de « la masse parlante, haletante et gesticulante » (3), le parler véritable de Paris et des grandes villes françaises.

Puissent nos « étudiants » prendre à la « Méthode à Mimile » autant de plaisir que nous en avons eu nous-mêmes en étudiant la « Méthode Assimil », et s'apercevoir pourtant, quand ils en seront arrivés à la fin de l'ouvrage, non seulement qu'ils parlent le français réel avec autant d'aisance qu'un gavroche de Belleville, mais encore qu'ils entravent et dévident le jars comme un vrai malfrat qui vient de s'arracher du ballon après dix piges de centrouse à Vauclair ! (4).

---

(2) Albert Simonin, lisant par-dessus notre épaule, nous fait remarquer que la « Méthode à Mimile » peut également, en la lisant « à l'envers », rendre service au truand désireux d'apprendre le beau langage, que ce soit pour séduire une femme du monde ou pour produire une meilleure impression sur les jurés à qui il va avoir affaire.

(3)... pour reprendre l'expression de Raymond Queneau lors de sa conférence à la Sorbonne du 28 février 1955 sur « la statique et la dynamique du français » (*Cf.* Cahier 19 du Collège de Pataphysique).

(4) En cas de besoin, on trouvera p. 238, les éléments qui permettront de traduire la fin de cette dernière phrase.

Comment apprendre

L'ARGOT

sans peine

Que vous soyez français ou que vous soyez étranger (à la condition, dans ce dernier cas, que vous ayez au moins quelques rudiments de français scolaire), la « Méthode à Mimile » ne vous demandera aucun effort soutenu, mais vous procurera au contraire d'agréables moments de détente. La seule condition nécessaire est la régularité : dix minutes par jour suffisent, **mais chaque jour !**

Rien à apprendre par cœur ! Il suffit de répéter, de répéter inlassablement !

Dans un premier stade vous lisez chaque jour à haute voix le texte argotique d'une leçon, numéro par numéro, en consultant la prononciation figurée (placée au-dessous), la traduction (placée en regard), et les notes. La leçon terminée, vous relisez chaque numéro, et vous vous efforcez de le redire à haute voix. Rien de plus facile que de répéter quelques mots aussitôt qu'on vient de les lire : vous apprenez ainsi à penser directement en argot, ce qui est beaucoup plus facile que de traduire (1), et vous vous assimilez peu à peu, de façon purement intuitive, de précieux automatismes. Au cours de cette première phase, faites de fréquentes révisions des leçons passées !

Ce premier stade durera trente leçons et vous prendra environ un mois. C'est alors que commencera la **phase active** de votre travail.

---

(1) L'argot est d'ailleurs pratiquement intraduisible, il est impossible de rendre à la fois le **sens** et le **ton** ; c'est pourquoi nous nous sommes souvent contentés, en guise de traduction, d'équivalences assez approximatives.

Ayant étudié la trente et unième leçon de la même façon que les précédentes, vous relirez aussitôt la première leçon en répétant une fois chaque numéro. Vous cacherez ensuite le texte argotique et vous vous efforcerez de le reconstituer à haute voix à partir du texte français. Avec la trente-deuxième leçon vous reverrez de même la deuxième leçon, et ainsi de suite, la deuxième vague de travail suivant la première avec un décalage de trente leçons. Vous vous habituerez ainsi tout doucement à utiliser la construction, les formes, les liaisons (ou, le plus souvent, l'absence de liaisons), les explétifs, les locutions et les clichés propres à la langue du peuple, et bien entendu le vocabulaire argotique — qui est à peu près la seule chose par quoi l'argot diffère du parler populaire.

Vous parliez la langue moribonde d'un vieil académicien, vous allez insensiblement vous mettre à jacter comme un jeune voyou !

Pour l'enrichissement spirituel et les multiples avantages (2) que vous retirerez de cette métamorphose, est-ce trop vous demander que de consacrer, pendant trois ou quatre mois, quelques-uns de vos instants de loisir à ce qui, loin d'être une besogne austère, est un agréable délassement quotidien ?

---

(2) ...**multiples avantages,** nous n'en énumérerons ici que quelques-uns : élargissement du cercle des relations sociales ou amoureuses ; aisance et même désinvolture en tous milieux (le fait de savoir l'argot n'interdisant nullement de revenir en cas de besoin au français correct) ; possibilité pour qui veut gagner sa vie illégalement (par dol, escroquerie, chantage, vol qualifié ou non, proxénétisme, prostitution, etc.) de se procurer les complices ou le matériel nécessaires, de faire argent du produit de son travail, et dans le cas malheureux où ces exercices le conduiraient en prison, de s'y comporter honorablement sans s'y faire remarquer ; compréhension plus facile des romans, drames et films policiers et des autobiographies de forçats ; et pour accompagner tout cela, une exaltante sensation de libération !

PRONONCIATION

Pour ce qui est de la prononciation, le français populaire, tel qu'il est parlé à Paris, ne diffère guère du français académique que par des nuances légères qu'il est assez difficile d'analyser, mais qui ont leur importance parce qu'elles permettent aux Parisiens de déceler facilement ceux qui sont étrangers à leur ville. Par exemple, et c'est surtout sensible dans les basses classes — celles qui parlent l'argot — certaines syllabes traînent parfois, d'une façon d'ailleurs fort peu élégante ; certaines voyelles sont déformées : la voyelle **a** tend, selon la génération et le milieu, soit vers **è** (ce qui donne un son analogue à l'**a** anglais dans **cat**), soit vers **o.** Ces nuances seront faciles à mettre au point, soit par le contact de milieux populaires, soit au moyen des disques qui doivent accompagner la présente méthode.

Non sans avoir conscience de simplifier un peu trop, nous énoncerons pour les étudiants étrangers cette affirmation :

« Il n'existe pas d'accent tonique en français. »

En se contentant de suivre cette formule simpliste, ils éviteront le martèlement des phrases qui les ferait reconnaître à coup sûr. Le seul véritable accent fort est **l'accent d'insistance ;** il porte sur la première consonne d'un mot et traduit une émotion ou un sentiment très marqués (exemple : C'est é**pou**vantable !). A cause de sa nature même, il ne nous a pas paru souhaitable d'en préciser la place.

La prononciation « figurée » qui se trouve au-dessous de chaque leçon **s'adresse essentiellement aux étrangers.** Elle doit être lue selon les règles de prononciation du français. Nous avons cherché à éviter les signes conventionnels — toutefois nous avons admis que dans cette prononciation figurée :

w se prononce toujours comme en anglais, c'est-à-dire comme le **w** de **watt.**

œ se prononce comme le **ö** allemand de **schön** (comme en français le **eu** de **feu** ou de **chaleur).**

ë représente l'**e** « muet »... quand justement il n'est pas muet (comme l'**e** de **cheval).**

Souvent, en effet, les étrangers se demandent quels sont, parmi les **e** caducs, c'est-à-dire susceptibles de tomber, ceux qu'il faut faire effectivement tomber. Qu'ils n'aient pas de scrupules excessifs ! Pour les Français eux-mêmes l'usage est fort mouvant, la prononciation variant avec le sujet parlant, avec ses intentions ou ses émotions, avec le contexte, etc.

Une phrase comme celle-ci :

Je me le demande

peut être prononcée

Jë m'lë d'mand'
J'më l'dëmand'
Jë më l'dëmand
J'm' lë d'mand'...

sans parler des Méridionaux qui prononcent **ë** tous les **e :**

Jë më lë dëmann'dë

La prononciation figurée donnera en pareil cas une ou deux solutions parmi toutes celles qui sont possibles.

Le signe ∽ placé au-dessus de la lettre **n** dans an, on, in, un, indique des voyelles nasales comme dans **lampe, ombre, pinceau, lundi,** la voyelle **un** se confondant d'ailleurs pratiquement avec **in** dans le langage parisien.

L'**h** indiqué dans la prononciation figurée **n'est pas aspiré ;** il marque simplement qu'il n'y a pas de liaison, ou plus exactement que la liaison est purement vocalique.

Par exemple la prononciation indiquée pour **pas aussi comac** est : pahôssikomak, et non pas : pazôssikomak ; le peuple fait très peu de liaisons (les liaisons supposent d'ailleurs qu'on sache l'orthographe ; c'est pourquoi les personnes qui font des **cuirs,** c'est-à-dire des liaisons fautives, sont doublement ridicules : elles veulent s'élever au-dessus du commun, et montrent clairement qu'elles n'en ont pas les moyens. De ces prétentieux le peuple dit vigoureusement qu'**ils veulent péter plus haut que l'cul !** (pété plu hô këlku).

Enfin l'apostrophe indique la suppression de l'**e** muet même devant les consonnes, aussi bien au milieu qu'à la fin des mots.

Il nous est agréable de remercier ici les éminents professeurs de la Sorbonne qui n'ont pas jugé indigne d'eux d'apporter leur contribution à la partie phonétique de notre travail, et qui l'ont fait avec une bonne grâce et une modestie vraiment charmantes.

1re Leçon

1 — Mimile, tu radines ? (1)
2 — ...(Mimile y (2) la ferme) (3)
3 — Tu viens-t-y (4), Mimile ?
4 — ...(Mimile y moufte pas,
5 — Nanar y lui gueule dans l'esgourde) :
6 — Mimile, tu viens-t-y, oui ou merde ? (5)
7 — ...(Mimile y l'ouvre toujours pas,
8 — y ligote pèpère son canard ;
9 — Nanar l'argougne par les endosses) :
10 — T'es sourdingue, ou tu te fous de ma gueule ?
11 — Fais pas chier (6), merde, tu me casses les burnes ;
12 — Tu viens pas t'en jeter un petit ?
13 — Tu pouvais pas le dire d'entrée,
14 — que tu voulais carmer l'apéro ?

PRONONCIATION *

1 mimil tu radin' — **2** mimililafèrm' — **3** tuvyiñti — **4** imouftëpa — **5** iluighoel — **6** tuvyiñti — **7** i louv' toujourpa — **9** andôss' — **10** tè sourdiñgh outut'foud'maghoel — **11** tum'kass'lèburn' — **12** tanch'té huñ **(pas de liaison !)** pti — **14** ktuvoulè.

** On notera dans la prononciation figurée l'abondance des élisions, l'e muet disparaissant souvent devant une consonne ; exemple :* tu m'cass' les burnes !

1 Emile, venez-vous ? — **2** ...(Emile observe le silence). — **3** Venez-vous, Emile ? — **4** ...(Emile fait comme si de rien n'était ; — **5** Bernard lui crie à l'oreille) : — **6** Emile, venez-vous, oui ou non ? — **7** ... (Emile continue à se taire, — **8** il lit tranquillement son journal ; — **9** Bernard le saisit aux épaules : — **10** Etes-vous sourd, ou vous moquez-vous de moi ? — **11** Ne (me) tracassez pas, que diable ! vous m'importunez ! **(mot-à-mot :** vous me brisez les testicules). — **12** Ne venez-vous pas boire un verre avec moi ? — **13** Ne pouviez-vous pas le dire tout de suite — **14** que vous désiriez (m') offrir une boisson apéritive ?

NOTES

(1) Tu radines ? Dans les phrases interrogatives, l'inversion du sujet et du verbe, qui est de règle en français, n'est pratiquement jamais employée dans la langue populaire ; on ne dit pas « viens-tu ?, mais **« tu viens ? » ;** la seule chose qui distingue alors de la phrase affirmative correspondante est l'élévation de la voix sur la dernière ou sur les dernières syllabes. Notons que **radiner** peut être employé aussi sous la forme pronominale : **tu te radines?** — **(2) Mimile y la ferme :** dans la phrase populaire le sujet constitué par un substantif est très souvent, mais pas toujours, renforcé par un pronom (ici : il, prononcé **i** et écrit selon l'usage **y).** — **(3) Y la ferme** (sous-entendu **sa gueule) :** il se tait. **Ferme-la !** (ou **la ferme !,** ou **ferme ta gueule !)** sont les façons les plus courantes dans le peuple de traduire « Tais-toi ! » L'argotier dira plutôt : **Ecrase !** (qui contient une idée de menace). — **(4) Tu viens-t-y :** l'interrogation est souvent marquée par une particule invariable analogue au **ne** latin qui se prononce **ti** (ou **i** quand la forme verbale se termine par un **t**) et que nous écrivons : **t-y** ou **y.** Exemple : **T'entraves-t-y c'que j'te cause :** comprenez-vous ce que je vous dis ? **Ils ont-y** (pron. izonti) **tout tortoré ?** Ont-ils tout mangé ? — **(5) Oui ou merde :** oui ou non ? Ne pas en déduire que **merde** veut dire « non ». **Merde** n'est pas seulement, en effet, « matière fécale de l'homme et de certains animaux », mais exclamation de mépris, d'indignation, de refus, d'impatience, de dépit, de douleur, etc., ou encore d'étonnement, de surprise, d'admiration. Exemple : **Merde, les lardus,** Horreur, voici les policiers ! **Merde, c'qu'elle est bath !** Dieu, qu'elle est belle ! C'est le maître mot de la langue française, le Mot, selon Alfred Jarry, qui a su lui donner ses lettres de noblesse (et une de supplément

EXERCICE

1 Tu peux donc **(pron. doñ)** pas la fermer cinq **(pron. siñ)** minutes ? — **2** Si tu mouftes pas, — **3** à six plombes j'carme l'apéro. — **4** Si tu m'casses les burnes, — **5** j't'argougne par le colback — **6** et j'te fous à la lourde... T'as le choix !

2e Leçon

1 — Les ratiches (1) à (2) mon petit frelot
2 — elles (3) sont longues comme des baïonnettes (4),
3 — mais la roupane à ma frangine
4 — elle est tout ce qu'y a de plus mini.
5 — Son (5) tarin à ton cloporte (6) il est comac,
6 — mais quand même pas aussi mastard
7 — que le zob (7) à mon grand-dab.
8 — Mon proprio, son tutu (8) il est au poil,
9 — mais le caoua de ma bignole vaut que tchi.
10 — La tire au toubib elle est drôlement badoure
11 — mais la chiotte à ma belle-doche, c'est le (9) vrai veau ! (10)
12 — Le beaujol il est grisolle, dans ce troquet?
13 — Il est pas chéro, mais y vaut pas lerche non plus...
14 — et pis c'est pas du beaujolpif !

PRONONCIATION

1 Lératichamoñptifrëlo — **2** è(l) soñ (**l** prononcé très légèrement, ou même supprimé) - kom'dé — **4** èlètouskyad' p(l)umini — **(5)** mèkañmêm'pahôssimastar **(pas de liaison !)** — **7** këlzob — **8** ilèhôpwal — **9** dma - këtchi — **10** drôlmañ — **11** bèldab' sèlvrètako — **12** dañstrokè.

au début d'« Ubu-Roi » : **Merdre !).** Il peut avoir toutes les forces, toutes les efficacités, tous les sens. **Oui ou merde,** ici, marque mieux que oui ou non l'impatience de Bernard ; son sens exact est : « Dis au besoin une injure, mais dis quelque chose ! » — **(6) Fais pas chier !** (noter la suppression du complément **me,** qui reste sous-entendu) : ne me dérange pas ! **Se faire chier :** s'ennuyer.

EXERCICE

1 Ne pouvez-vous donc pas vous taire cinq minutes ? — **2** Si vous vous taisez, — **3** je vous offre une boisson apéritive à six heures. — **4** Si vous m'importunez, — **5** je vous saisis au col — **6** et je vous jette à la porte. A vous de choisir !

---

1 Les dents de mon petit frère — **2** sont très longues, — **3** mais la robe de ma sœur — **4** est extrêmement courte !... — **5** Le nez de ton concierge est grand, — **6** mais pas aussi énorme toutefois — **7** que le membre de mon grand-père... — **8** Le vin de mon propriétaire est excellent — **9** mais le café de ma concierge ne vaut rien. — **10** La voiture du médecin est fort belle — **11** mais le véhicule de ma belle-mère manque singulièrement de reprises — **12** Le vin de Beaujolais est-il cher dans ce café ? — **13** Il n'est pas cher, mais il ne vaut pas cher non plus, — **14** et, qui plus est, il n'est pas originaire du Beaujolais !

NOTES

(1) Ne pas confondre : **ratiche,** dent, et **ratichon :** curé ! Dent se dit également : **chocotte, croc, crochet, tabouret, domino** — **(2) De,** préposition marquant en français l'idée de possession, est généralement remplacé par **à** (mais pas toujours) quand le possesseur est un être animé. — **(3)** Cf. leçon 1, note 2 : on ne dit pas **ses ratiches sont longues,** mais **ses ratiches elles sont longues** — **(4)** En français « avoir les dents longues » c'est être doué d'un grand appétit, et au figuré être ambitieux. L'argot, qui ajoute à cette image celle des baïonnettes, laisse entendre

EXERCICE

1 Le tarin à mon grand-dab. — **2** La bignole à ma belle-dabe. — **3** Son caoua, au toubib, y vaut pas lerche (**ou** le toubib, son caoua y vaut pas lerche). — **4** Ma frangine, sa tire elle est grisolle. — **5** Son beaujol au cloporte il est au poil.

Par exception, cette leçon parodie non pas la Méthode « Assimil », mais la plupart des autres manuels de conversation en langue étrangère, peu exigeants en général sur la logique et sur l'intérêt de leurs exemples.

3ᵉ Leçon

1 — Où qu'elle est (1) ta bergère ?
2 — Elle est au plume, elle est encore en train de ronfler (2).
3 — Au page à trois plombes ? merde ! elle a la crève ?
4 — Elle a pas la crève, seulement elle est crevée (3).
5 — Moi c'est du quès, j'suis pompé !
6 — J'savais pas qu'c'était si crevant (4) de taper la belote !

que cette ambition est féroce et sans scrupule. Pour traduire simplement l'idée qu'on a grand faim on pourra dire simplement : **j'ai les crocs** — **(5)** Adjectif possessif superflu, puisque **tarin** a un complément déterminatif ; cette tournure est très courante. — **(6) Cloporte :** concierge (d'un calembour : il **clôt** la **porte).** — **(7) Zob** (de l'arabe marzobb, zebb) : membre viril **Mon zob ! :** interjection marquant un refus énergique, une dénégation. **Peau de zébi :** rien (zebbi, en arabe : mon membre). Rien peut se dire également : **peau de balle** (ou, en **verlan,** c'est-à-dire en retournant le mot : **balpeau),** ou **la peau,** ou (par apocope de : que la peau) : **que lape.** — **(8)** Autre façon courante de former le complément de nom avec un adjectif superflu qui joue un rôle analogue à celui que joue, en anglais ou en allemand, l'**s** du génitif saxon : le chien de ma sœur, my sister's dog, **ma frangine son clébard.** — **(9)** Emploi, très courant dans la langue populaire, de l'article défini **le** pour l'indéfini **un :** il s'agit du **veau** type, du **veau** par excellence. — **(10) Veau :** a) cheval ou voiture manquant de nervosité ; b) Femme sans réaction au cours de l'assaut amoureux ; c) Au pluriel, l'ensemble des Français, selon le général de Gaulle.

EXERCICE

1 Le nez de mon grand-père — **2** La concierge de ma belle-mère — **3** Le café du médecin ne vaut pas grand-chose — **4** La voiture de ma sœur est chère — **5** Le vin du concierge est excellent.

---

1 Où se trouve actuellement madame votre épouse (légitime ou non). — **2** Elle est au lit, elle dort encore. — **3** Au lit à trois heures ? mon Dieu ! serait-elle malade ? — **4** Elle n'est pas malade, mais elle est fatiguée. — **5** Je suis également très fatigué moi-même. — **6** J'ignorais qu'il fût si fatigant de jouer à la belote ! — **7** Cessez de vous moquer de moi ! — **8** Chaque fois que je perds, je peux être sûr que je vais me sentir harassé, cela se produit inéluctablement, — **9** je suis épuisé comme un ouvrier qui revient du travail ! — **10** Ne voulez-vous point un verre de vin pour réparer vos forces ? — **11** Bien volontiers. A votre santé ! — **12** A la vôtre ! — **13** Votre vin est excellent ! — **14** Moi, toi, lui, nous, vous, eux.

7 — Arrête ton charre (5), Ben-Hur !
8 — Quand je paume, mézig (6), c'est affiché que je vais avoir le coup de barre, ça rate jamais,
9 — je suis vidé comme un boulot (7) qui revient du carbi !
10 — Tu veux pas un petit coup de picton pour te remonter ?
11 — C'est pas de refus (8). A la tienne !
12 — Tchin'-tchin' ! (9).
13 — Ton jinjin il est de première !
14 — Mézig, tézig, cézig, nozigues, vozigues, leurzigues.

PRONONCIATION

1 oukèlè — **2** èlè hôplum' **(pas de liaison !)** èlè hañkor añtriñd'roñflé — **4** sœlmañ — **5** mwa sèdukèss' jsui **(ou** chsui) — **6** jsavèpa (**ou** chsavèpa) ksétè sikrëvañ dtapé — **8** kañj'pôm' - sam' fou lkoud'bar **9** — kirvyiñ — **10** tuvœti unptikoud'pikton — **11** sèpad'rëfu — **12** ilèd'-prëmièr'.

EXERCICE

1 Hier j'me suis envoyé Gigi, — **2** avant-hier Bri-Bri, l'jour d'avant Mylène ! — **3** Si elles sont choucardes les mômes, tu parles ! — **4** Et pis alors, qu'est-ce qu'elles en veulent ! — **5** Tu dois être rien flapi, dis don(c) ! — **6** Penses-tu ! c'était au kino !

NOTES

(1) Noter cette forme lourde, mais courante, de l'interrogation. Dans la langue populaire l'adverbe **où** ne s'emploie pour ainsi dire jamais seul, on dit plutôt : **où que..., où est-ce que..., où c'que..., où qu'c'est que..., où c'est-y que...** et on ne fait pas l'inversion qui est de règle en français. — **(2) Ronfler** : dormir, pas nécessairement bruyamment. **En écraser,** c'est dormir lourdement (et aussi se prostituer). Le sommeil est **la dorme.** — **(3)** Ne pas confondre : **avoir la crève** c'est être malade, **être crevé** c'est être fatigué. — **(4) Crevant :** a) fatigant ; b) amusant (à **crever** de rire). — **(5) Charre :** (n.m.) a) mensonge ; b) plaisanterie, moquerie. **Arrête ton charre, Ben Hur** est une plaisanterie classique par jeu de mots sur **charre** et **char. Faire des charres à quelqu'un,** c'est lui faire des infidélités amoureuses. **Charrier** : a) se moquer ; b) exagérer. — **(6) Mézig** (ou **mézigue**) remplace parfois (mais pas toujours !) moi ; **tézig** : toi. Quant à **cézig,** certains puristes — par exemple Albert Simonin dans son célèbre « Petit Simonin illustré » — l'écrivent avec un **c** quand il signifie **lui** et avec un **s** quand il signifie **soi.** Les pronoms personnels de cette série sont d'un emploi limité et doivent être utilisés d'abord avec prudence. Ce serait une faute, par exemple, de dire « Taille-tézig ! » pour « Va-t-en ». C'est **« Taille-toi »** qu'il faut dire. — **(7)** Le **boulot** est le travail, ou le travailleur. C'est parfois aussi encore le repas (de **boulotter,** manger). — **(8) C'est pas de refus :** formule populaire de politesse pour marquer qu'on accepte. — **(9) Tchin'-tchin' :** formule de toast venue de Chine (tsing-tsing) par l'intermédiaire du **slang** (argot anglais).

EXERCICE

1 Hier j'ai joui des charmes de Gina, — **2** avant-hier de ceux de Brigitte, le jour précédent de ceux de Marie-Hélène. — **3** Que ces jeunes femmes sont donc belles ! — **4** Et quel tempérament elles ont ! — **5** Mais alors vous devez être terriblement fatigué ! — **6** Pas du tout ; c'était au cinématographe !

Une définition de l'argot (entre beaucoup d'autres) :
« Un argot est l'ensemble oral des mots non techniques qui plaisent à un groupe social. »

Gaston Esnault, « Dictionnaire historique des argots français. »

4e Leçon

1 — Tu ferais mieux de la mettre en veilleuse (1),
2 — t'étais pas tellement jojo (2) quand Luigi-le-Rital nous a allumés avec son calibre !
3 — Il en installe le Gégène avec son baratin, mais tout ce qu'y bagoule (3) c'est du vent !
4 — Charlot comme boîte-à-vice (4) il est un peu là,
5 — il a pas attendu Fanfan pour apprendre la musique ! (5)
6 — Si Lulu te raque t'as du vase ;
7 — Plus souvent y fait jongler les mecs qui turbinent pour cézig !
8 — Ce nave y lui fait une main tombée (6) au valseur (7),
9 — Titine aussi sec elle l'a remouché : elle y a cloqué une sévère va-te-laver !
10 — Manu-le-Toulousain, de faire la java (8) pendant trois piges,
11 — y s'est retrouvé sans un flèche, complètement lessivé.

PRONONCIATION

1 tufrèmyœ dlamètt'añvèyœz — **2** tèlmañ — **3** ilan niñstal el jégèn — **3** touski — **4** ilèhuñpœla **(pas de liaison !)** — **5** pahatañdu **(pas de liaison !)** - aprañd'la — **6** t'rak — **9** èl la rmouché - vatlavé — **10** manul'toulouziñ — **11** rtrouvé sanzuñ **(liaison !)**

1 Vous devriez plutôt vous taire, — **2** vous ne faisiez pas tellement le faraud quand Luigi l'Italien a tiré sur nous au moyen de son revolver !... — **3** Eugène fait le vaniteux en paroles, mais tout ce qu'il raconte n'est que vantardise. — **4** Charles a plus d'une ressource, — **5** ce n'est pas à François de lui donner des leçons pour lui apprendre à se tirer d'affaire !... — **6** Si Lucien vous paie vous avez de la chance ; — **7** la plupart du temps il ne rétribue pas les individus qui travaillent pour lui !... — **8** Cet idiot a placé la main sur sa croupe, — **9** Valentine l'a remis immédiatement à sa place en lui envoyant un énergique soufflet !... — **10** A faire la fête trois années durant, Emmanuel-le-Toulousain — **11** s'est trouvé le gousset vide, et tout à fait à bout de ressources !

NOTES

1 La mettre en veilleuse (s.-e. la **menteuse,** c'est-à-dire la langue) se taire, au moins provisoirement (parce que ce n'est pas le moment de parler), ou parler moins haut, ou moins étourdiment. — **2 Pas jojo :** pas joli à voir. Se dit généralement de quelque chose de particulièrement affreux (ce procédé d'expression, l'atténuation (qui est le contraire de l'exagération), est fréquent dans la langue populaire). **On est pas jojos** se dit aussi quand on se trouve avec des amis dans une situation difficile ou dangereuse. Enfin **jojo** s'emploie souvent par antiphrase : **t'as vu son nouveau micheton à Jojo ? il est jojo !** Avez-vous vu le nouveau « client » de Josiane : il est fort laid ! De sorte que **jojo** et **pas jojo** sont souvent rigoureusement synonymes. — **(3) Bagouler** et **débagouler :** avoir du bagout, bavarder à tort et à travers (synonyme : **baratiner**). (Le Nouveau Petit Larousse illustré donne pour débagouler le sens de : vomir). — **(4) Une boîte-à-vice** (jeu de mots fondé sur l'homonymie de vice et de vis) : qualificatif élogieux s'appliquant à un homme particulièrement rusé, habile, intelligent. — **(5) Connaître la musique :** savoir s'y prendre dans l'existence — en particulier connaître des moyens élégants de gagner de l'argent sans se fatiguer. **Faire de la musique,** c'est faire du scandale, protester très vivement. **Musique** est aussi synonyme de chantage, comme **goualé** (masc.), de **goualer :** chanter. Cette rencontre de l'idée de chant ou de musique et de celle d'extorsion de fonds sous la menace d'un scandale mérite d'être remarquée. — **(6) Faire une main tombée :** faire de la main un geste rapide et

EXERCICE

1 La pauv' Flo elle a pas d'vase (**ou** pas d'pot) : — **2** elle mallouse Moñmoñ pasqu'y lui foutait des baffes — **3** et v'là qu'e(lle) retombe sur Bébert, qui lui file des javas soignées. — **4** Ya vraiment des nanas qu'attirent les cortausses, — **5** faut croire qu'ya qu'ça qui les fait r'luire !

V'là qu'elle retombe se prononce : vla kêrtoñb.

5e Leçon

1 — Il était tellement noir, le Riton, qu'y s'est fait jeter du kino (1).

2 — Avec Bob, tu peux te brancher, y fait du léger (2), tu te feras pas serrer sur le tas.

3 — Un loju (3), ce mecton ? Il a pas un laubé (4) en fouille !

4 — Y se fait mousser, le Gros-Doudou, mais faut pas se berlurer, c'est pas une montagne ! (5).

5 — Janine-la-Toulonnaise a cloqué le naze à son homme.

6 — Sûr qu'y va la marave (6). S'y la laissait pas monter les troncs, ça y arriverait pas !

7 — René-la-Canne (7) s'est fait faire aux pattes dans un kino ; Borniche l'a piégé de première !

8 — Une quebri à mon pied, y avait pas de quoi se taper une pogne (8),

9 — mais vu qu'on se mouillait pas cher, c'était tout de même bonnard.

10 — Chez Berthe comme placarde c'est pas le palace,

discret, soit pour dérober quelque chose, soit pour une caresse furtive. — **(7) Le valseur** a d'abord voulu dire le pantalon, puis par métonymie, le postérieur, la croupe. **Filer du valseur** c'est être un homosexuel passif. Ne pas confondre avec les **valseuses,** qui sont les attributs masculins. — **(8)** Faire la java : faire la fête. Mais la **java des baffes** c'est **le passage-à-tabac,** c'est-à-dire la correction infligée par les policiers (une **baffe,** comme une **va-te-laver,** est une gifle). **Filer une java à quelqu'un** c'est donc le rouer de coups.

EXERCICE

1 La pauvre Florence n'a pas de chance : — **2** elle a abandonné Raymond parce qu'il lui donnait des gifles — **3** et voici qu'elle tombe sur Hubert (ou Gilbert, etc.) qui lui administre des corrections sévères. — **4** Il y a vraiment des personnes du beau sexe qui semblent attirer les volées de coups, — **5** il est à croire qu'il n'y a que cela qui leur procure du plaisir !

Autre définition de l'argot : « Langage particulier aux vagabonds, aux mendiants, aux voleurs, et intelligible pour eux seuls. » « Littré. »

---

1 Henri était ivre à un point tel qu'il a été exclu du cinématographe — **2** Vous pouvez vous associer à Robert, il ne prend pas de risques inutiles, vous ne vous ferez pas arrêter au cours de votre « travail » (opération délictueuse) — **3** Ce gaillard serait un souteneur ? Mais il n'a pas le moindre argent en poche — **4** Le gros Edouard cherche toujours à se mettre en valeur, mais il ne faut pas se faire d'illusions, il n'est pas un homme extraordinaire — **5** Janine-la-Toulonnaise a transmis la syphilis à son amant — **6** A coup sûr il va la frapper. S'il ne l'autorisait pas à « travailler » avec les Nord-Africains, il n'aurait pas de ces mésaventures — **7** René-la-Canne s'est fait arrêter dans un cinéma ; Borniche (l'inspecteur) lui a tendu un traquenard habile — **8** Un million pour ma part de bénéfice, il n'y avait pas là une raison suffisante pour se monter la tête — **9** mais étant donné que nous ne courions pas un bien grand risque, c'était tout de même une bonne affaire — **10** La cachette que constitue pour

11 — seulement avec tous les lardus qu'on a au derche
12 — c'est pas le moment de jouer les bêcheurs !

PRONONCIATION

1 Kissèféchté — **2** tut'frapa séré sulta — **4** isfé, fôpasberluré sépa huñ' **(pas de liaison !)** — **6** sayarivrépa — **8** padkwastapé — **9** koñsmouyè, toud'mêm' — **12** sèpal momañd'joué.

EXERCICE

1 Faut pas t'berlurer, ma pauv'vieille, — **2** ça servirait à rien d'te faire du cinoche : — **3** comme Rapha t'a cloqué le naze, — **4** tu vas t'faire jeter du clandé — **5** et Ver-de-Vase va te filer la vraie cortausse ; — **6** tu ferais mieux de t'natchaver fissa !

6e Leçon

1 — Tonio se balade n'importe où avec une plume (1) dans sa fouillouse.

nous l'appartement de Berthe ne vaut pas un hôtel de grand luxe — **11** mais avec tous les policiers que nous avons à nos basques — **12** nous ne pouvons pas nous permettre actuellement de faire la petite bouche.

NOTES

(1) Cinéma : **kino** (c'est le mot allemand courant, utilisé depuis les années d'occupation) ou **cinoche. Le cinoche** est aussi l'imagination, l'illusion. **Se faire du cinoche** est donc voisin de **se berlurer :** se faire des illusions, rêver tout éveillé — **(2) Faire du léger :** dans les opérations délictueuses, ne pas prendre de risques inutiles, agir presque à coup sûr — **(3) Loju,** verlan de **julot :** souteneur — **(4) Laubé :** beau (par **largonji**) ; **laubiche :** belle. **Laubé** peut vouloir dire argent, au moins dans l'expression **pas avoir un laubé en fouille** — **(5) Montagne** (f.) désigne un individu très courageux, très capable. Plus fort que **matador,** homme courageux et redoutable — **(6) Marave** (mot romani) : battre, se battre — **(7) René-la-Canne,** appelé ainsi soit parce qu'il marche avec une **canne ;** soit parce qu'il a une **canne,** c'est-à-dire une jambe, en mauvais état — **(8) Se taper une pogne** ou **se pogner :** s'adonner à des plaisirs solitaires ; au figuré, s'exalter l'imagination par des perspectives de réussites impossibles — **(9) Placarde :** a) cachette sûre pour celui qui est recherché par la police (syn. : **planque) ;** b) place (dans les divers sens de ce mot).

EXERCICE

1 Ne vous faites pas d'illusions, ma pauvre amie — **2** il serait inutile de vous laisser aller à de vains espoirs — **3** étant donné que Raphaël vous a transmis la syphilis — **4** vous allez être exclue du lupanar clandestin — **5** et Ver-de-Vase vous infligera une sévère correction — **6** vous agiriez plus sagement en vous enfuyant bien vite !

Une mise au point précise :

« Nous parlerons d'argot quand, dans le cadre d'une langue commune, existe, créé à des fins crypto-ludiques, un vocabulaire usuel. »

Denise François, Les argots (volume XXV de l'Encyclopédie de la Pléïade, « Le langage », publié sous la direction d'André Martinet n.r.f. 1968).

---

1 Antonio se promène en tous lieux avec une barre à effraction dans la poche — **2** il se fera appréhender dans

2 — Y se fera crever dans un coup de raclette à la surprenante.
3 — Pour te défaucher à la décarrade du bigne,
4 — y te restera qu'à reprendre la dingue et les cales (2).
5 — Milo-le-Niçois s'est fait doubler (3) par l'équipe des Ranconi,
6 — y lui reste plus que l'artillerie (4) pour régler ses comptes.
7 — Le coffio était délourdé, on a (5) profité de l'embellie (6).
8 — En plus des quinze jours de mite (7), j'ai encapé que fifre (8) comme grâce au 14 juillet.
9 — Ensuqué comme j'étais après les trois rouillardes, l'autre salingue y m'a mené en belle.
10 — Frime la sagœur (9) cette paire de noix,
11 — j'y filerais bien un coup dans les baguettes !
12 — Coups-et-Blessures (10) c'est un frangin, y m'a sauvé la mise dans un drôle de coup fourré.
13 — Fais gaffe au Dédé, il est fondu (11). Capable d'allumer les perdreaux !
14 — Après, adieu la valise, tu les as tous dans les reins !

PRONONCIATION

1 Sbalad' — **2** isfra, koud'raklètt — **4** it'restra karprañd' — **5** milo l'nisswa — **6** klarty'rî — **7** dlañbèlî — **9** lôt'saliñgh, mné — **10** saghoêr sèt' (**ou** stë) pèr'dë nwa — **11** jifil rèbyin — **12** kouzèbléssur **(liaison !)** sèhuñ.

EXERCICE

1 J'y pige que tchi (**ou** j'y entrave que pouic) : — **2** P'tit-Louis, qu'est pourtant pas barjot — **3** y s'est fait crever comme un jeunot — **4** avec une rafle par surprise — **3** Pour rétablir votre situation à votre sortie de prison — **4** vous n'aurez pas d'autre solution que de reprendre le levier d'effraction et les cales servant à maintenir la porte écartée — **5** Emile-le-Niçois s'est fait duper par l'association de malfaiteurs des Ranconi — **6** pour que justice lui soit rendue, il n'a plus d'autre moyen que de se servir de ses armes à feu — **7** Le coffre-fort était ouvert, nous avons profité de l'aubaine — **8** Outre que j'ai été puni de quinze jours de cachot disciplinaire, je n'ai bénéficié d'aucune grâce à l'occasion de la fête nationale — **9** Abruti comme je l'étais après absorption des trois bouteilles, le sagouin m'a berné — **10** Regardez la paire d'appas postérieurs que possède cette fille — **11** je la posséderais volontiers !... — **12** (L'individu surnommé) Coups-et-Blessures est pour moi un ami très cher, il m'a tiré d'affaire dans une situation particulièrement difficile — **13** Défiez-vous d'André, c'est un inconscient. Il est fort capable d'ouvrir le feu sur les policiers ! — **14** Et ensuite il n'y a plus rien à faire, ils sont tous à vos trousses !

NOTES

(1) La plume est la barre qui sert à forcer les portes, appelée aussi **pince-monseigneur** (pop.), **dingue, Jacques** ou **Jacquot** — **(2)** Pour forcer une porte, on se sert d'une **pince-monseigneur** et de cales de diverses épaisseurs. On force avec le pied contre le bas de la porte, on introduit l'extrémité de la pince, au moyen de laquelle on écarte la porte du chambranle, et on place une cale. On recommence l'opération en augmentant chaque fois l'écartement et l'épaisseur de la cale jusqu'à ce que la pince se trouve juste sous la serrure, en état de **péter la lourde** en quelques poussées — **(3) Doubler :** berner, tromper. Syn. : **mener en belle** — **(4) L'artillerie :** les armes à feu, revolver ou mitraillette — **(5) On,** employé au lieu de **nous,** est de règle dans la langue populaire — **(6) Embellie :** hasard heureux, circonstance favorable quelle qu'en soit la cause — **(7)** Le **mite** ou **mitard** est le cachot disciplinaire, la « prison de la prison ». On dit aussi le **chtar** — **(8) Que fifre** ou **que dalle** ou **que tchi** ou **que couic :** rien — **(9) Sagœur :** il s'agit simplement du mot **sœur,** dans son acception argotique de **femme,** modifié par une sorte de **javanais *** ayant pour affixe ag — **(10) Coups-et-Blessures :** surnom d'un individu condamné pour ce chef d'accusation — **(11) Fondu :** individu courageux, mais inconscient et, de ce fait, dangereux.

EXERCICE

1 Je n'y comprends rien — **2** Petit Louis **(surnom donné fréquemment à ceux qui se prénomment Louis),** qui n'est toute son artillerie — **5** dans le coup de serviette du « Picrat's bar ». — **6** Pour un vrai malfrat, c'est pas fortiche !

7e Leçon

1 — Ça boume, Lulu ?
2 — Ça colle (1), papa (2)...
3 — Et ta frangine ?
4 — Elle s'explique (3) à la Charbo.
5 — T'as pas le trac qu'elle se (4) fasse plomber ?
6 — Oh tu sais (5), à présent, les toubibs t'arrangent ça fissa.
7 — Tu viens t'en jeter un (6) chez Tatave ?
8 — Tatave y me bave sur les rouleaux (7) !
9 — Ton dab il est dans sa piaule ?
10 — Non, y bosse,
11 — mais la vioque elle est làdé (8)...
12 — Pas la peine d'aller la faire chier :
13 — je me pointerai (9) chez ton dab à sept plombes
14 — et faudra bien qu'il aille au refile ! (10)

cependant pas un fou téméraire — **3** s'est fait prendre comme un jeune débutant — **4** porteur de toutes ses armes — **5** au cours de la rafle du Comptoir des Œnophiles — **6** Pour un véritable malfaiteur, c'est une bien grande maladresse !

* *On appelle* javanais *un langage de fantaisie (en principe secret) obtenu à partir des mots français ou argotiques en faisant précéder chaque syllabe du groupe* av *ou en l'y intercalant entre consonne et voyelle.*

Exemple :

Ensuqué comme j'étais... *deviendra*

Avensavuquavé cavomme j'avétavais...

(Certains tiennent compte de l'e muet final et prononcent — assez bizarrement — cavommavë.)

Exemple :

Milo-le-Niçois s'est fait doubler...

Mavilavo-lavë-Naviçavois s'avest favait davoublaver...

Il existe, — ou plutôt il a existé — d'autres javanais plus ou moins analogues : en ag, en pi, *en* va. *Signalons aussi le jargon* en ëdguë *qui fait suivre chaque syllabe des consonnes d et g dur en en redoublant la voyelle.*

Exemple :

Endguenfindguin jëdguë sordguors dudgu badgalondgon.

Enfin je sors du ballon.

Il est tellement facile de comprendre — et même de parler — tous ces langages que la fonction cryptique qui en était théoriquement la raison d'être ne peut guère être prise au sérieux. Il s'agit plutôt d'un divertissement d'écoliers.

Toutefois les différents javanais ont laissé des traces dans le lexique de l'argot. Par exemple gravosse *pour grosse,* favouille *pour* fouille, *poche (javanais en* av*) ;* chagatte *pour* chatte, *sexe féminin,* sagœur *pour* sœur, *femme ;* moustagache *pour moustache (javanais en* ag*).*

Nous verrons un peu plus loin (14e leçon, note 4) un langage « secret » plus sérieux — si l'on peut dire — le largonji, *jargon des bouchers de la Villette.*

---

1 Cela va-t-il comme vous le désirez, Lucien ? — **2** Cela va bien, cher ami — **3** Et mademoiselle votre sœur ? — **4** Elle fait commerce de ses charmes dans le quartier de la rue de la Charbonnière — **5** Ne craignez-vous point qu'elle n'y gagne quelque maladie vénérienne ? — **6** Oh de nos jours, les médecins y remédient rapidement — **7** Venez-vous consommer un verre dans l'établissement de

15 — Y te doit grisolle ?
16 — Vingt-cinq raides, ça fait plus d'une pige !

PRONONCIATION

1 Saboum' — **2** sakol' — **4** è(l) sèsplik' — **5** tapaltrak qu'èsfass' — **6** tarañj'sa — **7** tuvyiñ tañch'té huñ * — **8** im'bav' — **12** fèrchié — **13** jëm (**ou** jmë) — **14** fô(d)ra byiñ kilay'ôr'fil — **15** it'dwa — **16** viñt'siñk'rèd'.

EXERCICE

1 Yoyo, elle s'esplique su' l' Topol. — **2** On peut s'la farcir pour deux sacs — **3** mais c'est des coups à s'faire plomber, — **4** et pis moi rien que d'la frimer à loilpuche, — **5** ça m'mettrait Popol en berne !

* *Rappelons que l'h de la prononciation figurée ne marque pas une aspiration, mais seulement l'absence de liaison consonantique. Il attire ici l'attention sur le fait qu'il faut dire : tañch'té huñ, et non tañch'té ruñ.*

Gustave ? (**ou** d'Octave ?) — **8** Gustave m'indispose ! — **9** Votre père est-il dans sa chambre ? — **10** Non, il est à son travail — **11** mais ma mère est ici... — **12** Inutile de l'importuner — **13** je me rendrai chez votre père à sept heures — **14** et il faudra bien qu'il s'acquitte de sa dette ! — **15** Vous doit-il beaucoup ? — **16** (Il me doit) vingt-cinq mille francs depuis plus d'un an !

NOTES

(1) Le verbe aller, quand il indique l'état (aller bien, aller mal), et en particulier l'état de santé, se traduit par les verbes **boumer, bicher, coller, gazer, rouler, roulotter** — **(2) Papa** peut être un simple vocable affectueux : il ne s'adresse nullement ici au père du sujet parlant. On peut dire également : **mon p'tit père** — **(3) S'expliquer** (prononcé habituellement : sèspliké) c'est pratiquer la prostitution, mais c'est également se disputer, ou se battre : **Sors dehors si t'es un homme, on va s'espliquer !** (Noter que le pléonasme est de règle en pareil cas) — **(4)** Devant certaines consonnes, et en particulier devant **me, te, se, elle** se prononce è : **c'te connasse, è m'bave sur les rouleaux,** cette imbécile m'importune — **(5) Tu sais** est ici une expression à peu près explétive, introduisant seulement une atténuation, ramenant les choses à leur juste mesure — **(6) S'en jeter un** (s.e. **un godet derrière la cravate) :** boire un verre (s'emploie surtout quand l'opération doit être exécutée rapidement) — **(7) Baver sur les rouleaux à quelqu'un** (ou **sur les roustons)** c'est l'importuner, ou l'agacer — **(8)** En langage populaire **là** (ou **làdé)** indique tout aussi bien qu'**ici** (ou **icigo)** un lieu proche — **(9) Se pointer** : se présenter, ou simplement arriver, avec une nuance de désinvolture ou d'inconscience, selon les cas — **(10) Aller au refile** c'est vomir, mais aussi rendre, en général, et en particulier s'acquitter d'une dette * — **(11) Grisolle,** cher (au sens de coûteux), s'écrit souvent **grisol.**

EXERCICE

1 Yolande tire parti des ressources de son corps sur le boulevard de Sébastopol — **2** Il est loisible à chacun d'obtenir ses faveurs pour deux billets de mille francs anciens, — **3** mais c'est courir le risque de contracter une maladie honteuse — **4** et d'ailleurs quant à moi, il me suffirait de la voir dans l'état de nature — **5** pour devoir porter le deuil de tout désir.

* *En français populaire,* rendre *a le sens de vomir, qui se dit en argot :* aller au refile. *Par un glissement sémantique naturel,* aller au refile *prend les autres sens du verbe français rendre. (Ici par exemple : restituer de l'argent.)*

8e Leçon

1 — Le dur il arrive quand (1) ?
2 — A six plombes.
3 — On a encore le temps de s'arsouiller la tronche (2) ;
4 — On pourrait même aller chez Gaby tirer un coup (3)
5 — Oh Gaby, elle est trop tarte (4),
6 — et puis (5) trop crado !...
7 — P't êt' (6) bien, seulement elle t'éponge vite fait pour deux sacs.
8 — T'as beau faire, avec elle t'en as même pas pour ton osier (7) !
9 — Y a (8) un gonze en bas pour tézig.
10 — Un gonze comment (9) ?
11 — Un vioc, avec une tronche de Chleuh...
12 — Y t'a pas dit son blase ?
13 — Adolf, qu'y m'a dit.
14 — Adolf ? Merde alors, il est pas canné (10) ?

PRONONCIATION

1 Lëdur **(ou** l'dur**)** — **3** d'sarsouyé — **6** èpi — **7** ptêt'byiñ — **8** tañ na mêm' pa pour toñ nozié — **9** yahuñgoñzañba — **10** uñgoñz'komañ — **11** troñch'dëchlœ.

EXERCICE

1 J'ai grillé l'dur avec Lulu. — **2** Pour descendre jusqu'à la Marsiale, c'est pas de la tarte ! — **3** On s'est planqué dans les tartisses. — **4** J'ai profité de l'embellie pour la tringler. — **4** Y avait à la lourde un Chleuh qui groumait : — **6** il avait le cigare au bord des lèvres.

1 Quand le train arrive-t-il ? — **2** A six heures. — **3** Nous avons encore le temps de nous adonner à l'ivrognerie ; — **4** Nous pourrions même nous rendre chez Gabrielle pour nous livrer au simulacre de l'acte de reproduction — **5** Oh Gabrielle est trop laide ! — **6** et de surcroît trop sale... — **7** Il se peut, mais elle vous soulage rapidement pour deux mille francs. — **8** Vous avez beau dire, c'est plus cher qu'elle ne vaut ! — **9** Un homme, au rez-de-chaussée, demande à vous voir — **10** Quel genre d'homme est-ce ? — **11** Un vieux, l'air d'un Allemand — **12** Ne vous a-t-il pas dit son nom ? — **13** Adolf, m'a-t-il dit. — **14** Adolf ? Dieu du Ciel, n'est-il donc pas mort ?

NOTES

(1) Noter cette inversion populaire de l'adverbe **quand.** — **(2)** La **tronche** (ou la **tranche)** est la tête. Un **arsouille** était au siècle dernier un voyou ; **s'arsouiller** c'est se débaucher ; **s'arsouiller la tronche,** s'enivrer. — **(3) Tirer un coup** (ou **son coup), tirer sa crampe, tirer sa chique, tirer une pétée** sont quelques-unes des expressions affreusement matérialistes par lesquelles l'argot traduit le verbe scientifique coïter. Le langage populaire dit beaucoup plus joliment **faire l'amour.** — **(4) Tarte :** laid, affreux, mauvais. Variantes : **tartignolle, tartouillard. Tarderie :** laideur, ou personne laide. Notons encore qu'une **tarte** est une gifle, et que **de la tarte** se dit d'une opération agréable, facile à réaliser. — **(5)** Noter la prononciation populaire de **et puis :** épi (on écrit d'ailleurs souvent dans les textes argotiques **et pis.** — **(6)** Peut-être se prononce le plus souvent en une seule syllabe : **p't'êt'.** — **(7) Osier,** variante **d'oseille :** argent. — **(8) Y a** (pour : il y a) se prononce généralement en une seule syllabe : **ya.** — **(9)** Noter ici encore l'inversion de l'adverbe **comment** — **(10) Canner,** a) mourir, b) lâcher pied, renoncer à (désuet).

EXERCICE

1 J'ai voyagé par le train sans billet avec Lucie. — **2** Pour se rendre ainsi jusqu'à Marseille, ce n'est pas chose facile ! — **3** Nous nous sommes dissimulés dans les cabinets d'aisances. — **4** J'ai profité de l'occasion pour la posséder. — **5** Il y avait à la porte un Allemand qui grommelait : — **6** Son envie de déféquer était extrêmement pressante.

9e Leçon

1 — Jo-le-Basque s'est fait ébouser par un équipier (1) au Grand-Dédé.
2 — C'est une pavute (2) qu'était en chandelle rue du Départ
3 — qui l'a dégauchi dans le passage avec un porte-manteau (3).
4 — Il avait pris du flacon (4), le Jo,
5 — mais pas au point d'aller bécif tortorer les pissenlits par la racine !
6 — La gonzesse, tu parles d'une enflure (5),
7 — elle a été tout de suite au cri (6) !
8 — Les poulagas se sont radinés *
9 — et ils ont pas carburé longtemps pour entraver la coupure.
10 — On les a eus sur les bretelles en moins de jouge.

PRONONCIATION

1 Jolbask, fè hébouzé **(pas de liaison !)** — **3** dañl'passaj' — **4** l'jo — **7** toud'suit' — **8** s'soñ — **9** è izoñpa — **10** moind'jouj'.

EXERCICE

1 Aux Halles à présent on frime plus lerche de mômes en chandelle — **2** elles se cloquent dans les couloirs. — **3** Pour faire la retape c'est pas du sucre ! — **4** L'autre enflure il a dû prendre du flacon : — **5** en 39 il avait d'jà les tifs blanchouillards ; — **6** maintenant sûr qu'y sucre les fraises, — **7** s'il est pas encore canné !

* *Au lieu de :* les poulagas se sont radinés, *on pourrait aussi bien dire :* les poulagas ont radiné.

Il avait pris du flacon, le Jo.

1 Georges-le-Basque s'est fait assassiner par un des hommes de l'association de malfaiteurs de Grand-André. — **2** C'est une prostituée en faction dans la rue du Départ — **3** qui l'a trouvé dans le passage, un poignard fiché dans le dos. — **4** Certes, Georges avait vieilli, — **5** pas au point cependant de mourir dès à présent ! — **6** Cette fille — quelle stupidité est la sienne ! — **7** a attiré l'attention par son tapage. — **8** Les policiers sont venus — **9** et n'ont pas eu besoin de réfléchir longtemps pour comprendre la situation. — **10** Nous en avons été aussitôt importunés !

NOTES

(1) Une association de malfaiteurs s'appelle une **équipe (tierce** est un peu désuet). Un équipier est donc l'un des complices — **(2) Pavute :** « javanais » de **pute,** apocope de **putain,** prostituée (Cf. leçon 6). **Le javanais** a été inventé vers 1860 avec un succès durable. — **(3)** La victime semble accrochée au poignard planté dans son dos comme un vêtement à un porte-manteau. — **(4)** Prendre de l'âge se dit **prendre de la bouteille** (pop.), **prendre du flacon,** ou **prendre du carat** (argotiques). **(5) Enflure,** ou **enflé,** s'applique à un individu joufflu, ou à un imbécile. C'est le plus souvent une injure sans signification précise, ou même une simple appellation amicale, comme **tordu.** — **(6) Aller au cri,** c'est faire du scandale, protester ; ici c'est simplement alerter le voisinage (au lieu de rester impassible). — **7 Entraver la coupure :** comprendre de quoi il s'agit.

EXERCICE

1 Dans le quartier des Halles actuellement on ne voit plus guère de filles en faction (à l'extérieur). — **2** Elles se placent dans les couloirs ; — **3** pour racoler ainsi les clients c'est bien difficile ; — **4** Cet imbécile a dû prendre de l'âge : — **5** en 1939 il était déjà grisonnant ; — **6** il est certain qu'à l'heure actuelle il est atteint de tremblement sénile, — **7** s'il n'est pas encore décédé !

« La répétition est l'âme de l'enseignement », voilà un précepte pédagogique bien démodé, mais qui n'en est pas moins valable. « Avant de vraiment savoir un mot, dit la Méthode Assimil, il faut l'avoir oublié et réappris sept fois. » C'est vrai aussi pour l'argot. Faites donc de fréquentes révisions !

On ne s'étonnera donc pas de nous voir rabâcher certaines expressions, certaines acceptions, certaines notes : c'est voulu. (La langue populaire dirait — non sans ironie — « C'est calculé pour ».)

10e Leçon

LE GONZE (1)

1 — T'as d'abord la tronche (2) ; si t'aimes mieux, la trombine, la terrine, la poire
2 — la cafetière, le caillou ou le caberlot.
3 — Jeunot, t'as des tifs. En vioquissant (3), si tu paumes tes douilles (4)
4 — t'as une perruque en peau de fesse.
5 — Les châsses, maintenant (5) ! Si t'es miro (6)
6 — faut qu't'ayes des carrelingues (7),
7 — sans ça tu zyeutes de la merde.
8 — Le pif, c'est le tarin, le tarbouif, le blair,
9 — ou le fer à souder s'il est plutôt comac.
10 — Dans la gueule t'as des crocs, des crochets, des dominos, des chocottes.
11 — Si tu la pètes, t'as les crochets longs comme des baïonnettes (8).
12 — Les travelots (9) se griffent la tronche, y se foutent du rouge aux badigoinces.

PRONONCIATION

2 Kaftièr', oulkabèrlo — **3** pômtédouil — **4** pôd'fèss ! — **5** châss' — **6** tèy' **(comme dans : bouteille),** karliñgh' — **7** dlamèrd' — **12** isfout'.

L'HOMME

1 Nous avons d'abord la tête ou, si vous préférez... (plusieurs synonymes désignant plutôt la figure, la face) — **2** (autres synonymes désignant plutôt le crâne). — **3** Quand on est jeune on a des cheveux. Si on les perd en vieillissant — **4** on dit alors que l'on est chauve. — **5** Passons maintenant aux yeux ! Si votre vue est basse — **6** il convient de vous procurer des lunettes, — **7** faute de quoi vous ne verrez rien. — **8** Le nez s'appelle le... **(divers synonymes)** — **9** ou, s'il a tendance à être fort, le.... — **10** Dans la bouche nous avons des dents **(synonymes)** — **11** quand on a grand appétit, on dit qu'on a les dents aiguisées. — **12** Les travestis se fardent le visage, ils se mettent du rouge aux lèvres.

NOTES

(1) Le **gonze** est l'homme en général, sans autre précision. En argot un **homme** est toujours un individu qui appartient au milieu des malfaiteurs, par opposition au **cave** qui, n'y appartenant pas, est soupçonné systématiquement de manquer de virilité. — **(2)** Comme en français le mot tête, ses différents synonymes argotiques désignent tantôt la partie supérieure du corps de l'homme ou seulement le visage, avec une spécialisation plus ou moins marquée de chacun d'eux. Autres synonymes populaires : **gueule, binette, cabèche, caboche.** Un coup de tête (au propre et au creux de l'estomac), coup terrible pratiqué par de nombreux voyous, s'appelle un **coup de boule** (ou un **coup de tronche).** — **(3) Vioc, vioque** (ou **viocard, viocarde) :** vieux, vieille. **Le vioc, la vioque** peuvent, comme en langage populaire le **vieux,** la **vieille,** désigner le père et la mère, ou l'époux et l'épouse, le contexte permettant toujours de lever l'ambiguïté. — **(4) Tif** est populaire, **douille** et **roseau** sont argotiques. D'un monsieur chauve il est loisible de dire que **ses douilles ont mis les adjas,** ou encore qu'**il a un vélodrome à poux.** — **(5)** Tour elliptique très usité : venons-en maintenant à... — **(6)** Le **miro** est celui qui a la vue basse, quelle qu'en soit la cause, physiologique ou psychologique. A celui qui ne voit pas quelque chose d'évident on déclare : **t'es miro,** ou **t'as d'la merde dans les yeux.** — **(7) Carrelingues** (en français populaire : **carreaux) :** lunettes. Mais la **Carrelingue** était la **Gestapo,** de sinistre mémoire, dont le siège se trouvait rue Lauriston. — **(8)** Dans le langage populaire, avoir grand faim se dit **avoir la dent, avoir les crocs, la péter, la sauter.** — **(9)** Les **travelots** ou **travioques** sont les jeunes homosexuels professionnels qui se travestissent en femmes.

EXERCICE

1 Le gonze, il avait paumé ses carrelingues ; — **2** il est tellement miro — **3** qu'y s'est foutu la tronche dans la lourde qu'était vitrée ! — **4** Son tarin pissait le raisiné. — **5** Y zyeutait pus que d'la merde. — **6** Qu'est-ce qu'on s'est fendu la pipe !

11e Leçon

LE GONZE (suite)

1 — Si t'as les esgourdes en chou-fleur (1),
2 — c'est que tu t'es fait satonner (2) sévère (3) à la boxe, probable !
3 — Sourdingue (4), t'es dur de la feuille,
4 — t'es constipé des écoutilles,
5 — ou t'as les portugaises ensablées (5).
6 — Ceux qui se font bousiller des pointillés sur le colbac (6)
7 — sont marida d'avance avec la Veuve (7) ;
8 — un de ces mat's ils iront du gadin (8)
9 — à l'abbaye de Monte-à-regret,
10 — ils éternueront dans le son (9).

PRONONCIATION

2 Sèktutèfè, probab(l)' — **6** sœkisfoñ, sulkolbak — **8** uñd'cématt' iziroñ — **9** abèyid moñtargrè — **10** izéternuroñ dañlsoñ.

EXERCICE

1 Nœnœil est un mecton qu'a jamais eu de pot : — **2** sa daronne la glisse qu'il avait pas sept carats — **3** et c'est à c'moment-là que son dab est gerbé à dix longes ! — **4** Nœnœil il a

EXERCICE

1 L'individu avait perdu ses lunettes ; — **2** sa vue est si faible — **3** qu'il a donné de la tête dans la porte vitrée. — **4** Il saignait du nez. — **5** Il n'y voyait plus rien. — **6** Ce que nous avons pu nous amuser !

L'HOMME (suite)

1 Si vos oreilles sont boursouflées — **2** cela donne à penser qu'en pratiquant la boxe vous avez reçu de sévères corrections. — **3** (Si vous êtes) sourd (on dit que) vous avez l'oreille dure — **4** (ou que)... **(syn.)** — **5** ou (encore que)... **(syn.)**. — **6** Ceux qui se font tatouer une ligne pointillée sur le cou — **7** (se déclarent ainsi) voués d'avance au supplice de la décollation : — **8** A l'une des aubes prochaines, leur tête, — **9** tranchée par le couperet de la guillotine, — **10** tombera dans le panier.

NOTES

(1) Si les oreilles sont des **feuilles** (autrefois : des **feuilles de chou)** c'est parce que les replis de l'oreille font penser à ceux d'une feuille de chou. Mais avoir les **esgourdes en chou-fleur** c'est avoir les oreilles gonflées, boursouflées, comme en ont les boxeurs et les lutteurs. — **(2) Satonner** ou **sataner** c'est frapper avec brutalité, « violemment et longuement » dit Albert Simonin. — **(3) Sévère** pour **sévèrement.** Adjectif employé, à l'anglaise, à la place de l'adverbe. — **(4)** Remarquer la double ellipse de cette phrase, qui l'allège considérablement. — **(5)** De ces trois expressions qui expriment la surdité, la première est populaire depuis longtemps, la troisième, magnifiquement ostréicole, l'est devenue elle aussi plus récemment. — **(6)** Certains **durs** se faisaient tatouer, à côté de cette ligne de points, l'inscription : « Suivez le pointillé ! » — **(7) La Veuve,** c'est la guillotine, comme **l'Abbaye-de-Monte-à-Regret, la bascule à Charlot, le coupe-cigare.** — **(8)** Le **gadin** pour la tête, n'est guère employé que dans l'expression **y aller du gadin** pour être condamné à mort, ou être exécuté. Mais **prendre** (ou **ramasser) un gadin** (pop.), c'est faire une chute. — **(9)** On dit aussi **éternuer dans la sciure,** sans qu'il nous appartienne de décider laquelle de ces deux expressions est la plus exacte.

EXERCICE

1 Nœnœil **(sobriquet appliqué à un individu qui n'a qu'un œil, ou qui a quelque anomalie dans le regard)** est un

commencé à chouraver, fallait bien ; — **5** pis y s'est mis à casser. — **6** A seize berges il a morflé la vingt et une. — **7** C'mec-là, y finira sur la bascule à Charlot !

12ᵉ Leçon

LE GONZE (suite)

1 — Au bout des brandillons (1), mate (2) un peu tes paluches,
2 — tes pinces, tes pognes, avec leurs fourchettes !
3 — Certains balaises (3) ont des vrais battoirs, et des drôles de biscotos.
4 — Avec les guibolles, ça arrive qu'on joue des flûtes (4)
5 — quand on a les condés au derche.
6 — Y a intérêt à avoir des bons moltogommes (5) :
7 — pas le moment d'avoir les cannes tristes (6), les guibolles à la guimauve !
8 — Si t'es baraqué (7) en bouteille Saint-Galmier et que tu veux tout de même en jeter (8),
9 — cloque-toi sur les endosses (9) un costard rembourré aux mécaniques,

homme qui n'a jamais eu de chance : **2** sa mère mourut quand il avait à peine sept ans — **3** et c'est alors que son père fut condamné à dix ans de prison. — **4** Nœnœil a commencé à voler par nécessité ; — **5** puis il s'est tourné vers le cambriolage. — **6** A seize ans il a été condamné à demeurer jusqu'à sa majorité dans un centre de redressement. — **7** Ce garçon périra sur l'échafaud !

Dans le texte français, les parenthèses ( ) donnent le « mot à mot » d'une tournure argotique (pour permettre de la reconstituer plus facilement lors de la deuxième phase), ou encore indiquent les mots qui ne se traduisent pas (car l'argot est plus elliptique que le français).

Les crochets [ ] marquent les groupes de mots qui sont identiques dans le texte argotique et dans le texte français.

L'HOMME (suite)

1 A l'extrémité de vos bras, regardez vos mains, — **2** vos... **(syn.)**, vos... **(syn.)**, avec leurs doigts ! — **3** Certains colosses ont des mains énormes et de puissants biceps. — **4** Avec les jambes il arrive qu'on s'enfuie rapidement — **5** s'il se trouve que l'on a la police à ses trousses. — **6** Il est préférable (alors) d'avoir des mollets bien musclés : — **7** ce n'est pas le moment d'avoir les jambes fatiguées, ou molles. — **8** Si vous avez les épaules tombantes et si pourtant vous désirez faire de l'effet, — **9** mettez-vous sur le dos un costume rembourré aux épaules, — **10** mais ne croyez pas nécessaire pour autant de faire le fanfaron !

NOTES

(1) Bras se dit aussi **aile,** mais au singulier seulement, et également **ailerons,** mais cette fois au pluriel de préférence. **En avoir (ou avoir) un coup dans l'aile,** c'est être ivre (peut-être parce que la démarche titubante de l'ivrogne ressemble au vol de l'oiseau blessé à l'aile) — **(2) Mater :** regarder attentivement, épier, a donné **maton :** mouchard, espion, gardien de prison, et **mateur :** voyeur. **Prendre un jeton de mate** (ou simplement **un jeton)** c'est être le spectateur d'une scène érotique, ou simplement avoir un aperçu furtif sur une nudité féminine intime. — **(3) Balaise (ou baleste)** qui s'écrit aussi **balèze,** a le sens de colosse, ou de colossal, et s'applique aux choses aussi bien qu'aux hommes. — **(4)** Une **flûte** désignait autrefois une jambe longue et mince, puis une jambe en général. **Jouer des flûtes,** comme **tricoter des pinceaux,** c'est s'enfuir à toutes

10 — mais faut pas pour ça que tu te croyes aussi sec obligé de les rouler (10) !

PRONONCIATION

3 dédrôldëbiscoto — **5** kantoñ na lécoñdéhôderch **(pas de liaison après condés !)** — **6** ya **(une syllabe)** — **7** lékann'trist' — **8** èktuvœ toudmêmañjté — **9** kloktwa sulézañdôss' — **10** ktutkrway' ôssisec, dléroulé.

EXERCICE

1 Quand il en a un p'tit coup dans l'aile. — **2** C'est plus fort que lui, faut qu'y roule ! — **3** Y joue au balèze, avec ses guibolles comme des allumettes, — **4** comme si c'était un lascar bien baraqué. — **5** Y croit qu'il en jette — **6** mais ça nous fait plutôt marrer !

13e Leçon

LE GONZE (fin)

1 — Jamais tu dois laisser un mironton (1)
2 — te balancer la cuillère (2) au valseur ;
3 — si tu l'étends pas aussi sec d'un coup de boule,
4 — c'est que t'es une fiotte (3), un pédé,
5 — que tu refiles du chouette (4), que t'as l'oigne tout défoncé.
6 — Le service trois pièces, c'est une belle paire de valseuses (5) bien accrochées

jambes. — **(5)** Les mollets sont les **moltogommes,** ou **moltegommes,** ou les **jacquots** (ou **jacots). — (6) Triste :** malade, ou fatigué. — **(7) Un gonze bien baraqué** est un homme athlétiquement ou harmonieusement bâti. — **(8) En jeter un jus,** ou simplement **en jeter,** c'est faire de l'effet. — **(9)** Les **endosses (ô** long et accentué) sont le **dos** ou les **épaules** (après avoir été — au quinzième siècle ! — ce que l'on endosse, c'est-à-dire les vêtements). — **(10) Les** représente ici les **mécaniques,** les épaules. **Rouler les mécaniques** c'est faire jouer les épaules en marchant, par forfanterie, pour donner l'impression d'un homme souple et sûr de sa force.

EXERCICE

1 Quand il est légèrement ivre — **2** il ne peut s'empêcher de faire le fanfaron — **3** il cherche à donner une impression de force, alors que ses jambes sont extrêmement minces — **4** comme s'il était athlétiquement bâti. — **5** Il croit qu'il fait beaucoup d'effet — **6** mais le seul résultat (de son attitude) est de nous donner à rire.

L'HOMME (fin)

1 Ne laissez jamais un individu quelconque — **2** prendre la liberté de placer sa main à votre postérieur ; — **3** si vous ne l'envoyez pas immédiatement à terre d'un coup de tête, — **4** vous n'êtes qu'un méprisable giton, un... (syn.) — **5** que vous jouez un rôle passif, que... **(syn.).** — **6** Ce qu'on appelle le service trois pièces, c'est un avantageux ensemble d'attributs bien suspendus, — **7** et d'une taille suffisante — **8** accompagnés d'un sexe **(synonymes)** de nègre — **9** capable de faire gagner le septième ciel à toutes les femmes — **10** et de vous réjouir, vous-même, royalement. — **11** Ne confondez pas le plaisir que vous prenez — **12** et le pied qui vous sert à marcher, — **13** qui émet une odeur désagréable quand vous avez trop cheminé !

NOTES

(1) Mironton, qui a voulu dire œil (Cf. **miro :** qui a la vue basse, et **mirette** (pop.) : œil) signifie seulement maintenant l'individu du sexe masculin — **(2) cuillère** (pop.) main, utilisé surtout dans l'expression **serrer la cuillère** (synonymes : **louche, paluche). — (3) Fiotte** (de fillette), terme de mépris pour désigner un homme manquant de qualités viriles (courage, loyauté...) et devenu par la suite synonyme de **pédé** ou de **tante :** pédéraste. — **(4) Donner** (ou **filer,**

7 — des précieuses pas trop ridicules (6)
8 — et puis un braquemart, un chibre, une chopotte de bougnoule,
9 — de quoi faire reluire toutes les nanas
10 — et prendre ton pied, tézig, en caïd (7).
11 — Confonds pas le panard que tu prends
12 — et l'autre, l'arpion qui te sert à arquer,
13 — qui cogne (8) quand t'as trop bagotté !

PRONONCIATION

3 Koudboul — **4** sèktèhun'fiott' **(pas de liaison !)** — **5** kturfil, ktalogn' **(ou** ktalwagn') — **6** sèhun' **(pas de liaison !)** — **8** brakmar — **9** tout'lénana — **10** prañd'toñpié — **11** palpanar ktuprañ — **12** lôt', kitsèr.

EXERCICE

1 Si ça coince, dans le coinstot ! — **2** Si ça cogne, les pompes de cognes ! — **3** Tu sais à quoi j' m'en suis gouré — **4** qu'il avait les chocottes pendant l'rif ? — **5** C'est pasque ça reniflait drôlement dans les parages de son futal !

14e Leçon

LA GONZESSE

1 — Jactons d'entrée (1) des roberts (2) !
2 — Une frangine qu'a en guise de laiterie
3 — des œufs sur le plat ou des blagues à tabac (3),

ou **refiler) du chouette :** jouer le rôle passif. **Prendre du chouette :** remplir le rôle actif. — **(5)** Ne pas confondre : **le valseur** est le postérieur, qu'il soit masculin ou féminin, mais les **valseuses** sont des attributs spécifiquement masculins (syn. : **précieuses,** on comprend aisément pourquoi). **Valseur** a également le sens de pantalon (déformation de **falzar).** — **(6)** On s'étonnera à juste titre de cette allusion littéraire dans la bouche d'un truand. Mais il peut se faire qu'il ait un jour contemplé une affiche de la Comédie Française, et Dieu sait alors à quels abîmes de réflexion ce titre a pu le conduire ! — **(7) Caïd :** homme à l'autorité indiscutée, ou possédant une nette supériorité dans un domaine quelconque. — **(8) Cogner, taper,** qui ont en français le sens de frapper (d'où **cogne,** gendarme), ont tous deux dans la langue populaire celui de : puer. Il est curieux que plusieurs verbes ayant ce même sens de sentir mauvais : **cogner, schlinguer,** et **trouiller** (maintenant désuet) connaissent une deuxième forme en **oter, cognoter, schlingoter, trouilloter,** et que cette terminaison est aussi celle du verbe **cocoter,** même sens (sans parler des désuets **(chlipoter, fouilloter, gogoter).** Signalons encore parmi les synonymes usités : **coincer, fouetter, renifler.**

EXERCICE

1 Que cela sent mauvais dans le quartier ! — **2** Combien désagréable est le parfum qu'exhalent les chaussures de gendarme ! — **3** Savez-vous comment j'ai deviné — **4** qu'il avait une peur intense au cours de la bagarre ? — **5** C'est qu'au voisinage de son pantalon l'odeur était fort nauséabonde !

LA FEMME

1 Parlons pour commencer des seins ! — **2** Une personne du sexe qui possède pour toute poitrine — **3** des appas trop plats ou des charmes tombants, — **4** excite médiocrement le désir du client. — **5** Il en est qui compensent ces faiblesses du recto par les avantages qu'elles possèdent au verso ; — **6** elles ont une croupe divine, un arrière-train capable d'émouvoir — **7** un moribond de quatre-vingts ans ! — **8** Il convient, mesdames, de savoir vous servir de vos yeux... — **9** faire une œillade en cati-

4 — ça fait pas lerche (4) bander le micheton.
5 — Y en a qui se rattrapent sur le panier à crottes (5),
6 — qu'ont le pétard de Dieu, un faubourg à faire triquer
7 — un gazier de quatre-vingts berges en train de l'avaler (6) !
8 — Vos mirettes, les mômes, faut savoir en jouer,
9 — balancer le coup de châsse en loucedoc (7) au vieux birbe (8)
10 — qui trimballe sa viande (9) sur le bitume.
11 — Y a des gisquettes qu'ont des châsses
12 — à faire péter (10) les boutons de braguette.

PRONONCIATION

1 Un'frañgin'ka añghizdëlètri — **3** sulpla — **4** bañdélmichtoñ — **5** kisratrap' — **9** lkoudchâss'añ lousdok — **10** sulbitum' — **12** boutoñd'braghèt'.

EXERCICE

1 Une pépée qu'a des chouettes roploplots (**ou** des doudounes choucardes) — **2** m'en faut pas plus pour péter tous mes boutons de braguette ; — **3** mais une gonzesse qu'a des blamini au vieillard — **10** qui déambule sur le trottoir. — **11** Il est des jeunes femmes dont les yeux — **12** ont sur les messieurs une action puissante et instantanée.

NOTES

(1) D'entrée : de prime abord, tout de suite. Ne possède pas la nuance de violence de **d'autor.** — **(2)** « Robert » était une marque célèbre de biberon. Autres formes du même mot : **rotoplots** ou **roploplots.** — **(3)** Pour comprendre cette image il faut songer à la forme des anciennes blagues à tabac faites d'une vessie de cochon. — **(4) Lerche** (ou **lerchem)** est le mot **cher :** beaucoup, déformé par **largonji.** Il est utile de bien comprendre le mécanisme de cette opération du **largonji** qui a produit de nombreux mots argotiques : elle consiste à remplacer par la lettre **l** la première consonne d'un mot et à rejeter cette première consonne vers la fin du mot, en la faisant suivre en général d'un suffixe de fantaisie, **i, ic, é** ou **èm** la plupart du temps. Exemple : **jargon** devient **largonji,** marteau **larteaumic ;** pardessus, apocopé en **pardeuss,** se transforme en **lardeuss** (sans suffixe ici). De **sac** (billet de mille francs) on passe à **lacsé ;** de **bout** à **loubé ;** boucher devient **louchébem,** et **louchébem** désigne à la fois le boucher et le **largonji** des bouchers de la Villette, à suffixe **èm,** ou même, par extension, tout **largonji ;** fou produit **loufoque, louftingue,** et par apocope **louf.** Dans certains cas le **largonji** se complique d'un infixe **du :** ainsi l'individu étranger au milieu des malfaiteurs, le **cave,** devient le **lave-du-ca** et par apocope le **lavedu ;** le quart (commissaire de police, policier en civil, ou même policier en général) est le **lar-du-ca** ou le **lardu ;** la marchandise, la **came,** se transforme par le même mécanisme en **lamedu.** — **(5)** Le **panier à crotte** ou simplement le **panier,** est le postérieur, mais aussi la jupe, les jupons. Employé surtout dans l'expression : **mettre la main au panier. Secouer le panier à crottes,** c'est danser. — **(6) L'avaler** (sous-entendu : son bulletin de naissance) c'est évidemment mourir. — **(7) En loucedoc** ou **en loucedé, largonji** de **en douce (pop.),** pour en douceur, silencieusement, avec précaution. — **(8) Birbe,** vieillard (pop.), est toujours, malgré le pléonasme, précédé de **vieux.** Verlaine, toutefois, se contente de **birbe infect,** appliqué à son beau-père. — **(9) Trimballer :** promener, conduire ; l'expression **trimballer sa viande** est d'autant plus féroce, appliquée ici, que **viande** a généralement en argot le sens de cadavre. **Qu'est-ce qu'y trimballe !** (sous-entendu : comme bagage de sottise) : ce qu'il est bête ! — **(10) Péter,** dans le langage populaire, a souvent le sens d'exploser, d'éclater, de craquer. **La péter,** c'est mourir de faim.

gues à tabac, — **4** elle me fait (èm'fè) débander aussi sec, — **5** quand même qu'elle aurait un fion du tonnerre de Dieu **(ou simplement** du tonnerre) !

15e Leçon

LA GONZESSE (fin)

1 — Lorsque la nana s'est déloquée (1),
2 — que tu peux frimer sa chagatte *,
3 — fais une descente au panier (2),
4 — mets-toi une fausse barbe,
5 — surtout si la gisquette a un tablier de sapeur (3).
6 — Après cette bonne descente à la cave
7 — rare que la cramouille soye pas bien baveuse.
8 — Y a plus qu'à mener le petit au cirque (4).
9 — Si t'aimes mieux, artiflot (5), c'est le moment d'y filer un coup de sabre,
10 — de la calecer, de la tringler,
11 — de tirer ton coup (6), de balancer la purée (7).
12 — Avec un boudin tu peux même prendre du petit,
13 — elle s'enverra en l'air en beauté.

PRONONCIATION

2 Ktupœ — **4** un'fôss'barb' — **5** tabliédsapœr — **7** sway' — **8** yapu (**ya** en une syllabe), kamnélpëti hôcirk — **10** dlakalcé — **11** dtirétoñkou — **12** prañd'dupti.

Bouffer à s'en faire péter la sous-ventrière est au contraire manger sans aucune retenue. Un **pète-sec** est un chef autoritaire et surtout parlant sèchement à ses subordonnés : **Charlot, c'était le vrai pète-sec !**

EXERCICE

1 Une dame qui a de jolis seins **(noter la place des adjectifs synonymes** chouette **et** choucard) — **2** il n'en faut pas davantage pour me porter au plus haut degré de la stimulation, — **3** mais une personne aux appas croulants — **4** me ramène aussitôt à une totale flaccidité, — **5** même si elle est une Vénus callipyge !

LA FEMME (fin)

1 Quand la belle s'est dévêtue — **2** et que vous pouvez contempler son intimité, — **3** abaissez-vous jusqu'à elle, — **4** faites-vous en un postiche, — **5** surtout si cette jeunesse est parée d'une abondante fourrure. — **6** Après cette consciencieuse opération — **7** il serait surprenant que la machine ne soit pas convenablement lubrifiée. — **8** Il ne vous reste plus qu'à terminer la fête. — **9** En d'autres termes, artilleur, c'est le moment de prendre position, — **10** d'écouvillonner, — **11** et de tirer une décharge à grande puissance. — **12** Avec une pièce de maniement facile vous pourrez charger par la culasse — **13** vous en tirerez un magnifique feu d'artifice.

NOTES

(1) Se loquer : s'habiller. **Un minet loqué de première :** un petit jeune homme très bien vêtu. **Se déloquer :** se déshabiller. **Se reloquer :** se rhabiller. — **(2)** On dit aussi **descente au barbu, au lac, à la cave.** — **(3)** On dit aussi **tablier de forgeron,** mais c'est d'un usage discutable : ce sont, en effet, les tabliers de sapeur qui étaient couverts de poils. — **(4) Mener le petit au cirque,** ironique comparaison avec le divertissement du samedi soir offert par un couple d'ouvriers à leur rejeton, qui s'en fait à l'avance une fête. — **(5) Artiflot,** argot désuet pour artilleur. — **(6)** Cette expression et les trois précédentes s'accompagnent toutes les trois de la même nuance de cour expéditive, « à la housarde ». Elles sont toutes quatre extrêmement vulgaires et sont à déconseiller formellement dans les milieux mondains, à moins de circonstances particulières. — **(7) Balancer la purée** ou **la sauce** c'est, soit envoyer une rafale de projectiles, revolver ou mitraillette,

EXERCICE

1 L'artiflot a même pas attendu qu'la gonzesse soye déloquée : — **2** il y a mis d'entrée la main au panier ! — **3** et comme elle avait un tablier d'sapeur — **4** il a voulu aussi sec se mettre une fausse barbe — **5** mais la nana s'est foutue à gueuler au charron, — **6** il a même pas pu balancer la purée.

* *Le mot* chagatte *a de nombreux synonymes. Dans son beau livre « Le Sexe de la Femme » (« La Jeune Parque », 1967), le docteur Gérard Zwang a pu composer un glossaire de 19 pages, tout entier consacré, d'abricot à zizi, à cet objet charmant des désirs masculins.*

16e Leçon

LA TORTORE (1)

1 — Dans un bistrot à Biscaille, deux pue-la-sueur jactent (2) devant leur godet.

2 — **Gros Léon :** — Tiens, je vais te dire, moi (3), c'est encore chez Charlot l'Anguille que tu bectes le mieux !

3 — **P'tit Louis :** — D'accord, mais c't enfoiré-là il est arnaqueur comme pas un ;

4 — faut toujours se la donner à (4) la douloureuse.

5 — **Léon :** — Oh c'est bien partout du kif ! Si tu veux bien te taper la cloche,

6 — t'as pas intérêt à avoir des oursins dans l'morlingue.

7 — Quand tu t'es éclusé à l'apéro un pastaga,

8 — sifflard (5) comme entrée... mettons après le steak-frites, hein ?

9 — et il est un peu (6) choucard, son steak au Charlot,

10 — c'est pas de la barbaque nazebroque !

soit vider le chargeur d'un engin plus pacifique. Dans cette dernière acception on dit aussi **envoyer** (ou **cracher) son venin.**

EXERCICE

1 L'artilleur n'a même pas attendu que la dame soit dévêtue : — **2** il a osé dès l'abord un geste très risqué ; — **3** et comme elle possédait une fourrure extrêmement fournie, — **4** il a voulu se livrer à un geste encore plus osé, — **5** mais cette personne s'est mise à appeler au secours — **6** il n'a même pas pu excréter sa semence.

Comme le latin — et beaucoup plus encore que lui — l'argot « dans ses mots brave l'honnêteté ». Mis ici dans l'obligation de le traduire et désireux de respecter les règles de la décence, même quand le texte nous conduisait dans les bouges les plus infâmes, nous faisait assister malgré nous à d'impures dépravations et participer — en esprit seulement — à de détestables orgies, nous nous en sommes tirés tant bien que mal par l'euphémisme, la métaphore, l'allusion, l'ellipse, la prétérition, la métonymie, l'antiphrase, et aussi sans doute par bien d'autres figures de rhétorique dont nous ne connaissons pas même les noms ! On nous saura gré, nous l'espérons, d'avoir ainsi préservé la délicatesse de sentiment des personnes bien élevées, peu soucieuses d'appeler les choses par le nom qui leur est propre. Peut-être même éprouvera-t-on quelque satisfaction à savourer le contraste entre le texte populaire ou argotique, nerveux et débraillé, et sa traduction dans un langage académique noble et apprêté, qui ne craint pas d'aller parfois jusqu'à l'euphuisme ou au gongorisme (1).

(1) Cherchez au besoin ces mots dans le dictionnaire, et la « Méthode à Mimile » vous aura au moins appris quelque chose...

LA NOURRITURE

1 Dans un café à Bicêtre, deux ouvriers conversent devant leur verre. — **2 Gros-Léon** — Si vous voulez mon avis, c'est, tout compte fait, chez Charles l'Anguille que l'on mange le mieux ! — **3 Petit-Louis** — (J'en tombe) d'accord, mais ce coquin est un escroc à nul autre pareil, — **4** il est toujours nécessaire, avec lui, de se méfier au moment de l'addition — **5 Léon** — Oh, c'est bien la même chose partout ; Quand on veut vraiment bien manger, — **6** il convient de ne pas regarder à la dépense. — **7** Quand on a bu un pastis à l'apéritif — **8** et

PRONONCIATION

1 Jaktëdvañ — **2** jvét'dir, sèhañkor **(pas de liaison !)**, ktubèktëlmyœ — **3** stañfwaréla ilèharnakœr **(pas de liaison !)** — **4** sladoné — **5** byiñt'tapé — **8** mètoñhapré lstèkfrit'hiñ — **9** ilèhuñpœ — **10** dlabarbaknazbrok.

EXERCICE

1 Oh dis donc il est rien * arnaqueur, le taulier ! — **2** Frime voir un peu la douloureuse ! — **3** Ça nous fait cinq sacs chaque ! — **4** Si encore on s'était bien tapé la cloche ! — **5** Mais elle était plutôt nazebroque sa tortore, au cuistot !

* Il est rien arnaqueur, *antiphrase populaire pour : il est très fripon.*

17e Leçon

LA TORTORE (suite)

1 — **Léon :** — Après ça une porcif de calendo (1), un caoua, le pousse-caoua...
2 — **Louis :** T'oublies le picrate !
3 — **Léon :** Non, machin, j'l'oublie pas ! Son bromure au Charlot, il est pas le frère à dégueulasse,
4 — c'est un petit pinard (3) qui se respecte !
5 — **Louis :** Beaujolpif (4) cuvée Bercy, quoi !
6 — **Léon :** — Pour un sac tout compris tu vas pas jouer les bêcheurs, non ?
7 — **Louis :** — Peut-être bien, mais mézig, chez Charlot, ce qui me botte (5) le plus, c'est encore la Lucie...

qu'on a pris du saucisson comme entrée... supposons ensuite un beef-steak garni de pommes de terre frites, n'est-ce pas ? — **9** et le beef-steak préparé par Charles est vraiment excellent ; — **10** ce n'est pas de la viande avariée !

NOTES

(1) La tortore : la nourriture ou le repas. — **(2) Jacter :** parler, dire, converser. **Jactance :** parole, ou bavardage. — **(3)** Ce serait une erreur de croire que l'argotier emploie toujours **mézig,** pour moi. L'abus de **mézig** risquerait de paraître forcé. — **(4)** Se méfier de, se traduit en argot par : **se la donner de.** Ici **à** a le sens de lors de, au moment de. — **(5) Sifflard,** aphérèse de **sauciflard,** qui n'est autre que saucisson, suffixé comme **perniflard,** pernod ; l'orthographe habituelle, avec deux **f,** vient sans doute de l'attraction de **siffler,** avaler, boire d'un trait (pop.). — **(6) Un peu,** au lieu de beaucoup, antiphrase classique en argot. — **(7) Le naze** ou **le nazi :** la syphilis ou le syphilitique ; **naze** ou **nazebroque** (adj.) : syphilitique, ou pourri, avarié. (Ces mots sont très antérieurs au parti allemand nazi et n'ont par conséquent aucun rapport avec lui. En revanche la formule : **vérole nazie** doit venir du double sens de **nazi.)**

EXERCICE

1 Mon Dieu, que ce gargotier est donc fripon ! — **2** Regardez un instant la note ! — **3** cela nous revient à cinq mille francs (anciens) par personne. — **4** Si seulement nous nous étions bien régalés ! — **5** Mais la nourriture préparée par ce cuisinier était bien mauvaise !

LA NOURRITURE (suite)

1 Léon — Ensuite une portion de fromage, un café, un digestif... — **2 Louis** — Vous oubliez de parler du vin ! — **3** — Non mon ami, je ne l'oublie point ! — **4** Le vin que l'on sert dans l'établissement de Charles est loin d'être mauvais, c'est un petit vin de bonne qualité ! — **5 Louis** — Du Beaujolais élaboré aux Entrepôts de Bercy, en quelque sorte ! — **6 Léon** — Pour un menu se montant à mille francs anciens sans supplément, vous n'allez tout de même pas faire le difficile ? — **7 Louis** — Vous avez sans doute raison, mais quant à moi, dans l'établissement de Charles, ce qui me plaît le plus, tout compte fait, c'est Lucie. — **8 Léon** — La bonne ? Oui certes, je n'en disconviens pas, je me livrerais bien avec elle aux jeux de l'amour ! — **9 Louis** — Avez-vous vu la poitrine qu'elle a ? Elle a de quoi rivaliser heureusement avec Brigitte

8 — **Léon :** — La bonniche, ça j'dis pas, je prendrais bien le café du pauvre avec elle !

9 — **Louis :** T'as biglé (6) ça, cette paire de nichons ? Elle peut faire la pige (7) à B.B. !

10 — **Léon :** — Question roberts, on peut pas dire, elle est fadée (8) !

11 — Quand t'as ça dans les paluches, si t'as pas une pointe d'orgueil dans le calcif,

12 — c'est qu't'es amputé de la défonceuse !

PRONONCIATION

1 Kawa, pouskawa — **2** toublîlpikrat' — **3** ilèpalfrèra, déghœlass' — **4** séhuñ pti, kisrèspèkt' — **7** ptêt'byiñ, skim'bottëlpluss' — **9** stëpèr' — **11** dañl'kalsif.

EXERCICE

1 Un bon caoua j'ai rien contre, — **2** seulement après une bonne tortore — **3** y a encore rien qui vaut l'café du pauvre — **4** surtout avec une môme qu'a pas les roberts en gants de toilette. — **5** C' qu'y a d'chouette, dans c'truc-là, c'est qu'c'est pas grisol : — **6** même si vous êtes coupés à blanc, avec ta julie, — **7** vous pouvez vous carmer ça pour pas un flèche.

Bardot ! — **10 Léon** — Pour ce qui est des seins, nul n'y peut contredire, elle est bien partagée ! — **11** Si, lorsqu'on les empaume, l'on ne se sent point pris d'un roide désir, — **12** c'est que l'on est rigoureusement impuissant !

NOTES

(1) Calendo : camembert, et par extension, fromage quelconque, comme **fromegi, frometon, frometogomme.** Sens dérivé : employé ambulant des chemins de fer (qui transporte toujours avec lui un casse-croûte contenant un fromage). — **(2)** Cette façon contournée et singulière de s'exprimer signifie tout simplement que ce vin n'est pas mauvais du tout. — **(3) Picrate, bromure** et **pinard** sont des mots utilisés d'abord par les soldats pour désigner le vin fourni par l'Armée, et devenus ensuite populaires. **Pinard** (de pineau, cépage particulier) fut surtout employé pendant la guerre 14-18. **Bromure** connut une vogue assez courte pendant la drôle de guerre 39-40 : l'Intendance était accusée, à tort ou à raison, de mettre du bromure dans le vin des troupiers afin de prévenir des désirs sexuels inopportuns. Quant à **picrate,** qui a fait les deux guerres, c'est un mot péjoratif par suite de la référence implicite à l'acide picrique. — **(4) Beaujolpif (olpif** avait au début du siècle le sens de chic ou d'excellent) ou **beaujol :** il se consomme annuellement au comptoir des cafés parisiens plus de **beaujolpif** que les coteaux du Beaujolais n'en produisent en cent ans. C'est là un des miracles de l'organisation moderne des circuits de distribution. — **(5) Ça me botte :** ça me convient, ça me plaît. **Proposer la botte à une frangine :** c'est lui faire sans ambages ni circonlocutions ses offres de service galant. — **(6) Bigler,** regarder ou voir, et aussi regarder de travers, loucher, a donné **bigleux,** myope. — **(7) Faire la pige à quelqu'un** c'est se montrer supérieur à lui sur le terrain même où il excelle. — **(8) Etre fadé** c'est être bien partagé, bien servi. C'est aussi être atteint d'un mal vénérien, ou encore être ivre.

EXERCICE

1 Je suis loin de mépriser un bon café, — **2** toutefois, après un bon repas — **3** il n'est rien à mon sens qui vaille les joies de l'amour — **4** surtout avec une personne dont les seins ne s'affaissent pas. — **5** Ce qui est agréable dans cette activité c'est qu'elle ne revient pas cher : — **6** même si vous êtes, votre maîtresse et vous, complètement démunis d'argent — **7** il vous est loisible de vous offrir cela gratuitement. **(Flèche,** qui signifiait autrefois sou, n'est plus employé que dans les expressions **sans un flèche** ou **pas un flèche. Je suis sans un flèche :** je n'ai pas un sou vaillant.)

18e Leçon

LA TORTORE (fin)

1 — **Louis** : — Seulement pour te la farcir, faudrait (1) quand même mieux
2 — que t'y dégringoles comme pourliche (2) autre chose que les 12 % !
3 — **Léon** : — Tu crois qu'elle marche à ce truc-là ?
4 — **Louis** : — Comme toutes les gonzesses (3)... ou presque. A turbiner comme elle turbine,
5 — faudrait qu'elle soye la reine des pommes d'aller se pager (4) avec tézig pour que dalle !
6 — **Léon** : — Chambre pas (5), Louis ! J'ai plus vingt piges, je dis pas (6), seulement je suis resté un drôle de bandeur,
7 — et dans le loinqué les mômes (7) se le bonnissent en loucedoc.
8 — **Louis** : — Avec tout ça on a pas encore choisi notre restau...
9 — Faudrait voir à se magner la rondelle, on reprend (8) à deux plombes.
10 — **Léon** : — Chez Charlot ça va le dimanche. En semaine on est pas assez rupins pour douiller un sac.
11 — **Louis** : — Alors y a pas à chier (10), faut se grouiller d'aller chez Gégène, s'y a encore de la place !

PRONONCIATION

1 Pourtla, fôrè — **2** ktî, ôt'choz'klé — **3** astrukla — **5** fôrè, sway', spajé — **6** jdipâ, chsui — **7** sëlbonissañlousdoc — **8** oñ napa hañkornot' — **9** Fôrèvwar asmanyé, oñrprañ ha — **10** añsmèn'oñ népâ hassé — **11** pa ha, fôsgrouyé.

LA NOURRITURE (fin)

1 Louis — Le hic, c'est que pour la conquérir il vaudrait tout de même mieux — **2** lui abandonner un pourboire supérieur aux 12 % (de rigueur) ! — **3 Léon** — Pensez-vous donc qu'elle se laisse fléchir par des arguments de cette nature ? — **4 Louis** — Comme toutes les femmes, ou peu s'en faut. A travailler comme elle fait, — **5** il faudrait qu'elle soit bien stupide pour vous accorder ses faveurs à titre gratuit ! — **6 Léon** .. Ne vous raillez point, Louis ! Je n'ai plus vingt ans, il est vrai, mais je suis demeuré très vert en amour, — **7** et dans le quartier les personnes du sexe se le disent de bouche à oreille. — **8 Louis** — A perdre notre temps en bavardage nous n'avons pas encore décidé de notre restaurant... — **9** Il conviendrait de nous hâter, car nous reprenons notre travail à deux heures. — **10 Léon** — Nous ne pouvons nous permettre de nous rendre au restaurant de Charles (que) le dimanche. En cours de semaine nous n'avons pas les moyens de débourser mille francs. — **11 Louis** — Dans ces conditions nous n'avons pas à hésiter, nous devons nous presser de nous rendre à l'établissement d'Eugène, s'il s'y trouve encore de la place.

NOTES

(1) Falloir est souvent mal distingué de valoir, et utilisé à sa place. Ce n'est pas recommandable, certes, mais c'est un fait. **Faudrait** est généralement prononcé : fôrè. — **(2) Licher :** boire, **pourliche :** pourboire. Au lieu de **licher** on peut dire **lichailler** ou **lichecailler.** — **(3)** Ce pessimisme au moins apparent fournit au défavorisé une justification de ses insuccès amoureux : toute femme qui n'a pas voulu lui accorder ses faveurs est une **putain** (s-e., s'il avait eu assez d'argent à lui donner, elle aurait certainement accepté). — **(4) Page** (masc.) **pageot :** lit. **Se pager** ou **se pageoter :** se coucher, que ce soit pour dormir ou pour se livrer à des ébats amoureux. — **(5) Chambrer :** railler, se moquer de... On dit aussi **mettre en boîte.** (En français populaire **chambrer quelqu'un** c'est le tenir enfermé pour le punir ou pour le voler. — **(6) Je dis pas** (pron. jdipâ) : je ne dis pas le contraire, je n'en disconviens pas. Autre forme fréquente : **ça j'dis pas.** — **(7) Môme,** dans le sens d'enfant, qui appartenait autrefois au langage de la pègre, est depuis longtemps un mot populaire. En argot **le môme** est un jeune homosexuel passif, **la môme** est la première femme du souteneur ou, moins spécialement, une femme quelconque. — **(8)** Formule

EXERCICE

1 Si tu t'magnes pas la rondelle, Charlot, ça va chier ! — **2** Merde alors, nous fais pas chier ! — **3** Avec tézig faudrait toujours qu'on turbine ! — **4** Si l'singe il est pas content, on l'enverra chier. — **5** Faut pourtant qu'y soye fini c'soir, c'turbin, y a pas à chier ! — **6** Fini ou pas fini, ça chie pas !

19e Leçon

1 — Va te faire tailler les roseaux (1), j'y ai dit,
2 — avec des tifs pareils on croira que t'es tombé pour la confiture (2) !
3 — Pour deux bâtons ça valait pas le coup de se mouiller (3) ;
4 — ça craignait trop cher (4),
5 — des fois qu'y aurait un os dans le frometon (5).
6 — C'est un cabestron (6) complètement frappadingue (7) :
7 — au lieu de boucler sa trappe
8 — il a déclenché le chizbroc (8) chez le grand Freddy,
9 — y s'est retrouvé deux coups les gros en calebar (9) !

PRONONCIATION

1 Vat'fèr, jyédi **(en deux syllabes)** — **2** krwarak'tè —

populaire très employée pour reprendre le travail. — **(9) Rupin** (pop.) : riche, a donné dans l'argot des étudiants le verbe **rupiner :** bien réussir à une composition, à un examen, etc. — **(10)** On peut dire aussi **y a pas à tortiller,** ou simplement **y a pas.** Notons encore : **ça chie pas :** cela n'a pas d'importance, et **ça va chier !** annonce de quelque action rapide et intense (bagarre, travail exécuté avec célérité, etc.), menace ou prévision de quelque chose qui va mal tourner (syn. : **ça va barder).** Le verbe **chier** est utilisé par le peuple « à tout propos et hors de propos ».

EXERCICE

1 Si vous ne vous hâtez point, Charles, les choses vont se gâter ! — **2** Morbleu, cessez de nous importuner ; — **3** si l'on t'en croyait il faudrait toujours être à l'ouvrage. — **4** Si le patron n'est pas satisfait nous l'enverrons au diable. — **5** Pourtant ce travail doit être terminé ce soir, c'est une nécessité. — **6** Qu'il soit fini ou non n'a aucune importance !

---

1 Allez vous faire couper les cheveux, lui ai-je dit, — **2** avec une telle chevelure on croira que vous avez été arrêté pour délit sexuel. — **3** Pour deux millions cela ne valait pas la peine de prendre des risques ; — **4** c'était une affaire trop dangereuse, — **5** au cas où il y aurait une difficulté inattendue. — **6** C'est un idiot complètement fou : — **7** au lieu d'observer le silence — **8** il a provoqué une bagarre chez le grand Alfred, — **9** il a été déshabillé **(mot-à-mot :** il s'est retrouvé en caleçon) en un moment !

NOTES

(1) Pour désigner les cheveux, **crins** et **tifs** sont populaires ; **douilles, crayons** ou **roseaux** sont argotiques. — **(2) Tomber pour la confiture,** être puni pour avoir violé quelque interdit sexuel. — **(3) Se mouiller :** prendre des risques (comme celui qui se jette à l'eau) en **trempant** dans une affaire. **Mouiller pour quelqu'un,** c'est le désirer, en être amoureuse (en parlant d'une femme, en principe ; mais par une généralisation qu'on peut trouver abusive l'expression s'applique aussi à un homme, et au figuré **mouiller** en arrive à avoir le sens d'éprouver un grand plaisir, de jubiler, etc. — **(4)** Noter l'emploi très peu français du verbe craindre : il s'agit en réalité d'une ellipse très ramassée pour : il y avait lieu de craindre de payer trop cher... — **(5)** On dit aussi tout simplement :

3 savalèpalkou dës'mouyé — **5** défwakyôrè, dañl' from'toñ — **6** sèhuñ — **7** ôliœd'bouklé — **8** chél'grañ — **9** issèr'-trouvé, kalbar.

EXERCICE

1 Jamais y s'file un coup d'crasseux dans les roseaux. — **2** C' qu'il est cracra (10) ! — **3** On dirait une vraie polka avec sa limace à fleurs ! — **4** Jamais l'vioc y voudra monter sur l'affaire avec cézig, — **5** même pour trois bâtons ! — **6** Y s'gourera qu'y a un os dans le calendo !

20e Leçon

ENVOYEZ LA SOUDURE !

1 — Question artiche, ça a chanstiqué terrible depuis trente piges !

2 — Ça fait une sacrée embrouille dans l'argomuche...

3 — Un linvé, un laranqué (1) c'est tellement peu d'osier qu'on en jacte même plus !

4 — Pour une thune (2), tu voudrais tout de même pas que ma gravosse se fasse calecer !

5 — Un cigue, en nouveaux francs, c'est deux lacsés.

6 — Avec une demi-jetée on peut encore se retrouver fleur (3) rapidos !

7 — Dudule avait engourdi le crapeautard d'un pue-la-sueur,

il y a un os. — (6) **Cabestron,** synonyme de **cave,** naïf, imbécile, fait pour être trompé. — **(7) Frappadingue,** contraction de deux mots familiers, **frappé** et **dingue,** qui signifient tous deux : fou. Notons que dans la langue populaire une **frappe** est un jeune voyou. — **(8) Chizbroc** est synonyme exact de **schproum :** bagarre ou scandale susceptible de provoquer l'intervention de la police. — **(9) Calebar** est moins usité que son synonyme **calecif.** — **(10) Cracra** est un dérivé enfantin de crasseux ; il y en a plusieurs autres : **craspec** — que Céline orthographie **craspect, crado ou cradoc, crapoteux, crassouillard.** La **crassouille** est la saleté. D'une fille peu soignée on dira : **c'est la môme Cracra.**

EXERCICE

1 Jamais il ne se donne un coup de peigne ! — **2** Comme il est sale ! — **3** On dirait une véritable femme avec sa chemise à fleurs. **(Notons que** polka, **femme, maîtresse du souteneur, appartient à l'argot ancien. Ce mot est encore employé à l'occasion par plaisanterie.)** — **4** Jamais le vieux monsieur n'acceptera de participer avec lui à cette opération délictueuse, — **5** même pour trois millions ! — **6** Il y subodorera quelque difficulté cachée.

Certains puristes ne veulent pas admettre l'évolution de la langue et les changements de l'usage, du bon usage comme de l'usage tout court. Le bon usage de Littré n'était plus celui de Vaugelas. Celui de 1954 n'est plus, sur bien des points, celui de Littré.

A Dauzat, « Le Monde », 29 décembre 1954.

Irons-nous jusqu'à prétendre que nous donnons ici le bon usage de 1970 ? Certainement pas. Et d'ailleurs, quel bon usage ?

PASSEZ LA MONNAIE !

1 En ce qui concerne l'argent, les choses ont bien changé depuis trente ans ! — **2** Cela cause dans l'argot une grande confusion... — **3** Une pièce de vingt sous (un franc ancien) de quarante sous (deux francs anciens) c'est si peu d'argent que l'on n'en parle même plus ! — **4** Vous ne pensez pas, j'espère, que ma grosse amie pourrait accorder ses faveurs pour une pièce de cinq francs ! — **5** Un louis en nouveaux francs vaut deux billets de mille (anciens francs). — **6** Avec cinquante nouveaux francs on n'en a pas pour bien longtemps à être à nouveau démuni. — **7** Théodule avait dérobé le

8 — dedans y avait même pas une livre !...
9 — Pour un sac, mémère (4), elle te fait une bouffarde (5) au loinqué d'une lourde, elle est pas bêcheuse...
10 — De trois briques y s'est fait enfler, le Momo, par Lulu-le-Sétois...
11 — Une unité de velours, en faisant afnaf (6) avec Tony, ça me laissait tout de même cinq cents raides.
12 — Avec une came aussi toc, tu pourras pas faire la culbute (7). Y aura pas gras pour tézig !
13 — J'suis flingue, j'ai pas un radis (8) en fouille.
14 — Léon aime pas éclairer ; y fait du millimètre, c't'enfifré mondain !... (9)
15 — Un barda (10) le glass, c'est plutôt grisol pour les boulots,
16 — y s'pointeront (11) pas souvent dans ton rade !
17 — Pépée-de-Madrid, elle doit remonter dans les soixante, quatre-vingts tickets la noye,
18 — c'est une gagneuse (12) !

PRONONCIATION

1 Tèrib(l) **(l peu prononcé, ou pas du tout)** d'pui — **2** kon nañ jakt'mêm' — **4** kalsé — **6** dëmij'té (**ou** dëmich'té), sër'trouvé, rapidôs' — **10** issèfè hañflé lmomo — **11** añfzañ hafnaf — **15** l'glâss, puto — **17** rmoñté, noy' — **18** sè hun' **(pas de liaison !)**

porte-monnaie d'un ouvrier, — **8** il y avait à peine à l'intérieur une centaine de francs anciens. — **9** Pour un billet de mille francs, Grand-mère **(surnom)** vous fait une caresse buccale au coin d'une porte, elle n'est pas femme à faire des manières. — **10** Maurice s'est fait escroquer de trois millions par Lucien-le-Sétois. — **11** Un million de bénéfice, en partageant par moitié avec Antoine, me laissait encore cinq cents billets de mille francs. — **12** Vous ne pourrez pas revendre une marchandise d'aussi piètre qualité le double de ce qu'elle vous a coûté. Vous ne ferez pas un gros bénéfice. — **13** Je suis à bout de ressources, je n'ai pas un sou vaillant en poche. — **14** Léon n'aime pas payer, il est très regardant, ce méprisable personnage ! — **15** Un billet de mille francs (anciens) le verre, c'est bien cher pour les travailleurs honnêtes, — **16** ils se rendront rarement dans votre établissement ! — **17** Pépita-la-Madrilène doit rapporter environ soixante ou quatre-vingts billets de mille francs chaque nuit, — **18** c'est une travailleuse à haut rendement !

NOTES

(1) Linvé (**largonji** de vingt) **ou linv'** = vingt sous, c'est-à-dire un franc ancien ; **larantequé** (**largonji** de quarante), ou **laranqué,** ou **laranquès** ou **laranque :** quarante sous. (Il existait aussi autrefois **leudé, linxé, lidré :** deux, cinq, dix sous). Tous ces mots ont disparu depuis longtemps par suite de la dépréciation constante de la monnaie. Il ne semble pas que le franc nouveau ait été suffisamment lourd pour les remettre en usage. — **(2)** Le mot **thune,** après avoir représenté une pièce de monnaie quelconque dont on précisait la valeur, s'est attaché pendant un siècle à la pièce de cinq francs anciens. Depuis la naissance du franc lourd, la **thune** moribonde a repris quelque vigueur et désigne parfois la pièce de cinq francs nouveaux. — **(3)** Une **fleur** est un cadeau, une faveur, une gratification, etc. Mais être **fleur** c'est être fauché comme la fleur, c'est-à-dire sans argent (on dit aussi **être flingué). Arriver comme une fleur,** c'est arriver plein de confiance et d'espoir, ou en toute innocence, sans se douter de ce qui vous attend. — **(4) Mémère :** grand-mère, dans le peuple. Surnom familier, à la fois moqueur et sans méchanceté, appliqué à toute femme qui n'est plus jeune. — **(5) Bouffarde :** pipe, donc **faire une bouffarde** est synonyme de **faire une pipe,** c'est-à-dire se livrer à la fellation (mais beaucoup plus rare). — **(6) Afnaf** ou **afanaf** (de l'anglais half and half) : moitié-moitié ; se dit d'un partage en deux parts égales (introduit à Paris par des souteneurs français ayant accompli leur apostolat à Londres). — **(7) Faire la culbute :** a) vendre le double du prix d'achat,

EXERCICE

1 Greta d'Hambourg, c'est une gagneuse de première bourre. — **2** Ça y arrive d'affurer cent tickets la noye. — **3** Avec un sujet comme çui-là, Bébert-le-Chtimi a pas besoin de s'chercher un doublard ! — **4** Plus une gonzesse que tu fous au turf est loquedue, — **5** plus y faut qu'tu gaffes à ton casse-dalle : — **6** c'est les plus toques les plus bourrins.

21e Leçon

1 — Jeannot-le-Toulonnais il est fada à zéro (1) :
2 — pour engourdir un morlingue, il est foutu de prendre un riboustin (2)
3 — et d'aller ébouser (3) le premier cave qui glandouille (4) dans le secteur !
4 — L'autre jour y s'est fait courser par les lardus,
5 — il a paumé son bloum (5) sur le parcours.
6 — Avec ça y le retapisseront facile.
7 — Du coup y mouette (6) sec cet enflé-là !
8 — Pour monter sur ce boulot, tu vas pas pinailler (7) deux plombes :
9 — c'est du cousu main, encule pas les mouches !
10 — Si j'enculais les mouches comme tu bonnis,

b) être au milieu du temps de sa détention. **Culbuter une femme** c'est la posséder rapidement, à la hussarde. Un **culbutant** est un pantalon. — **(8) Ne pas avoir un radis** : ne pas avoir un sou **(radis,** pour maravédis ?) — **(9) Faire du millimètre** : y regarder, en matière d'argent, à un millimètre près, c'est-à-dire être **regardant** (pop.), avare. **Enfifré** est un terme de mépris, comme tous ceux qui désignent l'homosexuel passif, et **mondain** n'arrange pas les choses, au contraire ! — **(10)** Le **barda** est le sac du soldat, le fourniment qu'il porte sur son dos. Rien d'étonnant qu'en matière de monnaie **barda** veuille dire, comme **sac,** billet de mille francs (anciens). — **(11) Se pointer** : se diriger vers, se présenter (de **pointer** terme d'artillerie). — **(12) Gagneuse** : terme très élogieux pour désigner une hétaïre à qui une activité inlassable et de hautes qualités professionnelles procurent des gains très élevés.

EXERCICE

1 Margarethe-de-Hambourg (noter l'élison bien française : **d'Hambourg)** est une professionnelle à haut rendement comme il en est peu ! — **2** Il lui est arrivé de gagner cent mille francs en une nuit. — **3** Avec une telle femme d'élite, Albert-le-Gars-du-Nord n'a pas besoin de se procurer une maîtresse en second ! — **4** Plus une femme que vous lancez dans la galanterie est dépourvue d'attraits, — **5** plus il faut que vous surveilliez cette source de revenus : — **6** ce sont les plus laides qui se laissent séduire le plus facilement.

---

1 Jean-de-Toulon est complètement fou : — **2** pour voler un portefeuille, il est fort capable de prendre un revolver — **3** et d'aller assassiner le premier individu qui se promène dans le quartier ! — **4** Récemment il s'est fait poursuivre par les policiers, — **5** il a perdu son chapeau en cours de route ; — **6** avec cela ils l'identifieront sans peine. — **7** Par suite il est plus mort que vif, cet idiot !... — **8** Pour accepter de vous rendre à cette opération (délictueuse), vous n'allez pas ergoter pendant deux heures : — **9** c'est une affaire des plus faciles, ne soyez pas tatillon ! — **10** Si j'étais tatillon comme vous le dites, —

11 — alors j'irais me taper le Gros-Paulo
12 — parce que cézig y porte un bada grand modèle (8) !
13 — Tu vas pas me dire qu'on t'a pas affranchi ?
14 — Me fais pas rigoler les fesses !

PRONONCIATION

1 Janol'toulonè — **2** foutud'prañd' — **3** dañl'sèktœr — **4** lôt'jour — **5** sulparkour — **6** ilrëtapisroñ (**ou** ilërtapisroñ) — **7** stañfléla — **9** hañkulpa — **11** jirèmtapélgropôlo — **14** m'fèpa.

EXERCICE

1 Mimile y s'est fait argougner — **2** pendant qu'il engourdissait le morlingue d'un lardu. — **3** Faut dire qu'il était bituré à mort (**ou** ourdé à zéro), — **4** y pouvait pas jouer des flûtes pour s'esbigner, — **5** y s' s'rait ramassé la gueule en moins de jouge (**ou** en moins de deux).

22e Leçon

LA BOUFFE ET LA DEBOURRE

1 — Jojo le Morfale (1), c'est pas le boulot qui risque de lui esquinter les paluches.
2 — Dès qu'y s'arrache du pageot (2)
3 — y gamberge qu'à la bectance !
4 — D'entrée, y s'prend un acompte, un caoua avec un petit casse-dalle de déménageur.

— **11** je sodomiserais le Gros-Paul — **12** car il a une réputation bien établie de dénonciateur. — **13** Ne me dites pas qu'on ne vous a pas mis au courant, — **14** je ne vous prendrais pas au sérieux !

NOTES

(1) **A zéro :** complètement, tout à fait. **Avoir les miches à zéro :** avoir peur. **Avoir le moral à zéro :** avoir un très mauvais moral. **Zéro** est aussi une formule de refus, synonyme de : **rien à faire.** — **(2) Riboustin :** vieux revolver à barillet. Le mot n'est plus guère utilisé que plaisamment. — **(3) Ebouser :** tuer, abattre, anéantir. — **(4) Glandouiller :** rester sans rien faire, se promener sans but précis, perdre son temps. — **(5) Bloum,** chapeau. Le mot est attesté dès 1881, et le chef du Front populaire n'y est pour rien : il avait alors neuf ans. — **(6) Mouetter,** qui signifiait à la fin du siècle dernier : sentir mauvais, a maintenant le sens d'avoir peur. Il est à noter que le verbe **fouetter** a eu, ou a, lui aussi, ces deux mêmes sens. Cette liaison sémantique est aisée à comprendre. — **(7) Pinailler :** discuter sur des vétilles, chicaner sans raison valable. (Synonyme : **enculer les mouches,** ce qui explique le jeu de mots des paragraphes 10 et 11, intraduisible et d'ailleurs de fort mauvais goût.) **Pinailleur :** tatillon — **(8) Porter le bada** c'est avoir mauvaise réputation, par exemple celle d'être une **mouche,** un **mouchard,** c'est-à-dire un dénonciateur, un indicateur de police.

EXERCICE

1 Emile s'est fait appréhender — **2** pendant qu'il dérobait le portefeuille d'un policier. — **3** Il faut dire qu'il était complètement ivre, — **4** il ne pouvait pas courir pour s'enfuir — **5** il serait tombé à l'instant même !

NUTRITION ET EXCRETION

1 Ce n'est certes pas le travail qui risque d'abîmer les mains de Georges-le-Goinfre ! — **2** Dès qu'il saute à bas du lit — **3** il ne songe qu'à la nourriture ! — **4** A titre d'acompte il absorbe d'abord un café accompagné d'un

5 — A douze plombes, y se cale les babouines (4) avec un sérieux bout de barbaque, un stèque comac,

6 — un calendo qui se fait la paire, arrosé d'un aramon de derrière les fagots.

7 — Un coup de schnick après un kil (5) de picton, y a pas de quoi être rétamé, qu'y bonit.

8 — Y a qu'à aller en écraser un peu après la graille.

9 — Vers cinq plombes, en déhottant du paddock, rare qu'y s' sente pas l'envie de caguer (6).

10 — Aux gogues (7), y moule un bronze (8) maous tout en lissebroquant, ça lui vide le burelingue (9).

11 — Après ça, arrive la dîne... l'apéro lui remet les crochets en fête devant la carante.

12 — Y remastègue une bonne tortore avec quelques godets de blanco.

13 — Reste plus après ça qu'à se zoner pour une bonne noye (9)...

PRONONCIATION

1 Jojolmorfal sèpalboulo kiriskëdlui — **4** dañtréïsprañ un nakoñt', uñptikasdal — **6** kisfélapèr, aramoñd'dèrièrléfagho — **7** uñkoudchnik, êtrétamé, kiboni — **8** yakahallé (**ya** en une seule syllabe brève), añ nékrazéhuñpeu — **8** siñk'rarkis'sañt'pa lañvid'kaghé — **11** dvañ — **12** Irmastègh, kékgodèd' blañko — **13** kas'zôné, noy' (voir note 9).

EXERCICE

1 T'es rien morfalou, mon p'tit pote ! — **2** Bin dis don(c), quand tu viens d'tirer six marcotins à Fresnes, — **3** à t'farcir les flagdas de la tentiaire, — **4** t'as les crochets drôlement en fête !

gigantesque sandwich. — **5** A midi il se repaît d'un énorme morceau de viande, un beefsteak colossal, — **6** d'un camembert bien fait, arrosé d'un vin de grand choix. — **7** Un verre d'eau-de-vie après un litre de vin, dit-il, il n'y a pas là de quoi être ivre, — **8** il suffit d'aller faire une petite sieste après le repas — **9** environ cinq heures, en sortant du lit, il est rare qu'il ne ressente pas une aspiration à la libération de ses intestins. — **10** A la garde-robe il se laisse aller à une considérable évacuation cependant qu'il lâche de l'eau, cela lui désemplit l'abdomen ; — **11** ensuite vient le dîner. Une boisson apéritive lui redonne de l'appétit devant la table. — **12** Il mange à nouveau une nourriture agréable arrosée de quelques verres de vin blanc. — **13** Il ne lui reste plus ensuite qu'à se coucher pour passer une bonne nuit.

NOTES

(1) Morfale, morfalou : gourmand, goinfre ; d'où **morfaler,** manger beaucoup, avec avidité (on dit parfois **morfiler).** — **(2) Pageot** ou **page** (masc.) : lit. **Se pager :** se coucher. — **(3)** Ici l'adjectif **petit** signifie énorme ; l'argot, on le voit, use volontiers de l'antiphrase. — **(4) Se caler les babouines** (ou **les babines,** ou **les joues) :** manger confortablement. Les **babouines,** déformation du français babines, sont les lèvres, ou **badigoinces,** ou **baiseuses.** — **(5) Kil** (ou plus rarement **kilo) :** litre de vin (peut-être parce qu'un décimètre cube de vin pèse approximativement un kilog). — **(6) Caguer** se trouve déjà dans Rabelais. Le langage populaire l'utilise encore, moins souvent à vrai dire que les verbes **chier, débourrer,** ou **tartir.** — **(7)** Les lieux d'aisance sont les **chiottes,** les **goguenots** ou les **gogues,** les **tartisses** ou les **tartissoires.** — **(8)** Cette expression imagée vient sans doute du vocabulaire technique des artisans en bronze d'art. — **(9)** Le **burelingue** est d'abord le bureau, mais aussi le ventre (parce que le ventre s'appelle également le **bureau).** — **(10)** Le mot **noye** (que certains auteurs argotiers écrivent **noille**) a une prononciation difficile à représenter en français : noy', en une seule syllabe. Comme l'allemand **neu,** ou, à la consonne près, comme l'anglais **boy.**

EXERCICE

1 Que vous êtes glouton, mon jeune ami ! — **2** C'est bien naturel : lorsqu'on vient de passer six mois à la prison de Fresnes, — **3** en absorbant les haricots de l'Administration pénitentiaire, — **4** on a vraiment grand plaisir à manger !

5 Quand t'as vraiment envie de grailler un bon bout de barbaque — **6** tu t'en tamponnes de la douloureuse !

23e Leçon
BESTIAUX

1 — Un greffier (1), c'est un chat ;
2 — mais un chat c'est une chagatte (2).
3 — Le bourrin se fait brouter le minou (3) sans renauder.
4 — Bourrin : à ne pas confondre avec le gail (4)
5 — que le hareng (5) va flamber sur les courtines.
6 — Les poulets, eux, se gourent pas pour retapisser
7 — les maquereaux et les morues (6).
8 — Toutes les grues font pas la retape, d'accord,
9 — mais une souris qui s'explique sur le turf (7),
10 — même une vache à roulettes (8), une hirondelle (9), la redresse bessif.
11 — La ponette bonit : « Viens, mon rat » à ce piaf (10) qui lassepem (11).
12 — « Gaspard », y a des chances qu'il entraverait pas.

— **5** Lorsque le désir vous vient de consommer quelque bon morceau de viande, — **6** vous ne songez guère au montant de l'addition !

ZOOLOGIE

(Quelques animaux seulement ont un nom en argot. En revanche de nombreux noms français d'animaux y sont utilisés avec une acception particulière, ou dans des locutions caractéristiques. Nous ne pourrons guère éviter que les traductions en paraissent fréquemment absurdes.)

1 Un chat c'est un chat ;

(Cette formule lapidaire que nous impose la traduction et que Boileau avait déjà exprimée à peu de chose près dans son « Art poétique » nous rappelle un adage populaire de haute sagesse : « Un trou c'est un trou » **qui se prononce savoureusement dans ch'Nord :** « Un treu ch't'un treu. » **Cette dernière locution signifie tantôt, pour consoler l'amant désolé, qu'aucune femme n'est irremplaçable, tantôt qu'en matière d'amour la beauté ne compte pas autant qu'on croit)** — **2** mais un chat c'est aussi... une chatte. — **3** La fille facile subit apparemment sans déplaisir l'opération du cunnilinctus. — **4 Bourrin :** on est prié de ne pas croire ici qu'il s'agit d'un cheval — **5** que le proxénète va jouer sur les champs de courses. — **6** Quant aux policiers, ils ne se trompent pas quand il s'agit de reconnaître — **7** les proxénètes et les hétaïres. — **8** Certes toutes les courtisanes n'accostent pas les clients — **9** mais quand une femme se livre à son honteux trafic sur le trottoir, — **10** un agent cycliste lui-même la distingue d'emblée. — **11** La fille dit « Venez, mon ami » à ce passant. — **12** Si elle lui disait « mon gaspard », il est vraisemblable qu'il ne comprendrait pas.

PRONONCIATION

1 Séhuñ **(pas de liaison !)** — 2... séhun' chagatt' — **3** sanr'nôdé — **4** gay' (en une syllabe) — **6** sgourpa — **7** macrô — **8** lartap — **9** kissèspliksulturf — **11** laspèm — **12** chañskilañtravrèpa.

NOTES

(1) Greffier : chat, peut-être parce que pour le peuple l'écriture, c'était des « griffes de chat », mais peut-être aussi par influence de **chat fourré,** juge (Cf. Rabelais). Inversement un greffier de justice est parfois appelé un **chat.** Voici, d'après Francisque Michel, le début d'une traduction en vieil argot de la Mère Michel, « La dabuche Michelon ».

C'est la dabuche Michelon
Qu'a pomaqué son greffier,
Qui jacte par la vanterne
Qui qu'c'est qui lui r'fil'ra...

(**Pomaquer,** variante de paumer, perdre ; **vanterne,** fenêtre) (ces mots sont désuets). — **(2)** Le sexe de la femme se traduit, très souvent, par **chat, chatte,** ou (par déformation en **cadogan) chagatte,** à cause de la fourrure (ou peut-être aussi de la voracité) de l'animal. Par suite de l'identité **chat-greffier** (note 1) on emploie aussi dans ce sens le mot **greffier,** mais beaucoup plus rarement. — **(3)** Nous retrouvons ici le chat, sous l'une des formes enfantines **minou, minet, minette, mimi.** Au lieu de **brouter le mimi** on dit souvent **faire mimi,** ou **faire minette.** — **(4)** Dans la langue populaire un **bourrin** est un cheval. Mais en argot un cheval est un **gail,** et un **bourrin** est, nous l'avons vu, ou bien une femme dominée par son sexe, ou bien un homme s'intéressant excessivement aux filles d'Eve. — **(5) Hareng** s'appliquait autrefois au gendarme, puis au jeune souteneur désargenté, consommateur de harengs saurs. Il désigne maintenant n'importe quel souteneur. — **(6)** Il n'est peut-être pas sans intérêt de remarquer que les maquereaux et les morues appartiennent à la même famille de poissons (téléostéens subbrachiens). — **(7)** Le **turf** (en... français : champ de courses), est le lieu où les femmes racolent, et aussi la femme qui racole. — **(8)** Une **vache** étant un agent de la Sûreté, un sergent de ville, un gendarme, ou un policier quelconque, **une vache à roulettes** est un agent cycliste. (A propos de **vache,** rappelons la devise du célèbre **apache** du XIXe siècle Abadie : **Mort aux vaches,** qui a connu immédiatement — et connaît toujours — une vogue extraordinaire, parfois sous la forme abréviée M.A.V. (pour les tatouages et les inscriptions murales). Mais une **vache** est également un traître, un dénonciateur, et la **croix des vaches** est l'entaille en forme de croix dont le rasoir ou la **rapière** (couteau) marquent au visage celui qui s'est rendu coupable de forfaiture. — **(9)** L'agent cycliste est appelé également **hirondelle,** et Albert Simonin se moque gentiment de l'étymologie qu'en donne Pierre Guiraud (dans « L'argot », collection « Que sais-je ? ») : « Les **hirondelles** ou agents cyclistes, qui sont des **poulets** rapides et mobiles ». Albert Simonin suggère tout simplement « que les premiers policiers **mécanisés** furent baptisés... du nom du cycle qu'ils enfourchaient, « l'Hirondelle », fabriqué par la Manufacture d'Armes et Cycles de Saint-Etienne, firme dont le poétique catalogue de l'époque montrait deux de ces gardiens de l'ordre, à pèlerine et casquette plate, prêts à foncer dans le brouillard sur leur monture d'acier premier choix ». (Avant-propos du « Petit Simonin illustré par l'exemple », n.r.f. 1968). — **(10)** Un **piaf** est un moineau et, par extension, un petit oiseau quelconque. **Crâne de piaf !** est l'équivalent de **cervelle d'oiseau,** ou de **petite tête** : moins injurieux que gentiment moqueur. — **(11) Lassepem,** verbe invariable : passer (par déformation en **largonji** des **louchébem).**

EXERCICE

1 Pour un vrai mec y a pas pire que de maquer un boudin. — **2** Un turf sérieux doit goder que pour son homme. — **3** T'as qu'à voir Freddy, y serait pas déponné comme il est — 4 s'y s'était pas berluré sur la grande Fernande — **5** qu'était jamais qu'un sale bourrin. — **6** Un boudin peut jamais être une bonne gagneuse !

24e Leçon

BESTIAUX (suite)

1 — Le corbeau (1) viceloque voulait frimer la moule (2) de la grenouille de bénitier.
2 — Mon singe, c'est un cormoran (3),
3 — il a des oursins dans le crapaud (4).
4 — Je peux pas bouffer la chatte à ma sauterelle
5 — quand elle a ses ours, ça me ferait aller au renard (5) !
6 — Quand un perdreau page (6) avec une poule,
7 — elle risque de pondre un têtard (7)
8 — qui deviendra plus tard une mouche (8).
9 — Un barbeau c'est ramier, et c'est mouton (9) à l'occase.
10 — Les cloportes (10), souvent, ça balance, c'est bourrique et compagnie (11).
11 — Bébert avait fait le rongeur pendant dix piges après son temps à la grive.
12 — Lulu points bleus (12), c'était un cador (13).
13 — N'empêche qu'il est obligé de rengrâcier devant les crabes (14)
14 — depuis qu'il est en centrouse, et ça lui fout le bourdon.

EXERCICE

1 Pour un véritable homme du Milieu c'est la pire des choses qu'apporter sa protection à une femme soumise à ses caprices amoureux. — **2** Une courtisane sérieuse ne doit éprouver de désir que pour son souteneur. — **3** Voyez seulement Alfred ; il ne serait pas abattu comme il l'est — **4** s'il ne s'était pas fait des illusions sur la grande mademoiselle Fernande — **5** qui n'était après tout qu'une femme tristement dominée par ses appétits sexuels. — **6** Une femme qui se permet des caprices amoureux ne peut en aucun cas être d'un bon rapport pour son souteneur.

ZOOLOGIE (suite)

1 Le curé libidineux voulait regarder les pudenda de la dévote. — **2** Mon patron est un israélite, — **3** il est regardant à l'excès. — **4** Il m'est impossible d'honorer mon amie de certaines privautés un peu poussées — **5** lors de ses périodes mensuelles, cela me soulèverait le cœur. — **6** Quand un policier partage la couche d'une femme, — **7** il est à craindre que le fruit des entrailles de celle-ci — **8** ne devienne, une fois adulte, un auxiliaire occasionnel de la justice. — **9** Un souteneur est un paresseux, et c'est à l'occasion un indicateur. — **10** Les concierges sont souvent des délateurs, ils sont acoquinés avec la police. — **11** Albert avait exercé la profession de chauffeur de taxi pendant dix ans après son service militaire. — **12** Lucien, le porteur de tatouages au coin des yeux, était un chef dans la pègre, — **13** et nonobstant il est contraint de composer avec les gardiens de prison — **14** depuis qu'il est incarcéré dans une prison centrale, et cela lui donne des idées noires.

NOTES

(1) Un corbeau est tout naturellement un curé, à cause de la couleur du costume de cet animal. **(2)** Le sexe féminin semble évoquer pour l'argotier un mollusque bivalve entrouvert. — **(3)** Le nez busqué de l'israélite fait sans doute penser au bec du cormoran. — **(4)** L'avare a peur de mettre la main au porte-monnaie, comme s'il risquait de s'y piquer les doigts. — **(5)** Vomir c'est **aller au renard, aller au refile,** ou **gerber.** — **(6)** Un **page,** ou un **pageot,** est un lit ; **se pager** est donc se mettre au lit, et **pager avec,** traduction littérale de l'expression populaire **coucher avec,** c'est connaître (au sens biblique). — **(7) Têtard :** enfant. Mais **être le têtard** (ou **être fait têtard)**

PRONONCIATION

1 Vislok, dlagrenouy' — **2** sèhuñ — **3** dañlkrapô — **4** jpœpa — **5** sézourss' sam'frèhaléhornar — **8** kidvyiñdra — **12** sétèhuñ — **13** dvañ — **14** foulbourdoñ.

EXERCICE

1 Le barbeau a été au renard — **2** en frimant la chatte de la grenouille de bénitier : — **3** ses ours étaient pas finis. — **4** Le perdreau avait des oursins dans le crapaud. — **5** Y voulait pas décher ses mouches correct !

25e Leçon

BESTIAUX (fin)

1 — Le barbillon, y tenait pas à risquer de mouiller sa limace au turbin !
2 — Rare qu'un faisan (1) ait le cafard,
3 — même quand il est au bigne y sait se défendre (2).
4 — Loulou a les éponges becquetées aux mites (3).
5 — En sortant du (4) merlan je repense qu'à huit plombes

c'est être victime (par exemple d'une escroquerie). — **(8) Mouche** (n.f.) espion, indicateur de la police. Synonyme **mouchard** (pop.) ; mais un **mouchard** est aussi un appareil de contrôle (par exemple les enregistreurs de vitesse sur les trains ou sur les camions), et aussi l'œilleton permettant d'observer un détenu au travers de la porte d'une cellule. **Moucharder :** espionner, **ou** rapporter ce qu'on sait. — **(9) Mouton,** individu espionnant pour le compte de la police et, spécialement, faux-détenu chargé de capter la confiance d'un inculpé pour obtenir ses confidences. — **(10)** Le concierge, en argot **concepige** ou **bignole,** est aussi appelé par calembour, **cloporte** (il **clôt la porte). — (11) C'est bourrique et compagnie** signifie ici que si le concierge n'appartient pas positivement à la police, il est acoquiné avec elle à un point tel que cela ne vaut pas mieux. — **(12)** Le tatouage des points bleus au coin des yeux était un signe de reconnaissance de voyous : trop voyant, il semble avoir disparu. — **(13) Cador,** qui signifiait autrefois chien, puis cheval, a pris le sens d'homme fort, puissant, de chef (synonyme de **caïd). — (14) Crabe ;** gardien de prison (ou aussi parfois policier quelconque). Dans l'armée un **crabe** est un caporal, synonyme dans ce sens de **cabot** (lequel dans le langage populaire a le sens de chien, ou de mauvais acteur, ou d'individu peu sincère qui aime jouer la comédie aux autres).

EXERCICE

1 Le proxénète a été pris de vomissements — **2** en découvrant la vulve de la dévote : — **3** elle était encore en son flux périodique. — **4** Le policier était très regardant. — **5** Il refusait de rémunérer décemment les services de ses indicateurs.

ZOOLOGIE (fin)

1 Ce jeune souteneur n'avait pas la moindre envie de risquer de tremper sa chemise de sueur en travaillant. — **2** Il est exceptionnel qu'un escroc se laisse aller à des accès de tristesse ; — **3** même quand il est en prison il sait machiner des combinaisons pour être privilégié. — **4** Les poumons de Louis sont creusés de cavernes. — **5** En sortant de chez le coiffeur je me souviens qu'à huit heures — **6** j'ai rendez-vous avec une jolie fille au bar Dupont du boulevard Barbès. — **7** J'y cours à toutes jambes. — **8** A neuf heures j'étais toujours en attente,

6 — j'avais rencard (5) avec une chouette pouliche (6) au Dupont-Barbès.
7 — J'y fonce comme un zèbre.
8 — A neuf plombes je faisais toujours le pied de grue (7),
9 — j'avais ligoté tout un canard (8).
10 — La vache (9) elle m'avait posé un lapin !
11 — Les canards (10) du vieux Schnock qui fait le cor aux Folies,
12 — c'est dommage qu'on puisse pas les becqueter
13 — sans ça y pourrait les filer à tortorer à ses têtards.
14 — Crevards comme y sont, qu'est-ce qu'y se mettraient derrière la cravate !

PRONONCIATION

1 itnèpa hariskéd'mouyé — **3** issèsdéfañdr — **4** bektéhômitt' — **5** jërpañss (ou jrëpañss) — **8** jfëzè (ou chfëzè) — **12** sway'boufab' — **14** kismëtrè.

EXERCICE

1 Ça m'fout l'bourdon de m'dire (**ou** d'me dire) — **2** que j'la r'verrai jamais, c'te chouette pépée — **3** qu'j'avais levée à la Samar — **4** p(u)isque j'sais même pas son blase — **5** ni où qu'elle crèche, — **6** et qu'elle m'a posé un lapin !

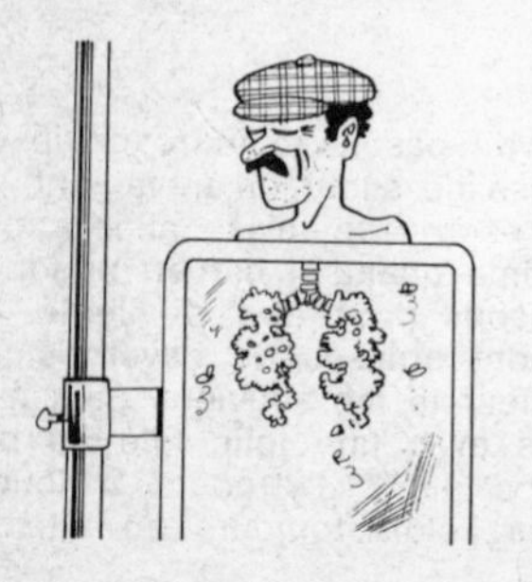

Loulou il a les éponges becquetées aux mites.

— **9** j'avais eu le temps de lire un journal entier. — **10** La cruelle s'était délibérément abstenue de venir au rendez-vous qu'elle m'avait fixé ! — **11** Les fausses notes du vieux corniste imbécile de l'orchestre des Folies-Bergères — **12** il est bien fâcheux qu'elles ne soient pas comestibles, — **13** sans quoi il pourrait les donner à manger à ses enfants. — **14** Affamés comme ils le sont, quelle quantité ils en absorberaient !

NOTES

(1) **Faisan :** escroc, homme d'affaires véreux, tricheur, et en général tout individu dont les activités sont louches et dont il y a lieu de se méfier. — **(2) Savoir se défendre** (ou **avoir de la défense),** c'est être habile dans l'art d'utiliser des expédients pour améliorer sa situation. Mais une femme qui **se défend** est simplement une femme qui se livre à la prostitution. — **(3)** On dit aussi **avoir les éponges mitées à zéro.** — **(4)** Dans le langage populaire on ne va pas chez le boucher, mais **au** boucher, on ne sort pas de chez le coiffeur, mais **du** merlan. — **(5) Rencard :** rendez-vous. **J'y ai filé un rencard,** je lui ai fixé rendez-vous. Mais **rencard** a aussi le sens de renseignement, d'où **rencarder, se rencarder :** renseigner, se renseigner. — **(6)** De ces deux noms d'animaux c'est **chouette** qui joue le rôle d'adjectif : bon, serviable, sympathique, agréable (on dit aussi **chouettos). Avoir une souris à la chouette** — ou **à la bonne** (pop.) — c'est aimer une femme. **Chouette !** interjection de satisfaction. **Le chouette** est l'anus : pour un homosexuel, **prendre du chouette** (actif) est le contraire de **filer du chouette** (passif). — **(7) Faire le pied de grue** (pop.), c'est attendre (à un rendez-vous) comme la grue (oiseau) qui se tient sur une patte ou comme la **grue** (prostituée) qui attend le client sur le trottoir. — **(8)** Un **canard** étant une fausse nouvelle, est aussi un journal qui publie de fausses nouvelles, et par extension un journal quelconque (le terme est familier mais n'est plus péjoratif). — **(9)** Nous avons vu qu'une **vache** était un policier ou un traître. Par extension c'est tout individu dur, cruel, capable de

EXERCICE

1 Cela me donne le spleen de songer — **2** que je ne reverrai jamais cette jolie fille — **3** dont j'avais fait la connaissance aux grands magasins « A la Samaritaine ». — **4** puisque je ne connais même pas son nom, — **5** ni son adresse, — **5** et qu'elle s'est abstenue de paraître à notre rendez-vous !

chouette (ou **drôlement chouette**) est une fille extraordinairement belle ou sympathique. — **(10)** En musique, un **canard** est un **couac** d'instrument de cuivre, et par extension une fausse note quelconque.
donner des **coups de pied en vache,** sournoisement, en un mot de faire des **vacheries.** La vache étant accusée de fainéantise, un **vachard** est un paresseux ou un tire-au-flanc ; **vacharder** est donc **battre** (ou **tirer**) **sa flemme,** c'est-à-dire jouir de sa paresse. L'adverbe **vachement,** extrêmement, tout à fait, ne semble pas avoir de rapport de sens avec les mots précédents : **une pépée vachement**

26e Leçon

1 — Alors tu le files, l'osier (2) du casse ? Mon fade, quoi !
2 — Des nèfles ! Je suis couparès (3),
3 — j'ai pas un radis (4) en fouille !
4 — Alors, on s'est mouillé (5) pour des prunes (6) ?
5 — Tu me prends pour une pomme, non ?
6 — Alors j'y ai filé une patate (7) en pleine poire
7 — et j'y ai payé une course à l'échalote (8).
8 — Une banane pareille, t'y piques son blé
9 — et sa tocante en jonc en moins de deux.
10 — Y avait du trèfle (9) dans le tapis... des gousses,
11 — des minets qui refilaient de l'oigne, gros comme une maison (10) !

PRONONCIATION

1 Alortulfil, moñfad kwa — **2** jsui **ou** chsui **(en une syllabe)** — **3** pahuñradihañfouy' — **5** tum'prañ — **6** un'-patatañplèn'pwar — **8** tipik sonblé — **9** añjoñ añmwiñd'dœ — **10** yavèdutrèf(l) — **11** kirfilèdlogn' (ou dlwagn').

VEGETAUX

1 Vous décidez-vous à me donner l'argent du cambriolage ? Ma part de butin, s'il faut vous le préciser ! — **2** vous n'aurez rien ! Car je suis complètement démuni d'argent, — **3** je n'ai pas un sou vaillant **(M.à.m.** en poche). — **4** Si je comprends bien, nous aurions pris des risques sans aucun résultat ? — **5** Me prendriez-vous pour un imbécile ? — **6** (C'est à ce moment que je lui ai envoyé un coup dans le milieu de la face, — **7** je l'ai pris par le fond de la culotte et je l'ai mis à la porte.) — **8** A un tel naïf il est possible de voler son argent — **9** et sa belle montre en or en un rien de temps. — **10** Il y avait foule dans l'établissement : des adeptes de Sapho — **11** et de petits jeunes gens qui, cela crevait les yeux, acceptaient de jouer un rôle passif.

NOTES

(1) Le mot **végétal** n'a pas de traduction en argot. Et, à fort peu de chose près, aucun végétal. (Nous laissons au lecteur le soin de philosopher à partir de cette constatation.) Toutefois les noms de végétaux jouent en argot un rôle non négligeable. — **(2) Osier :** argent (corruption de **oseille,** ou analogie avec **jonc,** qui signifie : or. — **(3) Couparès :** verbe invariable à terminaison fantaisiste, pour coupé, par analogie avec **fauché** ou **fauché comme les blés** (pop.), même sens. — **(4)** Un **radis** est une pièce de monnaie de très faible valeur (pour **maravédis ?)** le mot n'est utilisé que dans une phrase négative : **ne plus avoir un radis.** — **(5) Se mouiller,** s'engager à fond dans une affaire, ou prendre des risques (comme quelqu'un qui se jette à l'eau). **Mouiller pour un gnière,** c'est (à cause des manifestations qui accompagnent le désir féminin) le désirer, et par extension l'aimer. — **(6) Pour des prunes** est l'une des nombreuses façons populaires de dire :

EXERCICE

1 Même si j'étais pas fauchée comme les blés, — **2** j'te filerais pas un radis. — **3** J'mouillais pour ta poire, j'dis pas, — **3** mais c'est mort. Rideau ! — **4** Tu m'piqueras pus mon blé — **5** j'ai pas envie d'aller aux asperges — **6** pour un mecton qui m'fait des charres avec des minets.

27e Leçon

1 — Il a rien dans le chou (1), quelle truffe !
2 — Je vais pas te faire de violettes (2), salope !
3 — Fais gaffe (3) à tes noix (4) :
4 — Si tu me ramènes pas d'oseille
5 — t'auras droit à une avoine !
6 — Faut pas envoyer Mimi aux asperges (5),
7 — elle a la cerise, cette gonzesse-là,
8 — elle crache du raisin (6) à tout va
9 — rapport à ses éponges pleines de pêches (7)...
10 — Si tu le menaces d'une châtaigne en pleine poire (8),
11 — y va perdre ses légumes ! (9)

PRONONCIATION

1 Danlchou kèltruf — **2** jvépat'fèr — **4** situm'ramènpa — **6** fôpahanvwayé — **7** lasriz'stë — **9** pléndepêch — **11** perdsélégum'.

Coller une bonne prune, c'est donner un fort coup de poing. — **(7) Patate,** équivalent populaire de pomme de terre, a divers sens argotiques : coup de poing ; imbécile ; paysan ; en classe, note très mauvaise, en principe un zéro ; au tennis une balle molle, qui rebondit mal ; **une grosse patate** est une femme ou une fille grasse ; **en avoir gros sur la patate,** c'est en avoir gros sur le cœur, ou avoir la conscience lourdement chargée. — **(8) L'échalote** est, en argot, synonyme **d'oignon :** postérieur, anus. Le mot est utilisé surtout dans l'expression **faire une course à l'échalote à quelqu'un,** ce qui veut dire le poursuivre, le serrer de près, ou encore le saisir par le fond de la culotte et, le soulevant à demi, le pousser jusqu'à la porte. — **(9) Trèpe,** ou **trèfle,** foule, ou du moins assemblée assez importante. (Autrefois **trèfle** a eu les sens bien différents d'anus, d'argent, de tabac). — **(10) Gros comme une maison,** ou **gros comme un blockhaus :** d'une façon manifeste, aussi visible qu'une maison proche.

EXERCICE

1 Même si je n'étais pas complètement désargentée — **2** je ne vous donnerais pas un sou. — **3** Je vous aimais, il est vrai, mais c'est bien fini ! — **4** Vous ne me prendrez plus mon argent. — **5** Je n'ai pas désir de me prostituer — **6** pour un homme qui me fait des infidélités avec des jeunes gens **(mecton** comporte une nuance péjorative : le **mecton** est un petit **mec).**

VEGETAUX (fin)

1 Son cerveau est vide d'idées. Quel balourd ! — **2** Je ne vous ferai point de grâces, carogne ! — **3** Craignez pour vos avantages postérieurs ! — **4** Si vous ne me rapportez pas d'argent — **5** vous n'échapperez pas à une sévère correction. — **6** Il ne convient pas d'envoyer Michèle vendre ses charmes, — **7** car cette personne a bien de la malchance, — **8** elle fait de l'hémoptysie — **9** par suite de ses nombreuses lésions pulmonaires... — **10** Si vous le menacez d'un coup de poing dans le milieu de la figure — **11** il sera plus mort que vif (il fera dans ses chausses).

NOTES

(1) Le **chou** est la tête, siège de la pensée. **Avoir du chou,** ou **en avoir dans le chou,** c'est être intelligent. **Faire chou pour chou** indique la réciprocité des rôles pour rien.

EXERCICE

1 Un vrai casseur aime pas le raisiné. — **2** Fais gaffe à pas t'faire poirer par les lardus — **3** y t'f'raient pas de fleur, — **4** t'aurais droit à une avoine maison. — **5** Qu'est-ce tu dégusterais comme cortausse, mon pauv' vieux ! — — **6** C'est pas ça qu'arrangerait tes patates (**ou** tes pêches) !

28e Leçon

LES FRINGUES (1)

1 — Avant même de jaspiner l'argomuche (2)
2 — y a intérêt à ce que tu te sapes impec (3).
3 — S'agit plus d'aller faire l'affiche (4), comme les malfrats fin de siècle,
4 — de rouler les mécaniques (5) dans des costards
5 — qui vous font retapisser le voyou à n'importe quel poulaga.
6 — A part si t'es fringué sport, vaut mieux pas te cloquer une dèfe sur le trognon :
7 — Ça fait vioc (6), pue-la-sueur (7), julot des lafs (8), ou demi-sel (9).
8 — Le bada non plus, c'est pas tellement à se visser sur la cafetière.
9 — Au cinoche, tous les malfrats se pointent avec le borsalino (10) ramené devant les châsses ;
10 — le truand moderne, j'y conseillerais plutôt le pébroque
11 — s'il redoute à mort la lansquine ;
12 — ça fait un peu rosbif, mais ça vous pose d'autor (11) gonze sérieux.

PRONONCIATION

2 Ya **(une seule syllabe)...** askëtut'sap — **5** r'tapissé l'voi-you — **6** t'cloké... sultrognoñ — **7** d'mi-sèl — **8** l'bada... asvissé.

actif et passif chez les homosexuels. **Etre dans les choux :** être hors de course, éliminé, définitivement perdu. — **(2) Faire une violette,** ou **des violettes,** ou **faire une fleur,** c'est faire un cadeau, donner une gratification, ou rendre un service ; par suite **ne pas faire de fleur,** c'est faire payer le prix exact, et quand il s'agit d'une punition c'est l'appliquer avec sévérité. — **(3) Faire gaffe,** c'est faire attention, prendre garde, mais l'expression comporte ici une nuance de menace. — **(4) Noix :** fesses. **Noité, e :** fessu, e. — **(5) Aller aux asperges,** c'est, pour une fille, aller à la quête des clients. On devine aisément de quelles asperges il s'agit. — **(6) Le raisiné** — ou plus rarement, le **raisin :** le sang. — **(7)** Les cavernes pulmonaires, quand elles sont volumineuses, sont des **pêches** ou des **patates.** — **(8) La poire :** la face. **Etre poire,** c'est être trop bon, ou se laisser duper. **Ma poire, ta poire, sa poire :** moi, toi, lui (ou elle) (comme **ma pomme, ta pomme, sa pomme). Se faire poirer** c'est se faire prendre (se faire **cueillir** comme une poire). — **(9) Perdre ses légumes** c'est se laisser aller à souiller sa culotte, c'est-à-dire avoir peur.

EXERCICE

1 Un cambrioleur digne de ce nom n'aime pas faire couler le sang. — **2** Prenez garde de ne pas vous faire prendre par les policiers — **3** ils seraient sans pitié pour vous, — **4** ils vous administreraient une sévère correction ! — **5** Quelles violences vous auriez à subir, mon pauvre ami ! — **6** cela risquerait d'aggraver vos lésions pulmonaires !

LES VETEMENTS

1 Avant même que vous ne vous exprimiez en argot, — **2** il est séant que vous vous habilliez avec une correction sans défaut. — **3** Il ne convient plus de porter une tenue voyante, ainsi que le faisaient les vauriens de la fin du siècle dernier, — **4** ni de faire le fanfaron, revêtu d'un de ces complets — **5** qui font que n'importe quel homme de police reconnaît un malfaiteur dans celui qui le porte. — **6** Hormis le cas où vous seriez vêtu à la manière des sportifs, il est préférable de ne point vous placer une casquette sur le chef : — **7** cela vous donnerait l'allure d'un vieillard, d'un ouvrier, d'un antique proxénète, ou d'un malfaiteur sans envergure. — **8** Il n'est pas très indiqué non plus de porter un chapeau : — **9** au cinéma tous les

EXERCICE

1 C'mec-là j'peux pas l'blairer — **2** tellement qu'y roule les mécaniques ! — **3** Y s'fringue comme un affranchi, — **4** mais on retapisse d'entrée le demi-sel. — **5** Avec sa dèfe sur la cafetière — **6** il fait julot des lafs, c'est rien de l'dire !

Le truand moderne j'y conseille plutôt le pébroque

malfaiteurs se présentent coiffés d'un chapeau rabattu sur les yeux ; — **10** nous conseillerions de préférence au malfaiteur, de nos jours, de se munir d'un parapluie — **11** s'il appréhende excessivement la pluie : — **12** cela donne un air quelque peu britannique, mais cela vous procure immédiatement et sans discussion possible l'aspect d'un homme respectable.

NOTES

(1) Quand il s'agit des vêtements d'un souteneur, on dit plutôt **les harnais.** — (2) On dit aussi **dévider le jars.** Ces deux expressions sont très anciennes, elles sont pourtant encore usitées, mais toujours avec une part d'affectation plaisante. — (3) **Impec,** pour impeccablement : toujours cet emploi de l'adjectif pour l'adverbe. — (4) **Faire l'affiche** c'est s'afficher, c'est-à-dire se faire remarquer de façon provocante, comme le faisaient par exemple les voyous de la Belle Epoque, qui portaient une sorte d'uniforme trop facilement reconnaissable. — (5) **Rouler les mécaniques :** marcher en faisant osciller les épaules, afin de donner une impression de force et d'aisance destinée à impressionner la galerie ; au figuré : faire montre d'ostentation ou de prétention. — (5) **Vioc, vioque :** vieux, vieille. On dit aussi **viocard, e.** — (7) **Pue-la-sueur :** se dit de l'ouvrier, de l'individu qui manque de courage et d'intelligence au point d'échanger sa sueur contre la certitude du pain quotidien. — (8) **Julot, jules, alphonse** (dés.) : souteneur. **Les lafs** étaient les anciennes fortifications, que le peuple appelait les **fortifs.** Dans le langage populaire le **jules** d'une femme est simplement son amant, ou son mari (autrefois le **jules** — ou le **thomas** — était le vase de nuit). — (9) Un **demi-sel** est un homme qui n'est qu'à moitié **dessalé,** c'est-à-dire, ici, un individu qui tire quelque argent d'une fille, mais continue à travailler. Se dit aussi par extension d'un petit malfaiteur sans envergure. — (10) **Borsalino,** marque italienne de chapeau de luxe, est devenu un nom commun pour désigner le chapeau. — (11) **D'autor,** ou **d'auto :** immédiatement, et avec une autorité, un esprit de décision, qui rendent toute discussion ou toute résistance impossibles.

EXERCICE

1 Je ne puis souffrir cet individu, — **2** tant il est prétentieux. — **3** Il se vêt comme un homme du milieu des malfaiteurs, — **4** mais on reconnaît au premier instant qu'il n'est qu'un voyou sans envergure. — **5** Avec sa casquette sur la tête — **6** il ressemble incroyablement à un proxénète d'autrefois.

29e Leçon

LES FRINGUES (suite)

1 — Question (1) limace (2), c'est la couleur du rider qui décide,
2 — faut que ça se marida quart de poil (3).
3 — Kif (4) pour la cravetouse :
4 — se la donner toujours des couleurs gueulantes.
5 — Pour ton costard, quemé (5),
6 — drive-toi donc plutôt sur le classique !
7 — Les jeunots se sont remis aux bénards patte d'éléphant
8 — comme les arcandiers de la Belle Epoque.
9 — Vaut mieux, fais-moi confiance, le futal sans revers
10 — qui casse un chouïa sur les pompes.
11 — Les pompes, c'est plus des écrase-merde triple semelle comme sous les Chleuhs (6).
12 — Les lattes ritales, on fait pas mieux pour les arpions.
13 — L'hivio, t'as le lardeuss (7)... Fais gaffe !
14 — Faut pas qu'il t'empêche de défourailler vite fait.

PRONONCIATION

1 Ridère — **2** fôksass' — **3** krav'touz' — **4** sladoné — **6** driv'toidoñputo sul'klassik ! — **7** s'soñr'mi — **12** lézarpioñ — **13** tal'lardeuss' — **14** kitañpêch' vit'fè.

Y s'sape comme un arcandier de la Belle Epoque.

LES VETEMENTS (suite)

1 Pour ce qui est de la chemise, tout dépend de la couleur du costume, — **2** il sied qu'elle y soit très exactement assortie. — **3** Il en est de même de la cravate : — **4** on doit toujours se méfier des couleurs criardes. — **5** Quant à votre costume, monsieur, — **6** dirigez-vous donc de préférence vers les formules classiques. — **7** Les jeunes gens ont repris la mode des pantalons très larges du bas — **8** qui caractérisaient les apaches de l'époque 1900. — **9** Il est préférable, veuillez en croire notre expérience, d'adopter le pantalon sans revers — **10** dont l'avant se brise quelque peu sur la chaussure, — **11** qui n'est plus, quant à elle, le soulier énorme à triple semelle à la mode sous l'Occupation. — **12** Rien de mieux pour les pieds que les chaussures italiennes. — **13** L'hiver, vous portez un pardessus. Prenez-y garde : **14** il importe qu'il ne vous empêche pas de sortir vos armes avec célérité !

NOTES

(1) Pour traduire **quant à, pour ce qui est de,** on emploie prépositionnellement le substantif **question. Question roberts, la môme avait qu'des œufs sur le plat :** pour ce qui est des seins, cette jeune fille n'en avait que de minuscules. (On dit aussi : **côté gonzesses, c'était pas mal :** la société ne manquait pas de jolies jeunes filles.) — **(2)** Chemise : **limace, limouse,** ou **liquette** (ce dernier mot, plus ancien, appartient plutôt maintenant à la langue populaire qu'à l'argot). — **(3) A un poil près :** à très peu près (certains plaisantins disent : **à un poil de grenouille près).** Deux pièces mécaniques qui s'adaptent exactement **collent au poil, au petit poil, au quart de poil.** Par suite tout ce qui est parfait, ou excellent, ou très agréable, est **au poil.** On entendra par exemple de jeunes **potaches** (élèves de lycée) s'écrier : **« Not'prof d'anglais, elle est au poil ! »** (ce qui peut vouloir dire qu'elle est un excellent professeur, ou qu'elle est très agréable à voir, ou qu'elle est si ridicule qu'on s'en promet bien du plaisir). Ou encore : **« Les mecs, on n'a pas latin c't aprèm', c'est au poil ! »** Le poil joue un rôle important dans le langage. De l'expression **monter à poil,** qui signifie monter un cheval sans selle, c'est-à-dire nu, le peuple a tiré **à poil,** pour tout nu, de sorte que le poil en arrive à désigner la nudité que la nature le destinait à cacher. Le succès de cette locution dans tous les milieux tient sans doute au pouvoir suggestif du poil, sans lequel la nudité devient en quelque sorte moralement aseptisée. (Le pouvoir évocateur est si réel que les censeurs et les préfets de police tolèrent beaucoup mieux le nu que le poil, qui semble

EXERCICE

1 Ta cravetouse, qu'est-ce qu'elle est bath ! (**ou** : ta cravetouse, elle est rien bath !) — **2** Ton rider, pareil, il est au poil ! — **3** Les fendards à patte d'éléphant, j'peux pas les piffer. — **4** Quand y fait frio, un chouett' lardeuss c'est pas du luxe. — **5** J'en sais quèqu'chose : — **6** qu'est-ce que j'ai pu cailler, quand j'étais moujingue ! — **7** Le dur, y s'est amené au quart de poil.

30e Leçon

LA BIGNOLE

1 — La bignole à ma frangine, ça serait pas le mauvais cheval,
2 — à part qu'elle renaude vachement
3 — quand on l'emmerde pendant la noye (1).
4 — Alors là, c'est la (2) vraie peau de vache :
5 — elle te fait poireauter dans le zef pendant une plombe,
6 — toute joice de te faire geler les roustons (3).
7 — Une fois qu'elle t'a tiré le cordon,
8 — elle t'engueule encore, la salope,
9 — quand tu t'défiles devant sa turne !
10 — Mais bouge pas, un de ces mat's qu'i fera bien frigo (4)
11 — je débouclerai la lourde toute grande

toujours leur rester au gosier.) **Avoir du poil au cul** (les personnes distinguées disent : **du poil aux yeux),** c'est être viril, donc courageux (syn. **avoir des couilles au cul,** ou simplement **en avoir). Tomber sur le poil de quelqu'un,** c'est l'attaquer par surprise, ou l'aborder soudainement. **Etre de mauvais poil,** c'est être de mauvaise humeur. Ne pas confondre **une frangine** à **poil,** c'est-à-dire une fille (ou une femme) nue, et **une frangine** au **poil,** remarquable par sa beauté, par son dévouement, etc., ou encore extrêmement amusante, ou particulièrement ridicule. — **(4) Kif kif, du kif,** ou simplement **kif** (mot arabe) : égal, également, autant que... **C'est du kif :** c'est la même chose. **(5) Quemé : verlan** de **mec.** — **(6) Chleu** (du nom de la tribu marocaine des Chleuhs) : Allemand (n. ou adj.). — **(7) Lardeuss** (ou **lardos),** déformation par **largonji** de **pardeuss,** qui est lui-même une apocope de pardessus.

EXERCICE

1 Que votre cravate est jolie ! — **2** Votre costume, lui aussi, est parfait ! — **3** Je ne puis pas souffrir les pantalons à très larges bords. — **4** Quand il fait froid un bon pardessus n'est pas superflu. — **5** J'en ai fait l'expérience : — **6** Que j'ai pu souffrir du froid lorsque j'étais enfant ! — **7** Le train est arrivé très exactement à l'heure.

LA CONCIERGE

1 La concierge de ma sœur ne serait pas une mauvaise personne, — **2** n'était qu'elle proteste vigoureusement — **3** lorsqu'on l'importune au cours de la nuit. — **4** C'est alors une malfaisante mégère, — **5** elle vous fait attendre dans le vent pendant une heure, — **6** tout heureuse de vous réfrigérer les attributs virils. — **7** Après avoir actionné enfin le dispositif de télécommande d'ouverture de la porte — **8** la mauvaise femme va jusqu'à vous morigéner — **9** quand vous vous glissez devant sa loge. — **10** Mais patience ! quelque matin où il fera grand froid — **11** je tiendrai la porte grande ouverte — **12** et je n'entrerai pas, elle (ne) saura pas à qui elle a affaire ; — **13** la vieille aura peur, — **14** il faudra qu'elle se relève pour fermer la porte, — **15** elle tombera certainement malade. — **16** Ce sera une bonne leçon pour cette vieille harpie !

NOTES

(1) La noye, ou **la neuye** (on écrit aussi **noille,** ou **neuille).** — **(2)** Admirons ici combien l'article défini, dans son emploi argotique, est plus expressif que ne serait l'article indéfini : il s'agit de **la** peau de vache par excellence, dans ce qu'elle a de plus caractéristique. (Cf.

12 — et j'antiflerai pas, elle saura jamais qui qu'c'est ;
13 — la vioque, elle aura les jetons ;
14 — faudra qu'elle se relève pour boucler la lourde,
15 — elle attrapera la crève, sûr (5) !
16 — ça y fera les pieds (6), à c'te vieille carne !

PRONONCIATION

1 Palmôvéchfal — **2** kélrënôd'vach'mañ — **3** noy' — **4** pôd'vach' — **5** èt fè poiroté dañl'zèf pañdañ hun' plomb' **(pas de liaison !)** — **10** boujpa, uñd' sématt'kif'ra byiñ frigo — **11** j'débouclëre, tout'grañd' — **12** èlsôra, kiksè — **11** j'débouclëré, tout'grañd' — **12** èlsôra, kiksè — **13** léch'toñ — **14** fôdra kèssër'lèv' — **15** atrapra —

EXERCICE

1 Ma belle-doche, c'est pas l'mauvais cheval. — **2** Les lardus, c'est tous des vaches ! — **3** Ma bergère, elle renaude vachement. — **4** Je m'suis gelé les roupettes à poireauter en plein zef. — **5** Faudrait voir à y aller mou (**ou** mollo) pour boucler la lourde ! — **6** La vioque si elle avait les jetons, ah dis donc ! (pron. hadidoñ). — **7** La bloblote ! Les chocottes ! — **8** Qu'est-ce qu'elle serrait les miches ! Elle avait le trou du cul à zéro ! — **9** Au ballon ça cognote affreux !

plus haut) : le mauvais cheval. — **(3)** Les attributs de la virilité possèdent un riche vocabulaire : **couilles, couillons, burnes, balloches, roustons, roupettes, rouleaux, roubignolles, mongolfières, rognons, joyeuses, valseuses, burettes, bijoux de famille...** et nous en oublions certainement. — **(4) Frigo** ou **frio** (anagramme de froi(d), ou **frisco (Frisco** veut dire aussi San Francisco). Avoir froid : **être frigo,** ou **cailler.** Ce qu'il fait froid : **Qu'est-ce que ça caille ! L'avoir à la caille,** par contre, c'est en avoir gros sur le cœur, être mécontent ou en colère. A rapprocher de **mouscaille,** misère. **Ça fait six marqués que j'suis dans la mouscaille :** il y a six mois que je suis dans la misère. On dit aussi **dans la merde (mouscaille** avait d'ailleurs autrefois le sens d'excrément). — **(5) Sûr,** pour sûrement, emploi argotique de l'adjectif comme adverbe, comme en anglais ou en allemand. Voici quelques autres exemples tirés de « la Cerise » d'Alphonse Boudard : **Je me la donne sévère** (je me méfie sérieusement) (p. 67). **Trente à l'heure, ça lui convient idéal** (p. 80). **Ça le prenait brutal les confidences** (p. 88). L'adverbe **facilement** n'est plus employé par les jeunes couches, il est remplacé par l'adjectif **facile.** Cette automobile atteint facilement deux cents kilomètres à l'heure : **avec c'te tire, tu tapes le 200 facile.** Il est aisé de prévoir que le procédé s'étendra à la langue populaire, puis à la langue officielle. En combien de temps, il est difficile de le dire. Mais à notre époque il n'y a pas que les véhicules qui vont vite ! — **(6)** On dit qu'un malheur, qu'une mésaventure **fera les pieds** à quelqu'un quand elle a quelque chance de le corriger, de lui donner une bonne leçon, ou encore quand il s'agit d'un châtiment mérité.

EXERCICE

1 Ma belle-mère n'est pas méchante. — **2** Tous les policiers sont durs et mauvais. — **3** Ma femme est très en colère. — **4** Je me suis refroidi à attendre en plein vent. — **5** Prière de refermer la porte doucement. — **6** Comme la vieille avait peur, c'est incroyable ! — **7** Comme elle tremblait et claquait des dents ! — **8** A quel point se contractaient ses muscles grand, moyen, et petit fessier ! — **9** En prison cela sent affreusement mauvais !

Dès demain commencera la seconde phase de votre travail. Après avoir étudié la 31e leçon comme d'habitude, vous relirez à haute voix le texte de la première leçon d'un bout à l'autre ; elle vous semblera certainement très facile. Vous essaierez alors, en gardant sous les yeux le

31ᵉ Leçon
LE VERLAN

1 — Depuis quelques piges, c'est le verlan qui se jacte chez les youvois.
2 — Les flics, y sont devenus des lépoux (1) ou des dreaupèrs (1),
3 — l'oseille, c'est la naimo ;
4 — le clille, pour une tapineuse, c'est un chetonmi (2),
5 — une passe une sepa.
6 — Les lopes, y se retrouvent dépés,
7 — les cloches c'est des charclos,
8 — les maques c'est des quemas (3).
9 — Ça fait une drôle d'embrouille dans la jactance,
10 — les vecas y entravent que dalle
11 — même s'y se sont attriqué « Le petit Moninsi Lustréli » (4) !

PRONONCIATION

1 Dpui kèkpij, sèlverlañ kisjact' — **2** dëvnu, drôper' — **4** chtoñmi — **5** sëpa — **6** isrëtrouv' — **7** charclo — **8** këma — **9** un'drôl dañbrouy' — **10** vëka, këdal — **11** siss'soñ hatriké **(pas de liaison !)**, lëpti.

Les flics sont devenus des lépous

texte français, de le traduire en argot numéro par numéro, toujours à haute voix, en vous contrôlant et en vous corrigeant vous-même. Il ne s'agit d'ailleurs pas à proprement parler de traduire, mais de retrouver la phrase argotique lue quelques instants auparavant, et que vous avez encore dans l'oreille. C'est par ce moyen fort simple que vous arriverez à penser directement en argot et à parler couramment.

LE LANGAGE « A L'ENVERS »

(Il s'agit d'un procédé destiné en principe à rendre plus impénétrable encore le langage secret qu'est par essence — ou plutôt que devrait être — l'argot du milieu. Il consiste à « retourner » les mots les plus importants de la phrase, préalablement décomposés en syllabes. Ce procédé pourtant fort simple déroute les auditeurs dépourvus d'entraînement, même s'ils ont été prévenus — pardon, même s'ils sont au funpar. **C'est ainsi que le langage à** l'en-vers **se transforme en** verlan.)

1 Depuis quelques années c'est le langage à l'envers qui est parlé par les voyous. — **2** Les policiers sont appelés des « poulets » ou des « perdreaux » — **3** l'argent est la « monnaie » — **4** le client, pour une prostituée, est un « micheton ». — **5** Une étreinte rapide avec elle, une « passe ». — **6** Les pédérastes sont appelés « pédés ». — **7** Les vagabonds sont des « clochards ». — **8** Les souteneurs des « maques ». — **9** Cela entraîne une grande complication dans le langage, — **10** les personnes étrangères au milieu n'y comprennent rien, — **11** même si elles se sont acheté le « Petit Simonin illustré » !

NOTES

(1) Lépou', dreaupèr' : le verlan opère sur des mots d'argot ; pour le **cave** la difficulté est donc du second degré. — **(2)** Noter que, pour renverser **micheton** on l'a considéré à juste titre comme un mot de deux syllabes (qu'on pourrait aussi bien écrire **michton).** Par contre le **calibre** (revolver) s'est lexicalisé en verlan sous la forme **brelica,** qui tient bizarrement compte de l'**e** muet. — **(3)** Pour soumettre **mac** au verlan on a pris l'orthographe **maque** et on a tenu compte de l'**e** muet (faute de quoi il n'était pas de verlan possible sur ce mot). — **(4)** Il existe deux éditions de ce dictionnaire sérieux et bien informé — et pourtant extrêmement drôle : le « Petit Simonin illustré » de dessins de P. Grimault (Pierre Amiot, éditeur), et le « Petit Simonin illustré par l'exemple », en livre de poche à la n.r.f.

EXERCICE

1 Maintenant qu'te v'là au parfum, mon p'tit père, — **2** t'as pu qu'à essayer d'rouler l'verlan ; — **3** tu verras, c'est pas si duraille ! — **4** T'as qu'à voir : un brelica, tu piges qu'est-ce que c'est ? — **5** un rongi, une quebri, une ridaco ?

32e Leçon

1 — Ramène ta viande (1), hé, tordu !
2 — Frime un peu les deux perdreaux, làdé (2) en face !
3 — C'est eux qui m'ont fait marron (3) y a une pige ;
4 — c'est de leur faute, à ces cons-là, si j'ai tiré trois marqués au placard !
5 — Tu trouves pas qu'ils ont une sale frime?...
6 — Le petit Pascal, comme enfoiré on fait pas mieux,
7 — y me tire la bourre en loucedoc.
8 — Bob-le-Faux-Jeton, déjà môme à la communale (5), y me dégrainait !
9 — Si elle te botte (6) pas, cette chiotte, t'as qu'à prendre le panier à salade !
10 — A la grive, en dehors du fayotage (7) avec le juteux,
11 — on passe le temps à battre des records de perlouses ;
12 — avec les flagdas qu'on tortore on a plutôt beau chpile (8).
13 — Cet enviandé de Pat, c'est la pire planche pourrie que tu puisses dégauchir,
14 — il arrangerait son frangin, il calcerait même son dab, si l'occase se trouvait...
15 — Dieudonné, c'est pas du charre (9), il a un coup de sabord (10) de super-caïd,

EXERCICE

1 Maintenant que vous voici mis au courant, mon jeune ami — **2** il ne vous reste plus qu'à essayer de pratiquer le langage « à l'envers » — **3** vous constaterez que ce n'est pas bien difficile ; — **4** il vous suffit par exemple d'examiner (les mots suivants) : un « calibre » (revolver), comprenez-vous ce dont il s'agit ? — **5** un « girond » (un giton) une « brique » (un million de francs), une « corrida » (une bagarre).

Et maintenant au boulot pour la deuxième vague ! Revoyez la première leçon !

---

1 Venez ici, mon ami ! — **2** Regardez un instant les deux policiers là-bas [en face !] — **3** Ce sont eux qui m'ont pris sur le fait et arrêté, il y a un an ; — **4** c'est par la faute de ces imbéciles que j'ai purgé une peine de trois mois de prison ! — **5** Ne trouvez-vous pas qu'ils ont un visage patibulaire ? — **6** Le petit Pascal est le pire des scélérats. — **7** Il cherche hypocritement à m'évincer, — **8** Tout enfant, dès l'école publique primaire, Robert l'Hypocrite me calomniait !... — **9** Si cette voiture ne vous convient pas, il vous est toujours loisible d'user du fourgon cellulaire !... — **10** A l'armée, mis à part l'exercice sous les ordres de l'adjudant, — **11** on passe son temps à faire des concours d'incongruités ; — **12** on y mange tant de haricots que la matière première ne fait pas défaut... — **13** Ce méprisable Patrick est l'individu le moins digne de confiance qui se puisse trouver, — **14** il volerait son frère, ou même il sodomiserait son père si l'occasion s'en présentait !... — **15** Dieudonné, sans mentir, a un don de double-vue tout à fait exceptionnel, — **16** il connaît sans erreur tout ce qui se passera dans deux ou trois ans !

NOTES

(1) La **viande** n'est pas en argot la chair des animaux (qui se dit **bidoche,** ou **barbaque)** mais celle de l'homme : **« Ramène ta viande ! »** veut dire simplement : « Viens ! » **Viande froide :** cadavre. **Un enviandé** est un homosexuel passif, et aussi un individu méprisable quelconque (voir 13, même leçon). — **(2) Làdé, làga, làgo :** là. **Icigo, icidé, icicaille** (vx) = ici. — **(3) Etre fait marron** (c'est-à-dire **grillé** comme un marron) : être pris en flagrant délit, et arrêté. **Recevoir un marron :** recevoir un coup de poing. On dit aussi **recevoir une châtaigne** ou **une castagne,** d'où **se castagner :** se battre. — **(4)** Le peuple ne dit pas :

16 — y redresse sans un pli tout ce qui va se maquiller dans deux trois piges !

PRONONCIATION

3 sè hœ **(pas de liaison !)** — **4** sèdlœrfôt' — **5** trouv'pa kizoñ un'sal'ghœl' — **7** im'tir', lousdok — **8** fôch'toñ djamôm' — **9** stëchiott', prañdëlpanyé — **10** bat'dér'kor — **13** stañviañdéd' pat', ktu — **16** irdrèss, touskivass' makiyé.

EXERCICE

1 C'est d'sa faute à c't'enfoiré d'juteux — **2** si on tortore tout l'temps de la barbaque naze-broque. — **3** Et v'là qu'y veut nous faire fayoter malgré la lansquine ! — **4** Mais t'en fais pas, j'y foutrai mon poing dans la gueule, sans charre ! — **5** Si on monte à la riflette, j'en ferai de la viande froide, de c't'enviandé !

33e Leçon
PANACHÉ

1 — On (1) va pas pieuter dans c'te turne, ça cogne là-dedans alors terrible !...
2 — Y nous retapisse, mézig et sa bergère,
3 — juste comme on décarrait de la piaule (2)...
4 — Trois marcotins, que je viens de tirer à l'hosto (3) ;
5 — ma julie a été tout ce qu'y a de régule (4) :

c'est sa faute, mais **c'est de sa faute.** — **(5)** L'école primaire publique s'appelle toujours à Paris la **communale.** — **(6) Ça me botte :** cela me plaît, cela me convient (idée d'avoir trouvé « chaussure à son pied »). — **(7) Fayot :** haricot, ou militaire rengagé (il a voulu manger des fayots au-delà de la durée légale !) Militaire, ou élève, ou employé, etc., faisant du zèle pour se faire bien voir. D'où **fayoter :** faire du zèle, flatter un supérieur, travailler avec excès pour plaire à un professeur (ou même pour être reçu à un examen). Le **fayotage :** l'exercice (sous les ordres du **fayot).** — **(8) Chpile :** jeu (c'est le mot allemand Spiel). — **(9) Charre** (n. m.) mensonge, plaisanterie, ou infidélité. **Arrête ton charre !** (qu'on écrit souvent à tort : **arrête ton char !) :** cesse de mentir, ou de plaisanter, ou de te moquer ! **C'est pas du charre** est exactement le « sans mentir » du Renard au Corbeau. — **(10).** Un **coup de sabord** est un coup d'œil, un regard investigateur..., mais ici il s'agit du coup d'œil vers l'avenir d'un voyant extra-lucide.

EXERCICE

1 C'est par la faute de ce scélérat d'adjudant — **2** que nous mangeons toujours de la viande avariée — **3** et voici qu'il prétend nous faire faire l'exercice malgré la pluie ! — **4** Mais croyez-moi, je lui donnerai un coup de poing dans la figure, sans mentir ! — **5** Si nous allons à la guerre, j'en ferai un cadavre, moi, de ce méprisable individu !

Deuxième vague : deuxième leçon.

MELANGE

1 Nous (n')allons pas coucher dans cette chambre, (car) l'odeur en est excessivement nauséabonde... — **2** Il nous reconnaît, sa femme et moi, — **3** au moment précis où nous sortions de la chambre... — **4** Je viens de passer trois mois à l'hôpital ; — **5** mon amie s'est très bien comportée (en cette occasion) : — **6** chaque jeudi et chaque dimanche elle est venue me voir avec mes amis, — **7** elle m'est bien venue en aide... **8** Je mourais de faim : je n'avais rien dans le ventre et rien sur le dos, — **9** et pas d'argent non plus dans les poches. — **10** Oh je le sais, je puis mourir, — **11** vous ne vous en souciez pas, cela ne vous émeut point !

6 — elle s'est pointée tous les jeudis et tous les dimanches à la visite avec mes potes,
7 — elle m'a bien assisté (5)...
8 — Je la pétais (6)... nib dans le bide et sur les endosses,
9 — et que dalle dans les favouilles (6) !...
10 — Sûr que je peux dévisser mon billard
11 — tu t'en balances, ça te laisse frigo !

PRONONCIATION

1 Stëturn', lad'dañ **ou** land'dañ, tèrib(l) — **2** inourtapiss', justkom' oñdécarèd'la pyôl — **3** këj'viñd'tiré — **5** touskyad'régul'. — **7** byiñ nassisté **(liaison !)** — **8** jlapétè, dañl'bib', añdôss' — **10** sûrkëj'pœ — **11** sat'lèss'.

EXERCICE

1 J'suis régule, j'ai toujours assisté ma femme — **2** qu'est tombée pour l'ento — **3** et qui tire six marqués d'ballon. — **4** Mais c'coup-ci j'ai pas gras dans les fouilles — **5** et j'commence à claquer du bec sérieux — **6** un homme de poids comme mézig, j'peux pourtant pas reprendre la musette !

34e Leçon

LE VANNEUR

1 — Y vanne, c'mec-là ! Si t'encaisses ses salades,
2 — y te bonnira qu'il a des combines de première (1)

NOTES

(1) En langage populaire **nous** est souvent remplacé par **on.** Nous partons : **on fout le camp.** Souvent aussi, **nous** est suivi de **on,** ou de **autres** et de **on.** On pourra donc dire également : **nous, on fout le camp,** ou **nous autres, on fout le camp** (prononcer : nouzôt'). — **(2) Chambre** a de nombreux équivalents populaires : **piaule, taule** (ou **tôle), carrée, crèche, turne** (mot que les normaliens de la rue d'Ulm écrivent **thurne** selon une tradition qui à l'origine parodiait l'orthographe pédante des Parnassiens. **Gourbi, cagna, cambuse, guitoune,** mots d'origine militaire (ou marine) se disent encore quelquefois. A noter qu'au dix-huitième siècle **piaule** voulait dire taverne, et que **taule** signifie aussi maison close, café et prison. — **(3)** On écrit aussi **hosteau.** — **(4) Régulier** ou par abréviation **régule,** se dit d'un homme ou d'une femme qui obéit en toutes circonstances aux règles de la morale et de l'honneur du milieu. **Aller au régulier** c'est goûter les joies de la copulation par la voie normale **« A la panachée : un dans le chouette et un dans le régulier »** (Francis Carco). **A la panachée :** en mélangeant, ou en alternant. Le mot **panaché** utilisé comme titre de la présente leçon, désigne d'abord un mélange de boissons, bière et limonade par exemple : « Garçon, un panaché ! » (Notons que si **garçon de café** se dit **loufiat,** ce serait une faute de goût de dire : **« Loufiat, un panaché ! ».)** Ici le titre Panaché indique que la leçon est faite de bribes et de morceaux. — **(5)** Le mot **assister** s'emploie en argot dans un sens très particulier, celui de venir en aide à quelqu'un qui est en prison ou à l'hôpital — **(6)** Mourir de faim : **la péter, la sauter, claquer du bec, avoir la dent (les crocs, les crochets), avoir l'estom' dans les doigts de pied.**

EXERCICE

1 Je suis correct, je suis toujours venu en aide à mon amie — **2** qui a été condamnée pour entôlage (vol d'un client dans une **tôle,** en parlant d'une prostituée ou de son souteneur) — **3** et qui purge une peine de six mois de prison. — **4** Mais maintenant je n'ai plus grand-chose dans les poches **(5)** et je commence à souffrir sérieusement de la faim. — **6** Un homme sérieux de mon âge ne peut pourtant pas (s'abaisser à) retourner travailler en usine.

Deuxième vague : troisième leçon.

LE FANFARON

1 Cet individu est un vantard. Si vous croyez ce qu'il raconte, il vous dira qu'il a d'excellents moyens — **3** de

3 — pour affurer de l'artiche,
4 — total (2) y marche à côté de ses lattes (3)
5 — l'autre jour, y sort du burlingue du boss (4).
6 — Le singe, c'est une vache (5), y nous fait,
7 — s'y retire pas fissa (6) ce qu'y vient de bonnir,
8 — moi je prends mon compte et je mets les bouts !
9 — Qu'est-ce qu'y t'a donc (7) dégoisé ?
10 — Je te fous à la lourde, qu'y m'a dit !

LES PORTUGAISES ENSABLEES

11 — Dans le dur un Amerloque se fait les mandibules sur son chewing-gum.
12 — Une viocarde en face le borgnote sévère.
13 — A la fin elle lui (8) montre ses esgourdes.
14 — Arrête de jacter, machin, qu'elle y sort, je suis sourdingue,
15 — j'entrave que pouic à ce que tu débagoules !

PRONONCIATION

1 ivanësmèkla — **2** it'bonira, coñbin'dëpremièr' — **3** dlartich — **4** imarch', dsélatt' — **5** lôt'jour issor — **6** l'siñg' sè hun' **(pas de liaison !)**, inoufè — **7** sirtirpaskivyiñd'bonir — **8** jprañmoñcoñt'èjmè — **9** kesskitadoñ — **10** jtëfou halalourd' **(pas de liaison !)** kimadi — **11** sfè, chwin'gom' — **13** éluizimontr' (**ou** élimontr') — **14** arêtëd'jakté, chsui sourdiñgh' — **15** askë.

se procurer de l'argent, — **4** et cependant il est dans le plus entier dénuement ! — **5** Il y a quelque temps, en sortant du bureau du directeur : — **6** Le patron, nous dit-il, est un homme dur et impitoyable ; — **7** s'il ne rétracte pas rapidement les paroles qu'il vient de prononcer, — **8** je réclame ce qui m'est dû et je m'en vais ! — **9** Que vous a-t-il donc raconté ? — **10** Il m'a dit : « Je vous mets à la porte. »

SURDITE

11 Dans le train un Américain mastique consciencieusement sa gomme-à-mâcher. — **12** Une vieille dame lui faisant vis-à-vis le regarde avec une extrême attention, — **13** puis, désignant ses oreilles : — **14** Cessez de me parler, monsieur, lui dit-elle, je suis complètement sourde, — **15** je ne comprends rien à ce que vous me dites ! »

NOTES

(1) De première bourre, ou simplement **de première,** exprime l'excellence de ce qui est de tout premier ordre. On peut dire aussi **aux pommes, aux oignons** (ou **aux oignes)** ou **aux petits oignons.** Pour marquer la précision ou la perfection (d'un réglage de moteur, de la coupe d'un costume, etc.) on emploiera de préférence l'expression **au poil** ou **au quart de poil : y tourne au quart de poil, le moulin,** ce moteur est réglé avec une parfaite précision. — **(2) Total** indique une conséquence, un résultat, en y ajoutant souvent une nuance du genre de : néanmoins. — **(3) Lattes :** chaussures. Marcher **à côté de ses lattes** c'est être très pauvre (puisqu'on porte des chaussures déchirées). **Un deuxième latte** est un soldat de deuxième classe. — **(4) Boss** (mot anglais) : directeur, patron. Patron se dit plus souvent **singe.** Mais attention, le patron du café n'est pas un **singe** (sauf pour ses employés) : c'est un **taulier,** un **bistrot** ou un **troquet. Bistrot** et **troquet** désignent d'ailleurs également les établissements d'utilité publique où règnent ces messieurs. — **(5)** Cette affirmation d'une vérité zoologique douteuse est pour l'ouvrier ou l'employé parisien une évidence première qu'il serait difficile d'exprimer autrement. — **(6) Fissa** (mot arabe) : sur l'heure, rapidement. On dit aussi : **vite fait.** — **(7) Donc** se prononce presque toujours : **doñ,** même devant une voyelle : **Qu'est-ce t'as donc affuré ?** (qu'as-tu donc gagné ?) : kestadoñ affuré — **(8)** « Lui » se prononce selon les cas et les milieux : i, iy, ui, uiy, uiziy, luizy, etc. **J'y flanque un jeton, j'y ai cloqué une beigne, j'uiy ai foutu une trempe, j'luizy aurais filé une avoine** (je lui donne, lui ai donné, lui aurais donné... un coup ou une correction).

EXERCICE

1 J'ai pour tézig une combine de première — **2** pour qu'tu soyes pas foutu à la lourde : — **3** c'est qu'tu mettes les bouts (**ou** qu'tu t'fasses la mallouse) fissa ! — **4** C'te vache-là, qu'est-ce qu'y peut nous faire chier, l'boss ! — **5** Les singes, c'est tous des vaches, y en a pas un **(pas de liaison !)** pour relever l'autre ! — **6** Quelles conneries qu'y a dans c'baveux-là ! — **7** Ou alors c'est que j'suis une **(pas de liaison !)** vraie truffe. — **8** J'entrave que pouic à c' qu'y a d'dans !

35e Leçon

1 — Loulou-l'Oranais c'est un chabraque fini (1) :
2 — pour un oui, un non, y s'gratte pas (2), y sort son zob devant la galerie (3) !
3 — Les zincs amerloques nous balançaient des drôles de pruneaux, on les (4) avait tous à zéro,
4 — à part Grand-Léon qui profitait de l'embellie
5 — pour tringler la bignole chleue dans le carbi !
6 — Waterloo sur toute la ligne ! On a (5) pas pu mettre les voiles,
7 — on s'est fait grouper par les lardus de la 9e territo
8 — pendant qu'on chargeait la chiotte.
9 — On s'est fait vaguer par les poulagas dans le guinche.
10 — Avec mézig ils ont fait chou blanc : nib (6) de flingue,
11 — j'avais juste un peu de vaisselle de fouille.

— **(9)** Un **baveux** est un journal, un savon, ou un avocat, ce dernier appelé plus souvent **bavard ;** quant au journal on l'appelle généralement un **canard** (de **canard :** fausse nouvelle).

EXERCICE

1 Je connais un excellent moyen pour vous — **2** de n'être pas mis à la porte : — **3** c'est de partir bien vite ! — **4** Ce que le patron, homme dur et impitoyable, peut nous persécuter ! — **5** Les patrons sont tous méchants — **6** il n'en est aucun qui soit meilleur que les autres. — **7** Ce journal est tout à fait stupide. — **8** S'il n'en est pas ainsi, c'est moi qui suis inintelligent — **9** (car) je ne comprends rien à son contenu !

Deuxième vague : quatrième leçon.

---

1 Louis-l'Oranais est complètement fou. — **2** Sous le moindre prétexte il n'hésite pas à se livrer publiquement à l'exhibitionnisme !... — **3** Les avions américains lâchaient sur nous d'énormes projectiles, nous étions tous dans le plus grand effroi, — **4** à l'exception du grand Léon qui profitait de l'occasion favorable — **5** pour posséder la concierge allemande sur le tas de charbon !... — **6** Désastre complet ! Nous n'avons pas pu nous enfuir, — **7** et nous avons été appréhendés par les policiers de la 9e brigade territoriale — **8** au cours du chargement de la voiture... — **9** Nous avons été fouillés par les policiers dans le bal. — **10** Pour ce qui est de moi ils ont fait fiasco : point de revolver, — **11** rien qu'un peu d'argent de poche... — **12** A séduire des filles mineures il se fera arrêter quelque jour pour délit sexuel. — **13** Ce paysan était si arriéré qu'il ne savait même pas user du téléphone !

NOTES

(1) Fini (pop.) achevé, parfait dans son genre. Il est placé après le mot qu'il détermine et s'emploie uniquement dans un sens péjoratif : **c'mecton-là c'est un pédé fini :** cet individu est un homosexuel achevé. Au lieu de **fini** on peut utiliser l'adjectif **fin** employé adverbialement et placé avant : **Jacquot a été se zoner fin saoul,** Jacques est rentré se coucher complètement ivre. — **(2) Se gratter :** hésiter, tergiverser (pendant qu'on hésite sur la décision à prendre, il arrive qu'on se gratte la tête). **Gratter :** travailler. **Gratter quelqu'un :** le devancer. — **(3)** Cet exhibitionnisme est souvent considéré par le truand qui s'y livre comme une provocation, comme un affront qu'il

12 — A lever des faux-poids (7) y finira par tomber pour la pointe (8).
13 — Tellement qu'il était lourdingue, ce plouc, y savait pas filer un coup de tube !

PRONONCIATION

1 Loulouloranais sèhuñ chabrakfini — **2** isgratt'pa, dvañtoulmoñd' — **3** ziñgh, drôlëd'prunô — **4** dlañbèlî — **5** dañlkarbi — **6** oñ napapu mett'lévwal' — **9** dañlghiñch — **10** izoñ — **11** uñpœd'vèssèll' — **12** alvé — **13** filé huñ **(pas de liaison !)** koud'tub'.

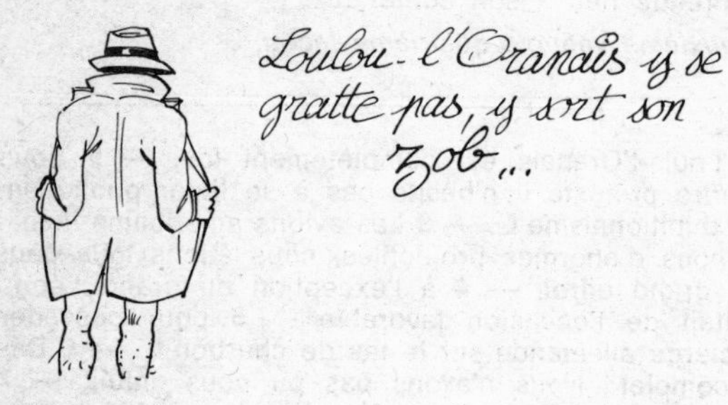

EXERCICE

1 Roro y s'gratte pas pour faire travailler des faux-poids. — **2** J's'rais d'lui, j'me la donnerais — **3** j'aurais les j'tons de m'faire emballer — **4** et d'me farcir trois piges de cabane — **5** sans compter la trique.

36e Leçon

1 — Le Bombé, il était dans la Carlingue avec m'sieu Henri (1) ;
2 — c'est tout de même du cri que Petit-Paulo, qu'est youpin, prenne ses patins (2) !
3 — Au mite pour la fume (3), zéro ! je crachais (5) depuis dix jours,
4 — l'auxi m'a filé un péclo (6) en loucedoc ;

inflige à son interlocuteur, c'est une façon imagée de lui laisser entendre qu'il le prend pour un homosexuel passif. — **(4) Les :** pour **les miches** (les fesses) ; pour traduire « avoir peur » on peut dire également : **avoir les miches qui font bravo** ou **avoir les miches à glagla.** — **(5)** Le **ne** de **ne pas** disparaissant habituellement dans le langage populaire, l'usage est de ne pas l'écrire quand on rapporte une conversation entre argotiers, même dans le cas où la disparition du **ne** ne s'entend pas **(on a pas** se prononce exactement comme on n'a pas). — **(6) Nib** veut dire habituellement « rien », mais aussi « pas ». **Nib de tifs :** chauve — **(7) Faux-poids :** fille mineure (plus particulièrement dans l'argot des proxénètes). **Ne pas faire le poids :** ne pas avoir l'âge, ou ne pas avoir les aptitudes requises, une valeur suffisante. — **(8) Tomber pour la pointe,** c'est être arrêté pour crime ou délit sexuel : viol, détournement de mineure, etc. **Les mecs de la pointe** sont, en prison, les individus détenus pour ne pas avoir su dominer leur sexualité : cette expression est entachée de mépris.

EXERCICE

1 Roland **(ou** Roger, **ou** Robert) n'hésite pas à lancer des mineures dans la prostitution. — **2** Si j'étais à sa place je me méfierais — **3** je craindrais de me faire arrêter — **4** et de passer trois ans en prison, — **5** compte non tenu de l'interdiction de séjour.

Deuxième vague : cinquième leçon.

---

1 Le Bossu appartenait à la section française de la Gestapo dirigée par « monsieur » Henri, — **2** il est vraiment scandaleux que Petit-Paul, qui est israélite, prenne parti pour lui !... — **3** Au cachot je n'avais rien à fumer depuis dix jours, — **4** le détenu chargé de corvées m'a donné une cigarette en catimini ; — **5** dans la situation inextricable où je me trouvais, c'était une faveur inestimable !... — **6** La fille de Pierre-le-Corse a échoué à l'examen du baccalauréat. Le père l'a sévèrement chapitrée... — **7** S'il ne revient pas à de meilleurs sentiments je le battrai comme plâtre !... — **8** Roger est vraiment un imbécile, il prend des risques extrêmement lourds pour une somme ridiculement faible !... — **9** Le fils d'Antonin a fait la paix, vous pensez bien : il était aux abois !... — **10** Pour se

5 — pendu comme j'étais, c'était une vraie fleur !
6 — La pisseuse à Pierrot-le-Corsico a loupé son bac ; le vieux il l'a riflée (7) sévère.
7 — S'y rengracie pas, moi j'y paye un cadre (8) !
8 — Une vraie tronche le Roger, y se mouille à mort pour trois thunes espagnoles !...
9 — Le lardon à Tonin il a rambiné, tu parles, il était sans un (9) !
10 — Pour monter sur un travail pareil faut pas être dans les vapes (10) !

PRONONCIATION

2 Toud'mêm'dukri këp'ti pôlo, youpiñ — **4** péclo añ lousdok' — **5** sètè huñ' **(pas de liaison !)** — **8** ismouy'amor, sanzuñ **(liaison !)**

EXERCICE

1 Lolotte, c'est p'têt' un prix d'Diane, — **2** mais pour la tringlette, zéro ! — **3** Dans un pageot, que fifre. — **4** Même rouler un patin ça la débecte ! — **5** C'est un vrai frigo, c'te frangine-là !

37ᵉ Leçon

1 — Gaby Nœnœil est pas tellement (1) aidée pour faire le tapin, risquer dans une telle aventure (délictueuse) il faut être en possession de toutes ses facultés !

NOTES

(1) **M'sieu Henri :** Henri Laffont, repris de justice qui réussit à devenir gérant du mess de la Préfecture de Police et à créer avec l'inspecteur Bony la section française de la Gestapo. — (2) **Prendre les patins d'un ami,** c'est épouser ses querelles, prendre son parti (on marche dans ses chaussures). **Chercher des patins à quelqu'un** c'est lui chercher querelle. Aucun rapport avec **rouler** (ou **filer) un patin :** opérer un glottisme intrabuccal (on dit aussi, peu élégamment, **rouler une saucisse).** — (3) **La fume :** l'action de fumer, le tabac. Mais **la fumée :** le danger. **Ça fume pour tézig :** il y a du danger pour toi (la police te recherche). **Etre fumasse,** ou **être en fumasse,** être furieux, être en colère. — (4) **Zéro ;** interjection qui signifie : cela ne vaut rien, c'est sans intérêt ! (On dit parfois : **zéro pour la question !)** — (5) **Cracher :** a) payer **(cracher au bassinet),** b) parler, avouer, c) souffrir d'un manque (on dit aussi **se mettre la tringle).** — (6) **Péclo,** verlan de **clope :** cigarette, ou mégot. — (7) **Rifler** (de **rif,** querelle) : quereller, tancer ; **se rifler :** se quereller, se battre. — (8) **Payer un cadre à quelqu'un :** le frapper violemment — on dit aussi **l'encadrer** (le gifler de droite et de gauche). Mais : **j'peux pas l'encadrer** (pop.) : je ne peux pas le souffrir. (Syn. **j'peux pas l'piffer, j'peux pas l'blairer, j'peux pas l'voir en peinture,** c'est-à-dire : même sous la forme d'une peinture. — (9) **Sans un** (sous-entendu : sou). Remarquer ici la liaison : sañzuñ ; c'est un fait assez rare en argot pour qu'il mérite d'être noté. — (10) **Etre dans la vape** (ou **dans les vapes) :** avoir perdu une part de ses facultés, quelle qu'en soit la cause, et ne plus réagir convenablement au contact de la réalité.

EXERCICE

1 Charlotte est certes une véritable beauté — **2** mais pour ce qui est des dons amoureux, elle est inexistante. — **3** Dans un lit elle ne vaut absolument rien ! — **4** Même donner un baiser lingual lui répugne — **5** cette femme est un véritable réfrigérateur !

Deuxième vague : sixième leçon.

---

1 Gabrielle-le-Louchon a été bien mal partagée (par la nature) pour racoler (les hommes) sur le trottoir, — **2**

2 — avec ses pinceaux (2) de schmidt (3), son œil qui dit merde à l'autre et ses dominos pourris.
3 — Y aura que des troncs (4) pour l'égoïner (5) !
4 — J'ai un avantage (6) avec Gigi, marche pas sur mes plates-bandes.
5 — Faut te la donner du Gros-Louis, c'est une barre-à-mine (7) ;
6 — si tu le mets au parfum, y va te casser la baraque !
7 — Pendant que Jeannot-la-Chique tire ses trois pigettes (8), sa gonzesse bordille à tout va ;
8 — elle se fait tringler pour pas un rond (9) par tous les bougnoules à Pigalle !
9 — Elle a rien dans le chignon : aussitôt qu'elle sent la (10) belle chopotte, elle reluit d'avance.
10 — Un bourrin pareil c'est pas un cadeau !
11 — Va pas t'associer avec Paulo le Rital, c'est une canaille (11), y te fera marron à la première occase,
12 — et si t'écrase, y finira par te mordre la langue (12) !

PRONONCIATION

1 Nënœy', tèlmañ hèdé **(pas de liaison !)** — **2** piñssôd' chmitt' — **3** yôrak détroñ — **4** march'pâ — **5** fôt'ladoné, séhun' — **6** situlmèhô, ivat'kassé — **8** èsfè, pahuñroñ — **9** it'fra — **12** part'mord'la.

Son œil qui dit merde à l'autre et ses dominos pourris

avec ses pieds de gendarme, son strabisme, et ses dents cariées. — **3** Seuls des Arabes accepteront de la posséder... — **4** Je suis en bonne voie dans mon entreprise de séduction sur la personne de mademoiselle Ginette, ne marchez pas sur mes brisées !... — **5** Méfiez-vous de Gros-Louis, c'est un personnage peu sûr, chercheur de noise et de complications : — **6** si vous l'informez, il va anéantir le fruit de vos efforts dans votre entreprise !... — **7** Pendant que Jean-le-Joufflu purge sa peine de trois ans de prison, son amie papillonne sans frein ; — **8** elle s'abandonne gratuitement à tous les nègres du quartier de la place Pigalle ! — **9** C'est une pauvre cervelle : dès qu'elle subodore quelque beau membre, elle se pâme à l'avance. — **10** Une femme aussi légère n'est pas avantageuse (pour son seigneur et maître) !... — **11** Ne faites pas la faute de prendre pour complice Paul l'Italien, c'est un individu déloyal, il vous bernera à la première occasion — **12** et si vous vous laissez faire sans mot dire, il finira par vous mépriser.

NOTES

(1) Pas tellement, pour : pas du tout. Atténuation plaisante ; c'est un procédé courant en argot. **Pas être aidée :** être peu favorisée par la nature pour ce qui est de la beauté physique ou des dons intellectuels. — **(2) Pinceau :** pied. **Se retourner les pinceaux :** tomber, capoter. — **(3) Schmidt :** gendarme. Mais pourquoi des **pinceaux de schmidt,** voilà qui nous échappe totalement. Les gendarmes n'auraient-ils donc pas des pieds semblables à ceux des autres hommes ? — **(4) Tronc** (autrefois **tronc de figuier) :** Arabe (ainsi nommé à cause de la couleur de sa peau). Tronc a aussi, comme **tronche,** le sens de tête : **t'cass'pas l'tronc,** ne vous fatiguez pas à réfléchir ! — **(5) Egoïner :** a) tourmenter (scier le dos), b) éliminer, ruiner une entreprise (on dit aussi **scier à la base),** c) posséder sexuellement. — **(6) Avoir un avantage** avec une femme (par exemple) c'est obtenir d'elle de ces marques d'intérêt qui laissent l'espoir d'une conquête prochaine. On dit aussi **avoir une touche** (comme le pêcheur dont un poisson a mordu l'appât). — **(7) Barre-à-mine :** individu douteux, capable de tout faire exploser, et par conséquent de réduire à néant une entreprise, de **casser la baraque.** — **(8) Pigette :** ce diminutif ne diminue en aucune façon la durée de la **pige tirée au ballon** — **(9)** ...ce qui est le comble de l'ignominie ! — **(10)** Article défini employé par souci d'expressivité au lieu de l'article indéfini. — **(11) Une canaille** n'a évidemment pas le même sens dans le milieu que chez les bourgeois : c'est un individu qui ne respecte pas les règles de correction en

EXERCICE

1 J'ai une touche avec Mimi-la-Niçoise. — **2** J'l'égoïnerai dimanche, c'est dans la poche, — **3** et pour pas un rond ! — **4** J's'rais d'toi, j'vannerais pas pour ça : — **5** c'te gonzesse-là, c'est un **(pas de liaison !)** vrai bourrin, — **6** y a que l'dur qui y a pas passé d'sus !

38e Leçon

1 — Césarine (1) si elle dèche pas, elle aura que fifre :
2 — j'embraye pas pour que dalle !
3 — Nib (2), qu'y dit le viceloque ; on est peut-être (3) en java,
4 — mais nozigues on est pas des michetons
5 — pour carmer les gonzesses !
6 — Tu peux y dire, à Nana-la-Rouquemoute,
7 — elle me tape sur le système,
8 — elle me court sur l'haricot,
9 — elle me les casse (4), elle me débecte.
10 — Peut-être qu'elle serait gironde
11 — si elle avait pas un œil qui dit merde à l'autre
12 — et deux ratiches en moins sur le devant de la tirelire.
13 — En plus elle tape du goulot (5) pas possible !
14 — Et pis son mec, le grand Charlot
15 — c'est qu'une cloche, j'en ai rien à foutre (6), de cézig !

PRONONCIATION

1 Eldèch'pa — **3** l'vicelok, p'tèt'añjava — **4** nozig oñ népa démich'toñ — **5** pœ hidir', rouk'mout' — **7** èm'tap'-sulsistèm' — **8** èm'cour surlariko — **9** èm' lèkass', èm dèbèkt' — **10** p'tèt'kèlsrè jiroñd' — **11** pa huñ nœy' alôt — **12** suldëvañ dlatirlir' — **13** añplussèltap', papossib' —

usage dans le milieu. — **(12) Te mordre la langue :** te prendre pour un giton, donc te mépriser.

EXERCICE

1 Micheline-la-Niçoise m'a donné des marques non équivoques d'intérêt. — **2** J'en ferai la conquête dimanche, c'est une chose certaine, — **3** et sans bourse délier ! — **4** A votre place, je ne m'en vanterais pas, — **5** car cette fille est des plus faciles ; — **6** elle a eu d'innombrables amants ! **(littéralement ;** il n'y a que le train qui ne l'ait pas surmontée).

Deuxième vague : septième leçon.

---

1 Si elle ne paie pas, elle n'aura rien. — **2** Je ne me mets pas en route pour rien !... — **3** Rien, dit le débauché ; quoique nous soyons en train de faire la fête, — **4** nous nous respectons trop (nous ne sommes pas des clients de courtisanes) — **5** pour payer les femmes ! — **6** Vous pouvez dire à Anna-la-Rousse — **7** qu'elle me donne de l'agacement, — **8** qu'elle me porte sur les nerfs, — **9** qu'elle m'excède, qu'elle me dégoûte. — **10** Elle serait peut-être jolie — **11** si elle ne louchait pas — **12** et s'il ne lui manquait pas deux dents antérieures. — **13** En outre son haleine est invraisemblablement forte. — **14** Quant au Grand Charles, son amant — **15** il n'est rien d'autre qu'un individu sans valeur, je ne veux rien avoir à faire avec lui.

NOTES

(1) Cézig, lui, **césarine,** elle. — **(2)** Rien : **que dalle, que fifre, que pouic, que couic, que t'chi ;** mais aussi **nib, peau de zob** (ou **de zébi), peau de balle** (ou par **verlan, balpeau),** **des clopinettes.** Un rien : **un poil, un quart de poil ;** rien de rien : **nib de nib.** Rien à faire : **rien à branler.** Ne rien valoir ; **pas valoir un clou, une broque.** En un rien de temps : **deux coups les gros.** — **(3)** Peut-être se prononce très rapidement, en une seule syllabe, **p'têt.** — **(4)** Agacer : **taper sul' système, courir sur l'haricot,** ou simplement **courir, cavaler ; casser** (ou **râper) les burnes, les couilles, les roustons,** etc., ou **les pieds** (ou simplement : **les casser, les râper ; baver sur la rondelle, sur les rouleaux, sur les roustons,** etc. — **(5)** On dit aussi : **repousser du goulot, tuer les mouches à quinze pas, trouilloter du**

14 l'grañcharlo — **15** sè hun'cloch' jañ nèryiñ nafout' dëcézigh.

EXERCICE

1 Casse-toi, m'les casse pas ! (**ou** m'les râpe pas !) — **2** La frangine, qu'est-ce qu'elle tape du goulot ! — **3** Tu carmes les gonzesses, t'es qu'un cave ! — **4** Cézig c'est qu'un micheton ! — **5** C'te rouquemoute-là, è m'débecte. — **6** On est parti en java, on va s'la faire crapuleuse. — **7** Césarine j'en ai rien à fout' !

39e Leçon
UNE NOYE A LA CAILLE (1)

1 — Salut, mec. T'as bien pioncé ?
2 — Le pageot était aux œufs (2) mais j'ai pas fermé les châsses de la noye.
3 — Tu parles d'un ramdam (3) dans c'te crèche !
4 — Jusqu'à trois plombes du mat' la gonzesse du sept a fait l'abatage (4).
5 — Un clille suivant l'autre, elle prenait pas le temps de souffler.
6 — J'l'esgourdais qui s'lavait l'oigne (5) à chaque coup.
7 — Dans la carrée à gauche c'était un troufion avec une bonniche.
8 — Y s'envoyaient en l'air à tout berzingue (6).

corridor, avoir une dent qui prend racine dans le trou du cul, faire courant d'air avec les chiottes, et une infinité de variantes, plus ou moins improvisées, des locutions précédentes. — **(6) J'en ai rien à foutre :** je n'en ai pas besoin, ou cela ne m'intéresse nullement, ou encore je ne veux rien avoir à faire avec lui (s'emploie aussi bien à propos de choses que de personnes).

EXERCICE

1 Allez-vous-en, ne me portez pas davantage sur les nerfs ! — **2** Que cette femme a mauvaise haleine ! — **3** Puisque vous acceptez de donner de l'argent aux dames, vous ne pouvez appartenir au milieu des mauvais garçons ! — **4** Lui, il n'est rien de plus qu'un client de filles publiques ! — **5** Cette rousse m'inspire de la répulsion. — **6** Nous sommes partis pour nous adonner à la débauche, nous allons nous y livrer sans retenue. — **7** Je ne veux rien avoir à faire avec elle.

UNE NUIT CONTRARIEE

1 Bonjour, cher ami. Avez-vous bien dormi ? — **2** Le lit était excellent, mais je n'ai pas fermé l'œil de la nuit. — **3** Que cet hôtel est donc bruyant ! — **4** Jusqu'à trois heures du matin la jeune dame de la chambre numéro sept a pratiqué la galanterie à haut rendement. — **5** Les clients se succédaient sans interruption, elle ne prenait pas le temps de respirer. — **6** Je l'entendais qui se livrait à des ablutions intimes. — **7** Dans la chambre à gauche de la mienne, il y avait un soldat et une bonne à tout faire — **8** qui se procuraient avec ardeur un plaisir mutuel. — **9** Quant à moi, vous vous en doutez, cela m'a mis dans un état de stimulation peu commun. — **10** En conséquence de quoi j'ai sauté à bas du lit et je me suis habillé vivement. — **11** En sortant de la chambre j'ai précisément rencontré la personne de la chambre numéro sept — **12** qui venait d'opérer son dernier client. — **13** Pour ce qui est du corps elle était assez convenable, — **14** possédant une impressionnante poitrine ! Non pas de faux appas, mais de quoi remplir la main d'un (honnête) homme ! — **15** Je ne pouvais pas me mettre en quête d'une âme-sœur au milieu de la nuit...

NOTES

(1) Caille, aphérèse de **mouscaille,** est synonyme de **merde. L'avoir à la caille** (ou **à la merde),** à cause d'une

9 — Mézig, tu te goures bien, ça m'a foutu une de ces triques (7), à défoncer une chèvre.
10 — Du coup je me suis déhotté du pieu et je me suis saboulé vite fait.
11 — En décarrant de ma piaule je suis tout juste tombé sur la frangine du sept
12 — qui venait d'éponger (8) son dernier micheton.
13 — Question châssis (9) elle était pas trop dégueulasse.
14 — Une de ces paires de pare-chocs ! Pas du bidon, de quoi se remplir les pognes !
15 — J'allais pas me mettre à draguer au mitan de la noye...

(à suivre)

PRONONCIATION

2 ètè hozœ (pas de liaison après **était !**), léchâss dëlanoy' — **3** ram' dam' — **4** cliy', l'ôt'èlprënèpaltañd'souflé — **6** logn' (**ou** lwagn') achak kou — **7** sétèhuñ — **9** tut'gourbyiñ — **10** jëm'sui (**ou** jmë sui), vit'fè — **11** ch'sui — **12** kivnè, michtoñ — **13** déghœlâss — **14** un'de sé pèr'dparchoc, dkwa s'rañplir — **15** pam'mett(r), dlanoy'.

EXERCICE

1 Les roploplots, pourquoi qu'on dit toujours — **2** qu'il en faut d'quoi remplir la pogne d'un cave ? — **3** La pogne d'un truand, ça s'rait-y pas mieux ? — **4** Pasque les nanas, question d'les connaître, y a vraiment qu'les macs : — **5** roploplots, valseur, et tout le toutime, — **6** y r'pèrent d'un coup d'châsse c'qu'est valab(l)e et c'qu'est du bidon. — **7** Ya rien d'marrant à ça : c'est pas des amateurs, c'est des pros.

circonstance fâcheuse quelconque, c'est en être contrarié, furieux, ou écœuré. **Un truc à la caille** est une indélicatesse. **Etre dans la mouscaille** (ou **dans la merde),** c'est être dans la misère, ou dans de grandes difficultés. — **(2) Aux œufs,** ou **aux pommes,** ou **aux oignons,** ou **aux p'tits oignons,** ou encore **au poil :** excellent, parfait. — **(3) Ramdam :** tapage (à cause des fêtes bruyantes qui terminent le ramadan, mois de jeûne des Arabes). — **(4) Faire l'abatage :** abattre de la besogne avec énergie et rapidité, spécialement quand il s'agit du travail des filles galantes. **Les maisons d'abatage** étaient des lupanars où le travail se pratiquait en grande série. — **(5) Oigne** (pron. ogn' ou parfois wagn'), **oignon** (onyon), **ogneul** (onyœl), toutes ces formes du même mot désignent l'anus, et aussi, comme tous les mots ayant ce sens, la chance, le hasard heureux. Mais ici **l'oigne** est le sexe de la femme. Il est permis de déplorer avec le Dr Gérard Zwang que « la proximité de l'anus ait induit une regrettable extension onomastique, faisant traiter la vulve de **cul, d'oignon,** ce qu'on retrouve dans **bouffer le cul** pour désigner le cunnilinctus » (Le Sexe de la Femme, Editions La Jeune Parque, 1967). — **(6) A tout berzingue :** à toute vitesse, comme un risque-tout. **Filer à tout berzingue** c'est se déplacer à vive allure (on peut dire aussi **filer comme un pet sur une toile cirée). — (7) Avoir la trique,** c'est être en état de tumescence, mais seulement quand il s'agit d'un homme. Les synonymes : **l'avoir dur(e), l'avoir en l'air, bander,** s'appliquent également aux dames. — **(8) Eponger un micheton** c'est, pour une prostituée, opérer un client avec rapidité (comme une serveuse de restaurant qui éponge vivement le contenu d'un verre renversé). — **(9) Question châssis :** en ce qui concerne le corps. Le mot **question** suivi immédiatement d'un nom devient, rappelons-le, une préposition dans le langage populaire.

EXERCICE

1 Pourquoi dit-on toujours, à propos des seins — **2** qu'il en faut de quoi remplir la main d'un honnête homme ? — **3** Ne serait-il pas plus correct de parler de la main d'un voyou ? — **4** Car pour ce qui est de connaître les dames, personne n'égale les souteneurs : — **5** poitrine, croupe, et tout le reste — **6** ils distinguent en un coup d'œil ce qui est sans reproche et ce qui est douteux. — **7** Rien d'étonnant à cela : ce ne sont pas des amateurs, mais des professionnels.

Deuxième vague : neuvième leçon.

40e Leçon

UNE NOYE A LA CAILLE (fin)

1 — Elle m'a fait son blot (1) et j'ai enquillé dans sa turne (2).
2 — Après un petit coup de téléphone (3), je me la suis calecée (4) en levrette.
3 — J'sais pas si elle chiquait, mais elle s'est mise à me pousser une drôle de chansonnette,
4 — soi-disant (5), elle m'a boni après, que je suis monté (6) comme un vrai bourricot.
5 — En tout cas mézig j'ai pris mon fade comme un vrai castor (7).
6 — Je suis retourné dans ma carrée. Après ça, que je me disais,
7 — sûr que je vais m'enroupiller vite fait !
8 — Mon cul (8) ! Les boulots avaient déjà pris la musette pour aller marner !
9 — Les enfoirés, y se grattent pas de faire du bousin,
10 — y s'occupent pas de ceux qu'en écrasent !
11 — Ya vraiment des lascars qui poussent le bouchon (9) un peu loin !

PRONONCIATION

Un' noy' a la cay' — **1** èlmafè, añkiyé — **2** uñptikoud'téléfon', j'mëla (**ou** jëm'la), kalsê — **3** chsèpa, am'poussé — **4** këjsui — **6** chsui rtourné, këj'më (**ou** kjëm') — **7** surkëjvè, vit'fè — **8** dja — **9** isgratt'pad'fèr — **10** issokup'pad'sœ kañ nécraz'.

UNE NUIT CONTRARIEE (fin)

1 Elle m'a indiqué le prix qu'elle demandait et je suis entré dans sa chambre. — **2** Après un hors-d'œuvre de fellation *, j'ai procédé « more canino ». — **3** Jouait-elle la comédie, je ne sais, toujours est-il qu'elle s'est mise à manifester bruyamment ses émotions, — **4** m'assurant après coup que, quant aux dimensions, la nature m'avait surabondamment pourvu. — **5** Quoi qu'il en soit, mon plaisir a été d'un surmâle. — **6** Je suis rentré dans ma chambre. Après cet intermède, me disais-je, — **7** il est certain que je vais m'endormir tout de suite. — **8** Quelle erreur était la mienne ! Les ouvriers étaient déjà en route vers le travail ! — **9** Ces imbéciles ne se gênent pas pour faire du bruit, — **10** ils ne songent guère à ceux qui dorment ! — **11** Il est vraiment des gens qui exagèrent !

NOTES

(1) Le **blot** est le prix en général, mais plus particulièrement le prix à forfait, ou après discussion. **Ça fait mon blot :** ceci me convient. **J'en ai mon blot :** j'en ai assez. **Un blot** est aussi une collection de choses à vendre, pour lesquelles on fait un prix d'ensemble. — **(2) Turne :** chambre ou maison, est souvent orthographié **thurne,** rappelons-le, quand il s'agit des chambres d'étudiants, par caricature des graphies pédantesques. — **(3) Téléphone** se prononce parfois, par manière de plaisanterie (!), selon une mode vraisemblablement passagère, **téléfoñ. Le téléphone dans le ventre** dont il s'agit ici est silencieux, la langue y étant trop occupée pour émettre des sons. Le véritable téléphone se dit **bigophone, grelot, ronfleur, tube, cornichon.** — **(4) J'me la suis calecée :** au lieu de cette forme d'allure méridionale on peut dire tout aussi bien : **j'l'ai calecée.** — **(5) Soi-disant que...** (pop.) : on prétend que..., il paraît que... Ici : à en croire ce qu'elle m'en a dit par la suite... — **(6) Etre bien monté :** posséder des avantages que les dames considèrent comme substantiels. — **(7)** Dans les pénitenciers un **castor** était un homosexuel passif. Autrefois un **demi-castor** était une **demi-mondaine** c'est-à-dire une femme de mœurs légères ou une courtisane. Mais ici le **castor** est un surmâle, un « superman » en matière de sexe. — **(8) Mon cul ;** exprime une dénégation du genre de « pas du tout ! », « pas le moins du monde ! », mais avec beaucoup plus d'énergie. — **(9) Pousser le bouchon trop loin :** exagérer (image halieutique). Plus fréquemment, on dit simplement : **pousser. Pousse pas !** n'exagérez pas, n'abusez pas de ma patience (on dit aussi — image toute différente — **pousse pas mémère dans les orties) !**

EXERCICE

1 Faut quand même pas pousser, — **2** t'as d'jà pris ton fade trois fois dans la noye, — **3** tu pourrais quand même me laisser pioncer ! — **4** J'ai besoin d'en écraser, mézig ! — **5** C'est pas tézig qu'ira au carbi à ma place à cinq plombes du mat, non ? — **6** Si t'es pas heureuse, c'est l'même blot !

41e Leçon

LE RUBAN (1)

1 — Petit Louis-le-Lyonnais (2) a fini par envoyer sa gisquette (3) Lulu-la-Brune aux asperges.
2 — Elle turbine rue des Tournelles près de la Bastoche.
3 — Roulée comme elle est, elle reste pas des plombes sans dérouiller (4).
4 — Ça rend jalminces les autres turfs plus blèches ou plus vioques qu'elle.
5 — « Y en a que pour son cul (5) à cette salope-là ! »,
6 — bonissait l'autre soir Gigi-la-Toulonnaise,
7 — une gravosse plutôt tartignolle.
8 — La Lulu, elle a vite fait d'auticher le (6) clille avec sa miniroupane
9 — et ses roberts à vous faire péter les boutons de braguette ;
10 — seulement minute, faut d'abord envoyer la fraîche.
11 — La règle d'or du tapin : que le miché aille au refile avant le boulot !
12 — S'il la veut à loilpé (7), Lulu,
13 — et pis qu'elle lui fasse une bouche chaude,

EXERCICE

1 N'exagérez pas, — **2** vous avez déjà éprouvé du plaisir à trois reprises au cours de cette nuit, — **3** vous pourriez tout de même me laisser reposer ! — **4** J'ai besoin de dormir, moi ! — **5** Ce n'est pas vous qui vous rendrez au travail à ma place à cinq heures du matin, n'est-ce pas ? — **6** Si vous n'êtes pas contente, je m'en moque !

** Plus d'un lecteur apprendra ainsi le sens du mot savant fellation, du latin fellatio, qu'il n'est pas permis à un homme cultivé d'ignorer.*

Deuxième vague : dixième leçon.

LE TROTTOIR

1 Petit Louis-le-Lyonnais s'est finalement décidé à envoyer sa maîtresse Lucienne-la-Brune se livrer à la prostitution. — **2** Elle exerce sa (coupable) industrie rue des Tournelles près de la place de la Bastille. — **3** Avec le corps harmonieux qui est le sien, elle ne reste pas pendant des heures sans avoir de clients. — **4** Cela rend jalouses les autres filles plus laides ou plus vieilles qu'elle. — **5** Il n'y en a que pour cette infâme **(littéralement :** que pour le postérieur de cette infâme), — **6** disait naguère Ginette-la-Toulonnaise, — **7** une fille grosse et passablement laide. — **8** Lucienne a bientôt fait d'aguicher les clients avec sa robe extrêmement courte — **9** et ses seins émoustillants ; — **10** mais attention il est nécessaire de payer d'abord. — **11** (Car) la règle fondamentale de la galanterie (est) que le client doit payer avant le (commencement du) « travail » ! — **12** S'il désire que Lucienne se dévête entièrement — **13** et en outre qu'elle se livre sur sa personne à la fellation, — **14** c'est plus cher, cela va de soi.

NOTES

(1) Le **ruban** est : a) la route : **on a encore un sacré bout de ruban à se taper,** nous avons encore un long chemin à parcourir ; b) la rue, le trottoir, et par conséquent la prostitution. — **(2)** Les individus prénommés Louis sont appelés souvent dans le peuple **P'tit Louis,** on peut se demander pourquoi. — **(3)** Une **gisquette** est une fille (du nom de **Gisquet,** préfet de police qui perfectionna l'identification par cartes des prostituées). — **(4) Dérouiller :** a) frapper sauvagement et longtemps **(dérouillée,** correction sévère) ; b) pour une fille, faire la première opération

14 — alors c'est plus grisolle, comme de bien entendu (8).

PRONONCIATION

1 Pti loui, ôzasperj — **2** prèdlabastoch' — **3** èlrèst'pa — **4** viok kèl — **5** yañ nak poursonku astë salopla — **6** lôt'swar — **11** këlmiché ay'orfil avañl'boulo — **12** vœ ha **(pas de liaison !)**

EXERCICE

1 Le micheton filait le train à la môme Lulu, — **2** la paluche en fouille, — **3** sans quoi il aurait pas pu arquer. — **4** Lulu elle se la donne sévère — **5** des chaudes lances et des glands nazebroques.

42e Leçon

L'ANTIFLAGE (1) A TOTOR

1 — Le grand Totor y s'est marida (2) y a quelques jours (3) avec la môme Bribri
2 — surblasée Bribri-Belles-Miches
3 — rapport à (4) son prosinard (5) bien noité (6).
4 — Tout le monde y s'détronche (7) dessus,
5 — même les mectons les plus caves :
6 — les curetons, les bondieusards, les faux derches,
7 — les pisse-froid et les pisse-vinaigre de tout poil et de tout calibre !

de la journée — l'image est assez claire. S'applique par extension à d'autres professions comportant elles aussi une part d'aléa : chauffeurs de taxi, camelots, représentants, etc. — **(5) Cul** s'applique ici, par une extension fâcheuse mais courante, à l'organe sexuel féminin. — **(6) Le clille** : singulier populaire expressif pour désigner l'ensemble des clients. — **(7) A loilpé** : largonji de **à poil** : nu. — **(8) Comme de bien entendu,** pour « bien entendu », est un bon exemple de ces explétifs populaires qui alourdissent inutilement la phrase : **comme de** n'ajoute aucune idée, il vient simplement d'une confusion avec d'autres expressions voisines (comme il se doit, comme il est naturel, etc.).

EXERCICE

1 Le client suivait mademoiselle Lucienne — **2** la main dans la poche, — **3** faute de quoi il n'aurait pu marcher. — **4** Lucienne se méfie extrêmement — **5** des organes masculins en proie au gonocoque ou au tréponème pâle.

Si vous trouvez que vos progrès ne sont pas assez rapides, ne vous découragez pas ! Cherchez plutôt à profiter de toutes les occasions de pénétrer dans les bistrots de bas étage, clandés et autres mauvais lieux, et de lier conversation — vous en êtes dès maintenant capable — avec des vagabonds, des prostituées, ou des malfaiteurs de toute espèce, qui vous donneront à leur insu d'excellentes leçons en échange d'un verre ou d'une cigarette. Ils vous procureront en outre par simple mimétisme cet accent parisien qui ne peut d'ailleurs être acquis que de cette façon... ou par les disques de « la Méthode à Mimile ».

2e vague : 11e leçon.

LE « MARIAGE » DE VICTOR

1 Le grand Victor s'est marié (il y a quelques jours) avec mademoiselle Brigitte, — **2** surnommée Brigitte-la-Callipyge — **3** parce qu'elle possède une croupe aux rotondités avantageuses — **4** qui attirent les regards de tous, — **5** même ceux des personnes les moins affranchies de préjugés bourgeois : — **6** curés, dévots, tartufes, — **7** cafards, jésuites de toute espèce et de toute envergure ! — **8** Les dévotes également, ces perfides, — **9** lui jettent des regards incroyablement meurtriers ! — **10** Ils ne se sont pas mariés à l'église, ni à la mairie, — **11** mais dans la campagne aux alentours des Vaux-de-Cernay. — **12** Il n'y avait pas d'autres témoins que les oiseaux — **13** dont

8 — Les grenouilles de bénitier (8) aussi, ces salopes,
9 — elles la flinguent des châsses, c'est rien de le dire !
10 — Y s'sont pas marida à l'église, ni à la mairie (9)
11 — mais dans la campe, du côté des Vaux-de-Cernay.
12 — Comme témoins y avait juste les piafs (10)
13 — qui leur en ont poussé une
14 — qui valait bien toutes les ziziques (11) des curetons de la Madeleine.
15 — Totor et Bribri bichaient comme des poux !

PRONONCIATION

1 L'grañtotor, yakèkjour — **2** bribribèlmich' — **3** raporassoñ — **4** toulmoñdis détroñch'dësu — **5** mêm'lè mèktoñ — **6** kurtoñ — **7** piss'frwa, èd'toukalibr' — **8** lègrënouy'dë bénityé hôssi — **10** ls'soñ pa — **11** kañp', vôdsèrnè — **12** yavè, just' — **14** tout'lè zizik dè kurtoñ dlamadlèn' — **15** kom'dèpou.

EXERCICE

1 Quand une pépée a des chouettes pare-chocs — **2** c'est bien rare si elle est pas bien noitée (**ou** si elle a pas des belles noix). — **3** Gaby-les-Châsses-Bleus c'est pas un prix d'Diane, d'accord ; — **4** mais quand tu frimes son popotin — **5** y a d'la drôle de poésie dans son prose.

les chants éperdus — **14** avaient bien autant de prix que les plus belles musiques religieuses de l'église de la Madeleine. — **15** Victor et Brigitte étaient heureux comme des rois.

NOTES

(1) **L'antiflage,** mot en voie de disparition, est plutôt le concubinage que le mariage légitime, lequel se disait **antiflage de sec.** Le concubinage est aussi le **maquage,** le **collage, le mariage à la colle** ou **de la main gauche.** On est alors **collés, maqués, maridas,** on est **à la colle.** — **(2) Marida, se marida :** marier, se marier (verbe invariable) ; **le marida :** le mariage ou le concubinage. — **(3)** Quelques se prononce tantôt kèk, tantôt kèlk. — **(4) Rapport à** (loc. propos.) : à cause de. Certains individus, croyant s'exprimer plus correctement, utilisent en pareil cas l'expression **par rapport à !** — **(5) Prosinard** ou **prose** (masc.) : postérieur. — **(6) Noitée :** fessu (de **noix :** fesse). **Bien noitée** est donc la traduction exacte de callipyge. — **(7) Tronche,** ou **tranche,** tête. **Se détroncher** ou **se détrancher,** détourner la tête. **Détroncher** ou **détrancher** quelqu'un, c'est détourner son attention. **Une tronche** c'est aussi **une petite tête,** c'est-à-dire un imbécile ; on dit aussi **en avoir une tranche** (s.e. de bêtise) ; mais **avoir de la tranche** ou **de la tronche,** c'est avoir de la tête, c'est-à-dire être le contraire d'un imbécile ! — **(8)** Dévote : **grenouille de bénitier ;** dévot : **cafard, bigot, bondieusard.** — **(9)** La prononciation populaire de mairie était **mairerie** (mèr'rî). Elle n'a plus guère cours qu'à la campagne. — **(10) Piaf :** moineau, et par extension petit oiseau (ou même tout oiseau, par exemple un poulet — et par conséquent aussi un policier). **Crâne de piaf :** imbécile. — **(11) Zizique :** musique. **En avant la zizique, par ici les gros sous** (titre d'un excellent — et délicieux — ouvrage de Boris Vian sur la chanson moderne) est un souvenir des bals musette de jadis, où les danses se payaient à l'unité. **Envoyez la monnaie !** disait le patron, et quand tout le monde avait payé : **allez, roulez !** Il y a longtemps qu'on ne paie plus les danses à l'unité dans les bals parisiens, mais ces expressions sont restées dans la langue populaire.

EXERCICE

1 Quand une jeune femme a de jolis seins — **2** il est exceptionnel que ses avantages postérieurs ne soient pas agréables également. — **3** Gabrielle-aux-Yeux-Bleus n'est certes pas d'une grande beauté, — **4** mais quand on regarde son postérieur — **5** (on découvre qu')une intense poésie s'exhale de sa croupe.

2e vague : 12e leçon.

43e Leçon

1 — T'as beau dire, on est tout de même des drôles de dégueulasses (1) !
2 — On va bouffer la chatte à n'importe quelle tordue (2)
3 — et on ferait même pas une pipe à un vieux pote ! (Histoire folklorique)

4 — Bébert, c'était un sacré tendeur (3)
5 — Quand ça marchait pas la partie de jambes en l'air avec une frangine,
6 — il essayait de se farcir la daronne
7 — Si ça boumait (4) pas avec la vioque
8 — y se rabattait sur la concepige.
9 — Ça lui est arrivé de s'embourber des lots (5) pas croyables.
10 — Y en a, j'te jure (6), y leur en faut pour les débecter !

PRONONCIATION

1 dédrôldëdéghœlâss' — **2** niñport'kèltordû — **3** oñfrèmêm'pa — **4** sétèhuñ **(pas de liaison !)** — **5** partîdjañbañlèr' — **6** dës'farsir (**ou** dsëfarsir) — **8** israbatè, koñspij' — **9** dsañbourbé, pakrwayab' **(le l est parfois prononcé, mais alors très légèrement)** — **10** yañ na jtëjur (**ou** chtëjur).

EXERCICE

1 Fredo l'Auverpin, il est crado pas croyable. — **2** J'sais même pas s'y s'décrasse les nougats tous les marcotins. — **3** Qu'un dégueulasse pareil puisse se farcir des beaux p'tits lots — **4** comme il en dégauchit tout l'temps, — **5** ça me fout en carante ! — **6** Il leur en faut, à celles-là, pour les débecter !

Y se rabattait sur la concepige...

1 Quoi que vous en puissiez dire, nous sommes (nous autres hommes), de bien dégoûtants individus ! — **2** Nous exécutons le cunnilingue sur une femme quelconque — **3** et nous ne pratiquerions même pas la fellation sur la personne d'un vieil ami ! — **4** Albert (**ou** Robert, **ou** Gilbert) était doué d'un appétit sexuel très développé. — **5** Quand il ne réussissait pas à obtenir les faveurs d'une dame, — **6** il essayait de séduire la maman de celle-ci. — **7** Si son entreprise à l'endroit de la vieille dame n'était pas couronnée de succès, — **8** il abaissait ses visées sur la concierge. — **9** Il lui est arrivé de conquérir ainsi des femmes dont le moins qu'on puisse dire est qu'elles étaient peu séduisantes. — **10** Il est vraiment des individus à qui il en faut beaucoup pour être dégoûtés !

NOTES

(1) Dégueuler : vomir (syn. **dégobiller, aller au renard, aller au refile)** a donné **dégueulasse** et **dégueulbif :** dégoûtant, répugnant (littéralement : à vomir). Par une apocope légèrement précieuse **dégueulasse** (ou dégoûtant) se transforme dans certains milieux en **dég,** tout le dégoût se trouvant exprimé par l'intonation d'une unique syllabe. — **(2) Tordu,** qui a eu d'abord sans doute le sens de mal bâti, de disgrâcié, a pris ensuite celui d'idiot, ou d'individu en qui on ne saurait avoir confiance. C'est finalement un terme assez vague de mépris, qui est pourtant employé couramment dans le peuple entre camarades, souvent dans une phrase d'accueil : « Tiens, te v'là, tordu ! » Ici **n'importe quelle tordue** signifie : une femme quelconque, la première venue. — **(3)** Le **tendeur** est celui qui est dominé par son appétit sexuel. Synonyme : **bourrin.** — **(4)** L'expression populaire **ça va** se traduit par **ça boume, ça colle, ça biche, ça gaze.** — **(5)** Le substantif **lot** est un terme généralement flatteur qui s'applique à une femme très séduisante. Mais il est souvent employé aussi par antiphrase — c'est le cas ici — pour parler de « phénomènes » qui ont une personnalité marquée ou des travers exceptionnels. — **(6) Y en a, j'te jure,** expression courante pour marquer l'indignation ou l'étonnement devant les choses qui dépassent l'entendement : il est, je vous l'affirme, des gens qui dépassent les bornes de ce qui est concevable.

EXERCICE

1 Alfred l'Auvergnat est d'une saleté incroyable. — **2** Je ne suis même pas sûr qu'il se lave les pieds une fois par mois. — **3** Qu'un tel dégoûtant puisse séduire de jolies jeunes femmes — **4** comme il en trouve continuellement — **5** est une chose qui m'irrite. — **6** Il leur en faut beaucoup, à celles-là, pour être dégoûtées !

2e vague : 13e leçon.

44e Leçon

SCHPROUM (1) AU BISTROT

1 — C'est (2) Dédé-le-Poivrier (3) qu'enquille (4) dans un troquet (5),
2 — ça s'voit qu'il est pas très costaud sur ses cannes.
3 — Y veut s'licher (6) un glass de rouquin,
4 — le der des der (7), avant la dorme
5 — Le loufiat, y pose un guindal sur le zinc,
6 — et y se détronche pour agrafer une boutanche (8).
7 — Il est cradingue, ton godet ! qu'y bonit, le Dédé ;
8 — Zyeute un peu, y a une gonzesse qui l'a séché avant mézig,
9 — Y a son rouge à badigoinces sur l'lorbé (9) ! (à suivre)

PRONONCIATION

1 Dédélpwavrié — **3** sliché, glâss (**a** très long) — **4** ldèrdédèr' — **5** sulziñgh — **6** èhisdétroñch — **8** zyœt' **(une syllabe)** ya **(une syllabe)** — **9** sul lorbé.

EXERCICE

1 C'loufiat, il est rien cradingue ! — **2** C'ramier-là, il est même pas foutu — **3** d'essuyer l'rouge qu'les gonzesses foutent sur les guindals. — **4** Si jamais y m'en refile un comme ça, — **5** boug'pas, j'y retourne aussi sec dans la gueule, à c'salingue !

SCANDALE AU CAFE

1 André-l'Ivrogne pénètre dans un débit de boissons, — **2** visiblement peu ferme sur ses jambes ; — **3** il désire boire un verre de vin rouge, — **4** le tout dernier (de la journée), avant d'aller se coucher. — **5** Le garçon de café pose un verre sur le comptoir — **6** et se détourne pour se saisir d'une bouteille. — **7** Mais ce verre est sale ! dit André ; — **8** constatez-le : une dame l'a vidé avant moi, — **9** on peut voir des traces de son rouge à lèvres sur le bord !

NOTES

(1) Schproum a signifié d'abord colère, puis bruit, tapage, scandale. — **(2)** Il s'agit là d'une formule courante dans le peuple pour commencer une « histoire » ; on ne dira pas : Dédé-le-Poivrier enquille, mais : **c'est Dédé-le-Poivrier qu'enquille.** — **(3) Poivre :** ivre. Un **poivrier** est donc un ivrogne (comme **poivrot,** qui est populaire). Le **vol au poivrier** consiste à détrousser les individus en état d'ivresse. — **(4) Qu'enquille :** noter l'élision de **qui,** elle est **obligatoire** dans le langage populaire. — **(5) Troquet** et **bistrot** appartiennent à la langue du peuple, avec les deux sens de cabaret et de cabaretier. **Troquet** est une aphérèse de **mastroquet,** lequel, chose curieuse, n'est plus guère utilisé que par les auteurs de romans académiques. L'accouplement de **bistrot** et de **troquet** a fait naître un bâtard : **bistroquet,** d'ailleurs peu employé, qui a lui-même engendré **bistroc.** Le féminin de **bistrot** est **bistrote** (cabaretière), ce qui justifie l'orthographe **bistrot,** de préférence à **bistro.** — **(6) Se licher :** verbe à réflexion méridionale. — **(7) Der** (prononcer dèr) : apocope de dernier. **Le der des der :** le tout dernier verre (qu'on va boire) ; **la der des der :** la toute dernière partie qu'on va jouer. Depuis la première guerre mondiale **la der des der** est aussi, par une féroce et juste ironie, la guerre qu'on fait ou qu'on va faire... pour qu'il n'y en ait jamais d'autre après. Cette expression est une efficace riposte à la célèbre et patriotique formule de « la Guerre du Droit et de la Civilisation », qu'elle a suffi à ridiculiser. — **(8)** Une **boutanche** était autrefois une boutique ; c'est maintenant une bouteille. — **(9) Lorbé :** largonji de bord.

EXERCICE

1 Ce garçon de café est bien sale ! — **2** Ce paresseux n'est même pas capable — **3** d'essuyer le rouge que les dames laissent sur les verres. — **4** Si jamais il m'en donne un semblable, — **5** soyez sans crainte, je le renverrai immédiatement à la figure de ce dégoûtant personnage !

2e vague : 14e leçon.

45e Leçon

SCHPROUM AU BISTROT (fin)

1 — L'autre patate de loufiat (1), au lieu d'écraser (2),
2 — de chanstiquer le guindal (3) sans faire d'histoires,
3 — aussi sec, y va au cri (4).
4 — Si t'es pas heureux, y lui balance,
5 — va écluser chez « madame Arthur » (5), hé, traîne-lattes !
6 — Le Dédé, il est pas encore schlass pour éponger (6) un vanne pareil.
7 — Il argougne l'autre nave (7) au colbac (8) par-dessus le rade,
8 — y lui glaviote sur la tronche.
9 — L'autre l'a emplâtré (9) aussi sec.
10 — A fallu le car et douze pélerines pour arrêter la castagne ;
11 — c'est encore le Dédé qui s'est fait emballarès (10).
12 — Gros comme une maison, y va se faire saper
13 — de quinze jours en flag à la 9e !

PRONONCIATION

1 Lôt' patat' — **2** dchañstiké lghiñdal — **7** lôt' nav, pardsulrad' — **12** ivasfèrsapé — **13** dkiñzjourañflag.

EXERCICE

1 Mézig, quand on m'balance un vanne, — j'bats les sourdingues et j'écrase ; — **3** mais t'fais pas d'mouron, mon p'tit pote, — **4** l'mecton y perd rien pour attendre : — **5** avec mézig quand on m'marche sur les pinceaux, — **6** j'laisse jamais ça là.

SCANDALE AU CAFE (fin)

1 Ce garçon inepte, au lieu d'observer le silence — **2** et de changer le verre en évitant tout éclat — **3** se met incontinent à faire scandale. — **4** Si vous n'êtes pas satisfait, lui lance-t-il, — **5** allez consommer à l'établissement de madame Arthur, miséreux que vous êtes ! — **6** André n'est pas encore ivre au point de tolérer une parole aussi injurieuse. — **7** Il appréhende le niais par le cou par-dessus le comptoir, — **8** et il lui crache à la figure. — **9** Aussitôt l'autre l'a violemment frappé. — **10** Il a fallu l'intervention d'un car de police et de douze agents pour mettre fin à la rixe. — **11** C'est encore André qui s'est fait arrêter. — **12** Il est manifeste qu'il va se faire condamner — **13** à quinze jours de prison pour flagrant délit à la 9e chambre correctionnelle.

NOTES

(1) Loufiat, du nom d'un garçon de café assassin vers 1890 : garçon de café ou de restaurant, a désigné également l'officier de marine, porteur comme lui de favoris à la fin du siècle dernier. — **(2) Ecraser :** se taire, passer l'éponge, oublier volontairement un affront. **En écraser :** dormir profondément, ou se livrer à la prostitution. — **(3)** Un **guindal,** pluriel : des **guindals.** — **(4) Aller au cri** ou **faire du cri,** c'est protester, ou faire du scandale. — **(5)** « Madame Arthur », lieu de rendez-vous des travestis dans le quartier de la place Pigalle. Cette insinuation est donc extrêmement grave puisqu'elle contient une accusation d'homosexualité. — **(6) Eponger** c'est absorber tout l'argent de quelqu'un, donc le dépouiller. Pour une fille, **éponger un micheton** c'est le débarrasser de toutes ses liquidités. Mais **éponger un vanne** c'est absorber un affront sans réagir. — **(7) Nave,** apocope de **navet :** imbécile. — **Fleur de nave** a un sens plus fort. — **(8)** Le **colbac** est le cou, ou le col. **J'l'ai argougné au colbac :** je l'ai agrippé par le col. — **(9) Emplâtrer :** frapper à coups de tête ou à coups de poing (on dit aussi dans ce sens **emplafonner).** Mais **emplâtrer** est aussi **percuter** avec une voiture, ou encore prendre le **plâtre,** c'est-à-dire empocher l'argent. Par confusion avec **empaumer** ou **empalmer,** on trouve encore le sens de dissimuler (une carte) dans la paume de sa main. — **(10) Emballarès** appartient à la série des verbes invariables en **arès.**

EXERCICE

1 Quant à moi, si l'on me fait quelque affront — **2** je simule la surdité et j'observe le silence ; — **3** mais ne craignez rien, mon ami, — **4** l'individu n'en est pas moins puni quelque jour : — **5** quand on m'a fait subir une avanie, — **6** je ne la pardonne jamais !

2e vague : 15e leçon.

46e Leçon

QUELQUES (1) PONETTES AU RADE D'UN TAPIS

1 — **Gina** (enquillant) : Ça vraiment, les potes, j'ai la scoumoune (2) !
2 — Juste ça tombe que j'ai mes ours (3)
3 — la veille que mon Jules (4) décarre du ballon !
4 — J'étais déjà toute joisse : sans charre,
5 — y a qu'avec Dédé que je peux reluire.
6 — Depuis une pige qu'il est au placard
7 — je me suis pas envoyée en l'air (5) une seule fois !
8 — **Zaza-la-Rouquemoute** : Et alors ? Après une pige à jongler (6)... y va pas y zyeuter de si près, non ?
9 — **Gina** : Cézig, je sais que ça le déponne (7) un chouïa (8) ;
10 — y va renauder ! Surtout que son régal, c'est la descente au barbu !

(à suivre)

PRONONCIATION

1 Kèkponètt' — **2** kjémézourss — **3** kmoñjul — **4** dja tout'jwass' — **5** këjpœrluir (**ou** kjëpœrluir) — **6** kilèhô **(pas de liaison !)** — **7** jëmsui (ou jmësui), un'sœlfwa — **8** dsiprè — **9** jséksal déponn' un chouya **(ya en une seule syllabe)** — **10** ivarnôdé surtouksoñ.

EXERCICE

1 Il a une vraie scoumoune, c'pauv' mec : — **2** sa femme le double, — **3** son proprio l'fout à la lourde, — **4** v'là qu'y s'met à cracher ses éponges — **(5)** et y s'fait faire marron sur le tas pendant un travail !

Ça tombe que j'ai mes ours.

QUELQUES JEUNES FEMMES AU COMPTOIR D'UN CAFE

1 Gina (entrant) : Vraiment, mes amies, quelle malchance est la mienne ! — **2** Il se trouve que mon flux périodique tombe — **3** la veille même du jour où mon amant sort de la geôle ! — **4** J'étais déjà toute heureuse : sans mentir, — **5** il n'y a qu'avec André que je puis éprouver le plaisir amoureux. — **6** Depuis un an qu'il est incarcéré — **7** je ne suis pas montée une seule fois au septième ciel de la volupté ; — **8 Elisabeth-la-Rousse :** N'est-ce que cela ? Après un an d'abstinence il n'y regardera pas de si près ! — **9 Gina :** Lui, je sais que cela l'ennuie terriblement ; — **10** il va s'insurger là-contre ! D'autant que le cunnilinctus est son plaisir préféré !

NOTES

(1) Remarquer la prononciation : quelques devient le plus souvent **quèques** dans le langage populaire. — **(2) Scoumoune :** malchance, quand elle a tendance à s'attacher de façon persistante à une même personne. — **(3) Avoir ses ours, ou ses anglais, ou ses doches, ou être à cheval sur un torchon** ne sont que quelques-unes des expressions suprêmement élégantes traduisant la périodique sujétion qui pèse sur nos compagnes. — **(4)** Un **jules** (ou **julot**) **:** souteneur ; pour une fille, **mon jules** signifie donc : mon amant. Mais cette formule fleurit aussi par manière de plaisanterie sur la bouche de dames ou de demoiselles qui n'ont rien à voir avec le Milieu, pour désigner leur mari ou leur cavalier servant. Symétriquement **julie** signifie maîtresse. Un **jules** a souvent deux **julies :** la **môme,** ou **femme,** qui est la maîtresse en titre, et la maîtresse en second, ou **doublard.** — **(5) Reluire,** ou **s'envoyer en l'air,** ou **prendre son pied,** c'est éprouver le plaisir « qui ne dure qu'un moment » comme le dit une chanson célèbre. — **(6) Jongler :** jeûner, subir une abstinence quelconque, être privé de quelque chose. C'est aussi ne pas toucher ce qui vous est dû. Synonymes : **faire ballon, faire tintin, se mettre la ceinture** (pop.). **Faire jongler** c'est priver quelqu'un de quelque chose, et en particulier de sa part de butin. — **(7) Déponner :** ennuyer (avec un sens très fort) ; **être déponné** c'est être abattu, découragé. — **(8)** Un **chouïa,** un peu, employé très souvent par antiphrase avec le sens de beaucoup.

EXERCICE

1 Ce pauvre garçon joue de malchance : **2** sa femme le trompe, — **3** son propriétaire le met à la porte, — **4** il devient tuberculeux, — **5** et il se fait prendre en flagrant délit lors d'un cambriolage !

2e vague : 16e leçon.

47e Leçon

QUELQUES PONETTES (fin)

1 — **La Grande Lulu :** Y a des viceloques (1), remarque,
2 — c'est le raisiné (2) qui les fait goder (3),
3 — le raisiné et puis quand ça renifle.
4 — J'en ai un, moi, de micheton, un drôle de rupin,
5 — j'y refile mes balançoires à Mickey (4) ;
6 — dix sacs, y m'les douille !
7 — **Zaza (qu'en reste sur le cul) :** Sans charre (5) ? dix sacs... anciens ?
8 — **La Grande Lulu :** Bien sûr, eh patate ! Dix sacs nouveaux, ça ferait une brique,
9 — à ce blot-là (6) je pourrais me la faire belle rien qu'avec mes anglais,
10 — je serais plus forcée d'en remoudre (7) !
11 — **Gina :** Faudrait juste que tu fasses gaffe à pas te faire mettre en cloque !

PRONONCIATION

1 Vislok — **3** sèlrèsiné épikañssarnif(l)' — **4** mwa d'mich'toñ, drôldërupiñ (**ou** drôlëdrupiñ) — **5** jirfil — **7** kañrèst'sulku — **8** safrèhun'brik' — **9** asblola jpourèmlafèr' — **10** jsrè — **11** just'ktufassgaffapatfèr'.

EXERCICE

1 Pépère, en s'arrachant du bigne, — **2** comme il était sans un — **3** il a cloqué sa régulière aux asperges. — **4** A soixante-cinq berges, c'est plutôt duraille pour débuter sur le ruban !

A soixante cinq berges
c'est plutôt duraille pour
débuter sur le ruban

QUELQUES JEUNES FEMMES (fin)

1 La Grande Lucienne : Notez bien qu'il est des vicieux — **2** pour qui le sang est le seul moyen d'atteindre la plénitude de leur virilité — **3** le sang, et aussi le relent. — **4** J'ai, quant à moi, un client fort riche — **5** à qui je fais livraison de mes serviettes périodiques ; — **6** il me les paie dix mille francs. — **7 Elisabeth (qui en est suffoquée de surprise :** Est-il vrai ? Dix mille francs... anciens ? — **8 La Grande Lucienne :** Certes oui, sotte que vous êtes ! Dix mille francs nouveaux seraient un million d'anciens francs, — **9** je pourrais à ce compte mener une belle vie avec le seul produit de mes périodes ; — **10** je ne serais plus contrainte de me livrer à la prostitution ! — **11 Gina :** Il suffirait que tu exerces ta vigilance de façon à ne pas te laisser mettre en état de gestation !

NOTES

(1) En argot un **viceloque** (ou un **vicelard)** est d'abord un homme rusé et habile. « Ce mot, dans la bouche d'un truand, est un grand compliment », dit Auguste le Breton, dans « Langue verte et noirs desseins ». Dans cette acception seulement on peut dire également : vicieux. Le mot **vicieux** n'a donc jamais le sens qu'il a en français. **Vicelard** ou **viceloque,** par contre, peuvent désigner, soit l'expert en amour, soit l'individu au comportement sexuel anormal. — (2) Le **raisiné** est le sang (qui, lorsqu'il est coagulé, a le même aspect que la confiture de raisin). On dit également le **raisin.** — (3) **Goder** (ou **godiller)** c'est, comme le dit agréablement Gaston Esnault, « être au plus fort du besoin mâle ». **Goder pour quelqu'un** c'est donc éprouver à son égard un sentiment amoureux. **Godant (e),** ou **godeur (se) :** personne paillarde, ou ardente en amour, ou éveillant chez autrui un vif désir. — (4) On peut dire aussi **balançoire à Minouche,** ou **cravate à Gustave,** ou **cravate à Gaston,** ou **cravate de commandeur** (dans l'Ordre de la Légion d'honneur, elle est rouge). — (5) **Sans charre :** sans mentir. Un **charre** est un mensonge, ou une infidélité. — (6) **Blot :** prix, compte. **Ça fait mon blot,** ça fait mon affaire. **C'est l'même blot :** c'est la même chose. — (7) **En moudre,** ou **en remoudre,** ou **en mouler** ou **en écraser,** images analogues pour : se livrer à la prostitution.

EXERCICE

1 Ce vieux grand-père en sortant de prison — **2** se trouvant désargenté — **3** a envoyé sa femme attitrée se livrer à la prostitution. — **4** A soixante-cinq ans il est bien cruel de faire ses débuts dans la galanterie !

2e vague : 17e leçon.

48e Leçon

PASSIONS (1)

1 — Le spé (2), mon lapin, je marche pas :
2 — je suis pas un fusil à trois coups (3).
3 — C'était une gonzesse de la haute (4)
4 — n'empêche qu'elle se faisait passer en série,
5 — dans les partouzes, par des truands, des prolos, des troncs ;
6 — tout était bonnard (5) pour sa chagatte gourmande.
7 — Nana, dans ses clilles réguliers, elle a un ancien ministre des Transports ;
8 — un salingue pas croyable : il soupe !
9 — Deux gousses (6) au travail, y a rien de tel à mater
10 — pour relever le moral du chibre (7) mol d'un académicien !
11 — Ça va plus, machin ? tu te figures pas, des fois (8),
12 — que tu vas prendre du petit (9) pour le blot d'une passe (1) ?

PRONONCIATION

1 J'marchpa — **2** chsuipa huñ **(pas de liaison !)** — **3** sétè hun'gonzèss dë la hôt (**ou** ëd la hôt') — **4** késvzè — **6** toutètè **(liaison !)** — **9** ya **(une syllabe)** ryiñd'tel — **11** tut'figurpa défwa — **12** ktuva, pourlblo.

VICES

1 A l'amour contre nature, mon cher, je ne consens pas : — **2** je ne mets que deux voies à la disposition de ma clientèle... — **3** C'était une dame de la haute société ; — **4** il n'en reste pas moins qu'elle accordait ses faveurs successivement — **5** au cours de parties sexuelles collectives, à des voyous, à des prolétaires, à des Nord-Africains ; — **6** tout était bon à son sexe dévorant... — **7** Anna, au nombre de ses clients attitrés, compte un ancien ministre des Transports (!) ; — **8** c'est un individu incroyablement dégoûtant : après avoir consommé l'acte de chair, il en consomme le produit. — **9** Deux lesbiennes en action, il n'est rien de plus utile à contempler — **10** pour remettre à la hauteur de la situation un membre défaillant de l'Académie française. — **11** Vous n'y êtes plus, mon ami ? Vous ne vous imaginez point, j'espère, — **12** que vous allez vous livrer (sur ma personne) à un acte contre nature pour le prix d'une fornication usuelle ?

NOTES

(1) Dans le milieu, le mot **passion** signifie vice sexuel. Un **mec à passions** est un homme atteint d'une aberration du sens génésique peu courante (quant aux aberrations les plus communes, elles finissent par être considérées comme des manifestations normales de la sexualité). — **(2)** Le **spé** (apocope de : le **spécial)** l'amour à la manière de Sodome ; avant la fermeture il existait des **maisons de spécial** où la plupart des femmes devaient se livrer à cette pratique. — **(3)** Il n'est certes pas utile de préciser ce qu'est le fusil à deux, ou à trois coups. — **(4) La haute :** ellipse populaire très courante pour « la haute société ». Rappelons ces vers de Jean Richepin dans « La chanson des Gueux » (1876) et qui lui valurent d'être condamné à un mois de prison qu'il purgea effectivement à Sainte-Pélagie ! (C'est un « voyou » de dix ans qui parle) :

> Mais, crottas ! Si j'suis pas d'la haute,
> Quoiqu'en jaspin't les médisants,
> Faut pas dire qu'ça soye d'ma faute :
> Ma sœur a pa' encor dix ans.

Reconnaissons que des propos d'une immoralité aussi noire, placés dans la bouche d'un enfant, justifiaient l'indignation de la presse, et en particulier celle du vertueux « Gaulois », bonapartiste à l'époque et revanchard ! — **(5) Bonnard** est synonyme de bon dans toutes ses acceptions françaises et argotiques : **être bonnard,** c'est, entre autres : être victime, être dupe, être certain d'avance d'être condamné, ou même être pris sur le fait et arrêté. C'est aussi être naïf, être crédule. **J'suis pas bonnard** (ou **pas bon) pour... :** je ne suis pas disposé à... —

EXERCICE

1 Au Bois vers onze plombes — **2** les tires se filent le train en loucedoc. — **3** C'est les partouzes qui s'préparent. — **4** Ya des gonzes en chandelle, des mateurs — **5** ou alors des lascars qui s'f'ont racoler — **6** pour passer une dame de la haute en série.

49e Leçon
FLEUR DE NAVE

1 — Tu te démerdes comme un manche (1), petit con,
2 — gueule la pedzouille à un jeunot qu'elle a comme larbin (2)
3 — tu sais pas encore qu'y faut cueillir les guignes (3) avec la queue, non ?
4 — Avec la queue ? qu'y lui bonnit le pauvre nave,
5 — qu'en a la chique coupée (4),
6 — merde alors, vous chiez dans la colle (5), la patronne !
7 — Avec la pogne je trouve déjà ça plutôt duraille,
8 — avec la queue j'y arriverai jamais !

A RESSAUT

9 — A la Fac dans le grand amphi y a les carabins et les carabines
10 — qui friment un grand couteau (6) en train de fendre une calebasse sur le billard...
11 — mais c'est qu'un docu qu'on leur passe sur la toile.
12 — Tout d'un coup, on entend dans le noir une voix de gonzesse qui se met à gueuler au charron :
13 — « Enlève ta pogne, salingue ! » Un petit moment se passe,
14 — et v'là la voix qui repart à groumer :
15 — « Mais non, pas tézig, tézig ! »

(6) Gousse : prêtresse de Sapho ; syn. : **gouine, vrille ;** en parlant de lesbiennes on peut aussi employer cette expression suggestive : **c'est la maison tire-bouton,** ou dire, par jeu de mots sur **gousse : ça sent l'ail.** — **(7) Chibre :** membre viril, est un très vieux mot d'argot déjà attesté au début du dix-septième siècle et encore bien vivant. Noter la curieuse forme de l'épithète : on ne dit jamais **un chibre mou,** mais toujours **un chibre mol.** — **(8) Des fois :** par hasard. **Non mais, des fois !** exprime une protestation indignée. — **(9) Prendre du petit :** suivre le mauvais exemple des Sodomites. On dit aussi **prendre du chouette,** ou **prendre l'escalier de service.** — **(10) Une passe** est une étreinte tarifée et généralement très rapide exécutée dans un hôtel spécialisé appelé **maison de passe.**

EXERCICE

1 Au bois de Boulogne (à Paris) vers onze heures — **2** les voitures se suivent lentement. — **3** Ce sont des parties sexuelles collectives qui se préparent. — **4** L'on voit des hommes qui stationnent, ce sont des voyeurs — **5** ou des individus qui se font enrôler — **6** pour posséder, l'un succédant à l'autre, quelque dame de la haute société.

2e vague : 18e leçon.

LE BENET

1 Vous vous y prenez bien maladroitement, jeune sot, — **2** crie la paysanne à un jeune garçon qu'elle emploie en qualité de domestique, — **3** ne savez-vous donc pas que les cerises doivent être cueillies avec la queue ? — — **4** Avec la queue ?, lui dit le pauvre benêt — **5** stupéfait, — **6** ventrebleu, madame la patronne, vous dépassez les bornes. — **7** Avec la main cela me paraît déjà passablement difficile, — **8** avec la... queue je ne pourrai jamais y parvenir.

EN COLERE

9 Dans le grand amphithéâtre de la Faculté les étudiants et les étudiantes en médecine — **10** observent un grand chirurgien procédant à une laparatomie sur la table d'opération... — **11** mais ce n'est qu'un film documentaire qu'on leur montre sur l'écran. — **12** Soudain s'élève dans l'obscurité une voix féminine qui proteste hautement : — **13** « Otez votre main, dégoûtant personnage ! » Un instant s'écoule, — **14** puis on entend de nouveau la voix qui grommelle avec colère : — **15** « Mais non, pas vous, vous ! »

PRONONCIATION

1 Tut'démèrd', ptikoñ — **3** pahañkor **(pas de liaison !)** — **4** Ipôvnav' — **9** dañl'grañ tañfi — **10** sulbiyar — **11** dañl'nwar — **13** uñptimomañ spass — **14** kirpar a.
(Ces histoires — paysanne et estudiantine — sont censées racontées par un argotier.)

EXERCICE

1 Le pedzouille qui m'a chié dans les bottes — **2** y m'a foutu la poisse — **3** y peut numéroter ses os (prononcer **oss'**), l'enfant d'salope ! — **4** Faut qu'j'y paye un cadre, y a pas à chier ! — **5** Y pourra toujours gueuler au charron, l'salingue !

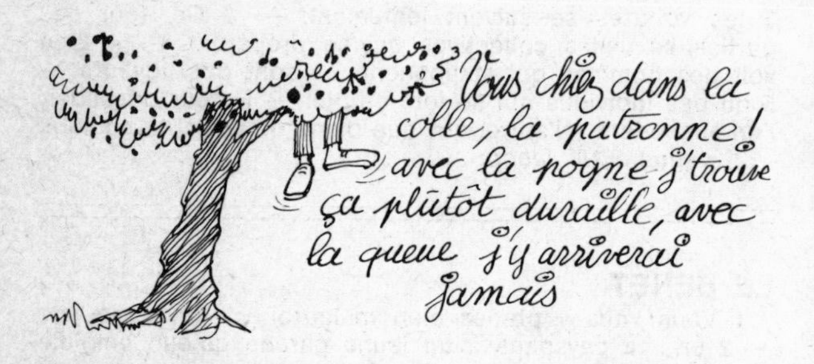

50e Leçon

LE PIONNARD

1 — C'est pas le mauvais fer (1), le Francis, seulement faudrait pas qu'y tutute (2).
2 — S'y séchait qu'quèques guindals (3),
3 — il en aurait juste (4) un petit coup dans l'aile, ça serait des roses (5),
4 — seulement (6) y s'envoie au moins ses quatre kilbus (7) de picton avant de becqueter,
5 — sans compter les pastagas, les perniflards et les petits coups de rouge

NOTES

(1) **Comme un manche** (on précise quelquefois : **comme un manche à couilles)** très maladroitement. — **(2) Larbin,** ou **larbinos** (pop. et péj.) : domestique, valet. — **(3) Guigne** est également français : c'est une variété de cerise, petite et à longue queue. Mais la **guigne,** ou **guignon** est aussi une mauvaise chance persistante (de guigner, regarder de côté, donc donner le mauvais œil). L'homonoymie des deux **guigne,** la synonymie approximative de **cerise** et de **guigne,** ont donné à **cerise,** en argot, le sens de mauvaise chance qui s'attache à une personne, comme **poisse** (f.) **scoumoune, pestouille.** Se trouver dans une période de malchance c'est aussi **être dans la vape.** — **(4)** De nombreuses expressions populaires traduisent l'idée d'être stupéfait : **en rester baba, en rester comme deux ronds de flan, en avoir la chique coupée...** — **(5)** Le verbe chier est utilisé dans nombre de locutions populaires : **faire chier** c'est ennuyer, importuner, rendre malheureux ; **envoyer chier quelqu'un** c'est le chasser, le mettre à la porte, le rebuter, l'éconduire ; **ça va chier** est une menace (ou une crainte) qui indique que les choses vont mal tourner ; **y a pas à chier,** ou plus souvent **y a pas** (chier étant sous-entendu) indique le caractère de nécessité impérieuse d'une action, d'une décision ; **chier dans les bottes à quelqu'un** c'est lui causer un préjudice, lui faire un affront, etc. De quelqu'un qui est vaniteux ou prétentieux on dit : **on croirait qu'il a chié la colonne Vendôme.** — **(6) Un grand couteau :** un grand chirurgien, et aussi, dans l'argot du spectacle : une grande vedette. **Un second couteau :** un rôle secondaire.

EXERCICE

1 Le paysan qui m'a causé ce préjudice injurieux — **2** m'a donné une malchance durable — **3** il peut s'attendre à subir un châtiment sévère, l'ignoble personnage. — **4** C'est pour moi un devoir impérieux de lui envoyer un coup de tête dans le visage. — **5** Le dégoûtant individu appellera en vain au secours !

2e vague : 19e leçon.

L'IVROGNE

1 N'était qu'il boit, Francis serait un assez brave garçon. — **2** Si encore il ne vidait que quelques verres, — **3** il serait légèrement dans les vignes du Seigneur, ce serait sans gravité ; — **4** malheureusement il absorbe au moins quatre litres de vin avant de manger, — **5** sans compter

6 — qu'il écluse sur le zinc avec ses potes.
7 — Total, le soir il est toujours gelé,
8 — défonçarès (8) à plus retapisser l'entrée de sa crèche !
9 — Une noye il a ouvert la lourde à la gravosse en face
10 — et il a été au refile (9) dans sa carrée.
11 — Y satonne aussi sa lamefé quand il est pion (10),
12 — des tisanes sévères, y lui file
13 — Elle est plus tellement laubée sa Vovonne
14 — les clilles s'affolent plus autour de son prose, naturliche,
15 — elle retrousse juste de quoi faire biberonner son poivre.

PRONONCIATION

1 Sèpalmôvèfèr' l'frañciss' — **2** si séchèk'kèk ghiñdal — **3** unptikou, sasrè — **4** kat'kilbuss' dpiktoñ avañd' bekté — **5** ptikoud'rouj — **6** sulziñgh — **7** jlé — **8** défoñçarèss apurtapissé lañtrédsakrèch — **10** ôrfil — **11** lam'fé kañtil — **15** justëdkwa fèrbibroné.

EXERCICE

1 Quand j'en ai un p'tit coup dans l'aile, mézig, — **2** je m'grouille (**ou** j'me grouille) de renquiller dans ma carrée — **3** sans réveiller ma bignole — **4** et sans aller au refile dans les escaliers (pron. **escayé**). — **5** Un vrai homme, y cherche jamais à faire du cri.

Elle retrousse juste de quoi faire biberonner son poivre

les pastis, les pernods et les verres de vin rouge — **6** bus au comptoir avec ses amis. — **7** En conséquence de quoi il est chaque soir en état d'ébriété, — **8** ivre mort à ne plus reconnaître l'entrée de sa chambre. — **9** Une nuit il a ouvert la porte (de chambre) de la grosse personne qui habite en face de chez lui (sur son palier) — **10** et il est allé vomir dans sa chambre. — **11** Il frappe également sa femme quand il est ivre. — **12** Ce sont de sévères corrections qu'il lui inflige. — **13** Sa Maryvonne n'est plus positivement belle — **14** les clients ne perdent plus la raison en contemplant ses charmes postérieurs, c'est bien naturel, — **15** elle gagne (en se prostituant) à grand-peine de quoi fournir en spiritueux son ivrogne.

NOTES

(1) Mauvais fer : individu méchant, dangereux. — **(2) Tutu :** vin (de **tortu,** jus de bois, selon Gaston Esnault). **Tututer,** boire (en général : boire régulièrement et avec excès). Le **tutu** est aussi l'étui contenant le matériel d'évasion que le détenu cache dans son rectum (syn. **plan**). De **tutu,** variante enfantine de **cul.** — **(3)** Retenez bien : un **guindal,** des **guindals.** — **(4) Juste** est employé très souvent dans la langue populaire pour : seulement **ou** ne... que. — **(5) Ça serait des roses** se dit pour ce qui serait agréable, ou du moins facile à supporter, par rapport à la dure réalité. — **(6) Seulement** est employé très fréquemment pour malheureusement ou pour mais (Cf. le 1 de la présente leçon). — **(7) Kilbus,** variante de **kil** (autrefois **kilo) :** litre de vin. **Déposer un kilo :** déféquer (on dit aussi **déposer son bilan).** — **(8) Défonçarès :** verbe invariable en **arès**). — **(9)** Pour vomir, les expressions les plus usitées sont en argot : **aller au refile** et **gerber.** Dans la langue populaire : **dégueuler, dégobiller, mettre cœur sur carreau, lâcher une fusée.** — **(10) Pion** ou **pionnard :** ivrogne (de **pier,** ancien français : boire). **Se pionner :** s'enivrer. Rappelons qu'en français populaire un **pion** est un surveillant ou un maître d'études, parfois aussi un professeur quelconque (féminin : **pionne**).

EXERCICE

1 Moi, quand je me trouve légèrement pris de boisson — **2** je me hâte de rentrer dans ma chambre — **3** sans réveiller ma concierge — **4** et sans vomir dans l'escalier **(noter la prononciation et le pluriel, ce sont des « fautes » très populaires).** — **5** Un véritable homme du milieu ne cherche jamais à causer de scandale.

2e vague : 20e leçon.

51e Leçon

AU CHARBON (1)

1 — Le pue-la-sueur (2) se déhotte du page dès cinq plombes du mat'
2 — pour foncer (3) bessif au carbi.
3 — Tout juste s'y peut se décrasser la tronche,
4 — il enfile vite fait ses fumantes (4), son calecif,
5 — sa lime, son falze, ses tatanes (5).
6 — Sur le zinc du bistrot en bas, y se tape un caoua
7 — pendant que le loufiat est encore à son mastic (6).
8 — « Le singe t'attend, magne-toi la rondelle (7), Bébert ! »
9 — Si t'arrives à la bourre (8), y va pas te faire un petit dans le dos, bien sûr,
10 — mais le jour de la Sainte-Touche y te fera pas de fleur, le pourri !
11 — Un sac ou deux qui se font la paire et faut qu't'écrases !
12 — Si tu vas au renaud, tu peux te retrouver à la pêche.
13 — Chômedu, c'est la lourde ouverte à la tentation voyoute
14 — d'envoyer ta légitime s'expliquer sur le Topol.
15 — Si elle est pas trop tartignole, trop gravosse (9), trop vioque, trop loquedue,
16 — y a mèche de remonter tes boules.
17 — Sinon vaut mieux reprendre la musette, et retourner au chagrin.

PRONONCIATION

3 sipœs, dékrassé — **4** vit'fè, calcif — **6** sulziñgh, bistrohañba istap — **7** këI loufia — **8** L'siñjtatañ magntwaloñdèl bèbèr' — **9** tfèruñptidañldo — **10** méljourdlasint'touch'itfrapadflœr ëlpouri — **11** kisfoñ, fôktékraz' — **12** vahôrnô, tërtrouvé — **13** chôm'du — **14** sèspliké sultopol

AU TRAVAIL

1 L'ouvrier se lève dès cinq heures du matin — **2** pour se hâter aussitôt vers son travail. — **3** C'est à peine s'il a le temps de se laver grosso modo le visage — **4** il passe rapidement ses chaussettes, son caleçon, — **5** sa chemise, son pantalon, ses chaussures. — **6** Au comptoir du café situé au rez-de-chaussée de la maison qu'il habite, il absorbe un café — **7** pendant que le garçon est encore occupé au nettoyage des tables. — **8** « Le président-directeur général vous attend, faites diligence, monsieur Albert ! » — **9** Si vous arrivez en retard il n'ira certes pas jusqu'à se livrer sur votre personne à d'odieuses violences, — **10** mais le jour de la paie il ne vous donnera pas de gratification, le scélérat ! — **11** Vous toucherez mille ou deux mille francs de moins et vous devrez pourtant vous taire ! — **12** (car) si vous protestez, vous risquez d'être bientôt en chômage. — **13** (Or) être chômeur c'est une porte ouverte à la tentation de mal faire — **14** d'envoyer (par exemple) votre épouse négocier ses charmes sur le boulevard Sébastopol. — **15** Si elle n'est pas trop laide, trop grosse, trop vieille, d'aspect trop misérable, — **16** c'est pour vous la possibilité de rétablir votre situation financière. — **17** Dans le cas contraire il est préférable de prendre à nouveau votre sac d'ouvrier et de retourner au travail.

NOTES

(1) Le **charbon** c'est le travail, qui dans l'esprit des truands est nécessairement pénible et salissant, et même avilissant. Le **charbon,** qui se prononce dans le Nord **carbon,** a donné en argot **carbi,** même sens. **Aller au charbon** (ou **au carbi**) c'est se dégrader au point d'avoir un travail régulier. — **(2)** La périphrase **pue-la-sueur** pour « ouvrier », illustre elle aussi cette haute conception que le truand a de ses devoirs envers lui-même. — **(3) Foncer :** se précipiter avec énergie. — **Foncer dans le brouillard** accentue l'expression : celui qui **fonce** disparaît aussitôt au regard. — **(4) Fumantes :** chaussettes, l'image est claire. Mais **fumer,** ou **être en fumasse,** c'est être en colère. **Fumasse,** adjectif = furieux. — **(5)** Les **tatanes** [déformation de **titine,** abréviation de bottine (?)]. — **(6) Faire le mastic,** pour un garçon de café, c'est nettoyer la table et les salles. **Chier sur le mastic,** ou **s'endormir sur le mastic :** abandonner le travail en cours. Dans l'argot des typographes un **mastic** est une interversion de lettres, de lignes, etc. — **(7) Rond, rondelle :** anus (mais pas : chance, contrairement à la règle générale énoncée précédemment) ; autre dérivé qui se veut plaisant le **rondibé du radada** (d'une chanson de la Belle Epoque essentielle-

— **15** gravôsse, lokdû — **16** dër'moñté — **17** r'prañd(r)', r'tournéhô.

EXERCICE

1 Faut d'tout pour faire un monde, ça j'dis pas. — **2** Mais mézig, j'aime encore mieux être au ballon — **3** que d'turbiner pour un singe — **4** et d'me faire incendier chaque fois qu'j'arrive à la bourre ! — **5** Non mais des fois, on est pas des bœufs !

Chômedu c'est la lourde ouverte à la tentation voyoute

52ᵉ Leçon

LE CHOMEDU

1 — Le Dédé il est fatigué de naissance (1)
2 — et quand y s'cherche du turbin (2)
3 — sûr qu'il en dégottera pas ;
4 — seulement, pour palper encore l'alloc des chomedus
5 — a fallu (2) qu'y s'farcisse la glace dans les rues.
6 — Le soir sa bourgeoise elle y demande
7 — C'turbin-là, c'est quoi ?
8 — Les fumiers ! y a du boulot (3) pour quatre...
9 — Mon pauvre homme ! que chiale déjà la brave lamefé (4)
10 — ...et on est qu'huit !

ment composée de mots fantaisistes inventés de toute pièce, et néanmoins fort claire :

Je me suis fait dékiouskouter
Le rondibé du radada...

A cause probablement de cet effort d'invention verbale, cette chanson, s'il faut en croire Jean Galtier-Boissière, « faisait la joie du cher Robert Desnos et de ses camarades surréalistes ». Répétons qu'il ne s'agit pas de véritable argot). **Se magner,** se dépêcher ; on ajoute généralement, mais non nécessairement, **la rondelle, le derche, le popotin** (et autres synonymes) ou encore **le zob** (on trouve parfois l'orthographe **se manier,** mais à tort puisqu'on dit : **« Magn'-toi l'zob ! »** et non pas : **« Manie-toi l'zob ! »**). — **(8) Arriver à la bourre,** ou **être à la bourre,** c'est être en retard (à un rendez-vous, dans le paiement d'une échéance, etc.). — **« Bonne bourre ! »** est un souhait de politesse, une sorte de « Bon appétit ! » formulé à l'adresse d'un ami qui se rend à un festin amoureux. — **(9) Gravôsse :** grosse (déformation par **javanais** très utilisée dans ce cas particulier). Bien accentuer le **ô.**

EXERCICE

1 A chacun son goût, je ne le conteste pas, — **2** mais quant à moi je préfère encore me trouver en prison — **3** que travailler pour un patron — **4** et me faire injurier chaque fois que j'arrive en retard à mon travail ! — **5** Je proteste solennellement, un homme n'est pas une bête de somme !

2e vague : 21e leçon.

LE CHOMEUR

1 André n'aime guère travailler — **2** et quand il se met en quête de travail — **3** on peut être assuré qu'il n'en trouvera pas — **4** pourtant, pour continuer à percevoir l'allocation de chômage, — **5** il a dû accepter de participer au nettoyage des rues recouvertes de glace. — **6** Le soir sa femme l'interroge : — **7** Alors, qu'en est-il de ce travail ? — **8** Ah, quels monstres sans pitié ! Il y a du travail pour quatre... — **9** Mon pauvre ami ! gémit la tendre épouse. — **10** ...et nous (ne) sommes que huit ! — **11** Oh ! les répugnants individus, ces personnages de la Municipalité !

NOTES

(1) De nombreuses périphrases expriment, avec une

11 — Quelle bande de dégueulasses que c'est ces mirontons de la Cipale (5) !

PRONONCIATION

L'chôm'du, — **1** l'dédé, d'nèssañss' — **2** kañtisscherch — **3** dégotrapa — **4** sëlmañ (ou s'mañ), kor — **5** kissfarciss — **6** él idmañd — **7** sturbiñla sèkwa — **8** iaduboulopourkatt — **9** moñpôvrom', brav'lam'fé — **10** oñ nèk uit' ! qué bañd' de déghœlâss kë cè, cémiroñtoñ d'lacipal.

EXERCICE

1 C' mec-là faut t'la donner, c'est un boulot **(pas de liaison !)** — **2** Ah dis don(c) ! c'boulot-là, faut se l'farcir ! — **3** On a boulotté à s'en faire crever ! — **4** Bébert-la-Rame c'est un tire-au-cul comme y en a pas deux. — **5** Il en fout pas une secousse. — **6** Y s'foule pas (**ou** y s'la foule pas). — **7** Y s'les roule tout l'temps. — **8** Il les a palmées, l'frère ! Il a les pieds nickelés (6) !

53e Leçon

UNE GAGNEUSE (1)

1 — La meilleure gagneuse de la Madeleine ! C'est Mario qui l'avait formée.

2 — Elle n'avait que seize carats quand il l'avait levée, un soir, au bal à Jo.

modération qui trahit la sympathie, et par le truchement d'un euphémisme, qu'un **gonze est ramier, cossard, feignant** (déformation de fainéant), **feignasse, flemmard, bulleur (argot militaire),** c'est-à-dire qu'un individu est paresseux : **il a un poil dans la main, il est venu au monde un dimanche** (ou **un jour de paye), il a les bras retournés** (ou **il les a à la retourne), il les a palmées, il a les côtes en long.** Quant à celui qui, alors qu'il devrait être en train de travailler, se repose ou travaille au ralenti, on dit **qu'il en fiche pas une secousse, qu'il en fout pas un coup, un clou, une datte, la rame ; qu'y s' casse rien ; qu'y s' foule pas la rate,** ou simplement **qu'y s' la foule pas,** ou **qu'y s' foule pas ; qu'y s' les roule ; qu'y coince la bulle** (argot militaire moderne) **qu'y bat ou qu'y tire sa flemme.** Celui qui évite — ou cherche à éviter — un travail menaçant est un **tire au flanc** (ou **au cul)** (milit.) — **(2) Il faut, il a fallu, il faudrait** se prononcent le plus souvent : **faut, a fallu, faurait,** par une sorte d'aspiration du pronom. — **(3)** Pour certains auteurs **boulot** vient de l'argot des ébénistes du faubourg. Le bouleau étant un bois pénible à travailler, quand « il y a du bouleau », il y a du travail en perspective (?) Pour d'autres **boulot** viendrait de **boulonner,** travailler, lequel viendrait sans doute de boulon (?) Notons qu'un **boulot** est aussi l'individu — méprisable pour les hommes du Milieu — qui s'abaisse à travailler. Enfin dans l'argot des étudiants un **boulot** (ou un **boulal) — de boulotter,** manger, cette fois — est un repas, un banquet, une bombance. Mais **ça boulotte** veut dire : tout va bien (on peut dire aussi : **ça biche, ça boume, ça gaze, ça gazouille, ça colle...).** Notons que **labeur,** mot savant, est utilisé en argot pour désigner le travail pénible. — **(4) Lamefé,** femme, en largonji. — **(5) La Cipale :** la municipalité. **Les cipaux :** les gardes municipaux. — **(6) Avoir les pognes palmées,** ou **les avoir palmées,** c'est ne rien vouloir faire de ses dix doigts. **Avoir les pieds nickelés,** c'est refuser de marcher, d'agir ; c'est être indolent et paresseux. Cette expression est sans doute la transcription pure et simple d'un refus opposé à quelque adjudant : **« Moi j'marche pas, j'ai les pieds nickelés ! »** Les trois sympathiques truands Croquignole, Ribouldingue, et Filochard justifiaient parfaitement le titre de la célèbre bande dessinée de Forton dont ils étaient les héros : « Les Pieds Nickelés. »

EXERCICE

1 Méfiez-vous de cet individu, c'est un travailleur honnête ! — **2** Ah ! quel travail considérable **(ou** difficile, **ou** pénible) ! — **3** Nous avons fait une véritable bombance !

3 — A l'époque elle était seulâbre dans la vie : sans une bougie pour claper (2), sans une carrée pour pioncer.

4 — Avec Mario, ç'avait pas traîné : huit jours plus tard, après l'avoir retapée, il l'avait collée (3) sur le tapin.

5 — Depuis elle lui en avait rapporté des unités !

6 — Avec gourbi (4) de cinq pièces tout confort, Salmson décapotable et tout le toutim (5)...

7 — Elle possédait un bon papier (6). Tous les barbeaux de Paris la citaient en exemple à leurs radeuses..

8 — Ses fringues justes à la peau et sa démarche onduleuse mettaient la démangeaison aux griffes des lavedus (7).

9 — Sous ses chemisiers, ses roberts pointaient vers le ciel comme une batterie de D.C.A.

10 — Par leur promesse nerveuse, ses gambilles gainées de nylon asséchaient la gorge des caves.

11 — Ils grimpaient. Ida ne s'attardait pas (8) sur le clille.

12 — Elle encaissait l'oseille, épongeait le branque (9)

13 — et hop ! fonçait remettre le couvert avec un autre.

AUGUSTE LE BRETON,
Du rififi (10) chez les hommes
(n.r.f. série noire)

PRONONCIATION

1 Dlamadlèn' — **2** ksèz', ilavèlvê — **3** sañzun' — **4** savèpa (**ou** sa avèpa), sultapiñ — **5** dpui, toultoutim' — **7** barbôd'pari — **8** ôgrifdélavdu — **9** soussé chmizyé — **11** igriñpè, sulcliy'.

— **4** Albert-le-Paresseux est un incomparable déserteur du travail — **5** il ne fait absolument rien — **6** il ne se fatigue pas — **7** il se repose constamment — **8** que ce personnage peut donc être paresseux !

2e vague : 22e leçon.

UNE FILLE DE GRAND RAPPORT

1 De toutes les hétaïres du quartier de l'église de la Madeleine, elle était celle qui rapportait le plus ! C'est Mario qui l'avait initiée à cette besogne. — **2** Elle n'avait que seize ans quand il l'avait séduite, un soir, au bal tenu par Georges. — **3** Elle était alors seule dans la vie, et n'avait pas seulement une pièce de cinq francs pour manger, ni une chambre pour dormir. — **4** Avec Mario, les choses étaient allées rapidement : huit jours plus tard, après l'avoir remise en bon état de marche, il l'avait lancée dans le racolage. — **5** Depuis lors, que de millions elle lui avait rapportés ! — **6** Sans parler d'un appartement de cinq pièces pourvu de tout le confort moderne, automobile décapotable de marque Salmson et tout le reste... — **7** Elle avait une bonne réputation. Tous les souteneurs de Paris la citaient en exemple à leurs « protégées ». — **8** Ses vêtements très ajustés et sa démarche onduleuse causaient une sorte de démangeaison aux mains des hommes étrangers au milieu. — **9** Sous ses corsages à col rabattu, ses seins étaient haut placés. — **10** Ses jambes gainées de bas de nylon, d'une nervosité prometteuse de plaisir, donnaient une crispation de la gorge aux hommes étrangers au milieu. — **11** Ils acceptaient de la suivre jusqu'à une chambre. Ida expédiait rapidement ses clients — **12** elle percevait l'argent, soulageait le naïf — **13** et se hâtait d'en retrouver un autre pour répéter l'opération.

NOTES

(1) Une gagneuse est une prostituée experte et courageuse, préoccupée seulement d'obtenir du **micheton** le plus haut rendement. Dans la bouche du souteneur il n'est pas de plus bel éloge d'une femme. — **(2) Claper** : manger. Ne pas confondre avec **clapoter** (ou **claboter**) qui, ayant eu autrefois le même sens, signifie maintenant mourir (comme les formes voisines **clapecer, clamecer, cramecer, crampecer)**. — **(3) Coller** (pop.) : mettre rudement, rapidement. **J'y ai collé une châtaigne maison :** je lui ai donné un violent coup de poing. **Coller une gonzesse**

EXERCICE

1 Mimile y godait pas lerche — **2** pour coller un faux-poids su'l'tapin : — **3** une jeune gagneuse ça peut vous refiler des tas d'talbins, d'accord, — **4** mais aussi quèques piges de ballon — **5** sans compter la trique. — **6** C'est pas tout affure !

54e Leçon

UN VANNE (1)

1 — T'en croqueras encore (2) pour ma pomme (3), mon homme,
2 — quand j'serai vioque et tartignole ?
3 — Tu deviendras plus vioque, ma cocotte, j'dis pas (4),
4 — mais plus tarte (5), tu l'seras jamais !

D'après la méthode « Assimil »
« L'anglais sans peine » (48e leçon)

UNE FLEUR

5 — Qu'est-ce qu'on leur file pour leur marida ?
6 — On pourrait-y pas leur cloquer un des sept plateaux en plâtre (6)
7 — qu'nos vieux et nos potes y nous ont filés quand on s'est collés ?
8 — On s'en sert même pas pour chier dedans.

D'après la méthode « Assimil »
« L'anglais sans peine » (88e leçon)

sur le tapin c'est donc la lancer dans la galanterie (avec une idée de rapidité et de contrainte). — **(4)** Le **gourbi** (mot arabe) était pendant la guerre de 1914 à 1918 le trou-abri des soldats. C'est l'appartement, le chez-soi. **Se mettre en gourbi,** ou **faire gourbi,** c'est, en prison, mettre toutes les ressources en commun. — **(5) Toutime** (ou **toutim**) : tout. **Tout le toutime** est donc une redondance, mais classique en argot, qui renforce le sens de **toutime.** — **(6) Papier :** a) réputation, b) pronostic, c) manuscrit d'un article destiné à un journal (en argot journalistique). — **(7) Lavedu,** apocope de **laveduca** qui est lui-même, rappelons-le, le **largonji** de **cave :** individu étranger au milieu, dupe possible, niais, naïf. — **(8)** Par suite d'une atténuation fréquente en argot, dire qu'**Ida s'attardait pas sur le clille** est une façon d'indiquer qu'elle l'expédiait avec une extrême rapidité. — **(9) Branque** ou **branquignol** est à peu près synonyme de **cave :** niais, naïf, ou **gogo** (pop.). — **(10) Rififi :** scandale ; rixe violente. Mot introduit en littérature par Auguste Le Breton, mais créé, dit-il, en 1942, un soir de beuverie, par son ami Gègène de Montparnasse.

EXERCICE

1 Emile n'aimait pas beaucoup — **2** lancer des filles mineures dans la galanterie : — **3** une jeune prostituée douée peut certes vous rapporter quantité de billets de banque, — **4** mais aussi plusieurs années de prison — **5** sans compter l'interdiction de séjour. — **6** Ce n'est pas tout bénéfice !

2e vague : 23e leçon.

GRACIEUSETÉ

1 M'aimerez-vous encore, mon ami, — **2** quand je serai devenue vieille et laide ? — **3** Vous deviendrez plus vieille, mon amour, je n'en disconviens pas, — **4** mais vous ne serez jamais plus laide !

LE CADEAU

5 Que leur donnerons-nous (comme cadeau) pour leur mariage ? — **6** Ne pourrions-nous pas leur offrir l'un de ces sept plateaux d'argent — **7** que nos parents et nos amis nous ont donnés quand nous nous sommes mis en ménage, — **8** et qui ne nous sont pas du moindre usage ?

LA REINE DES POMMES...

9 — C'est l'gonze qui dégauchit sa légitime
10 — pagée avec un autre branque
11 — et qui se rebarre sur la pointe des panards
12 — pour les laisser pioncer peinards.

PRONONCIATION

1 Tañkrokrakor, mon'omm' — **2** ch' s'ré — **3** tud'-vyiñdrapluviok makokott' j'dipa — **4** tul s'ra jamè — **5** kesskoñlërfil — **6** platô hañplâtr' — **7** knôvieu hènôpott' **(pas de liaison !)** inouzoñfilé kañtoñsèkolé — **8** mêm' pa, chiéd'dañ — **9** sèlgoñz' — **10** ôt'brañk' — **11** èkisërbar (**ou** èkissrëbar).

EXERCICE

1 J'en croque pour ta pomme, ça j'dis pas — **2** mais faudrait pas m'prend' pour un cave — **3** si jamais j'te dégauchis au plume — **4** pagée avec un aut'voyou — **5** tu peux compter tes os (**ou** numéroter tes abatis, **un peu désuet maintenant)** — 6 j'te filerai une de ces avoines — **7** qu't'en auras pour un marqué à t'en r'mett' !

Ces trois histoires sont courtes. Essayez de répéter la première d'un bout à l'autre...

Vous y êtes arrivé ? Chapeau ! *(Félicitations). Essayez maintenant avec la seconde...*

UN HOMME VRAIMENT DEBONNAIRE...

9 C'est le monsieur qui trouve sa femme légitime — **10** partageant la couche d'un autre monsieur, — **11** et s'en retourne sur la pointe des pieds — **12** de façon à les laisser dormir tranquillement.

EXERCICE

1 Je vous aime, je n'en disconviens pas — **2** cependant il ne faudrait pas vous imaginer que je suis un naïf — **3** s'il m'arrive de vous trouver au lit — **4** couchée avec un homme du milieu — **5** vous pouvez vous préparer à être battue — **6** je vous maltraiterai de telle sorte — **9** que vous vous en ressentirez pendant tout un mois !

NOTES

(1) C'est par antiphrase que nous avons traduit **vanne** par le mot gracieuseté : **un vanne** est un propos désobligeant, ou même un affront : **balancer un vanne** à quelqu'un, c'est dire — ou insinuer — une chose dont on sait qu'elle lui sera désagréable, souvent afin de le provoquer. Un **vanne** est aussi un mauvais tour qui vous a été joué, une méchanceté qui vous a été faite : **il est pas régule, y m'a fait un vanne sanglant,** il n'est pas correct, il m'a joué un très vilain tour. C'est encore une difficulté, un ennui inattendu (une **tuile,** dans la langue populaire) : **mon troisième tiers, tu parles d'un vanne !** quelle douloureuse surprise que l'avertissement du solde de mon impôt sur le revenu des personnes physiques (...et quel jargon, par parenthèse, que celui du percepteur !) Mais le mot **vanne** est en réalité l'un de ces mots-caméléons comme il en existe un certain nombre en argot, et dont le sens varie avec la couleur du contexte : parole désobligeante, mais aussi parole plaisante (**un vanne marrant :** une plaisanterie très drôle), une farce, une « bonne blague », ou une erreur fâcheuse ; un ennui... mais aussi parfois un hasard favorable ! Et encore un racontar, un faux bruit, un mensonge, une vantardise : d'où **vanneur,** menteur, hâbleur, et **vanner :** être vantard, ou prétentieux (et aussi bien sûr tenir des propos désobligeants). Ouf ! nous en avons terminé avec **vanne** et **vanner ;** il y a de quoi être... **vanné** (ce qui veut dire être fatigué !) — **(2)** Encore se prononce selon l'âge et le niveau social du sujet parlant **kor** (prononciation ancienne) ou añkor (prononciation correcte). — **(3) Ma, ta, sa... pomme (**ou **ma, ta, sa... poire) :** moi, toi, lui. —
— **(4) J'dis pas** ou **ça j'dis pas** (sous-entendu : le contraire), locution très employée pour : je n'en discon-

Tu deviendras plus vioque,
ma cocotte, mais plus tarte
tu l'seras jamais.

viens pas. — **(5) Tarte** ou **tartignole :** laid, ou mauvais (mais **c'est de la tarte :** c'est facile, ou c'est agréable — nouvel exemple d'un mot prenant des significations quasi opposées — Cf. note 1). **Tarderie :** laideur, ou personne laide, est de la même famille que **tarte.** — **(6) Le plâtre :** l'argent (métal), **le jonc :** l'or. — **(7)** Une preuve que la Méthode « Assimil » contient des trésors d'humour, c'est l'usage qui en a été fait par Eugène Ionesco, transcrivant tels quels, ou à peu près, de nombreux passages de ladite méthode dans « la Cantatrice chauve »... et le succès prodigieux (et durable) de cette « anti-pièce ». Dans le numéro 8-9 des « Cahiers du Collège de Pataphysique » en date du 25 Sable 80 E.P., (vulgairement 25 décembre 1952) qui donnait la « Cantatrice » en prépublication, le Satrape Lutembi publiait un tableau révélateur qui, disait-il, « peut passer pour démontrer qu'une des sources de la Cantatrice Chauve serait l'Anglais sans peine, méthode quotidienne Assimil, par A. Chérel ✲, ouvrage remarquable entre autres par son caractère pataphysique accusé, et peut-être conscient. Il resterait toutefois à envisager si les deux auteurs n'ont pas puisé à une source commune et quelle elle pourrait être ». Voici un extrait de ce tableau (qui établit **onze** rapprochements de textes, certains fort longs).

LA CANTATRICE CHAUVE	**L'ANGLAIS SANS PEINE**
Mme Smith : C'est triste pour elle d'être demeurée veuve si jeune. Heureusement qu'ils n'ont pas eu d'enfants. M. Smith : Elle est encore jeune. Elle peut très bien se remarier. Le deuil lui va si bien ! Elle est professeur de chant. Mme Smith : Et quand pensent-ils se marier tous deux ? M. Smith : Le printemps prochain, au plus tard... M. Smith : Il faudra leur faire un cadeau de noces. Je me demande lequel ? Mme Smith : Pourquoi ne leur offririons-nous pas un des sept plateaux d'ar-	87 th Lesson : (...) C'est triste de devenir (une) veuve à son âge... C'est une bonne chose qu'il n'y a pas d'enfant... Elle n'aura que 23 ans (le) printemps prochain... Elle (se) remariera sûrement... Son deuil lui va très bien d'ailleurs (aussi). 88 th Lesson : Elle est (une) maîtresse de musique. Ils espèrent se marier prochainement. Que devrions-nous leur donner comme (un) cadeau ? — Pourquoi pas un de ces sept plateaux d'argent que nous avons reçus de divers parents à notre mariage, et qui ne nous

gent dont on nous a fait don à notre mariage à nous et qui ne nous ont jamais servi à rien ? sont pas du moindre usage ?

55e Leçon

LE BERLINGUE (1)

1 — Dans un petit clandé (2) de la rue Boris-Vian (3), dans le XXIIe,
2 — y a trois nanas qui jaspinent en attendant le micheton (4)
3 — **Mado** : Faut qu'y soye drôlement nature (5) ce mec, pour avaler un charre pareil !
4 — **Lolo** : Paraît pourtant qu'il a fait les écoles (6)...
5 — **Suzy** : Polytechnique, y m'a dit. Seulement à Polytechnique y marnent tellement
6 — que ça leur monte à la cafetière. Z'ont (7) pas le temps de chasser !
7 — **Mado** : Y se pognent trop, ça les rend chnoques (8) !
8 — Tout de même, aller croire que t'as ton berlingue, quelle truffe !
9 — **Suzy** : J'avais mes anglais... sur la fin.
10 — J'y ai fait un sacré cinoche (9)
11 — **Lolo** : Un berlingue pour dix sacs, ça fait pas lerche !
12 — Rien qu'à ça il aurait dû se gourer (10) que tu le menais en belle.
13 — **Suzy** : J'ai fait des magnes « Non ! Non !... Maman ! » J'ai serré les brancards.
14 — J'avais du mal à pas me marrer.
15 — Il en avait perdu ses carrelingues, il est miro pas croyable ! (à suivre)

PRONONCIATION

2 Añ natañdañl'michtoñ — **3** sway' **(en une syllabe)** — **6** ksalœrmoñtalakaftièr' zoñpaltañdchassé — **7** lspogntro — **8** ktatoñ, keltruf — **12** sgouré ktulmënè hañbel **(pas de liaison !)** — **14** apam'maré — **15** karliñgh, pacrwayab.

Travaillez-vous bien chaque jour ? Dix minutes par jour sont plus profitables que deux heures de temps à autre.
2ᵉ vague : 24ᵉ leçon.

L'HYMEN

1 Dans un petit lupanar clandestin de la rue Boris-Vian, dans le XXIIᵉ arrondissement, — **2** trois hétaïres bavardent en attendant les clients. — **3 Madeleine :** Il faut que cet individu soit bien naïf pour croire un tel mensonge. — **4 Laurence :** Il paraît pourtant qu'il s'est adonné à des études poussées. — **5 Suzanne :** L'Ecole Polytechnique, m'a-t-il dit. Mais à l'Ecole Polytechnique ils travaillent tant — **6** que cela trouble leur cerveau. Ils n'ont pas le temps de se mettre en quête de relations féminines. — **7 Madeleine :** Ils s'adonnent exagérément aux plaisirs solitaires, ce qui leur fait perdre la tête ; — **8** mais vraiment il faut qu'il soit bien stupide pour accepter de croire que vous vous trouviez encore dans l'état de virginité ! — **9 Suzanne :** Mon flux périodique était sur le point de se terminer. — **10** Je lui ai joliment joué la comédie. — **11 Laurence :** Un hymen pour dix mille francs anciens, ce n'est réellement pas cher ! — **12** A ce seul détail il aurait dû se douter que tu le mystifiais. — **13 Suzanne :** J'ai fait des simagrées. J'ai protesté, j'ai appelé ma mère. J'ai serré les cuisses. — **14** J'avais peine à me retenir de rire. — **15** Il en avait perdu ses lunettes, sa vue est étonnamment basse !

NOTES

(1) L'hymen en question, **le berlingue,** n'est pas celui de la langue classique et poétique, mais celui du vocabulaire médical, que la langue populaire nomme **pucelage,** la **fleur** traduisant la virginité elle-même plutôt que son fragile rempart. — **(2)** Les « maisons closes » ont été... fermées peu après la deuxième guerre mondiale, à l'instigation de notre célèbre « héroïne nationale » Marthe Richard, ce qui eu pour effet de multiplier les lupanars clandestins où **clandés.** — **(3)** La rue Boris-Vian n'existe pas, à Paris du moins (pas plus que le XXIIᵉ arrondissement). Mais il y a lieu de penser que cela finira par

EXERCICE

1 T'es miro ou quoi ? — **2** Tu vois pas qu'elle te mène en belle ? — **3** Faut qu'tu soyes drôlement schnock — **4** pour pas t'gourer qu'elle t'fait du cinoche. — **5** T'as p'têt' fait les écoles, mais t'es rien truffe !

56ᵉ Leçon

LE BERLINGUE (suite)

1 — **Mado :** Pour te prendre pour une pucelle, sûr, faut qu'il ait un peu (1) de merde dans les châsses !

2 — **Suzy :** Dis donc, Mado, sois correcte (2). Tes vannes j'en ai rien à foutre (3) !

3 — Tu t'es pas regardée (4), toi alors !

4 — **Mado :** Renaude pas ! Je trouve seulement que tu manques pas de toc (5) !

5 — **Lolo :** Une mistonne (6) de trente carats qu'a encore son berlingot,

6 — aujourd'hui faut se taper quelques bornes (7) pour en dégauchir une !

7 — **Suzy :** En tout cas cézig je l'ai possédé de première :

8 — quand il a sorti son baigneur (8) de la crèche tout plein de raisiné, y se sentait plus...

arriver. Le dernier tome de l'Encyclopédie Larousse, publié en 1964, passe systématiquement sous silence l'auteur de « L'automne à Pékin », qui était pourtant déjà très célèbre à l'époque, cinq ans après sa mort. Quatre ans plus tard encore, le supplément de ladite encyclopédie est bien obligé d'en parler, bon gré, mal gré. — **(4) Miché** ou **michet,** client d'une fille, est devenu de nos jours **micheton.** D'où **michetonner :** payer les services d'une prostituée. — **(5) Nature :** naïf, victime toute désignée de l'**arnaqueur. Etre nature** c'est parfois aussi dire les choses comme elles vous viennent, sans aucun des artifices qu'exigeraient la politesse, le respect humain, le bon goût, etc. — **(6)** Celui **qui a fait les écoles** est censé avoir fait des études très poussées. Le bon peuple en déduit — bien gratuitement ! — qu'il est intelligent. — **(7) Z'ont pas,** pour ils ont pas. Dans la langue populaire on supprime toujours le ne de la négation ne... pas. — **(8) Schnock** ou **chenoque :** imbécile (de **noc,** anagramme de **con,** même sens). S'emploie souvent avec une particule nobiliaire : **du Schnock,** par plaisanterie, et souvent entre camarades. — **(9) Cinoche** ou **ciné :** cinématographe. **Se faire du cinoche :** s'imaginer quelque chose d'agréable, se faire des illusions. **Faire du cinoche à quelqu'un :** lui jouer la comédie (généralement pour le duper). — **(10) Se gourer** (ou se **gourrer),** deux sens possibles : a) se tromper (pop.), b) se douter (plus récent, et par conséquent moins populaire qu'argotique... pour l'instant).

EXERCICE

1 Ou je me trompe fort, ou vous avez la vue basse. — **2** Ne voyez-vous pas qu'elle vous berce d'illusions ? — **3** Il faut que vous soyez bien sot — **4** pour ne pas vous douter qu'elle vous en conte. — **5** Vous avez fait, je n'en doute pas, des études très poussées, — **6** mais vous n'en êtes pas moins nigaud.

2e vague : 25e leçon.

L'HYMEN (suite)

1 Madeleine : Pour vous attribuer l'état virginal, il fallait effectivement qu'il eût la vue bien basse ! — **2 Suzanne :** Voyons, Madeleine, soyez polie ! Je me passerais volontiers de vos plaisanteries désobligeantes. — **3** Vous êtes bien la dernière à avoir le droit de vous permettre une telle réflexion ! — **4 Madeleine :** Ne vous fâchez pas ! Je

9 — **Lolo :** Dites donc, on a sonné à la lourde. Va te préparer, Mado, affiché que c'est le général (9) !

10 — **Suzy :** Y a un général qui vient icigo ?

11 — **Mado :** Ouais (10), un sale emmanché (11), le cas de le dire :

12 — y se fait mettre un gode dans l'oigne (12), et pis y faut l'appeler Titine.

13 — Y a que comme ça qu'y peut prendre son panard !

14 — **Lolo, délourdant au micheton :**

— Bien sûr, mon général (13), que Mado est là ! Même qu'elle se languit (14) de vous !

PRONONCIATION

2 Jan néryiñ nafout' — **4** jtrouv' ktumañkpadtok — **6** fôstapé kékborn — **7** jlépossédé dëprëmièr **(pas d'élision : au contraire,** de **est accentué)** — **8** pliñdrésiné issañtèplu — **9** dit'doñ, ksèl — **11** wè **(une seule syllabe),** lkadlëdir (**ou** lkadëldir) — **12** dañlogn' (**ou** dañlwagn') épi **(noter cette prononciation populaire de :** et puis) — **13** yak' kom'sa — **14** së lann'ghi.

EXERCICE

1 Si tu m'prends pour un micheton — **2** c'est qu't'as d'la merde dans les châsses ! — **3** Et toi, conneau, tu croyais-t-y pas qu'j'étais pucelle, — **4** t'es pas un peu miro ? — **5** Oh dis donc, j'y ai pas cru longtemps, pas plus de deux trois centimètres ! — **6** Ben moi, c'est même pas un, que j'me suis... centimètre (15), hé, tordu !

me borne à constater que vous ne manquez pas d'audace ! — **5 Laurence :** Une fille de trente ans qui possède encore sa virginité, — **6** il faut à notre époque parcourir bien des kilomètres pour en trouver une ! — **7 Suzanne :** Lui, en tout cas, je l'ai mystifié de façon magistrale : — **8** lorsqu'il a de l'autel de l'amour tiré tout sanglant le couteau du sacrifice, il a été envahi d'une extrême émotion... — **9 Laurence :** Mais on a sonné. Allez prendre vos dispositions, Madeleine, c'est certainement le général ! — **10 Suzanne :** Comment ? un général se commet en ce lieu ? — **11 Madeleine :** Oui, hélas ! Il est même un vilain monsieur, on peut le dire : — **13** il se fait placer un olisbos dans le fondement, après quoi il exige d'être appelé Valentine, — **14** c'est pour lui le seul moyen d'accéder à la volupté ! — **15 Laurence, ouvrant la porte au client :** Oui certes, général, Madeleine est ici. J'ajouterai même qu'elle vous attend avec impatience !

EXERCICE

1 Si vous me tenez pour un client — **2** c'est que vous n'y voyez vraiment rien ! — **3** Quant à vous, nigaud, ne croyiez-vous pas que j'étais encore dans l'état de virginité — **4** et cela ne suppose-t-il pas une vue déplorable ? — **5** Permettez, je ne l'ai pas cru longtemps, quelques instants seulement. — **6** Quant à moi, ce n'est même pas un seul instant que vous m'avez fait illusion, pauvre idiot !

2ᵉ vague : 26ᵉ leçon.

NOTES

(1) Un peu, pour **beaucoup.** Toujours l'antiphrase ironique ! — **(2) Correct** est très usité dans le milieu (beaucoup plus qu'en français) pour marquer la correction morale, ou l'exactitude, ou simplement la politesse. — **(3) J'en ai rien à foutre :** je n'en ai pas l'emploi (s-e : et par conséquent : je m'en dispenserais volontiers). Noter la construction : on commence presque toujours par le complément. — **(4) Tu t'es pas regardée** (s-e : sans quoi tu n'aurais pas le front de me faire une telle observation). — **(5)** Rappelons les différents sens de **toc :** 1° aplomb, audace, assurance ; 2° faux, manquant d'authenticité ; 3° violent, dangereux. — **(6) Mistonne,** femme, fille, maîtresse ; mot d'origine méridionale. — **(7) Se taper (ou s'envoyer) quelques bornes :** parcourir de nombreux kilomètres (toujours l'antiphrase argotique !) — **(8) Tremper son baigneur** (ou **son biscuit)** c'est, comme on disait autrefois, mettre le diable en Enfer, ou le pape à Rome. Mais d'autre part **le baigneur** veut dire également le postérieur. **Je vais te cloquer le baigneur :** je vais vous

57e Leçon

BLEUBITE (1)

1 — Bleubite par ci, bleubite par là... c'était son refrain à ce Gaspard pourri...

2 — Bleubite mon blaze définitif.

3 — J'écrasais, mais ça me faisait tartir (2).

4 — Mes petits potes du XIIIe arrondissement (3), eux, y me trouvaient pas bleubite du tout.

5 — Je fonçais, jeune chien, par bravade, connerie sans doute,

6 — mais plus d'une fois j'avais eu sérieux (4) chaud aux plumes.

7 — Je l'avais à la caille (5) qu'il me traite de bleubite, ce sac à vinasse !...

8 — De la voiture jusqu'au bistrot, sur mes sandales, j'ai eu le temps de me mettre les arpions au frais.

9 — J'aspirais toute la flotte, la boue, les bouses.

10 — Plus qu'une idée depuis quelques jours... fixe... estoufaresse (6) une paire de grolles aux Ricains... j'attendais l'occase...

11 — On dépareillait pas notre caserne, qui barrait elle carrément en couilles (7).

12 — On chassait (8) un peu... mais sans grand succès.

13 — Les gonzesses nous préféraient les Amerloques.

14 — Les femmes avant tout mouillent au fric.

15 — Un gode (9) tout en or, v'là leur idéal...

Alphonse BOUDARD, Les matadors (10).

PRONONCIATION

3 Sam'f'zétartir — **4** ptipot', im'trouvèpa — **5** ch'foñsè — **7** jlavè, kim'trèt, — **8** dlavwatur', dëm'mèt — **14** mouyôfrik.

EXERCICE

1 Ecrase, tu m'fais tartir ! — **2** C'est pas pasqu'on est bleubite qu'on a pas d'couilles au donner du pied au derrière, ou encore : je vais vous casser la figure. — (9) **C'est affiché :** c'est certain (autant que ce qui est au tableau d'affichage des courses hippiques). — (10) Le **oui** tournant à **ouais** marque ici une nuance de dégoût, de résignation, ou tout au moins de manque d'enthousiasme. — (11) **Emmanché** est un terme de mépris qui comporte la même nuance de sens d'homosexualité passive qu'**empaffé, empapaouté, endauffé, enfifré,** etc. — (12) **Oignon** (ou **ognon**), **ognard, ogneul, ogne** (ou **oigne**) **:** fondement. Comme tous les mots ayant cette signification... fondamentale, **oignon** a aussi le sens de chance. — (13) Laurence ne sait pas qu'une dame doit dire, non pas **mon général,** mais **général.** — (14) **Se languir de** (au sens d'attendre avec impatience) est une expression plus méridionale qu'argotique. Laurence, qui prononce : **se lann'ghir,** montre par-là qu'elle est une **mistonne** du Midi. — (15) Jeu de mots de fort mauvais goût intraduisible en français correct.

JEUNE SOLDAT

1 Novice, Novice, me répétait sans cesse cet horrible Gaspard... — **2** « Bleubite » était devenu définitivement mon nom. — **3** Je me taisais, mais cela m'agaçait énormément. — **4** Mes jeunes camarades du XIIIe arrondissement, quant à eux, ne me trouvaient pas le moins du monde novice. — **5** J'allais hardiment au danger, étourdi comme un jeune chien [par bravade], et sans doute aussi par sottise, — **6** mais je m'étais trouvé plus d'une fois dans le plus sérieux péril. — **7** J'étais furieux qu'il me traite de novice cet ivrogne... — **8** Le trajet de la voiture au café, sur mes sandales, a suffi à me tremper les pieds. — **9** J'aspirais toute l'eau, la boue, les excréments bovins. — **10** Depuis quelques jours mon idée fixe était de subtiliser une paire de chaussures aux Américains... j'attendais l'occasion... — **11** Nous ne déparions pas notre caserne qui, quant à elle, se délabrait lamentablement... — **12** Nous cherchions quelque peu à trouver des filles [mais sans grand succès]. — **13** Les filles nous préféraient les Américains. — **14** Ce que les dames désirent avant tout, c'est l'argent. — **16** Un olisbos d'or massif, voilà tout leur idéal.

cul. — **3** C'te paire de grolles c'est pas une occase, — **4** elle barre en couille par tous les bouts. — **5** Ya des gonzesses vicelardes qui ne mouillent que pour les godes. — **6** Ça vaut pourtant pas un jeunot bien monté. — **7** Tu me fais tartir avec tes salades à la con !

58e Leçon

UN FLINGAGE AUX CHAMPS (1)

1 — Milo comme gâchette (2) on pouvait y faire confiance.

2 — Aussitôt touché les trois cents raides, y s'est enfouraillé (3) et il est monté sur le boulot.

3 — Le Léon, sûr, y se la donnait depuis le coup de la rue de Ponthieu.

4 — Il avait une paire de montgolfières (4) bien accrochées (5).

5 — Question calibre (6) il était pas manchot non plus :

6 — quand y balançait la fumée, rare que ses bastos aillent à dache

7 — dans le rétro de sa tire il a frimé l'autre Peau-Rouge.

EXERCICE

1 Taisez-vous, vous m'agacez ! — **2** Pour être une jeune recrue, on n'en est pas moins courageux. — **3** Cette paire de chaussures n'est pas une bonne affaire : — **4** elle se disloque de tous les côtés. — **5** Il y a des filles vicieuses qui n'éprouvent de désir que pour les olisbos. — **6** Ils ne valent cependant pas un jeune homme bien pourvu par la nature. — **7** Vos ridicules histoires m'importunent !

NOTES

(1) Les jeunes paysans arrivaient autrefois à la caserne en blouse bleue. D'où, pour désigner une jeune recrue : **bleu, bleusaille,** et enfin **bleubite. (La bleusaille** désigne souvent l'ensemble des **bleubites).** Dans **bleubite** il serait inconvenant d'accorder l'adjectif **bleu,** qui est résolument invariable. — **(2) Tartir,** synonyme argotique du populaire **chier,** aussi bien au sens propre (déféquer : d'où **tartisses** (pl.) lieux d'aisance) qu'au sens figuré : **faire tartir,** c'est ennuyer, importuner. — **(3)** Le langage parlé supprimerait à coup sûr le mot arrondissement : **mes p'tits potes du XIIIe.** — **(4) Sérieux :** pour **sérieusement.** Adjectif employé adverbialement. — **(5) Je l'ai à la caille :** cela m'irrite. — **(6) Estoufaresse** (qu'on écrit plus souvent **estoufarès) :** forme argotique d'**étouffer** (au sens de voler) comme on disait encore au début de ce siècle. L'argot connaît un certain nombre de ces infinitifs de fantaisie en **ès** qui sont en réalité des verbes invariables. Exemple : **bouclarès :** fermer. **Le tapis a été bouclarès par les condés :** l'établissement a été fermé par la police. **Emballarès :** arrêter, ou conquérir. Il s'agit là d'une sorte de pseudo-latin burlesque, par analogie avec les infinitifs latins en **are,** agrémentés d'un **s** « pour faire comme à la messe » ! — **(7) Partir** (ou **barrer) en couille** est à peu de chose près l'équivalent populaire de **tomber en quenouille.** — **(8) Chasser** (intransitif) ou **draguer** c'est chercher activement des femmes pour se livrer avec elles au simulacre de la procréation. — **(9) Gode** (apocope de **godemiché) :** simulacre viril en cuir bouilli, bois, métal, caoutchouc. « Dans un catalogue belge d'articles spéciaux en caoutchouc, nous apprend le « Dictionnaire de sexologie » de Lo Duca (Editions Jean-Jacques Pauvert, 1962), on en proposait trois tailles, respectivement de longueur et diamètre : 160/40 mm, 140/35 mm, 120/30 mm ». **Goder,** c'est, pour un homme, être... sous tension, pour une femme, être humide de désir, **mouiller** — au figuré c'est éprouver une vive attirance pour quelqu'un ou pour quelque chose. — **(10)** Un **matador** est un individu dangereux.

2e vague : 27e leçon.

8 — Avant qu'il ait pu défourailler, Léon a mis en marche arrière

9 — et il a ouvert un drôle de feu d'artifice sur Milo.

10 — Les lardus qui l'ont dégauchi comme une passoire

11 — mettent ça sur la soie (7) des Ratons, rapport qu'il était Oranais, le Milo.

12 — Dans le temps y faisait la remonte pour les tôles de l'Algérie française.

PRONONCIATION

2 Sulboulo — **3** isladonè dpuilkoudlarûdpontiœ — **6** rarksébastôss — **7** dañl' rétrodsatir', l'ôt pôrouj' — **8** mi hañ — **12** dañl'tañ if'zè (**ou** iv'zè) larmont'.

EXERCICE

1 Y avait un Frisé qui glandouillait sur les Champs. — **2** Il agrafe un ami à moi : — **3** « Bartonnêe-moi, mœssyœ, boufez-fous me tire où la rue du Bedit-Chésus est ? — **4** La rue du P'tit-Jésus ? qu'y dit l'copain, non j'vois pas ! — **5** Si cela n'est la rue du Bedit-Chésus, qu'y continue l'aut' pomme, alors c'est ainsi quelque chose une rue ; gonnaissez-vous la pas ? » — **6** Mon pote y commence à en avoir marre : « Mais pisque j'te dis que j'la connais pas, bon Dieu de bon Dieu ! — **7** Pon Tieu ! c'est pien cela, oh merci pien, mœssiœ, c'est la rue te Ponthieu ! »

Dans le rétro de sa tire il a frimé l'autre indien

FUSILLADE DANS LE QUARTIER DES CHAMPS-ELYSEES

1 Emile était un tireur d'élite. — **2** Sitôt après avoir touché les trois cents billets de mille francs anciens, il s'est armé et il est allé « au travail ». — **3** Léon, certes, se méfiait depuis l'affaire de la rue de Ponthieu. — **4** Il était courageux. — **5** Pour ce qui est du maniement du revolver il n'était pas maladroit non plus. — **6** Quand il en envoyait une décharge, il était rare que ses balles se perdissent loin de leur but. — **7** Dans le rétroviseur de sa voiture il a vu le tueur. — **8** Avant que celui-ci ait pu sortir son arme, Léon a fait reculer son véhicule — **9** et a ouvert sur Emile un feu extrêmement nourri. — **10** Les policiers qui l'ont trouvé criblé de balles — **11** mettent le crime sur le compte des Arabes, car Emile était originaire d'Oran. — **12** Autrefois il procurait des femmes aux lupanars de l'Algérie française.

NOTES

(1) Les Champs : l'avenue des Champs-Elysées et ses alentours. Mais **aller aux champs** c'est se rendre au champ de courses. — **(2) Gâchette :** métonymie pour désigner le tireur. — **(3) S'enfourailler :** s'armer, c'est-à-dire prendre des armes sur soi. **Défourailler :** sortir ses armes, et tirer. — **(4)** Image gracieuse, pour désigner les attributs masculins, comme **joyeuses, valseuses** ou **précieuses.** (D'autres le sont moins...) — **(5)** Le fait pour ces... **montgolfières** d'être bien accrochées est, dans le langage populaire, le signe de la virilité et par suite du courage. Notons que réciproquement, au cours de la guerre 14-18 les ballons captifs d'observation, ou **saucisses,** étaient appelées également **couilles à Joffre,** nous dit Gaston Esnault, qui en donne, apparemment sans ironie, l'étymologie suivante, dont nous serions impardonnables de priver nos lecteurs : Etym. Sorte d'apothéose ; Hugo conte que des soldats voient au ciel, dans le croissant de lune, le hausse-col de leur capitaine tué. — **(6) Calibre :** revolver ou pistolet. Est souvent remplacé par son **« verlan » : brelica,** qui s'est lexicalisé avec quelques autres mots — très peu nombreux — du verlan. — **(7) Sur la soie de quelqu'un :** sur son dos, sur son compte. **Il a les poulets sur la soie** (ou **sur le poil**) : il a les policiers à ses trousses.

EXERCICE

1 Un Allemand errait dans le quartier des Champs-Elysées. — **2** Il aborde un de mes amis : — **3** « Pardon monsieur, pouvez-vous me dire où se trouve la rue du Petit-Jésus ? — **4** La rue du P'tit-Jésus, dit mon ami, non

59e Leçon

LES TANTOUZES (1)

1 — Par paxons (2) on peut les frimer à la neuille, boulevard Saint-Germain.

2 — Y s'groupent près de la tasse au coin de la rue des Saints-Pères.

3 — Des de toutes sortes, qu'y en a : des minets (3) à petits costards cintrés,

4 — des jeunots à longs tifs, d'autres avec des tronches de petites frappes (4).

5 — Si ça balance (5) des coups de saveur cochons au (6) gonze attardé,

6 — si ça tortille du fion, ces chochottes (7) !

7 — Si ça jaspine, pire que des vraies gonzesses !

8 — Ya des amateurs, faut croire !

9 — Des gaziers tout c' qu'y a d'sélect,

10 — grossiums, rupins.... P.-D... G..., le cas de le dire (8) !

11 — Pour quelques biffetons, s'faire taper dans la lune (9) faut qu'ça plaise !

12 — Tout bien pesé, voudrait encore mieux aller au charbon !

(à suivre)

je ne vois pas ! — **5** Si ce n'est pas la rue du Petit-Jésus, poursuit l'autre, c'en est une qui porte un nom analogue, ne la connaissez-vous pas ? » — **6** Mon ami commence à être excédé : « Mais puisque je vous dis que je ne la connais pas, bon Dieu ! — **7** Bon Dieu ! c'est bien cela, oh merci bien, monsieur, c'est la rue de Ponthieu ! »

2e vague : 28e leçon.

LES HOMOSEXUELS

1 C'est par véritables troupes qu'on peut les observer, la nuit, [boulevard Saint-Germain]. — **2** Ils s'agglomèrent à proximité de l'édicule (qui se trouve) à l'angle [de la rue des Saints-Pères]. — **3** Il en est de toutes les catégories : des éphèbes portant de petits complets cintrés, — **4** des jeunes gens aux cheveux longs, d'autres affichant des visages de jeunes chenapans. — **5** Quels coups d'œil égrillards ils adressent au monsieur [attardé]. — **6** Comme ils agitent de droite et de gauche leur arrière-train en marchant, ces personnages maniérés ! — **7** Comme ils bavardent, plus encore que d'authentiques personnes du beau sexe ! — **8** Il y a lieu de penser que les chalands ne manquent point, — **9** des personnages appartenant à la société la plus distinguée, — **10** des individus influents et puissants, des messieurs fortunés, des présidents-directeurs généraux (c'est) [le cas de le dire] ! — **11** Pour accepter, en échange de quelques billets de banque, de s'abandonner passivement à des actes contre nature, il faut certes y être naturellement prédisposé ! — **12** A tout prendre il serait encore préférable de s'abaisser à travailler.

NOTES

(1) Parmi les nombreux synonymes argotiques d'homosexuel, relevons : **tante** et ses dérivés, **tantouze,** et **tata** (ce dernier étant le diminutif enfantin du mot tante dans son acception française). — **(2)** Se préparer à partir : **faire ses paxons** ou **ses paxifs.** — **(3) Le minet :** éphèbe plus ou moins gracieux (pas nécessairement homosexuel). Il est un peu l'équivalent actuel des **zazous,** jeunes dandies excentriques des années de l'occupation. — **(4) Frappe,** synonyme de **malfrat** ou de **truand** s'applique le plus souvent à un jeune voyou. — **(5) Lancer** se dit le plus souvent **balancer** (ou **balanstiquer**). Mais **balancer** veut dire aussi : a) **abandonner, se débarrasser de... :**

PRONONCIATION

1 Paksoñ hoñ **(pas de liaison !)** — **2** Is'group' prèd'la tass', dla — **3** dé d'tout'sort'kya, hapti — **4** jœno ha, dôt avèk dé troñch' dë ptit' — **5** balañss' dé koud'savœr kochoñ hô — **6** sissatortiy' du fioñ — **7** pir'kdé — **9** touss'kyad' sélekt — **10** grossiomm', pédéjé lkadëldir' — **11** ...kèk'biftoñ sfèr tapédañlalun' fôk' saplèz — **12** vôdrèhañkormyœ.

EXERCICE

1 T'as balancé tes potes, — **2** t'es une vraie lope ! — **3** J's'rais dans ta peau — **4** j'aurais l'trouillomètre à zéro. — **5** Ça paye pas tout l'temps, d'en croquer ! — **6** L'mieux qu't'as encore à faire c'est d' mett' les adjas : — **7** t'es borduré d'avance du secteur !

60e Leçon

LES TANTOUZES (suite)

1 — En cabane si j'en ai connu de ces lopailles (1) !
2 — Elles se font de temps en temps serrer par les lardus du 6e (2).
3 — Six marcotins tarif minimum à la 13 ou à la 14 (3).
4 — Certaines vous affranchissent qu'elles ont le condé (4)
5 — qu'y a des perdreaux qu'en croquent, et en nature encore !
6 — qu'y font chou pour chou (5),
7 — que ça leur déplaît pas tellement de se faire tarauder la bagouse (6).
8 — J'arrive pas à le croire, mézig,
9 — tellement que j'suis respectueux quand y s'agit de la maison Poulardin (7). Faut toujours, j'suis payé pour le savoir (8) !

ton vieux bitos, il était qu'temps qu'tu l'balances : il était grand temps que tu te débarrasses de ton vieux chapeau ; b) **dénoncer.** Notons que **s'en balancer** signifie **ne pas se soucier de.** Syn. **s'en battre l'œil,** ou **l'orbite,** ou **la gaule.** — **(6)** Ce singulier mis pour un pluriel n'est pas propre à l'argot, bien entendu, ni même à la langue populaire, mais il y est bien plus employé qu'en français parce que plus concret, plus imagé. — **(7) Chochotte** (f.) désigne un individu maniéré et précieux et parfois aussi, mais pas nécessairement, un « hormosexuel » (comme dit Zazie). **Chochotte, va ! :** que de manières vous faites ! — **(8)** Ce jeu de mots porte sur **P.-D.-G.** (abréviation de plus en plus employée de président-directeur général) et sur **pédé,** abréviation populaire de pédéraste (on dit aussi quelquefois **pédoc**). Par analogie de mots pédéraste a encore donné **pédale** (f.). On dira : **c'est une pédale,** mais plus souvent **il est de la pédale,** ou encore simplement **il en est.** Notons que **pédale** est aussi un terme méprisant qu'on emploie à l'égard d'une personne fausse et déloyale, ou manquant de courage. — **(9) La lune :** le postérieur (à cause de sa rotondité ?), et aussi, par... extension, le fondement.

EXERCICE

1 Vous avez dénoncé vos amis — **2** vous êtes un individu méprisable — **3** Si j'étais à votre place, — **4** j'aurais grand'peur. — **5** Ce n'est pas toujours faire une bonne affaire que de fournir par intérêt des renseignements à la police. — **6** Ce que vous pourriez faire de mieux, c'est de partir rapidement. — **7** Vous êtes d'avance exclu du quartier **(il s'agit d'une sorte d'interdiction de séjour prononcée par le Milieu à l'égard d'un de ses membres après qu'il a failli).**

2e vague : 29e leçon.

LES HOMOSEXUELS (suite)

1 Combien en ai-je connus de ces invertis lorsque j'étais incarcéré ! — **2** De temps à autre ils sont arrêtés par les policiers du 6e arrondissement. — **3** A la 13e ou la 14e chambre correctionnelle ils sont frappés d'une peine minimum de six mois de détention. — **4** Certains d'entre eux vous confient qu'ils ont une autorisation tacite — **5** que certains policiers acceptent de tirer profit (de leur négoce), et même en nature ! — **6** qu'ils font échange

10 — D'après Gide, qu'en connaissait un loubé (9) question pédale,

11 — faut croire qu'y en a plusieurs sortes.

12 — Le vrai pédé (10), c'est le gonze qui bande aux jeunots.

13 — Après, on a le pointeur ordinaire,

14 — celui qui se tape des mecs musclés, poilus :

15 — le vrai costaud, c'est le genre qui lui botte le plus.

(à suivre)

PRONONCIATION

1 Dsé — **2** èsfoñ dtañzañtañ — **4** kèlzoñl'koñdé — **5** kya **(monosyllabe)** dépèrdrôkañkrok — **6** ksa, tèlmañ dësfèr, jarivpa halkrwar **(pas de liaison !)** — **9** këchsui, kañtissajidla — **10** kañkon'nèssè huñ — **11** kyañ **(monosyllabe)** na — **12** sèlgonz' — **14** suikistap'.

EXERCICE

1 P'tit Jojo depuis toujours il était d'la jaquette. — **2** Avec Charlot ça a pas traîné. — **3** En deux coups les gros y s'est fait pointer. — **4** Après ça, y paraît qu'y faisaient la soupe aux choux, — **5** que l'Charlot y prenait aussi son fade par la bagouze. — **6** On y a pas été voir. C'est p'têt' du charre.

de bons procédés — **7** qu'ils adorent jouer le rôle passif. — **8** Pour ma part, je ne parviens pas à y croire — **9** tant je tiens à être plein de révérence pour tout ce qui concerne la Police... (il convient de l'être toujours, je l'ai appris à mes dépens !) — **10** Selon André Gide, qui était très expérimenté (au sujet des) questions relevant de l'homosexualité — **11** il semble qu'il y en ait diverses catégories. — **12** Le véritable pédéraste (étymologiquement) est celui qui brûle pour de jeunes garçons. — **13** On peut distinguer ensuite l'homosexuel actif banal, — **14** qui témoigne son ardeur à des individus [musclés], velus. — **15** (A ce dernier) les vrais sportifs sont ceux qui plaisent le mieux.

NOTES

(1) Lope, lopette, lopaille (noms féminins) : a) pédéraste, b) terme de mépris, injure grave (comme tous les autres synonymes). — **(2)** Le Parisien, quel que soit son milieu, ne dit jamais le 6e arrondissement, mais simplement **le 6e.** — **(3)** Autre abréviation, beaucoup moins répandue évidemment. **La 16e, en particulier,** ou **la 16,** c'est la 16e chambre correctionnelle. — **(4) Avoir un condé,** ou **avoir son condé,** c'est avoir l'autorisation d'exercer une activité illicite quelconque sans être inquiété par les policiers, qui reçoivent en retour tantôt des renseignements utiles, tantôt des avantages en espèces... ou en nature. Un **condé** est aussi un policier quelconque (employé surtout dans le Midi). — **(5) Faire chou pour chou,** c'est, dans un esprit de stricte justice ou pour assouvir certaines curiosités, échanger les rôles entre l'élément actif (le **pointeur**) et l'élément passif (celui **qui file de la jaquette** ou **qui lâche du petit**). — **(6) La bagouse :** la bague. (Il n'est pas utile de préciser de quel métal est la bague en question.) — **(7)** La police : la **maison Poulardin,** ou **Poulaga** ou **Parapluie** ou **Bourremann** ou **la maison J't'arquepince** (du verbe **arquepincer :** arrêter, prendre en flagrant délit). — **(8) J'suis payé pour le savoir** (par antiphrase) je l'ai appris à mes dépens, j'en ai fait la triste expérience. — **(9) En connaître un bout,** ou **un loubé** (déformation par **largonji** de **bout**), ou **un rayon,** c'est être très versé, très expert, ou très documenté dans une matière. — **(10) Pédé,** abréviation populaire de pédéraste (du grec *« pais, paidos »*, enfant, *« erastês »*, amoureux) ; *étymologiquement :* qui a de l'inclination pour les enfants.

EXERCICE

1 Le petit Georges a toujours eu des mœurs un peu spéciales. — **2** Avec Charles les choses sont allées grand

61e Leçon

LES TANTOUZES (fin)

1 — Après ça y a toute la bande des lopes, toutes les simili-nanas,
2 — gironds (1), tapettes, tatas, enfoirés mondains ou enfifrés zonards (2).
3 — Aux d'Af, avant guerre, on les appelait des schbebs (3).
4 — Chaque homme avait le sien, ils faisaient gourbi (4) ensemble.
5 — Seulement paraît qu'c'est du charre,
6 — les boniments au Dédé de la porte étroite (5).
7 — Un jour ou l'autre le pointeur, pour se faire une idée,
8 — y s'en fait glisser une petite paire (6) ;
9 — c'est son tour, ce coup'là, de ramasser les épingles,
10 — et y a des fois, y prend son fade
11 — Ça fait la bonne soupe aux choux (7),
12 — la grande fiesta de la pédale qui craque (8) !
13 — Mais s'ils sont pas tous à sens unique,
14 — y en a une chiée aussi qui crachent pas sur les gonzesses :
15 — y marchent à voile et à vapeur.

La grande fiesta de la pédale qui craque.

train. — **3** En un instant il a été possédé. — **4** Après quoi, dit-on, ils pratiquaient l'échange des bons procédés. — **5** Charles, semble-t-il, prenait aussi son plaisir par le verso. — **6** Toutefois cette affirmation n'est qu'une hypothèse. Elle n'est peut-être que mensonge.

La langue populaire et l'argot sont si riches que Robert Edouard a pu constituer un « Dictionnaire des Injures » (chez Tchou 1967) contenant 9 300 gros mots et précédé d'un petit Traité d'Injurologie indiquant la façon de s'en servir... avec beaucoup de culture et d'esprit.

2e vague : 30e leçon.

LES HOMOSEXUELS (fin)

1 On peut reconnaître en outre la cohorte des homosexuels passifs, de tous ceux qui contrefont les personnes du beau sexe, — **2** gitons, mignons, prostitués, qu'ils soient du monde ou du bas peuple. — **3** Aux bataillons de discipline d'Afrique, avant la dernière guerre, ils étaient appelés « schbebs ». — **4** Chaque condamné avait un giton attitré, ils partageaient la même chambre. — **5** Toutefois il semble que soient erronés — **6** les développements d'André Gide, auteur de « La porte étroite ». — **7** Quelque jour l'élément actif du couple, dans le désir de se documenter, — **8** joue le rôle opposé ; — **9** c'est à lui, cette fois, d'être passif, — **10** et il arrive qu'il y éprouve du plaisir. — **11** La jolie cuisine réciproque ! — **12** C'est la grande fête homosexuelle ! — **13** Mais si beaucoup ne se contentent pas d'un seul rôle, — **14** il en est un grand nombre également qui ne dédaignent pas les personnes du sexe faible — **15** et dont les hommages s'adressent aussi bien aux dames qu'aux messieurs.

NOTES

(1) Girond, e veut dire joli, agréable à voir, avec la nuance de potelé, agréable à toucher ; mais le mot a pris aussi le sens d'homosexuel passif. — **(2) Zonard** (étymol. : **de la zone,** ceinture de fortifications qui entourait autrefois Paris et qui constituait une vaste pelouse pour le repos ou les activités de la pègre ; la zone a disparu de Paris, mais elle a laissé des traces en argot : **être de la zone** ou être de la **cloche,** c'est être sans toit, sans logement ; **un zonard** est donc (comme **un clochard, une cloche,** ou **un clodo)** un sans-abri. (Notons que le mot **cloche** désigne aussi un individu — nullement **clochard** en général — sans

PRONONCIATION

1 Ya (monosyll.) — **3** lézaplè — **4** avèl' syiñ ifzè (**ou** ivzè) — **5** sœl'mañ (**ou** s'mañ) parèksèduchar' — **6** bonimañ hôdédédlaportétrwat' — **7** poursfèr — **8** un' pëtit' pèr' — ya **(monosyll.)** défwa hiprañsoñfad' — **10** labon'soup' — **11** la grañd' fiesta dlapédalkikrak — **13** sissoñpatouss' — **14** yañ na un'chiée, kikrachpa — **15** imarch'a.

EXERCICE

1 L'Dédé il est rentré s'zoner à dix plombes avec son schbeb ; — **2** à l'heure qu'il est on peut pas dire lequel qu'est le pointeur — **3** et lequel qui refile du chouette. — **4** Pourtant l'Dédé, y crache pas sur les frangines ! — **5** y veut prendre son panard, probable, aussi bien comme une gonzesse que comme un julot !

62e Leçon

RETOUR A LA TERRE (JAUNE) (1)

1 — Pour affranchir (2) vos potes qu'un mecton est de la pédale qui craque,
2 — y a encore des tas d'autres combines (3).
3 — Si c'en est un qui fait la gonzesse, tu peux bonnir qu'y donne — ou qu'y lâche —
4 — du rond, du petit, du dos, de l'oigne, de la rondelle, du figne (4),
5 — (ou de tous les blases qui servent pour esprimer le trou de balle) ;
6 — ou qu'y se fait mettre, ou qu'il en donne, ou qu'il en lâche, ou qu'y se fait taper dedans ;
7 — que c'est un emmanché, un empaffé, un enfifré,
8 — un enfoiré, un enviandé, un enculé, un endauffé,
9 — un empapaouté, une fiotte,
un emprosé (5),

qualités, pour lequel on éprouve du dédain, voire du mépris). Assez curieusement, **se zoner,** c'est rentrer se coucher. — **(3) Le schbeb** (en arabe : joli) était, au bagne, aux travaux publics, aux bataillons d'Afrique, le **môme,** la **« femme »,** c'est-à-dire le giton du bagnard. — **(4) Le gourbi** (autre mot arabe), c'est la cabane, l'abri de tranchée, le foyer. **Faire gourbi,** c'était pour les bagnards se réunir en un petit groupe d'amis qui unissaient leurs ressources, et constituaient en quelque sorte des familles à l'intérieur des grandes salles du pénitencier ; en prison c'est s'associer entre détenus occupant la même cellule pour partager le tabac et les victuailles ; en liberté, c'est, pour des amis dépourvus d'argent, habiter ensemble de façon à réduire les frais ; le sens ancien de « se mettre en ménage », quand il s'agissait de bagnards homosexuels, semble abandonné maintenant. — **(5)** Certains persistent à voir dans le titre du roman d'André Gide « La porte étroite », non pas la vie de renoncement, mais une voie moins spacieuse que le chemin menant ordinairement l'homme à la perdition (Cf. Bible, Evangile selon saint Matthieu, VII, 13). — **(6) S'en faire glisser une petite paire** est une image paradoxale, car, comme le dit le « Cabinet satyrique » :

> Voyez la grande trahison
> Des ingrats couillons que je porte :
> Lorsque leur maître est en prison
> Les ingrats dansent à la porte !

(7) Faire (ou tremper) la soupe aux choux, ou simplement **la soupe :** s'adonner à des pratiques amoureuses **chou pour chou,** c'est-à-dire rigoureusement réciproques. — **(8) La pédale :** l'univers des homosexuels. **Une pédale :** un homosexuel : **il est de la pédale,** ou **de la pédale qui craque,** ou simplement : **il en est :** il est homosexuel.

EXERCICE

1 André est rentré se coucher à dix heures avec son giton ; — **2** actuellement il est impossible de dire lequel joue le rôle masculin, — **3** lequel le féminin. — **4** Et pourtant André ne dédaigne pas les dames ! — **5** Il est vraisemblable qu'il veut éprouver les sensations amoureuses féminines aussi bien que les masculines !

2e vague : 31e leçon.

COMPLEMENT SUR L'HOMOSEXUALITE MASCULINE

1 Pour signaler à vos amis que tel individu est homo-

10 — ou encore qu'y se fait défoncer la pastèque, ou qu'il en prend plein le couloir à lentilles.
11 — Au contraire le mec si c'est un pointeur (6),
12 — on dira qu'il aime la terre jaune ou le goudron,
13 — qu'il aime prendre (7) de l'oigne, du rond, de la rondelle, etc.,
14 — ou encore baiser à la riche, ou casser le pot.
15 — Mais tout ça se dit aussi bien de çui qu'aime mieux, avec une frangine,
16 — taper dans le chouette que dans le régulier.

PRONONCIATION

1 Dlapédalkikrak — **2** d'ôt' — **3** si sañ nè huñ, ki donn' — **4** dup'ti, dë logn' dla rondèl' — **5** troud'bal — **6** oukissfèmètt', oukissfè tapéd'dañ — **10** kissfè — **11** cè huñ, l'mèk — **12** oul'goudroñ — **13** prañd'dë logn', dla roñdèl èkcètèra **(attention à la prononciation correcte, c'est-à-dire incorrecte, d'et cetera) !** — **14** bèzéha, kassél'po — **15** toussassdi, dsui **(monosyll.)** — **16** dañl chwett' **(monosyll.).**

EXERCICE

1 Aurait fallu l'affranchir, le mecton — **2** qu'c'était d'la came qui voyait pas l'jour ! — **3** Comme il était pas à la coule, — **4** c'est pas marrant (8) — **4** qu'y s'soye fait serrer en moins de jouge — **5** quand il a voulu s'défarguer du blot.

Je suis ni un emmanché, ni un empaffé, ni un enfifré, ni un enfoiré, ni un enviandé ni un enculé, ni un endauffé, ni un empapaouté... je suis une fiotte.

sexuel — **2** il y a encore de nombreuses autres façons de le dire. — **3** S'il joue (dans le couple) le rôle féminin, vous pouvez dire qu'il abandonne — **4** son fondement (divers syn.) — **5** ou tout autre synonyme de postérieur — **6** ou qu'il se fait opérer à la mode de Sodome — **7** que c'est un inverti (syn.) — **8** un passif (syn.) — **9** (autres syn.) — **10** ou encore qu'il a des mœurs spéciales — **11** s'il se trouve au contraire que le personnage joue le rôle masculin — **12** on exprimera cette idée en parlant de son amour de la glèbe — **13** en disant qu'il aime posséder « a posteriori » — **14** ou encore se procurer un plaisir d'une grande richesse — **15** mais toutes ces expressions s'appliquent également à celui qui préfère, avec les dames — **16** voyager sur voie étroite que sur voie normale.

NOTES

(1) La terre jaune, ou **la terre glaise,** est une allusion euphémique et du meilleur goût au domaine des investigations socratiques. — **(2) Affranchir :** a) renseigner, avertir, prévenir. On dit aussi dans ce sens : **affranchir la couleur** ou **donner la couleur** à quelqu'un (de façon qu'il soit **à la coule) ;** b) initier à la morale du milieu, donc libérer de la morale traditionnelle (de même qu'on affranchissait autrefois les esclaves). — **(3) Combine,** apocope de combinaison : a) moyen le plus souvent illégal ou déloyal d'atteindre le but qu'on se propose ; b) affaire aventureuse ; c) accord secret entre concurrents ou adversaires au détriment d'une tierce partie ; d) combinaison, vêtement féminin. — **(4)** Les variantes de **figne** sont nombreuses : **fignedé, fignedarès, fignard, fouinedarès, fouignedé,** etc. Par combinaison avec trou ou a encore **troufignon, troufignard,** toujours avec le même sens de fondement ou de postérieur. — **(5)** Tous les mots des numéros 7, 8 et 9, qui désignent l'homosexuel passif, sont en même temps des termes injurieux s'appliquant à tout individu, homosexuel ou non, qu'on veut accabler de son mépris, et en particulier au traître, au dénonciateur, au lâche, à celui qui ne se comporte pas en **homme.** — **(6)** Noter cette construction fréquente du langage parlé. — **(7) Prendre** correspond on le voit au rôle actif, **lâcher** ou **donner** au rôle passif. — **(8) Marrant :** amusant, drôle. **Pas marrant :** pas amusant, pas drôle, donc aussi pas étonnant ; et également : très triste, très pénible, etc.

EXERCICE

1 Il aurait fallu avertir cet individu — **2** que la marchan-

63e Leçon

LE HOTU (1)

1 — Fixant Johnny, Petit-Paul grouma, dans un renaud (2) interne.

2 — « Avec sa voix de levrette (3), ce con va nous faire passer pour des lopes »...

3 — Pas la queue d'un havane (4) traînait dans la crèche.

4 — Ce casse-burnes (5) allait laisser à l'autre pomme (6) le temps de revenir.

5 — Il l'avait bien prédit à ce grand connard de Johnny que cette tortore risquait de se terminer au quart...

6 — Après ce qu'on s'est mis dans la gueule, le caoua de ces pantes, j'aurais quand même rien eu contre (7).

7 — ...De voir son pote manquer de toc, Johnny, qu'avait le goût pervers d'embarrasser, se fendait la terrine (8)...

8 — Te casse pas le chou... tu sais bien que tes pipes de prolétaire, je les aime pas...

9 — Des moments, alors que ce mec vannait sur sa vie à New York,

10 — les arnaques mirifiques qu'il avait montées en cheville avec des potes ricains,

11 — on pouvait croire être pris au col, se trouver face à un bidonneur (9),

12 — et puis, l'heure suivante, ou le lendemain, sous votre pif, crac, cézigue fonçait dans un coup de dingue,

13 — tout comme si l'existence des perdreaux avait été une légende...

Albert SIMONIN, Le hotu.

PRONONCIATION

4 Kasburn', lôt'pom' — **6** skoñsèmidañlaghœl', Ikaouadsépant' — **8** Tkaspalchou, jlézèm' pa — **10** añchviy' — **12** koud'diñgh'.

dise (en général : des objets volés) en question devait être cachée. — **3** Comme il n'était pas au courant — **4** il n'est pas étonnant qu'il se soit fait arrêter en un rien de temps, — **5** dès qu'il a voulu se débarrasser du butin.

2e vague : 32e leçon.

UN INDIVIDU MEPRISABLE

1 [Fixant Johnny] Petit-Paul ronchonna, avec une colère rentrée, — **2** « Avec sa voix efféminée, ce bélître va nous faire prendre pour des pédérastes »... — **3** Il ne restait pas un seul cigare de La Havane dans l'établissement. — **4** Cet importun allait laisser à l'autre idiot [le temps de revenir]. — **5** [Il l'avait bien prédit] à Johnny, ce grand imbécile, que ce repas risquait de prendre fin au commissariat de police. — **6** Après tout ce que nous avons mangé, j'aurais dégusté sans déplaisir le café de ces dupes. — **7** Johnny, qui se plaisait, non sans perversité, à mettre les autres mal à l'aise, riait d'observer le manque d'assurance de son ami. — **8** Ne vous mettez point martel en tête... vous savez bien que je n'aime pas vos cigarettes prolétariennes... — **9** Par moments, alors que cet individu se vantait, à propos de sa vie à New York, — **10** des escroqueries prodigieuses qu'il avait exécutées en collaboration avec des amis américains, — **11** on pouvait penser être abusé par lui, avoir affaire à un imposteur, — **12** et [l'heure suivante, ou le lendemain] en votre présence, tout soudain il se lançait dans un méfait d'une audace folle, — **13** exactement [comme si l'existence] des policiers [avait été une légende...].

NOTES

(1) Un **hotu** est un individu déplaisant, médiocre ou inquiétant, dont il y a lieu de se méfier. Ce mot reste au masculin quand il s'applique à une femme. — **(2) Groumer :** grommeler, gronder, protester, a pour synonyme approximatif **renauder,** de **renaud :** colère. Etre en colère est donc **renauder, être à renaud,** mais aussi **être à ressaut,** ou **à ressent** (Auguste Le Breton écrit **à ressang** pour insister sans doute sur le fait qu'il s'agit d'une colère dangereuse), **être à cran, en pétard, en rogne, en fumace.** On trouve encore **fumer, ressauter, être en quarante** (ou **carante)...** L'argot et la langue populaire sont, on le voit, très riches quand il s'agit d'exprimer la colère. — **(3)** Aucun rapport, ici, avec l'expression **baiser en levrette**

EXERCICE

1 Sa tortore, au grand connard, pouvait pas finir ailleurs qu'au quart, j'y avais bien dit ! — **2** Avec un bon caoua, un barreau de chaise j'ai rien contre. — **3** Quand y veut nous prendre au col, ce bidonneur, — **4** je m'fends doucement la pipe ! — **5** Foncer sur ce coup de dingue, y avait de quoi se farcir une pigette à Fresnes.

Depuis deux marcotins qu'y chiade « la Méthode à Mimile », le petit Vicomte se démerde déjà pas mal, c'est pas du pour. Mais s'y s'berlure qu'il entrave le jars et qu'y l'dévide comme un vrai malfrat qui vient de s'arracher du ballon après dix piges de centrouse à Clairvaux, y s'fout l'doigt dans l'œil jusqu'au coude ! Faut encore qu't'en mettes un p'tit coup, mon vieux Gontran !

qui, au propre, signifie « copulare more canino », et au figuré, duper, tromper. **Je me suis fait baiser en levrette (ou en canard) par Dédé-la-Terreur-de-Montreuil, mais y aura de la rebiffe, j'te l'dis !** — **(4) Pas la queue de...** expression populaire pour **pas le moindre.** — **(5) Casse-burnes** ou **casse-couilles** (mais jamais **casse-roubignoles,** ni **casse-roupettes,** ni **casse-roustons,** probablement trop longs à prononcer) sont des équivalents de **casse-pieds :** importun, gêneur. — **(6) L'autre pomme :** cet individu (avec une nuance péjorative de niaiserie). — **(7)** Noter la construction de cette proposition : elle commence par un complément indirect et se termine par la préposition qui l'introduit, processus tout à fait naturel dans la langue populaire. — **(8) Se fendre la terrine,** ou **la pipe** ou **la gueule** ou **la pêche** (ou autrefois **la margoulette),** c'est rire sans retenue. **Se fendre de** (telle ou telle somme), par contre, est donner (ou prêter) cette somme, non sans retenue, et avec difficulté. — **(9) Un bidonneur** est un menteur, un trompeur, un hâbleur. Mais **se bidonner** est se secouer le **bidon** (le ventre), c'est-à-dire rire.

EXERCICE

1 J'avais bien dit à ce grand imbécile que son repas se terminerait inévitablement au commissariat ! — **2** Avec un bon café, j'apprécie hautement un gros cigare. — **3** Quand ce hâbleur veut nous conter des bourdes — **4** je ris en moi-même ! — **5** Se lancer dans cette folle aventure était risquer de passer un an à la prison de Fresnes.

Le jeune Vicomte qui travaille avec ardeur depuis deux mois « la Méthode à Mimile » se tire déjà passablement d'affaire, il est vrai. Mais il se trompe lourdement s'il s'imagine qu'il comprend et qu'il parle l'argot comme un véritable malfaiteur qui vient de sortir de prison après dix ans de détention à la Maison centrale de Clairvaux ! Vous avez encore un sérieux effort à fournir, Gontran beau*cher ! (Noter l'antiphrase :* un p'tit coup *pour « beaucoup ». En avoir un p'tit coup dans l'aile, c'est en principe être légèrement gris. Mais l'expression est le plus souvent ironique, et signifie alors être complètement ivre, en d'autres termes* être bourré à mort, *ou* encore être ourdé à zéro.)

2e vague : 33e leçon.

64ᵉ LEÇON

LA CHOURAVE (1)

1 — Pour être tireur (2) c'est pas de la nougatine (3).
2 — Faut avoir les paluches préparées à ça depuis qu'on est lardon.
3 — Les manouches en tierce font l'arnaque à l'étal,
4 — y paraît qu'y se défendent terrible (4).
5 — Pendant que je fourrais la môme (5) Dany,
6 — les roulottiers (6) ont fait une descente dans ma chiotte,
7 — y m'ont engourdi mon imper. Ça je m'en balance,
8 — mais dans les glaudes j'avais mes faux faffes
9 — et tout un jeu de caroubles (7) que j'avais mis trois piges à fignoler :
10 — c'est un peu mes éconocroques qu'on m'a chouravées !
11 — Cézig ? y brille (8) pas lerche, tu parles !
12 — Y continue à faire les troncs,
13 — il est déjà tombé en flag avec son bâton à la glu (9).

PRONONCIATION

1 Pourêt' tirœr, dla — **2** Fô havwar **(pas de llaison !)**, dpuikoñ nè — **4** kisdéfañd'tèrib' — **5** këjfourè (**ou** kjëfourè) lamôm'dani — **7** sajmañbalañss' — **9** jœdkaroubl' kjavèmi — **10** sèhuñpœ **(pas de liaison !)** — **11** ibriy'-palerch' — **13** dja.

Pour être tireur c'est pas de la nougatine.

LE VOL

1 Voler dans les poches n'est pas chose aisée. — **2** Il faut que les mains y aient été préparées depuis la plus tendre enfance... — **3** Les gitans opérant en équipe pratiquent le vol à l'étalage, — **4** ils y sont, dit-on, d'une habileté surprenante... — **5** Pendant que je m'abandonnais aux joies de l'amour dans les bras de mademoiselle Danielle, — **6** les voleurs spécialisés dans le vol à l'intérieur des véhicules automobiles ont pénétré dans ma voiture — **7** et m'ont dérobé mon imperméable, ce dont je me soucie fort peu ; — **8** mais il y avait dans les poches mes faux papiers — **9** et tout un jeu de fausses clés que j'avais mis trois années à parfaire : — **10** ce sont un peu mes économies que l'on m'a subtilisées là !... — **11** Lui ? il n'est pas précisément dans l'opulence ! — **12** Il continue à piller les troncs d'église, — **13** il a déjà été condamné en flagrant délit pendant qu'il se servait de son bâton enduit de glu.

NOTES

(1) La chourave : le vol, mot du **« manouche »** (langage des romanichels ou bohémiens). **Chouraver :** voler. Un **chouravé** est un individu un peu fou. — **(2) Tireur** (autrefois **tireur de laine** ou **tire-laine,** voleur de manteaux) : fouille-poches, pick-pocket. La **tire** est donc l'activité du tireur, et **tirer** est voler avec délicatesse ce qui est dans les poches. — **(3) Nougatine,** ou **nougat :** chose facile et sans danger, en particulier quand il s'agit d'une affaire délictueuse. La même image se retrouve sous des formes voisines : **c'est du gâteau, c'est du millefeuilles, c'est de la tarte, c'est du sucre.** — **(4) Terrible :** adjectif employé adverbialement. L'adjectif **terrible** est très fréquemment utilisé maintenant, surtout par les jeunes, avec des sens variés (mais jamais avec celui du français **terrible) ;** entre autres : extraordinaire, remarquable, puissant, drôle, adroit. — **(5) Môme,** qui en français populaire signifie enfant, a ici le sens de femme ou de fille. Spécialement **la môme** d'un souteneur est sa première femme en titre, la seconde étant **le doublard** (chacune d'elles étant bien convaincue d'être **la môme).** — **(6)** Le **roulottier** est celui qui vole **à la roulotte,** c'est-à-dire dans une voiture en stationnement. — **(7)** Une **carouble** est une clef, le plus souvent une fausse clef. **Caroubler** est donc pénétrer à l'aide de fausses clefs, et aussi voler à l'aide d'une fausse clef. C'est également corriger avec violence. — **(8) Briller** a deux sens : être dans l'opulence (en particulier à la suite d'un coup réussi) et éprouver le plaisir d'amour (syn. dans cette acception : **reluire).** —

EXERCICE

1 Les troncs, malgré leur blaze, — **2** y valent rien pour faire les troncs : — **3** y godent que pour la roulotte ; — **4** total, y s'font grouper su' l'tas à chaque coup. — **5** C' qu'y faut c'est y aller en loucedoc, comme les Ritals ; — **6** eux autres, à la tire, c'est des épées !

65e Leçon

LA CHOURAVE (fin)

1 — Le grand Chris, y marche (1) à l'emplâtre,
2 — y se casse la pogne sur tout ce qui glande (2),
3 — y tâte aussi du poivrier ;
4 — même les boulots y se (3) fait, le samedi soir ;
5 — il est barjot fini (4).

6 — Avec Bouboule (5) on cassait au flan (6).
7 — Des fois on tombait sur de la drouille,
8 — de la came que pas un fourgue attriquait.

9 — M'sieur Joseph avait débuté chiftir ;
10 — d'arnaque en carambouille y s'est bourré à mort,
11 — il a repassé les Frisés (7) de la Carlingue aussi bien que les gonzes de la Résistance.
12 — A la fin, devenu grossium, il les avait tous dans la fouillouse,
13 — les caves comme les hommes, et la Grande Maison par-dessus le marché.

14 — Pierrot-le-Fou comme braqueur c'était une épée :
15 — quand y montait sur une affaire avec sa titine
16 — y faisait descendre le maximum de carbure !

(9) Recommandons aux personnes désireuses de faire carrière dans cette profession le livre de Michel Servin « Deo gratias ». (Julliard 1963).

EXERCICE

1 Les Arabes, en dépit de leur sobriquet, — **2** sont de piètres pilleurs de troncs d'église : — **3** ils n'aiment que le vol dans les automobiles en stationnement, — **4** c'est pourquoi ils se font prendre chaque fois au cours de leur « travail ». — **5** Il convient au contraire de procéder avec douceur, comme font les Italiens ; — **6** voilà des gens qui sont des virtuoses du vol dans les poches !

2ᵉ vague : 34ᵉ leçon.

LE VOL (fin)

1 Le grand Christian a le vol pour moyen d'existence, — **2** il dérobe tout ce qui traîne ; — **3** il pratique aussi à l'occasion le vol des ivrognes — **4** il va jusqu'à dévaliser les travailleurs le samedi soir, — **5** il est tout à fait insensé !... — **6** Le Gros et moi nous cambriolions au hasard. — **7** Il arrivait que nous tombassions sur de la marchandise sans valeur, — **8** de la pacotille qu'aucun recéleur n'acceptait d'acheter... — **9** Monsieur Joseph avait commencé sa carrière en embrassant l'état de chiffonnier ; — **10** d'escroquerie en escroquerie il s'est considérablement enrichi, — **11** il a abusé, tant les Allemands de la Police secrète d'Etat (Geheime Staatspolizei, plus connue sous le nom de **Gestapo),** que les hommes de la Résistance. — **12** Finalement, devenu un homme puissant et considérable, il avait tout le monde à sa discrétion — **13** les gens honnêtes tout comme ceux du milieu, et la police de surcroît... — **14** Pierrot-le-Fou était remarquablement habile en tant que voleur à main armée ; — **15** quand il partait en opération avec sa mitraillette — **16** il en tirait le maximum d'argent !

NOTES

(1) Marcher à : vivre de... ; **marcher sur un coup :** préparer une affaire délictueuse, **marcher sous un toc, ou sous des tocs,** c'est vivre sous un faux nom, avec de faux papiers. La victime d'une farce, d'une blague, **marche** quand elle croit naïvement ce qu'on veut lui faire croire (pop.). **Faire marcher quelqu'un** (pop.) est donc l'abuser volontairement, ou lui laisser espérer quelque chose qui ne se produira jamais. Autre sens populaire de **marcher :**

PRONONCIATION

1 Lgrañ kriss' — **2** iskass', touski — **4** isfè, lsam'diswar — **6** kassè hôflañ **(pas de liaison !)** — **7** surdla (**ou** sudla) — **8** dlakam' kpahuñfourgh **(pas de liaison !)** — **9** msiœ josèf — **11** rpassé, dlacarliñgh, klégoñz'dla — **12** dëvnu grossiom' i lézavètouss' — **13** pardsul — **14** sétèhun' **(pas de liaison !)** — **15** kañti — **16** ifzè (**ou** ivzè), maximom'.

EXERCICE

1 Je m'demande c' qu'y fout ici, c' mironton-là — **2** ça fait plus d'une plombe qu'y glandouille dans l'secteur — **3** il avait sûrement un rencart d'vant l'tabac — **4** avec une frangine qui y a posé un lapin. — **5** Au premier coup d'sabord ça s'voit qu' c'est qu'un cave : — **6** rien qu'à sa façon d'arquer, il a tout du con fini !

66e Leçon

1 — Se morganer (1) un coffio,
2 — si y a l'taf (2) — quelques barres de chocolat —
3 — on peut après ça se mettre en roue libre (3)
4 — et se chercher une belle embrouille (4)
5 — sans se flinguer les méninges.
6 — Avec cette chignole nazebroque (5)
7 — on pouvait pas dévisser de Pantruche :

accepter, consentir (par exemple, pour une femme, consentir à accorder ses faveurs). — **(2) Glander : ou glandouiller :** traîner, aller ça et là sans activité précise, perdre son temps. — **(3) Y se fait :** verbe à réflexion méridionale. — **(4) Fini :** accompli, parfait. — **(5) Bouboule :** surnom donné souvent aux individus gras ou à face ronde. — **(6) Au flan :** au hasard, au petit bonheur. **A la flan :** sans valeur. **C'est du flan :** c'est faux, ou c'est imaginaire. **En rester comme deux ronds de flan :** en demeurer stupéfait. — **(7) Frisé** ou **Frisou :** Allemand (non que les Allemands soient particulièrement frisés : ces mots sont des variantes de **Fritz,** même sens, qui est un diminutif de Friedrich). **Frisé** avait également vers 1900 le sens de Juif.

EXERCICE

1 Je suis curieux de savoir ce que cet individu fait ici ; — **2** voici plus d'une heure qu'il traîne dans le quartier : — **3** il avait vraisemblablement un rendez-vous devant la recette buraliste — **4** avec une dame qui lui aura fait faux-bond. — **5** Du premier coup d'œil on voit qu'il n'est qu'un étranger au milieu ; — **6** sa démarche est celle d'un imbécile achevé.

2e vague : 35e leçon.

---

1 Se procurer le contenu d'un coffre-fort — **2** lorsqu'il contient beaucoup, quelques lingots d'or par exemple — **3** cela suffit à donner la possibilité de se laisser vivre — **4** et de se mettre à la recherche d'une belle combinaison (délictueuse) — **5** sans se mettre le cerveau à la torture... — **6** Avec cette voiture en très mauvais état — **7** il nous était impossible de sortir de Paris : — **8** il y avait à peu près partout des policiers — **9** qui n'hésiteraient pas à tirer sur nous. — **10** En outre nos rapports avec le Gros Fernand s'étaient détériorés. — **11** Avare comme il l'était, il nous était interdit de nous rendre chez lui pour nous enfermer quelque temps à l'abri de la police. — **12** « Il nous prend pour des étrangers au milieu, dit Pédro, — **13** nous allons lui faire du mal — **14** s'il veut nous donner de la tablature. » — **15** Il s'est mis au volant et nous sommes partis à vive allure vers le Kremlin-Bicêtre. — **16** Il y avait une mauvaise surprise pour nous au domicile de Fernand ; — **17** les policiers étaient déjà venus y perquisitionner.

8 — y avait des plats de perdreaux un peu partout
9 — qu'étaient décidés à cartonner (6) sur nos pommes
10 — en plus avec le Gros Fernand on était plutôt à la glace
11 — pain dur (7) comme il était, on pouvait pas s'apporter chez cézig pour faire du pyjama.
12 — « Y nous prend pour des baltringues, dit Pépé,
13 — on va lui faire becqueter ses pompes
14 — s'y nous met des lames de rasoir dans la salade ! »
15 — Il a pris le bout de bois et on a foncé vers Biscaille.
16 — Y avait du mastic (8) chez Fernand ;
17 — la maison Pébroque était déjà venue en perquise.

PRONONCIATION

1 S'morghané huñ — **2** siyaltaf (**ou** syaltaf) kèk, hapressa smèt'añ — **4** èschèrché — **5** sañs'fliñghé — **6** naz'brok — **7** dévisséd'pañtruch' — **3** yavè **(deux syllabes)** déplad'-perdrô — **9** déssidé ha **(pas de liaison !)** — **10** pluto ha **(pas de liaison !)** — **11** fèrdu — **13** fèrbèkté — **14** sinoumè — **15** pril boud'bwa è oñ na **(liaison !)** — **16** yavè **(deux syllabes)** — **17** djavnû.

EXERCICE

1 Un coffio aussi comac, pour se l'morganer — **2** fallait pas s'pointer la bite sous le bras. — **3** Certain qu'Loulou-le-Perceur voudrait pas s'mouiller avec son chalumeau. — **4** Depuis l'affaire de Champigny il était en roue libre, — **5** en plus de ça, avec Cécel il était plutôt à la glace.

Se morganer un coffio si y a l'taf, on peut après ça se mettre en roue libre.

NOTES

(1) **Morganer** (comme **morfiler)** : manger (et aussi mordre, dévorer). La forme pronominale **se morganer,** d'origine méridionale, ajoute une nuance d'appropriation. **Se morganer un coffio,** c'est donc s'approprier le contenu d'un coffre-fort, par des moyens... appropriés. Dans « Les barjots », Jean Monod attire fort justement l'attention sur le fait que « certains verbes pronominaux désignant les relations sexuelles sont eux-mêmes des métaphores culinaires et alimentaires. « Se farcir » quelqu'un, c'est se l'approprier aussi bien par le sexe que par le poing, ou de préférence le pied. On dit aussi « se manger » quelqu'un (le démolir) de même qu'on dit d'une fille, quand elle plaît, qu'elle vous « becte », « becter » signifiant manger. — **(2)** Le **taf** est d'abord la part de butin (comme **fade),** et ensuite le prix. Ici, **y a le taf :** il y a beaucoup d'argent ; on pourrait dire aussi **y a le paquet.** — **(3) Se mettre en roue libre,** c'est ne plus avoir besoin de pédaler (c'est-à-dire de travailler), c'est donc se laisser vivre. — **(4) Embrouille :** a) combinaison, affaire délictueuse quelconque ; b) bagarre, conflit ; c) situation confuse. — **(5) Nazebroque :** a) syphilitique, ou pourri ; b) en mauvais état (quand il s'agit d'un objet). — **(6) Cartonner,** ou **faire un carton :** prendre pour cible. — **(7) Pain dur :** avare (au point de manger du pain dur par économie). — **(8) Mastic :** situation fâcheuse ou confuse. **Faire le mastic,** pour un garçon de café : nettoyer les tables et la salle. Pour les typographes un **mastic** est une erreur grave de composition : mélange de caractères, interversion de certains passages, etc.

EXERCICE

1 Pour s'approprier le contenu d'un coffre-fort aussi gros — **2** il convenait de ne pas arriver sans outillage — **3** il était certain que Louis-le-Perceur-de-Coffres-forts refuserait de se compromettre en venant avec son chalumeau. — **4** Depuis le cambriolage de Champigny il se laissait vivre, — **5** en outre il était passablement en froid avec Marcel.

2e vague : 36e leçon.

67e Leçon

1 — ...j'ai jamais vu un nière (1) comme toi pour jaspiner l'jar

2 — et pour raconter des histoires savoureuses et marrantes et qui sont pas du bidon...

3 — ...l'jour où tu seras d'l'Académie, j'espère que tu feras pas l'bêcheur (2) et qu'tu balanceras pas les potes (3).

Jean GABIN
Avant-propos de « Pantruche »

4 — T'as mordu (4) la sœur et ses chouettes renards ?

5 — Des renards ! T'es louf (5). C'est des greffiers (6) qui marchent sous des tocs (7) !...

6 — Dorothy Lamour... est si gironde que lorsqu'elle ondule de l'anneau

7 — tous les nières ont des ampoules aux griffes à force de se faire des paluches (8).

Pierre LHOSTE,
Préface de « Pantruche »

8 — Marie-la-Cuvée ; une frangine tout le temps poivre (9)

9 — qui ne montait qu'avec des poivrots comme elle

10 — qui lui donnaient un linvé ou un larenque (10).
Un soir elle rentra avec deux sigues.

11 — Son homme lui dit :
— Toi, t'as dû mettre une lourde en dedans.

12 — C'est pas avec tes charmes que t'as pu griffer cette oseille-là !

Fernand TRIGNOL, « Pantruche »

1 ...je n'ai jamais rencontré une personne qui parlât l'argot aussi bien que vous — **2** et qui racontât des histoires savoureuses, amusantes, et pourtant non controuvées... — **3** ...le jour où vous ferez partie de l'Académie française, je nourris l'espoir que vous n'adopterez point une attitude prétentieuse et que vous n'abandonnerez point vos amis... — **4** Avez-vous vu les magnifiques renards que porte cette dame ? — **5** Des renards ? Perdez-vous la raison ? Ce sont des chats qui ont été baptisés renards **(littéralement :** qui sont nantis de faux papiers)... — **6** Dorothy Lamour est si belle que lorsqu'elle fait osciller sa croupe — **7** tous les hommes sont atteints d'ampoules aux mains à force de se laisser aller à des plaisirs solitaires. — **8** ...Marie-l'Ivrogne (était) une femme toujours en état d'ébriété — **9** qui ne cédait ses faveurs qu'à des buveurs comme elle, — **10** lesquels lui donnaient (habituellement) un ou deux francs (**anciens,** bien entendu). Un soir elle rentra avec quarante francs. — **11** Le proxénète qui vivait du produit de ses charmes lui dit : « Il faut que vous vous soyez livrée à un cambriolage avec effraction, — **12** car ce n'est pas grâce à votre beauté que vous avez pu vous procurer cet argent. » **LA NAIVE.** — **13** Une vieille vagabonde atteinte d'ataxie remuait constamment la tête de haut en bas et de bas en haut. — **14** Voyez un peu cette vieille dame (grand-mère) qui secoue le chef ! — **15** Une jeune Vénus de carrefour, pensant qu'il était question du cuisinier, se mit aussitôt à protester : — **16** Pourvu que ce ne soit point dans les haricots !

NOTES

(1) Nière (et son synonyme **niasse)** s'écrivent aussi **gnère** ou **gnasse.** — **(2) Bêcher,** c'est se montrer prétentieux, vaniteux, hautain. C'est aussi médire, critiquer de façon déplaisante. Le **bêcheur** est donc non seulement le prétentieux ou le vaniteux, mais le médisant, le malveillant et, spécialement, l'avocat général. — **(3)** Notons que dans un autre contexte, **balancer les potes** signifierait : dénoncer les amis. — **(4) T'as mordu la sœur ?** ne pose nullement la question de savoir si vous avez infligé une morsure à une personne de sexe féminin ayant les mêmes parents que vous, mais seulement si vous avez vu une personne non canonique dudit sexe ; **mordre** est donc voir, mais **être mordu** c'est être grièvement amoureux. **Un truc à la mords-moi le nœud,** ou **le doigt,** ou simplement **un truc à la mords-moi** est une affaire peu sérieuse, ou **glandilleuse,** c'est-à-dire dangereuse ou ridicule. — **(5) Louf** dérive de fou par **largonji** et a pour dérivés **louftingue** et **loufoc** (ou **loufoque).** Pour certains étymologistes **louf-**

NATURE

13 — Une vieille clocharde, la mère Oui-Oui, arrêtait pas d'hocher (10) la tronche.

14 — Mordez voir la mémée qui branle le chef !

15 — Une petite gonzesse de tapin, qui croyait que c'était du cuistot qu'on jactait, renauda aussi sec :

16 — Pourvu que ça soye (11) pas dans les haricots (12) !

D'après Fernand TRIGNOL,
« Pantruche » (13)

PRONONCIATION

4 Chouèt'rënar — **5** marchsoudétok — **6** klorskèloñduldëlanô — **7** afors'dësfer — **8** toultañ — **9** kin'moñtè — **10** larañk — **11** añd'dañ **(on rencontre aussi la prononciation** añ ndañ) — **12** stôzèy'la — **13** dochélatroñch' — **15** ksètè — **16** sway'pa dañ lé zariko.

EXERCICE

1 C'est pas pasque ton singe t'a attriqué un chouette renard — **2** qu'y faut qu'tu fasses ta bêcheuse — **3** et qu' t'ondules de l'anneau — **4** comme si t'avais chié la colonne Vendôme ! — **5** Non mais des fois, tu crois qu't'as l'figne de B.B. ? (**ou** le fignedé **ou** le fouignedé **ou** le fignedarès).

tingue aurait donné par aphérèse **tingo,** puis **dingo** (même sens). — **(6) Greffier :** chat (de **griffes (?)** — ou parce que l'auxiliaire de justice appelé **greffier** fait des **pattes de chat ?)** Dans Rabelais les juges sont déjà appelés **chats fourrés** à cause de leur bonnet de fourrure. — **(7) Marcher sous des tocs,** ou **vivre sous un toc,** c'est circuler avec de faux papiers, vivre sous une fausse identité. Est **toc** tout ce qui est faux, contrefait, imité : bijoux, tableaux, etc. Autre sens de **toc :** laid (on dit aussi dans ce cas **tocard,** le **tocard** étant un cheval de course sans valeur). Mais **manquer de toc** est manquer d'assurance (on dit parfois simplement **manquer).** Enfin un **toc** est aussi un individu violent et dangereux. — **(8)** La **paluche** étant la main, **se palucher** est se servir de sa main pour se procurer de ces plaisirs de compensation où l'imagination joue un grand rôle, et par conséquent aussi s'imaginer, se bercer d'illusions trompeuses. Noter ici l'extrême exagération dans l'image ; c'est un des procédés classiques de l'argot. — **(9) Etre poivre,** c'est être ivre. **Un poivrot** (pop.) est un ivrogne (on a dit aussi un **poivrier). Le vol au poivrier** est la spécialité relativement facile qui consiste à détrousser un homme ivre, affalé sur un banc public par exemple. — **(10) Linvé** (vingt, en **largonji)** vingt sous, c'est-à-dire un franc (ancien bien entendu) ; **laranque** ou **laranqué** (quarante, en largonji) : quarante sous, ou deux francs. Ces mots sont évidemment désuets. — **(11)** La prononciation habituelle est sway' plutôt que swa. — **(12)** Attention à la prononciation : lé zarico ; on ne tient pas compte de l'**h** aspiré. — **(13) Pantruche,** déformation de **Pantin,** ville de la banlieue parisienne, utilisée par plaisanterie pour Paris. Villon écrivait déjà dans un esprit analogue : **Paris emprès Pontoise.** Un Parisien est un **Pantinois** ou un **Pantruchard. Parigot,** mot populaire pour Parisien, semble désuet ou... provincial.

EXERCICE

1 Ce n'est pas parce que votre patron vous a acheté une belle fourrure de renard — **2** que vous devez vous montrer prétentieuse — **3** et faire osciller votre croupe — **4** comme si vous aviez accompli une action d'éclat. — **5** Pensez-vous donc avoir un arrière-train comparable à celui de madame Bardot ?

2e vague : 37e leçon.

68e Leçon

LA BELLE EPOQUE

1 — On casquait sa taule trois balles par semaine (1).

2 — Si vous aviez deux thunes dans vos vagues vous étiez le roi (2) du quartier.

3 — Les môminettes (3) coûtaient deux sous.

4 — Quand vous aviez invité quatre gonces (4), vous en aviez pour un lidré, pourboire compris.

5 — Lorsque j'avais de l'oseille, j'achetais au carreau du Temple (5) pour quatorze francs

6 — un costume de rupin d'occasion fourgué par un larbin,

7 — une cloche de dix sous et une paire de pompes de huit francs...

8 — ...j'offrais un déjeuner dans ma taule... Fromage et dessert, le tout faisait (6) deux thunes à peu près.

9 — Il y en aurait pour vingt-cinq sigues par barbe aujourd'hui.

10 — Au « Romance-Bar », on tirait des coups de flingue dix fois la semaine,

11 — et les rapières sortaient automatiquement des fouilles.

12 — Quand il y avait du pétard (7)... les nières allaient racoler dans les bistrots tous ceux qui possédaient une réputation de Peau-Rouge (8).

13 — Si vous n'aviez pas de flingue, on vous en cloquait un...

14 — on essayait de se mettre des balles dans la gueule ou dans le burlingue.

Fernand TRIGNOL, « Pantruche »

PRONONCIATION

2 L'rwadukartié — **3** kat'goñz' — **5** dlôzèy' jajtè (**ou** jachtè) — **8** fzè (**ou** vzè) — **10** koudfliñgh' lasmèn' — **14** dësmét'.

L'EPOQUE ANTERIEURE A LA GUERRE 1914-1918

1 On payait sa chambre trois francs par semaine. — **2** Si vous aviez deux pièces de cinq francs dans vos poches vous étiez le plus heureux du quartier. — **3** Les absinthes coûtaient dix centimes. — **4** Quand vous aviez invité quatre personnes, cela vous revenait à dix sous, service compris. — **5** Lorsque j'avais de l'argent j'achetais au marché des fripiers du quartier du Temple pour quatorze francs — **6** un costume d'occasion venant d'une riche personne et revendu par un domestique, — **7** un chapeau cloche de cinquante centimes et une paire de souliers de huit francs... — **8** ... J'offrais un déjeuner dans ma maison, le fromage et le dessert, le total s'élevait à dix francs environ. — **9** Le montant en serait actuellement de cinq cents francs par personne. — **10** Au café de la Romance il arrivait dix fois chaque semaine que l'on tirât des coups de revolver — **11** et les couteaux sortaient immédiatement des poches. — **12** Quand il y avait une rixe... les individus allaient recruter dans les cafés ceux qui avaient la réputation d'être sanguinaires. — **13** Si vous ne possédiez pas de revolver, on vous en mettait un dans les mains... — **14** on essayait de se tirer des balles dans la figure ou dans le ventre.

NOTES

(1) On trouvait parfois chez certains auteurs **suante** pour semaine. Cette expression ingénieuse (pour indiquer la semaine de travail) est très désuète. — **(2) Etre le roi du quartier,** c'est être celui qui l'emporte sur tous, celui dont on s'occupe, et en même temps le plus heureux de tous. Notons que le **roi,** employé sans déterminatif, est une ellipse pour **le roi des cons,** c'est-à-dire un imbécile achevé. — **(3)** Une **môminette** était une absinthe versée en petite quantité « dans un verre à bordeaux » et additionnée d'eau. — **(4)** Le **gonce** ou **goncier,** mais beaucoup plus souvent maintenant le **gonze** est, avec des nuances variables, l'individu du sexe fort, une personne du beau sexe étant une **gonzesse.** Opinion un peu spéciale attribuée à Jean Lorrain : **qu' c'est bath une gonzesse, quand c'est un gonze !,** qu'une fille est donc belle quand elle est un garçon ! **Bath** devrait d'ailleurs se traduire ici, non par belle, mais par bonne (sous-entendu : au lit) : **une frangine bath au plume.** — **(5) Le carreau du Temple** est, à Paris (3e arrondissement) la partie du marché du Temple où les **chineurs** ou **carreautiers** vendent des vêtements à bas prix. Dès le Moyen Age le carreau du Temple,

EXERCICE

1 C' gonze-là il est p'têt' rupin, mais c'est le roi des cons (**ou simplement :** le roi). — **2** Qu'est-ce qu'y s'met derrière la cravate, le mecton ! — **3** Y a pas si longtemps t'avais pour vingt-cinq sigues un casse-graine de déménageur. — **4** Ton futal c'est même pas au carreau du Temple que tu l'as attriqué, — **5** y vient de Biscaille, c'est un tronc qui te l'a refourgarès : — **6** il est encore plein de raisiné — **7** du cave qu'il a dessoudé.

Lorsque j'avais de l'oseille, j'achetais au Carreau du Temple un costume de rupin fourgué par un larbin

---

69e Leçon

LE DÉBARBOT

1 — (Trignol connobrait un débarbot (1) qu'allait aux champs avec une tierce de bonneteurs (2) et qui leur disait) :

2 — Allez, les nières, n'ayez pas le trac. Ouvrez le pébroc !...

3 — Pensez !... chaque fois que l'un ou l'autre se faisait enchetiber, c'étaient dix sacs qui lui dégringolaient dans les vagues !

LE TERRAIN LOURD

4 — Un soir j'avais emballé une espèce de paumée en espadrilles et je l'avais amenée chez mon ami Gégène...

5 — Le môme remplissait son office d'une façon assez spéciale (3).

6 — J'aurais jamais cru qu'y se serait comporté comme ça dans le terrain lourd (4) !

établi dans un vaste enclos jouissant du droit d'asile, était le centre du commerce des fripiers. — **(6)** Dans le français populaire on emploie très souvent le verbe **faire** quand il s'agit d'exprimer un résultat numérique. Il a donc les sens de valoir, mesurer, contenir, etc. : **la Tour Eiffel fait 300 mètres. Ta bafouille fait pas vingt grammes, officiel !** Votre lettre pèse assurément moins de 20 grammes — **(7) Y a du pétard** indique qu'il y a du bruit, du scandale, du danger. Dans ce dernier sens on dit plus souvent **y a du pet (pétard** et **pet** viennent tous deux du verbe latin *pettere,* faire du bruit). Le pétard exprime par suite aussi un certain nombre de choses qui font du bruit : le revolver ; le postérieur, les fesses (on dit aussi dans ce sens le **pétoulet) ;** la colère ; la rixe ; l'alerte, et par suite le danger. Il a désigné le haricot, le canon, le canonnier... **Etre en pétard avec quelqu'un** c'est être avec lui en sérieuses difficultés, sur le pied de guerre. Un **pétardier** est un individu colérique, qui cause volontiers du scandale, toujours prêt à revendiquer, à contester, à **faire du pétard.** — **(8)** Le **peau-rouge** est celui qui n'a pas peur de se couvrir les mains de sang, c'est-à-dire le tueur, l'assassin. (Les bourgeois appelaient autrefois les truands **apaches,** et l'argot est sans doute remonté de la tribu à la race.)

EXERCICE

1 Bien que cet individu soit riche, il n'en est pas moins d'une bêtise achevée. — **2** Ce que cet individu est capable d'entonner est invraisemblable. — **3** Naguère encore on pouvait se faire servir pour cinq cents francs un repas pantagruélique. — **4** Ce n'est même pas au marché des fripiers du quartier du Temple que vous avez acquis ce pantalon, — **5** il provient du marché du Kremlin-Bicêtre, c'est à coup sûr un homme de religion musulmane qui vous l'a recédé ; — **6** il est encore tout souillé du sang **7** de la victime qu'il a assassinée.

2e vague : 38e leçon.

L'AVOCAT

1 (Trignol connaissait un avocat qui se rendait aux champs de course hippique avec une équipe de bonneteurs et leur disait) : — **2** A l'action, les amis, n'ayez nulle crainte ! Ouvrez le parapluie ! » — **3** Réfléchissez-y !... chaque fois que l'un ou l'autre se faisait arrêter, c'étaient dix mille francs qui tombaient dans ses poches.

MÉZIGUE CHEF DE FRIME

7 — Quand on a la chance dans une production (5) d'avoir griffé des artistes naturels comme Gabin ou Arletty

8 — on n'a pas le droit de gâcher tout ce talent avec des frimants qu'ont l'air de caves (6).

LA JEUNE FRIMANTE

9 — Elle avait trente piges de moins que lui.

10 — C'est dur, croyez-en ma vieille expérience, de rendre plus de quinze piges à une frangine...

11 — Il se mit à bouffer tout son carbure avec elle... Comme il avait dans le film le contrôle de l'oseille,

12 — il commença à faire des ponctions lombaires (7) sournoises dans le crapautard (8) de la société.

13 — Voici quel était son turbin (9) : quand Azaïs, par exemple, touchait deux sacs par cachet, il gaffait bien sa signature et l'imitait pour des cachets fictifs...

14 — Un jour il est pris marron (10). Les patrons, chouettes, ne le font pas enchetiber,

15 — lui casquent trois mois d'appointements et le foutent à la lourde sans tambour ni trompette.

Fernand TRIGNOL, « Pantruche »

UN TERRAIN BOURBEUX

4 Un soir j'avais séduit une pauvre fille chaussée d'espadrilles [et je l'avais amenée chez mon ami Eugène...] — **5** Le garçon se conduisait à son endroit **(si l'on peut dire !)** d'une façon contraire à la nature. — **6** Je n'aurais jamais cru qu'il se fût comporté de la sorte étant donné l'état détrempé et glaiseux du terrain !

ME VOICI CHEF DE FIGURATION

7 Quand on a eu assez de bonheur, dans la réalisation d'un film, pour mettre la main sur des artistes au jeu naturel, comme Gabin ou Arletty, — **8** [on n'a pas le droit de gâcher tout ce talent] en utilisant des figurants qui ont l'air niais.

LA JEUNE FIGURANTE

9 Elle avait trente ans de moins que lui. — **10** Il est difficile [croyez-en ma vieille expérience] de rendre à une femme un handicap de plus de quinze ans... — **11** Il se mit à dépenser tout son argent avec elle... Comme il avait dans le film le contrôle de l'argent — **12** il commença à opérer des prélèvements secrets sur la caisse de la société — **13** Voici quelle était sa combinaison : quand Azaïs, pour fixer les idées, recevait deux mille francs par séance de tournage, il observait attentivement [sa signature et l'imitait pour des cachets fictifs...] — **14** Un jour son manège est découvert. Les patrons ont l'élégance morale de ne pas le faire arrêter, — **15** lui paient comptant [trois mois d'appointements] et le congédient sans autre forme de procès.

NOTES

(1) Le débarbot est l'avocat de la défense, l'avocat général est **l'avocat-bêcheur,** ou simplement **le bêcheur.** — **(2) Le bonneteur** est le filou qui **se défend** au **bonneteau** ou **bonnet,** jeu d'argent qui se joue le plus souvent aux abords des champs de course ou dans les trains au retour des courses (dans ce cas il s'appelle **consolation** ou **consolette).** Les trois cartes (cœur, trèfle et carreau) sont posées habituellement retournées sur un parapluie ouvert placé à terre. Il s'agit pour gagner de désigner l'as de cœur. Ce jeu est prohibé par la Loi. Selon le policier Puyrabaud, « la clientèle des bonneteurs est composée de gens qui se croient plus fins que lui. Derrière toute victime il y a un jobard qui se réjouissait à l'idée d'être un dupeur et qui a été dupé » (Puyrabaud, Malfaiteurs de profession). — **(3)** Dire de quelqu'un **il a des mœurs spéciales** ou **un peu spéciales** pour exprimer l'idée qu'il est homosexuel n'est pas de l'argot, c'est un

PRONONCIATION

1 Un'tièrs', bon'teur — **2** paltrac ouvrélpébroc — **3** kluñhoulôt' sfëzè añchtibé — **4** jlavè — **6** kis'srè, kom'sa — **10** pludkiñz'pij — **11** ismihaboufé **(pas de liaison après mit !)** — **15** èlfoutalalourd'.

EXERCICE

1 Le débarbot s'est fait enchetiber ; — **2** c'était pourtant pas l'mauvais cheval, — **3** mais y s'est fait faire marron sur le tas — **4** en train d'empapaouter le moujingue du proc, — **5** un mouflet qu'avait pas douze carats ! — **6** ça la fout mal, faut reconnaître !

70e Leçon

LES FLAMBEURS

1 — Rare que l'aspine du turf (1)

2 — les julots aillent pas la paumer aux courtines...

3 — Blanc-Cassis (2), y brille pas tellement ;

4 — son fameux job c'est de baronner (3) au bonnet avec Bouboule-des-Gobes (4)...

5 — Y voulait jouer au matador (5). Total y s'est fait repasser à la pastiquette,

6 — y s'est même pas gouré que les bobs (6) étaient bidons !...

7 — Au pok chez Panconi il avait la tête dans le sac (7), le Jeannot-la-Cuve,

8 — tout le carbure (8) de son dernier casse ya passé !...

9 — Avec des naves pareils, qu'est-ce tu veux flamber ?

10 — Y peuvent tout juste taper le carton comme des ploucs. Une belote au maxi...

11 — Trois brèmes en pogne, un pébroc (9),

12 — Loulou-les-Belles-Dents cisaillait (10) en deux coups les gros une vingtaine de caves...

euphémisme plutôt distingué. En revanche **filer le spécial** appartient à l'argot des filles : c'est « pour une femme, se prêter à des rapports contre nature ». (Auguste le Breton). **Faire le spécial,** c'est, toujours quand il s'agit d'une femme, se... spécialiser vénalement dans cette complaisance. — **(4)** En argot des courses hippiques (et plus généralement en argot sportif) un terrain lourd est un terrain humide et glaiseux, où l'on s'enfonce. La plaisanterie est justifiée par le sens particulier donné, nous l'avons déjà vu, à la terre jaune ou à la terre glaise. — **(5)** En matière de cinéma la **production** était primitivement le fait de produire, de réaliser un film. Elle est devenue, dans l'argot des cinéastes, le film lui-même, une **coproduction** étant un film produit par des sociétés de nationalités différentes. — **(6)** Un **cave** étant un individu qui n'appartient pas au milieu, avoir l'air d'un cave c'est avoir l'air d'un imbécile. — **(7)** On peut se demander pourquoi **lombaires : ponctions** suffirait. Ce genre de précisions, qui paraissent inutiles mais contribuent à concrétiser le langage, est fréquent en argot. — **(8) Le crapautard,** ou le **crapaud** est habituellement le porte-monnaie ; il est généralisé ici à la **caisse.** — **(9)** Dans le langage populaire le **turbin** est le travail mais en argot il a plutôt le sens d'une opération délictueuse, par exemple d'une **« combinaison »** ou **combine** comportant au moins un dupe ou **pigeon.** — **(10) Etre pris marron, être fait marron sur le tas** c'est être pris sur le fait, en flagrant délit (on peut dire aussi **se faire sauter en flag). Etre marron** c'est être victime, par exemple d'une escroquerie.

EXERCICE

1 L'avocat a été arrêté. — **2** Ce n'était cependant pas un méchant homme, — **3** mais il a été pris en flagrant délit — **4** de rapports contre nature sur la personne du fils du procureur, — **5** un enfant qui n'avait pas atteint l'âge de douze ans. — **6** Il faut avouer que la chose fait fort mauvais effet !

2e vague : 39e leçon.

LES JOUEURS

1 L'argent qu'ils tirent de la prostitution de leurs femmes, il est exceptionnel que — **2** les proxénètes n'aillent pas le perdre sur les champs de courses... — **3** Le nommé Blanc-Cassis n'est pas tellement argenté, — **4** le travail dont il faisait tant d'embarras n'est autre que de servir de compère au bonneteau à Bouboule-du-Quar-

13 — Dans un fauteuil (11), Mérovingien IV !
14 — J'ai mis le paxon dessus, et je me suis fait fusiller !

PRONONCIATION

2 Palpômé hô — **3** ibriy'patelmañ — **4** sèdbaroné — **5** rpassé — **8** toulkarbur d'soñ — **9** kèstuvœ — **12** un'-viñtèn'dë kav'. — **13** Dan zuñ — **14** jémil'paksoñ d'su.

EXERCICE

1 Ah les courtines, m'en parle pus ! — **2** j'ai encore flambé hier à Longchamp. — **3** J'ai mis le paxon sur Pharaon II dans la troisième, — **4** c'était couru, y devait arriver les doigts dans le pif. — **5** Total, j'suis cisaillé... — **6** Tu pourrais pas me dégringoler dix tickets jusqu'à la prochaine ?

tier-des-Gobelins... — **5** Il voulait passer pour un chef de malfaiteurs : et pourtant il s'est fait dépouiller à la passe anglaise, — **6** il ne s'est même pas douté que les dés étaient pipés... — **7** Jean-l'Ivrogne a beaucoup perdu au poker, dans l'établissement de Monsieur Panconi. — **8** Tout le produit de son dernier cambriolage y a été englouti !... — **9** Il est impossible de jouer avec de tels imbéciles. — **10** Ils sont à peine capables de jouer aux cartes comme le feraient des paysans. Une partie de belote, c'est tout ce qu'on peut leur demander !... — **11** Avec trois cartes à la main et un parapluie, — **12** Louis-les-Belles-Dents dépouillait en moins de rien une vingtaine de naïfs... — **13** Le cheval « Mérovingien IV » devait remporter avec la plus grande aisance la première place. — **14** J'ai misé sur lui une très forte somme, et j'ai perdu tout mon argent !

NOTES

(1) Le **turf** est l'endroit où se pratique le racolage, comparé à un champ de courses, et ce racolage lui-même, considéré comme un travail. C'est aussi la fille qui racole à l'extérieur. Par extension c'est un lieu de travail quelconque : bureau, usine, etc. — **(2) Blanc-Cassis :** surnom attribué à un individu qui commande régulièrement un verre de vin blanc mêlé de cassis. — **(3) Baron :** compère (d'un camelot, d'un bonneteur), **baronner :** servir de compère. — **(4) Bouboule :** surnom d'un homme gras ou à tête ronde. — **(5) Matador :** homme habile, fort et dangereux. — **(6) Bob :** dé (de **bobinette :** a) jeu de hasard truqué à trois dés ; b) bonneteau, jeu à trois cartes). — **(7) Avoir la tête dans le sac :** être sans argent. — **(8) Carbure :** argent, **carburer :** a) travailler, faire effort (en particulier faire un effort intellectuel intense) ; b) fonctionner, marcher (pour un moteur) ; c) boire : **Fil-de-Fer, y carburait au sens unique :** Fil-de-Fer (personnage long et mince) se sustentait au moyen de gros vin rouge. — **(9)** Le parapluie et les trois cartes constituent tout l'attirail du bonneteur. — **(10) Etre cisaillé,** c'est être ruiné, dépouillé, ou stupéfait. — **(11) Arriver dans un fauteuil** c'est arriver sans peine au but qu'on se propose (expression des turfistes généralisée à tous les domaines) ; on dit aussi **arriver les doigts dans le nez.**

EXERCICE

1 Ne me parlez plus de jouer aux courses ! — **2** J'ai encore joué hier à Longchamp. — **3** J'ai placé une grosse somme sur Pharaon II dans la troisième (course de la réunion) — **4** il devait arriver en tête sans effort c'était

71e Leçon

LA MENGAVE

1 — Je me tapais un pastaga dans un troquet sur le Montparno (1).
2 — Je frime un mec qui rallège, la (2) vraie cloche (3), sapée loquedu,
3 — des trous au falze, un pardingue dégueulasse sur les osselets, un piège (4) de quatre jours...
4 — Le gusse faisait la manche (5). En le gaffant mieux, merde ! je redresse Marcel !
5 — Toujours il avait torpillé un peu le Marcel, ses potes à la petite semaine,
6 — mais de là à être devenu pilon, fallait qu'y soye complètement de la courtille (6)...
7 — Le clodo, quand y pique (7) un clope avec un tampax (8), ça le fout à ressaut.
8 — « Encore un faux frère ! » qu'y gueule !
9 — En hivio, quand y fait trop frisquet
10 — pour se zoner sur le macadam
11 — et qu'arrive la fleur de soumission (9),
12 — y se démerde pour se faire enchrister deux trois marcotins,
13 — ou alors s'il a les mous un peu nazebroques (10), y va direct à l'hosto.

PRONONCIATION

1 Jëm'tapè (**ou** jmëtapè) huñ **(pas de liaison !),** sul moñparno — **2** kiralèj' — **3** trouhôfalz', déghœlâss — **4** fëzè (**ou** fzè **ou** vzè), jër'drèss' (**ou** jrëdrèss') — **5** unpœl'marsèl, sépotalap'tit' — **6** dla a êt' dëvnu, kisway', dla — **7** kañtipik, salfou harsô **(pas de liaison !)** — 10 pou(r)s' zoné **(le** r **de** pour **est à peine prononcé, ou même pas du tout)** sul makadam' — **12** isdémerd' pou(r)s'fèr añkristé — **13** nazbrok'.

EXERCICE

1 Quand j'ai frimé Jeannot de Saint-Ouen qui rallégeait pour me torpiller — **2** j'ai essayé de m'tirer en loucedoc ; — **3** mais va t'faire fout', certain... — **5** Résultat je n'ai plus un sou... — **6** Ne pourriez-vous pas me prêter dix mille francs jusqu'à la prochaine réunion de courses hippiques ?

2e vague : 40e leçon.

LA MENDICITE

1 Je buvais un pastis dans une brasserie du boulevard Montparnasse, — **2** quand je vis arriver un individu, le type même du vagabond, vêtu misérablement, — **3** le pantalon troué, portant un pardessus dégoûtant et une barbe de quatre jours... — **4** L'homme demandait l'aumône... En le regardant avec plus d'attention, grands Dieux ! je reconnais Marcel ! — **5** Certes Marcel avait toujours été passablement emprunteur, sollicitant ses amis à court terme, — **6** mais pour en être arrivé à devenir mendiant, il fallait qu'il fût vraiment démuni d'argent... — **7** Lorsqu'un vagabond ramasse un reste de cigarette à bout filtre, cela le met en colère — **8** « Trahison ! » s'écrie-t-il ! — **9** En hiver, quand il fait trop froid — **10** pour se coucher sur le trottoir de macadam — **11** et que la neige se met à tomber, — **12** il manœuvre de façon à se faire incarcérer pour deux ou trois mois, — **13** ou si ses poumons sont quelque peu malades, il se rend directement à l'hôpital.

NOTES

(1) Le Montparno : le boulevard ou le quartier Montparnasse ; un **montparno** était aussi, à l'époque de Modigliani, un de ces bohèmes-artistes comme il y en avait tant dans ce quartier. — **(2) La** au lieu de **une** est plus expressif et indique ici qu'il s'agit d'un individu présentant, bien marqués, tous les caractères du vagabond. — **(3) Filer la cloche,** autrefois, c'était être sans logis. **Etre de la cloche,** par conséquent, c'est appartenir à l'ensemble des sans-logis. D'où les différents noms donnés au vagabond : **cloche (f.), clochard, clodo.** Notons que **cloche** a aussi le sens d'imbécile (adj. et subst. fém.). — **(4) Piège** (de piège à poux) : barbe. **Un piège à cons** est un attrape-nigauds, un guet-apens, un traquenard quelconque, et spécialement un preneur de paris de courses hippiques, un **book** (pron. bouk, de bookmaker). — **(5) Faire la manche** c'est faire la quête, donc aussi mendier, comme **faire la mengave ; faire une tiche,** c'est le gusse m'avait bien redressé, — **4** Y m'est tombé sur la soie comme la vérole sur le bas clergé. — **5** J'y ai ballotté un sac, mais il était pas encore heureux. — **6** A fallu que j' l'incendie pour qu'y mette les bouts !

72e Leçon

JOJO LE TRICARD

1 — Il jaspine Jojo, avec sa voix de rogomme (1) l'argomuche mieux qu'Auguste Le Breton, Simonin, Trignol réunis (2).

2 — Devant les présidents de la chambre correctionnelle, il fait bien un petit effort pour s'exprimer (3) en cave.

3 — Ça lui réussit pas lerche. Il se fait saper sans bavure (4).

4 — Tricard jusqu'en l'an 2000. Il a échappé à la Relègue en Appel. Un quart de poil.

5 — Le Proc lui voulait du mal (5) au Jojo...

6 — « Sa pomme il se grattait pas... Pour un malheureux (6) bureau de tabac ! Ça m'écœurait, mais qu'est-ce que tu voulais que je lui réponde ? j'ai écrasé... »

7 — Avec deux piges il s'estime le plus heureux des hommes. A la décarrade, il a un boulot cousu main (7).

faire une quête parmi les gens du milieu en vue **d'assister un homme en cavale ou au ballon** (évadé, ou en prison). — **(6) Etre de la courtille :** c'est être à court d'argent. Comme **battre à Niort,** nier, cette expression est née d'un jeu de mots sur un nom de lieu (La Courtille, faubourg devenu quartier de Paris, dit aussi **la Courtanche** ou **la Courtoche). — (7) Piquer** veut dire dérober, voler, mais ici simplement : ramasser un bout de cigarette avec un bâton garni d'une pointe. — **(8) Tampax :** image empruntée à une marque de tampons périodiques pour dames. — **(9) La fleur de soumission,** autre image non moins jolie (entendue dans la bouche d'un authentique clochard) pour désigner la neige. — **(10) Nazebroque :** syphilitique mais aussi, par extension, avarié ou malade.

EXERCICE

1 Quand j'ai vu que Jean de Saint-Ouen venait m'emprunter de l'argent, — **2** j'ai essayé de m'esquiver en tapinois, — **3** mais il n'y avait rien à faire, l'individu m'avait bien reconnu ! — **4** Il est tombé sur moi comme la misère sur le pauvre monde. — **5** Je lui ai donné mille francs (anciens) — **6** mais il ne s'en contentait pas. — **7** Il a fallu que je l'invective pour qu'il s'éloigne !

2e vague : 41e leçon.

JOSEPH L'INTERDIT DE SEJOUR

1 Joseph, de sa voix éraillée, parle l'argot [mieux qu'Auguste Le Breton, Simonin, Trignol réunis]) — **2** [Devant les présidents de la chambre correctionnelle] il cherche bien quelque peu à s'exprimer — **(3)** comme un individu qui n'appartient pas au milieu des malfaiteurs — **3** mais c'est sans grand succès : il se fait condamner des plus nettement. — **4** Il est interdit de séjour jusqu'en l'an 2000. Il a pu, en passant devant la Cour d'Appel, faire supprimer la peine de relégation, mais de justesse ! — **5** Le Procureur était malintentionné à l'égard de Joseph. — **6** « Il ne se gênait pas, lui... Oser réclamer la relégation pour cette vétille : avoir dévalisé un bureau de tabac sans importance ! J'étais révolté (de cette injustice), mais que vouliez-vous que je lui répondisse ? J'ai gardé le silence. » — **7** Frappé d'une peine de deux ans de détention [il s'estime le plus heureux des hommes]. A sa sortie de prison il a en perspective un travail (délictueux) qui ne doit présenter aucune difficulté. — **8** [Crac ! crac !] de deux coups de pince-monseigneur il forcera une porte,

8 — Crac ! Crac ! deux coups de dingue (8) dans une lourde, et il ira se mettre les orteils en éventail (9) sur les bords de la Marne.

9 — Un petit coup de gambille et il se fera, lui aussi, une môme pour l'été.

10 — Il s'en frotte déjà les pognes.

Alphonse BOUDARD, « La cerise »

PRONONCIATION

Jojoltricar — **2** ptitèfor, sespriméañkav — **3** isfèsapé — **4** alarlègh — **6** isgratèpa, kestuvoulèkëjluiréponñd' — **10** issañfrot'.

EXERCICE

1 C'était un coup de dingue — **2** de mettre en dedans en deux coups de dingue — **3** la lourde du burelingue du proc. — **4** Tu veux une toute cousue, ou une cousue main ? — **5** L'auxi m'a filé cinq pipes dans la boule de brignolet.

et il n'aura plus qu'à aller se reposer béatement [sur les bords de la Marne]. — **9** Il lui suffira d'aller danser un instant pour se procurer, lui aussi, une compagne pour l'été. — **10** Il s'en réjouit à l'avance.

NOTES

(1) Rogomme (peut-être de sirop de gomme ?) Autrefois liqueur alcoolique quelconque. **Voix de rogomme :** voix enrouée par l'abus de ces liqueurs (Petit Larousse illustré, édition 1916). — **(2)** ...ce qui n'est pas peu dire : Auguste Le Breton (Du rififi chez les hommes), Albert Simonin (Touchez pas au grisbi !), Fernand Trignol (Pantruche) sont trois des plus grands **argotiers** de notre littérature. Rares sont à vrai dire les **jaspineurs** qui écrivent. L'argot est une langue parlée et sa transcription littéraire ne va jamais sans quelque transposition. — **(3)** Noter la prononciation argotique de *s'exprimer :* ce verbe, qui n'est nullement populaire, n'est prononcé dans le peuple que par des individus poseurs... ou cherchant à faire illusion en **s'esprimant** d'une façon distinguée. — **(4) Sans bavure :** nettement, sans discussion, sans hésitation. On peut dire aussi par une comparaison empruntée à la couture : **sans un pli** ou : **ça fait pas un pli.** — **(5) Vouloir du mal à quelqu'un,** c'est être acharné contre lui, c'est vouloir impitoyablement sa perte. Ce procédé, l'atténuation, n'est pas exceptionnel à l'argot, bien qu'il ait plus souvent tendance à forcer la note qu'à atténuer ses effets. — **(6) Malheureux :** sans importance (pop.) : Joseph veut exprimer l'idée que la médiocrité de ce bureau de tabac ne justifie pas une telle punition. — **(7) Cousu main :** de bonne qualité, sur quoi on peut compter, d'où par extension : sûr, sans embûche, sans danger d'anicroche, spécialement quand il s'agit d'un méfait. **Une pipe cousue main** est une cigarette roulée à la main, **une toute cousue,** une cigarette toute faite. — **(8) La dingue** est la pince-monseigneur, outil essentiel du cambrioleur. Mais un **dingue** est un fou (on disait autrefois un **dingo). Un coup de dingue** peut donc vouloir dire **un coup de pince-monseigneur** ou **un coup d'une audace folle** (voir exercice). — **(9) Avoir les orteils en éventail** est une image expressive qui indique habituellement le summum de la félicité amoureuse. Mais il s'agit ici par extension de la béatitude du prisonnier libéré jouissant d'une paresse bien gagnée.

EXERCICE

1 C'était un coup d'une folle témérité — **2** de forcer en deux coups de pince-monseigneur — **3** la porte du bureau du procureur de la République ! — **4** Voulez-

73e Leçon

TROIS PIGES DE PLACARD

1 — Dans une pige (1), y a douze marcotins,
2 — Dans un marqué (2) trente journailles,
3 — dans une journaille vingt-quatre plombes,
4 — dans une plombe soixante broquilles.
5 — Tirer (3) trois balais en carluche,
6 — je sais pas combien que ça fait de broquilles,
7 — mais sûr qu'on a le temps de se faire tartir (4) !
8 — on a beau se taper des rassis en gambergeant à B.B.,
9 — ça vaut pas vrai un coup dans le calecif, même à une bougnate (5) maquillée au carbi.

EDUCATION ANGLAISE (6)

10 — Pour qu'y reluise, le birbe, c'était pas toujours l'affiche (7) ;
11 — au martinet sur les miches, une sévère avoine (8), qu'y lui fallait !
12 — Y en a des, je vous jure, ils ont des drôles de passions (9) !

PRONONCIATION

1 Dañ huñ' **(pas de liaison !)**, ya **(monosyll.)** douz' — **2** dañ huñ — **3** viñt'kat' — **4** swassañt' — **5** balè hañ **(pas de liaison !)** — **6** jsèpa **(ou** chsèpa) koñbyiñk'safèd'brokiy' — **7** dësfèr' **ou** dsëfèr' — **8** stapé — **9** dañlkalsif — **12** yañ na déjvoujur izoñ.

vous une cigarette toute faite, ou une qui soit roulée à la main ? — **5** L'auxiliaire (préposé à la distribution des vivres) m'a fait parvenir cinq cigarettes dans le pain de forme ellipsoïdique.

2e vague : 42e leçon.

TROIS ANS DE PRISON

1 Dans un an il y a douze mois, — **2** dans un mois trente jours, — **3** dans un jour vingt-quatre heures, — **4** dans une heure soixante minutes. — **5** Passer trois ans en prison — **6** je ne sais combien cela fait de minutes — **7** mais il est certain qu'on a le temps de s'ennuyer ! — **8** On a beau s'adonner à des attouchements solitaires en songeant à madame Bardot — **9** cela ne remplace pas les faveurs concrètes que l'on accorde à une femme, même si elle est une marchande de charbon malpropre.

PLAISIRS MASOCHISTES

10 Il n'était pas toujours facile de faire en sorte que ce vieillard éprouvât de la volupté ; — **11** ce qu'il exigeait, c'était une sévère correction sur le postérieur au moyen d'un fouet à lanières ! — **12** Il y a vraiment des gens qui ont des goûts bien singuliers !

NOTES

(1) Pige : année en général, qu'il s'agisse de mesurer l'âge, la durée d'une peine, ou toute autre chose. Syn. : **berge,** avec cette réserve que **berge** ne s'emploie jamais au singulier (en principe). Autre synonyme : **longe,** qui ne s'emploie jamais pour indiquer l'âge, et qui désigne presque toujours une durée de punition. Exemple : **le Dabe a morflé cinq longes de ballon et cinq de trique,** le Père *(surnom)* a été frappé d'une condamnation de cinq ans de prison et de cinq ans d'interdiction de séjour. — **(2) Marqué :** mois (utilisé en principe également pour indiquer une peine de prison). Syn. : **marcotin,** généralement entaché d'humour. — **(3) Tirer,** suivi d'une indication de durée, c'est passer le temps en s'ennuyant, en particulier quand on est détenu : **tirer cinq longes de placard.** — **(4) Tartir,** syn. de **chier** (pop.) : déféquer. Par suite **faire tartir** a le même sens que **faire chier :** ennuyer, et **tartisses** est synonyme de **chiottes,** lieux d'aisances. — **(5) Bougnat** (de **charbougnat,** prononciation auvergnate de charbonnier, les marchands de « vins et charbons » étant la plupart du temps à Paris au XIXe siècle, des Auver-

EXERCICE

1 Trois marcotins de bigne ça fait jamais que quatre-vingt-dix journailles, — **2** que deux mille cent soixante plombes, — **3** même pas cent trente mille broquilles. — **4** Ça s'fait sur une jambe, — **5** du moment qu'ta bergère profite pas d' l'occase pour te valiser !

74e Leçon

LE GUIGNOL (1)

1 — Mettons, à présent, que t'aies la cerise,
2 — que tu te soyes fait serrer sur le tas (2) pendant un casse,
3 — ou qu'une donneuse (3) t'ait balancé ;
4 — tu vas te retrouver à la ratière (4)
5 — après une noye ou deux chez les archers du Roy (5).
6 — Si tu t'es pas assis sur ton affaire
7 — faut tout de même t'attriquer un débarbot de première (6),
8 — pas une tronche (7) plate, surtout si les gonzes qui vont au chagrin (8)
9 — ont de quoi se décher Floriot
10 — comme bavard de partie civelote.

(à suivre)

PRONONCIATION

1 Ktèlasriz — **2** sway' **(en une syllabe),** sulta pañdañ huñ — **4** trëtrouvé — **5** noy' — **7** toudmêm', dë prëmièr' (**de** accentué) — **9** s'déché — **10** civlott'.

EXERCICE

1 Si tu tiens pas à t'retrouver à la ratière deux coups les gros — **2** t'as pas intérêt à maquer Irma-la-Gravosse : — **3** c'est qu'une pocharde et une donneuse, — **4** elle te balancera à sa gnats) : charbonnier, et aussi Auvergnat. Ici ce mot est employé pour désigner une femme quelconque, ou même très quelconque, mais présentant sur les images jolies et fallacieuses l'avantage d'être réelle. — **(6) Education anglaise** était, sur les petites annonces de certains journaux, l'euphémisme utilisé par les personnes spécialisées dans le traitement des masochistes. — **(7) C'est affiché, c'est l'affiche,** c'est certain, c'est facile. **C'est l'affiche** se dit également à propos des gens qui **font l'affiche,** c'est-à-dire qui cherchent, par vanité, à se faire remarquer par leur tenue ou par leur attitude, et à montrer imprudemment qu'ils appartiennent au milieu. — **(8) Avoine :** correction (au temps des fiacres une **avoine de bourrelier** était pour le malheureux **bourrin** une volée de coups de fouet). — **(9) Un clille à passions** est un client qui est atteint d'une perversion du sens génésique (sodomite, masochiste, sadique, etc.). Pour le satisfaire il existe des établissements spécialisés ou **maisons à passions.**

EXERCICE

1 Trois mois de prison ne font après tout que quatre-vingt-dix jours, — **2** que deux mille cent soixante heures — **3** à peine cent trente mille minutes — **4** c'est une peine facile à supporter — **5** à condition toutefois que votre compagne ne profite pas de l'occasion pour vous abandonner !

2ᵉ vague : 43ᵉ leçon.

LA JUSTICE

1 Supposons maintenant que vous jouiez de malchance, — **2** que vous ayez été pris en pleine action au cours d'un cambriolage, — **3** ou qu'un délateur vous ait dénoncé ; — **4** vous ne manquerez pas d'aller en prison — **5** après avoir passé une ou deux nuits en compagnie des sergents de ville. — **6** Si vous n'avez pas avoué votre méfait — **7** il convient nonobstant d'avoir recours aux services **(mot-à-mot :** de vous payer) d'un excellent avocat — **8** et non pas à ceux d'un pauvre d'esprit, surtout si les personnes qui portent plainte — **9** ont les moyens de s'assurer le concours de Mᵉ Floriot — **10** comme avocat de la partie civile.

NOTES

(1) Le **guignol** est le tribunal, et par extension l'appareil judiciaire, la justice ; dans l'esprit des truands le président première muflée — **5** et comme elle dépoivre jamais, y en aura pas pour longtemps !

75e Leçon

LE GUIGNOL (suite)

1 — Devant le curieux, si tu bats à Niort, vas-y mollo (1) !
2 — Le prends pas toujours pour une banane (2) !
3 — Question vice (3), tu risques de tomber sur des drôles de marioles (4)
4 — qui peuvent te piéger en beauté (5) ;
5 — t'étonne pas alors de te retrouver (6) bon pour les assiettes deux coups les gros !
6 — Là le proc, mon pote, faut se le farcir (7).
7 — S'y peut t'envoyer aux durs pour dix ou quinze piges
8 — ça le fera plutôt reluire (8), ce pédé (9) :
9 — y fait des fleurs à personne !
10 — T'as beau être marle (10), t'écoperas le maxi.

PRONONCIATION

1 Bahanior **(pas de liaison !)** — **2** lëprañpas (**ou** lprañpa)... un'banan' — **3** turiskëd'toñbé... dédrôldë mariol.

et les juges évoquent des marionnettes lyonnaises, dont le juge est d'ailleurs l'un des personnages classiques. Comparaître devant le tribunal c'est **passer au guignol. Les guignols** sont aussi les gendarmes ou les gardiens de la paix (autres personnages classiques du Guignol). Le **guignol** peut être également le théâtre, ou le comédien, ou toute personne vêtue d'une façon un peu inhabituelle, ou encore le trou du souffleur. — **(2)** Le **tas :** le travail ; **faire la grève sur le tas,** c'est faire grève sur le lieu même du travail ; plus spécialement, le **tas** est le travail réprouvé par la loi, cambriolage ou prostitution **(faire le tas :** racoler les clients sur le trottoir). — **(3) Une donneuse :** féminin « de mépris » ; façon subtile et énergique de dire qu'un dénonciateur n'est pas un homme digne de ce nom. De même, appliqué à un individu du sexe masculin, **salope** est plus fort que **salop.** Dénoncer : **balancer** ou **donner :**

La rouquine, qu'était une pocharde,
A donné son homme à Deibler.

« Du gris », chanson de Bénech et Dumont (La rousse, qui était une ivrognesse, a dénoncé son amant, le remettant ainsi au bourreau.) — **(4)** La **ratière :** la prison ; le **ratier :** le prisonnier (dérivation curieuse et peu logique). — **(5) Les archers du Roy** sont les policiers du commissariat (expression utilisée depuis peu en argot). — **(6) De première,** ou **de première bourre :** de tout premier ordre. — **(7)** La **tronche** est la tête, et par conséquent aussi le siège de la pensée, le cerveau. **Avoir de la tronche,** c'est avoir de la tête, de l'intelligence. Mais **une tronche,** et surtout **une tronche plate,** est un individu de peu de cervelle. — **(8) Aller au chagrin,** c'est porter plainte, mais c'est également **se rendre au travail.**

EXERCICE

1 Si vous n'avez pas le désir d'être mis en prison en moins de temps qu'il ne faut pour le dire, — **2** votre intérêt n'est pas de prendre comme « protégée » (**ou** comme vache-à-lait) la grosse Irma. — **3** Elle n'est rien de mieux qu'une ivrognesse et une délatrice — **4** elle vous dénoncera la prochaine fois qu'elle s'enivrera — **5** et comme elle est toujours en état d'ébriété, cela ne tardera guère.

2e vague : 44e leçon.

LA JUSTICE (suite)

1 Si, devant le juge d'instruction, vous niez, que ce

— **5** dët'rëtrouvé (ou dtë rtrouvé) — **6** lalpraok... fôssël-farsir — **8** salfra, rluir — **10** tabôêt'marl tékopralmaxi.

EXERCICE

1 Faudrait voir à pas m'prendre pour un' banane. — **2** Tu t'crois plus mariole que t'es (mariolkëtè **ou** mariolëktè). — **3** Si tu veux m'chambrer, vas-y mou ! — **4** Pasque mézig si tu m'fous en carante — **5** tu sauras, mec, que je suis plutôt mauvais fer !

NOTES

(1) Y aller mollo, ou **mou,** ou **mollement :** opérer avec précaution, avec douceur. — **(2)** Un imbécile : une **banane,** une **truffe,** une **pomme** (ou une **pomme à l'eau)** un **gland...** les images végétales abondent, on se demande pourquoi. — **(3) Question** joue le rôle d'une préposition : pour ce qui est de, quant à... — **(4) Un mec mariole** est un individu rusé, mais **fais pas le mariole** veut dire : ne fais pas l'imbécile, plutôt que ne fais pas le malin. — **(5) En beauté :** locution adverbiale qui marque la perfection ou l'aisance. — **(6) Se retrouver** (par exemple **en cabane)** comporte une idée de rapidité et de stupeur : cela s'est fait si vite qu'on ne comprend pas comment cela a pu se produire. — **(7) Se farcir** quelqu'un (ou quelque chose) c'est le (ou la) supporter avec difficulté. Par contre **se farcir** une personne du beau sexe — ou encore **se l'envoyer** — c'est la connaître au sens biblique, sans aucune nuance de difficulté ou de souffrance, bien au contraire. — **(8) Reluire,** habituellement, c'est éprouver les jouissances de l'amour, mais c'est également éprouver un plaisir quelconque, matériel ou spirituel, du moment qu'il est intense. **Reluire** s'emploie souvent aussi par antiphrase pour marquer une vive souffrance. — **(9)** Le sujet parlant n'insinue nullement que le procureur est homosexuel ; **pédé** n'est rien d'autre ici qu'un terme de mépris haineux. — **(10) Le marle** ou **marlou** (autrefois **marloupin)** était le souteneur (le mot a conservé ce sens dans la langue populaire). Mais aujourd'hui, en argot, être **marle,** ou **marlou,** c'est être malin, roué, madré.

soit avec prudence ! — **2** Ne le considérez pas comme nécessairement idiot ! — **3** Pour ce qui est de la rouerie, vous risquez d'avoir affaire à des virtuoses extrêmement subtils — **4** qui peuvent vous prendre avec aisance dans leurs traquenards ; — **5** ne soyez pas surpris, dans ces conditions, d'apprendre dans un laps de temps très limité que vous êtes promis à la Cour d'Assises ! — **6** En ce lieu, mon ami, il vous faudra venir à bout du Procureur de la République. — **7** S'il réussit à vous faire condamner à une peine de dix ou quinze ans de travaux forcés — **8** cela donnera de grandes satisfactions à cet infâme, — **9** car il n'a d'indulgence pour quiconque ! — **10** Si matois que vous soyez, vous serez condamné au maximum de la peine.

EXERCICE

1 Je vous conseille de ne pas me prendre pour un imbécile. — **2** Vous vous croyez plus malin que vous n'êtes. — **3** Si vous avez l'intention de vous gausser de moi, que ce soit avec précaution ! — **4** Car quant à moi, si vous me poussez à bout — **5** sachez, monsieur, que je suis extrêmement dangereux !

2e vague : 45e leçon.

76e Leçon

AU DEPOT (1)

1 — Dans une cellote y a Gégène (60 piges), Maurice (40), Jojo (27) qui sont en train de jacter.

2 — **Gégène :** ...T'as qu'une pipe (2) ?
— **Maurice :** Oui.

3 — **Gégène :** Tu nous fileras la touche ?

4 — **Maurice :** ...(Y pige pas).

5 — **Gégène :** Ben oui, quoi, tu nous feras tirer quelques goulées !

6 — **Maurice :** Mais c'est pas propre (3) !
— **Gégène :** T'es rien bêcheur, mon pote !

7 — En cabane une pipe (4) ça se grille pas en Suisse (5).

8 — **Jojo :** Y peut pas être au parfum, il est jamais tombé !

9 — **Gégène :** C'est un cave, quoi ! C'est pas un homme.

10 — **Maurice :** ?...
— **Gégène :** T'as pas l'air d'entraver c' que j' te cause (6)...

11 — Cave, ça veut dire que t'es honnête, vu (7) ?

12 — T'étais cornard, t'as flingué ta légitime... c'est pas pour ça que t'es un homme.

13 — **Maurice...** un homme ?
— **Jojo :** Ouais... Y veut dire que t'es pas du mitan.

14 — Un homme c'est celui qui tombe, mettons, pour un casse ou comme hareng, ou bien un braqueur comme Jojo...

AU DEPOT (DU PALAIS DE JUSTICE)

1 Dans une cellule conversent Eugène (60 ans), Maurice (40 ans), Georges (27 ans). — **2 Eugène :** Vous avez une seule cigarette ? **Maurice :** Oui. — **3 Eugène :** Nous donnerez-vous l'autorisation d'y prendre part ? — **4 Maurice** (il ne comprend pas). — **5 Eugène :** Eh bien oui, voyons ! Vous nous laisserez tirer quelques bouffées ! — **6** Mais ce (que vous me demandez là) n'est pas propre ! **Eugène :** Vous êtes bien prétentieux, mon ami. — **7** En prison on ne fume pas une cigarette en égoïste. — **8 Georges** (Que voulez-vous) il ne peut pas être au courant, il n'a jamais encore été arrêté ! — **9 Eugène :** En d'autres termes il appartient à la société des honnêtes gens ! Ce n'est pas un homme du milieu des malfaiteurs. — **10 Maurice :** ?... — **Eugène :** Vous ne semblez pas comprendre ce que je vous dis... — **11** Dire que vous êtes un cave signifie que vous êtes un homme honnête, me suivez-vous bien ? — **12** Vous étiez un mari trompé, vous avez tiré à coups de revolver sur votre épouse légitime... cela ne suffit pas pour que vous soyez un homme (authentique). — **13 Maurice :** un homme ? — **Georges :** Mais oui... Il veut dire que vous n'appartenez pas au milieu. — **14 Eugène :** Un « homme » est celui qui est arrêté, par exemple, pour un cambriolage ou comme proxénète... ou encore un voleur à main armée comme Georges...

NOTES

(1) Noter l'ellipse. L'argot aime raccourcir : quand dans une conversation entre truands, il est question du **Dépôt,** on se doute bien qu'il ne s'agit pas du dépôt de la Foi des théologiens, ni du dépôt légal des livres et matériaux graphiques, mais du dépôt du Palais de Justice, lieu de détention provisoire où on amène tout d'abord les personnes arrêtées dans Paris ou dans le département de la Seine, avant leur comparution devant un magistrat du petit parquet. — **(2)** En argot **pipe** a rarement le sens de... pipe... Dans le sens de cigarette, **pipe** a complètement supplanté **sèche** ou **cibiche.** Rappelons cependant, pour le plaisir, la magnifique chanson « réaliste » de Dumont et Bénech (1920) **« Du gris, que l'on prend dans ses doigts et qu'on roule... »**

Eh ! monsieur ! une cigarette
Un' cibich', ça n'engage à rien !...
C'est ma morphine, c'est ma coco,
Quoi c'est mon vice à moi l'perlot !

PRONONCIATION

4 ipijpa — **5** kèkgoulé — **6** sèpaprop' — **7** sasgriy'-pahañsuiss' — **8** êtôparfuñ — **9** sèhuñkav sèpahuñ nom' — **10** skëjtëkôz' — **11** ktèhonêt' — **12** ktèhuñ nom' — **13** ktèpa — **14** sè suikitoñb', komarañ — **15** kom'jojo.

EXERCICE

1 L'rosbif (**ou** l'angliche) qu' j'ai épongé dans l'bahut — **2** il entravait pas lerche le franchouillard — **3** j'y demande s'y veut qu' j'y fasse un' petit' pipe. — **4** Y m'répond qu'y peut pas piffer notre gros-cul — **5** et qu'y n' fume que des toutes cousues ! — **6** Tu parles si j'me suis fendu la pipe !

Ce **gris,** c'est le tabac gris ordinaire, ou **perlot ;** on dit plutôt maintenant le **gros-cul.** Le mot **mégot,** qui désigne en français ce qui reste d'une cigarette consumée, a en argot le sens de cigarette ; quant au mégot il se dit **clope,** et ce mot à son tour prend fréquemment le sens de cigarette : ces glissements sémantiques s'expliquent par le fait que les malfaiteurs ou les clochards, quand ils sont privés de tabac, recueillent des bouts de cigarette pour pouvoir fumer. **La coco** est la cocaïne, et d'une façon générale les stupéfiants. Mais **le coco** a désigné (ou désigne) des liquides variés : eau-de-vie, eau de poudre de réglisse (chez les gosses des écoles communales), carburant pour automobile... **Un coco** est aussi un communiste. Un **drôle de coco** est un individu peu recommandable (pop.). — **(3)** Maurice, qui s'appellerait probablement **Momo** s'il appartenait au milieu, devrait dire « Mais c'est dégueulasse ! » C'est parce qu'il n'est qu'un criminel d'occasion qu'il s'exprime en français. — **(4)** Notons encore à propos de **pipe** qu'il n'existe pas de nom en argot pour désigner la pipe : **bouffarde** et **brûle-gueule** appartiennent plutôt à la langue populaire. **Se fendre la pipe** c'est rire. **Casser sa pipe,** c'est mourir (pop.). **Se faire faire une pipe** ce n'est pas se faire faire une cigarette, mais l'image est suffisamment claire pour qu'éventuellement nos lectrices comprennent à demi-mot quelle chatterie leur est demandée. — **(5) En Suisse,** en égoïste. **Faire Suisse,** c'était boire seul (comme faisaient autrefois les mercenaires suisses). — **(6)** Le verbe parler a pratiquement disparu du langage populaire et est remplacé par **causer :** « C'est à vous, monsieur, que je parle » se dira : **« Dis donc, mec, j' te cause ! »** — **(7) Vu,** participe passé du verbe bien français voir, peut cependant être considéré comme argotique dans ce sens particulier. Cette manie de sergents instructeurs a été répandue dans le peuple par les **grivetons** (les soldats).

EXERCICE

1 L'anglais à qui j'ai procuré du plaisir dans le taximètre — **2** ne comprenait que médiocrement le français. — **3** Comme je lui demandais s'il désirait que je lui fasse une petite pipe — **4** il me répondit qu'il détestait tout à fait notre tabac gris (français) — **5** et qu'il ne fumait que des cigarettes toutes faites ! — **6** Ce que cette réflexion a pu m'amuser, vous le devinez aisément !

2ᵉ vague : 46ᵉ leçon.

77e Leçon

AU DEPOT (suite)

1 — **Jojo** : Braqueur ? Braqueur ? J'ai jamais rien braqué !
2 — C'est les lardus qui bonissent ça...
3 — **Gégène** : Les condés, et puis (2) aussi le bignole (3) !
4 — T'as beau battre à Niort, s'il te retapisse devant le curieux, t'es bonnard (4) pour les Assiettes.
5 — **Jojo** : Comme une taupe qu'il est miro, ce vieux con-là (5) !
7 — T'y cloques sous le pif la tronche à Pompon, il est foutu de le prendre pour Jo Attia (6) !
8 — **Gégène** : C'est tout de même toc (7) ! Mézig en 34 j'ai morflé mes quinze piges de durs
9 — à cause d'un sale emmanché d'encaisseur qu'a été bonir aux poulagas
10 — que j'y avais mis un flingue (8) sur le bide pour lui tirer sa sacoche.
11 — **Jojo** : Quinze piges ! Y t'ont pas fait de cadeau (9) !
12 — **Gégène** : Je paye encore maintenant... ouais, rapport à c'te saloperie de trique,...
13 — je vais encore me farcir trois marcotins !
14 — **Jojo** : Ça se fait sur une jambe (10) !
15 — **Gégène** : ...Si t'as du perlot, ça peut aller...
La cabane c'est comme le reste, tu (11) finis par t'y faire !

PRONONCIATION

3 épiôssil' — **4** sitrëtapiss' dëvañl'curiœ — **5** sviœkoñla — **10** kjiavèmi, sulbid' — **12** jpèyañkor, stëssaloprîdtrik.

EXERCICE

1 Trois piges de cabane, ça s'fait pas sur une jambe ! — **2** C'est d'la faute à c' t' emmanché

AU DEPOT DU PALAIS DE JUSTICE (suite)

1 Georges : Voleur à main armée ? voleur à main armée ? Je n'ai jamais rien extorqué sous la menace des armes ! — **2** Ce sont les policiers qui le racontent. — **3 Eugène :** Les policiers, et aussi le concierge ! — **4** Vous avez beau nier, s'il vous reconnaît devant le juge d'instruction, vous êtes à coup sûr traduit devant la Cour d'Assises. — **5 Georges :** Ce vieillard stupide est myope comme une taupe. — **6** Qu'il me reconnaisse sur une photographie, que cela prouve-t-il ? — **7** Si vous lui placiez devant le nez la figure de monsieur Pompidou, il serait capable de penser qu'il s'agit de monsieur Joseph Attia ! — **8 Eugène :** N'importe, c'est une mauvaise affaire pour vous ! J'ai, quant à moi, été frappé en 1934 d'une peine de quinze ans de travaux forcés — **9** par la faute d'un méprisable encaisseur qui est allé dire aux policiers — **10** que je lui avais placé un revolver sur le ventre pour lui dérober sa sacoche. — **11 Georges :** Quinze ans ! Ils ont été sévères envers vous ! — **12 Eugène :** J'expie encore actuellement... mais oui, par la faute de cette douloureuse interdiction de séjour, — **13** je vais encore subir trois mois de prison ! — **14 Georges :** C'est là une peine facile à subir ! — **15 Eugène :** Quand on a du tabac, c'est supportable... Comme à toute chose en ce bas monde, à la longue on s'accoutume à être prisonnier !

NOTES

(1) Braquer, c'est mettre en joue, et par extension faire un « hold-up », c'est-à-dire une attaque à main armée **(braquage).** Un **braqueur** est celui qui s'est spécialisé **dans ce travail glandilleux** (c'est-à-dire dans cette opération délicate, aventureuse, dangereuse). — **(2)** Notons la prononciation populaire de **et puis,** qui est épi. — **(3)** Pour concierge on dit maintenant en argot **bignole** ou **concepige,** plutôt que **pipelet** (du nom d'un personnage des « Mystères de Paris » d'Eugène Süe) qui est passé dans la langue populaire. — **(4) Bonnard** a plusieurs sens qu'il faut bien connaître : a) naïf, crédule, facile à duper ; b) sûr, de tout repos ; c) certain d'être condamné (ici : certain d'être traduit devant la Cour d'Assises ; d) pris sur le fait. Ce mot est un doublet de **bon,** et possède à peu près les mêmes significations. — **(5)** Remarquer la construction, qui est exactement l'inverse de celle de sa traduction académique. — **(6)** Jo(seph) Attia, malfaiteur fameux des années de l'après-guerre 1939-1945, lieutenant de Pierre Loutrel, dit Pierrot-le-Fou numéro 1. — **(7) Toc :** a) faux (bijoux, papier, etc.) ; b) laid ; c) violent, dangereux.

d'Totor — **3** si j'ai été fait marron en flag. — **4** Mais bouge pas, à la décarrade j'y ferai pas de cadeau. — **5** Y peut compter ses os (**ou** numéroter ses abatis, **pop.**), ça va êt' sa fête !

78e Leçon

EN PREVENCE (1)

1 — Une fois qu' t'es éjecté (1) de la cellulaire
2 — les matons te drivent (2) aussi sec au Greffe ;
3 — tu passes au piano (3), tu laisses ton artiche (4) à la Compta.
4 — Après c'est la barbotte (5). A loilpé.
5 — Tout juste si le crabe te fout pas le doigt au fion !
6 — Tu touches ta galtouze (6) et tes couvrantes
7 — et avec ta malle à quatre nœuds t'enquilles en cellote d'attente.
8 — Là faut te farcir les cloches pleines de gaus
9 — qui reniflent la lancequine (7), le dégueulis,
10 — qui tapent des pinceaux, qui repoussent du goulot.

Rappelons que **pas avoir de toc,** c'est manquer d'assurance, de confiance en soi. — **(8)** Le **flingue,** apocope de **flingot,** fusil de guerre, désigne maintenant le plus souvent le revolver, mais aussi la mitraillette ou toute autre arme à feu. **Flinguer :** blesser ou tuer au moyen d'une arme à feu. **Flingueur :** tueur. — **(9) Pas faire de cadeau :** expression d'une ironique modération pour marquer une extrême sévérité. A rapprocher de **ça va être ta fête !** qui annonce une dure correction. — **(10) Ça se fait sur une jambe :** c'est peu de chose, c'est facile à accomplir. — **(11)** L'emploi de la deuxième personne du singulier au lieu de **on** est très fréquent dans le langage populaire et en argot.

EXERCICE

1 Une peine de trois ans de prison ne s'accomplit pas dans l'euphorie. — **2** C'est la faute de ce méprisable Victor — **3** si j'ai été arrêté en flagrant délit. — **4** Mais soyez sans crainte, quand je sortirai de prison je le punirai sévèrement. — **5** Il peut s'attendre à ce que j'en opère le démembrement, il recevra une rude correction !

2e vague : 47e leçon.

EN DETENTION PREVENTIVE (1)

1 Après que vous êtes sorti de la voiture cellulaire — **2** les gardiens vous conduisent aussitôt au Greffe judiciaire ; — **3** on y prend vos empreintes digitales et vous laissez votre argent au bureau de la comptabilité. — **4** Ensuite vous subissez l'opération de la fouille. On vous fait mettre complètement nu. — **5** Il s'en faut de peu que le surveillant ne s'assure digito militari de la vacuité de votre rectum. — **6** Vous recevez votre écuelle métallique individuelle et vos couvertures, — **7** et avec votre baluchon vous entrez dans une cellule provisoire. — **8** Vous aurez à y subir la promiscuité des vagabonds pouilleux — **9** qui sentent l'urine, la vomissure, — **10** dont les pieds exhalent un fumet malodorant, et dont l'haleine est repoussante. — **11** Le lendemain on vous place définitivement dans une cellule, dans la division à laquelle vous appartenez. — **12** Il faut que vous ayez bien de la chance pour tomber sur deux individus qui soient bons compagnons de cellule. — **13** A la prison de la Santé, la plupart des hommes n'appartiennent pas à l'élite du milieu, — **14** (mais par contre) il y a quantité de misérables : — **15** médiocres, faux voyous, souteneurs de peu d'envergure,

11 — Le lendemain on t'cloque en division dans une cellote.
12 — Faut qu' t'ayes drôlement du bol pour tomber sur deux lascars qui sont bons ratiers.
13 — A la Santuche la plupart des gonzes c'est pas tout blanc-bleu (9) ;
14 — y a des loquedus en pagaille :
15 — hotus, demi-sel, julot café-crème (10), tous les bidonneurs de la place ;
16 — ça fait des recrues pour rencarder la Préfectance.

(à suivre)

PRONONCIATION

1 un'fwaktè — **5** silkrab' tfoupaldwa hôfion — **7** akat'nœ — **8** fôt' farsir — **9** kirnif' lalañskin', déghœli — **10** kirpouss' — **12** drôlmañdubol.

EXERCICE

1 Léo-les-Grandes-Feuilles, c'est un vrai hotu. — **2** Faut qu'y passe toutes ses noyes au bistrot devant un p'tit crème, — **3** à attendre que sa julie se soit farci un micheton — **4** pour pouvoir se douiller une piaule et aller se zoner. — **5** C'est l'vrai julot café-crème !

79e Leçon

EN PREVENCE (fin)

1 — Quand t'es en prévette (1) faut te la donner de ta jactance.

toutes les contrefaçons de truands de Paris, — **16** tous bons éléments pour renseigner la Préfecture de Police.

NOTES

(1) Ejecter : faire sortir quelqu'un rapidement, brutalement. Le mot est français, mais l'image qu'il impose, empruntée à l'armurerie, fait qu'il est très employé dans le milieu des malfaiteurs (on dit simplement dans le **milieu** ou encore dans le **mitan). — (2) Driver** (de l'anglais to drive) : conduire une auto, et par extension conseiller, diriger une affaire. — **(3) Piano :** lors de la prise des empreintes digitales les doigts sont écartés comme ceux d'un pianiste. — **(4) Artiche :** primitivement porte-monnaie, puis argent. Selon Gaston Esnault, on est passé de portefeuille (à argent) à porte-feuilles, fond d'artichaut. — **(5) Barboter :** voler ; **barbotte,** fouille d'un détenu à son arrivée, ou visite sanitaire, ou perquisition. — **(6) Galtouze** ou **gaufre :** gamelle (le récipient et son contenu). — **(7) Lancequine** (qu'on écrit aussi **lansquine)** a, comme **lance,** les trois sens d'eau, de pluie, et d'urine. **Chaude-lance** ou **chaude-pisse** (pop.) blennorragie. **Lancequiner** ou **lancecailler,** pleuvoir, uriner. — **(8)** La **ratière,** la prison ; le **ratier,** le prisonnier — mais ici le codétenu. — **(9)** Un **blanc-bleu** étant un diamant de grande valeur, est aussi un homme en qui on peut avoir toute confiance, qui obéira en toutes circonstances aux règles de correction du milieu.

EXERCICE

1 Léopold-les-Grandes-Oreilles est un homme des plus médiocres. — **2** Il est obligé de passer toutes ses nuits à l'estaminet devant un petit café à la crème **(ou plus exactement : au lait)** — **3** à attendre que sa maîtresse ait trouvé un client — **4** afin de pouvoir se payer une chambre et aller se coucher. — **5** C'est le type même du souteneur sans envergure.

2e vague : 48e leçon.

EN DETENTION PREVENTIVE (fin)

1 Quand on est en détention préventive il convient de se méfier des paroles qu'on prononce. — **2** Sitôt enfermé, ne vous faites pas de souci excessif ! — **3** Sachez tout supporter virilement, en homme digne d'appartenir au milieu, subissez sans mot dire l'accès de tristesse quand

2 — Une fois lourdé, te mets pas la rate au court-bouillon.
3 — Encaisse (2) en homme, écrase le bourdon (3) quand il vole !
4 — Gamberge que ta prévence, c'est du sucre :
5 — tu peux cantiner à tout va : barbaque, frometon et la fume à gogo...
6 — si t'es assisté, bien sûr, et que ta lamedé oublie pas les mandagats (4).
7 — Avec dix lacsés (5) par semaine t'es le pape à Rome et t'as les doigts de pied en éventail (6).
8 — Pour quelques pipes, les auxis te feront baluchonner tout c'que t'as besoin (7),
9 — Si t'as du retard d'affection (8), y dégauchiront même un schbeb pour t'éponger.
10 — Une supposition que ta nana te valouse, au ballon ça chanstique tout, certain !
11 — T'as intérêt à demander l'audience au sous-mac (9) pour te faire classer.
12 — Y a des boulots pas trop cassants où c'que tu peux t'défendre sans aller aux smaks.

PRONONCIATION

1 fô tla doné dlajaktañss' — **2** tmèpa — **5** from'toñ — **6** lam'dé — **7** tèlpaparom', dwadpié hañ névañtay' — **8** kèkpip', touskëtabzwiñ — **9** durtar — **10** ktananat'valouz' — **12** ouskë.

Avec dix lacsés par semaine t'es le pape à Rome.

il vous étreint. — **4** Songez que votre prison préventive, c'est encore votre meilleur moment : — **5** vous pouvez vous pourvoir abondamment à la cantine : viande, fromage et le tabac à volonté, — **6** à supposer bien entendu que l'on vous vienne en aide du dehors, et que votre femme n'oublie pas de vous adresser les mandats (qu'il est de son devoir de vous envoyer). — **7** En recevant dix billets de mille anciens francs par semaine vous êtes heureux comme un roi et au comble du bonheur. — **8** Pour quelques cigarettes les (détenus choisis comme) auxiliaires (par l'Administration pénitentiaire) vous feront parvenir tout ce dont vous avez besoin. — **9** Si vous ressentez des besoins amoureux ils trouveront même un giton pour vous apaiser. — **10** Dans l'hypothèse où votre amie vous abandonnerait, en prison la situation changerait, évidemment : — **11** vous auriez alors intérêt à demander une audience au sous-directeur afin de vous faire classer (dans la catégorie des auxiliaires). — **12** Il y a des services peu fatigants où il est possible de se tirer d'affaire sans être obligé (pour arriver à fumer) de ramasser les bouts de cigarettes.

NOTES

(1) La prévence ou **la prévette :** la détention préventive qui, selon la loi, *devrait* n'être qu'exceptionnelle. — **(2) Encaisser :** supporter sans broncher les coups, aussi bien les coups de poing que les coups du sort. **Ne pas pouvoir encaisser quelqu'un :** ne pas pouvoir le souffrir. — **(3) Ecraser,** c'est se taire. **Le bourdon,** comme le **cafard,** c'est l'accès de tristesse ou de découragement. **Ecraser le bourdon** c'est donc résister sans mot dire à l'accès de tristesse. — **(4) Mandagat :** mandat (déformation par « javanais » en **ag).** — **(5) Lacsé** (déformation de **sac** par **largonji) :** billet de mille francs (anciens). — **(6) Avoir les doigts de pied en éventail :** noter, à propos de cette expression déjà rencontrée, la puissance évocatrice avec laquelle elle décrit la crispation de la félicité amoureuse dans toute son intensité. — **(7) Tout c' que t'as besoin** est, dans la langue populaire, plus fréquent que la phrase correcte, qui paraît sans doute trop difficile à former. — **(8) Avoir du retard d'affection** est un euphémisme ironique pour : être privé de satisfactions amoureuses (et par conséquent en éprouver le besoin). — **(9) Sous-mac** ou **sous-maque :** a) sous-maîtresse de maison de prostitution (celle qui dirige pratiquement le personnel — on dit aussi **sous-maxé) ;** b) sous-directeur ou sous-directrice, sous-chef, etc.

EXERCICE

1 Si t'as l'cafard pasque ta nana t'a valousé, — **2** t'as qu'à t'mettre à draguer aussi sec, — **3** tu dégauchiras deux coups les gros une môme — **4** qui t'mettra les doigts de pied en éventail aussi bien qu' l'aut(re) — **5** et tu t'diras : « Qu'est-ce que j'ai pu être connard de m'mettre la rate au court-bouillon pour une gonzesse ! — **6** Un trou c'est un trou, qu'on dit. C'est pas du charre ! »

80e Leçon

LES BONNES (1) TAULES

1 — La prévence, tu te la farcis (2) à la Santuche, à Fresnes,
2 — ou aux Baumettes si t'es de la Marsiale.
3 — Si tu gerbes de plus d'une pige,
4 — on te baluchonne (3) en centrouse : Poissy, Melun, Ensisheim, ou Nîmes...
5 — Clairvaux, c'est pour les gonzes qu'ont un pedigree de dur (4) à respirer.
6 — Si tu te fais cloquer la paume,
7 — après le ballon ordinaire, tu te retrouveras où (5) ?
8 — Dans un camp de la relègue (6), à Mauzac, à Loos ou à l'île de Ré.
9 — Autant dire que t'es rayé des cadres définitif,
10 — qu'on te retapissera pas de sitôt sur le pavé de Pantruche...
11 — sauf si tu te fais la cavale, bien sûr,
12 — et que tu te fais pas remoucher et argougner aussi sec.

PRONONCIATION

Lébonn'tôl — **1** tutlafarsi — **2** dlamarsial — **4** oñt'baluchonn' — **6** situt'fè — **7** tutë r'trouvrahou **(pas de liaison !)**

EXERCICE

1 Si vous êtes mélancolique parce que votre amie vous a abandonné — **2** vous n'avez qu'à vous mettre aussitôt en quête, — **3** vous trouverez bien vite une femme — **4** qui vous procurera tout autant que la précédente les voluptés amoureuses — **5** et vous vous direz : « Que j'ai donc pu être sot de me faire tant de souci pour une dame ! — **6** Une femme en vaut une autre, dit-on. Cela est bien vrai ! »

2e vague : 49e leçon.

LES « BONNES » GEOLES

1 On subit la prison préventive à la prison de la rue de la Santé, à la prison départementale de Fresnes, — **2** ou à celle des Baumettes si l'on est Marseillais. — **3** Si l'on est condamné à plus d'une année de détention, — **4** l'on est envoyé dans une prison centrale, à Poissy, Melun, Ensisheim, ou Nîmes... — **5** Quant à la prison de Clairvaux, elle est réservée aux hommes qui ont des antécédents dénotant un caractère indomptable. — **6** Si l'on vous condamne à la relégation, — **7** où serez-vous envoyé, une fois accomplie la peine de prison ordinaire ? — **8** Dans un camp de relégation, à Mauzac, à Loos ou à l'île de Ré. — **9** En somme vous êtes définitivement retranché de la société — **10** et l'on ne vous reverra **(littéralement :** reconnaîtra) pas de longtemps dans les rues de Paris, — **11** à moins que vous ne vous évadiez, évidemment, — **12** et que (dans ce cas) vous ne vous fassiez pas reconnaître et appréhender immédiatement.

NOTES

(1) Bonnes : inutile sans doute d'attirer l'attention sur l'amertume de cette antiphrase. — **(2) Se farcir une chose,** c'est se l'offrir, se l'approprier, ou la subir. **Se farcir quelqu'un,** c'est le posséder sexuellement, ou le détruire en combat, ou encore le subir quand il est pénible à supporter (on dira alors : **c'gonze-là faut se l'farcir). Farcir quelqu'un,** c'est le cribler de projectiles (comme on truffe une volaille de farce), ou encore le tromper, l'escroquer. — **(3) Baluchonner :** ici, envoyer comme un ballot. Habituellement **baluchonner** c'est faire du cambriolage sans envergure, en faisant un baluchon de

— **8** kañdlarlègh — **9** ktèrèyé — **10** koñtërtapisrapa **(ou** kontrëtapisrapa) dsito sulpavéd'pañtruch — **11** situtfè — **12** èktutfèpa r'mouché.

EXERCICE

1 Au bout d'quat(re) sapements — **2** y a l'chapeau d'paille. — **3** Faut t'la donner d'marcher à l'emprunt (7) : — **4** la relègue c'est le plus toc — **5** vaut encore mieux te faire gerber à quatre piges sec — **6** et les tirer en centrouse.

81e Leçon

1 — Le maton (1) du mitard se mouillait (2) à tout berzingue :

2 — y parachutait (3) des tiges amerloques, des narcas, du coupe-la-soif (4),

3 — y sortait des bafouilles que les curieux du Palais auraient bien voulu frimer.

4 — Pour tout bonir, cézig était plus marlou (5) que les mecs enchetibés.

5 — Fallait l'arroser, bien sûr, c'était pas pour fifre (6) qu'y jouait les Samaritains.

6 — Les frangines (7) des tôlards balançaient l'artiche.

7 — Dix lacsifs anciens la course, qu'y prenait !

8 — Des fois, si la sœur (8) était gironde, y se payait sur le pageot.

linge ou d'objets sans grande valeur. — **(4) Un dur à respirer** est ce que le langage populaire appelle **une forte tête.** — **(5)** Noter le rejet à la fin de la phrase de l'adverbe interrogatif où ; c'est une construction courante dans la langue populaire. — **(6)** La **relégation,** peine complémentaire frappant certains récidivistes. Elle les contraignait autrefois à quitter la France métropolitaine et les astreignait au travail « dans un territoire colonial déterminé » (en Guyane). De nos jours ils sont détenus dans un établissement pénitentiaire pendant une durée variable après l'accomplissement de leur peine ordinaire. — **(7) Marcher à l'emprunt :** c'est, par un ironique euphémisme, voler.

EXERCICE

1 Au bout de quatre condamnations — **2** la peine de la relégation peut être prononcée. — **3** Il faut (alors) ne voler qu'avec la plus extrême circonspection. — **4** La relégation est la chose la plus mauvaise qui soit ; — **5** il est encore préférable d'être condamné à une peine de quatre ans de détention sans relégation — **6** et la subir dans une prison centrale. **(L'idée est qu'il vaut mieux être condamné en une seule fois à quatre ans de détention que quatre fois à une peine dépassant légèrement trois mois, ce qui entraîne souvent la relégation.)**

2e vague : 50e leçon.

---

1 Le surveillant du cachot se compromettait sans retenue : — **2** il faisait parvenir illégalement des cigarettes américaines, des journaux, de l'alcool, — **3** il se chargeait de transmettre à l'extérieur des lettres que les juges d'instruction du Palais de Justice eussent été bien heureux de lire. — **4** Pour tout dire, il était plus retors que les hommes incarcérés. — **5** Il fallait le payer grassement, certes, et ce n'était pas gracieusement qu'il jouait (le rôle) du Bon Samaritain. — **6** Les femmes des détenus versaient l'argent. — **7** Il demandait dix mille francs anciens par commission. — **8** Parfois si la dame était appétissante, il se payait en nature. — **9** La femme de Bernard, qui se livrait à la prostitution depuis nombre

9 — La lamefé (9) à Nanar, qu'en écrasait depuis pas mal de pigettes sur le Sébasto, était la plus fortiche (10).
10 — Jamais une thune, qu'elle y avait refilé.
11 — Elle ciglait tout comme ça,
12 — même le débarbot de son homme godait pour elle !

(Texte inédit de René Biard)

PRONONCIATION

1 smouyè — **2** kouplaswaf — **3** klèkuriœ — **4** klémèk añchtibé — **5** fif(r)' — **8** ispèyè, sulpajo — **9** lam'féd'tatav, dpui, sul sébasto — **10** kèlyavèr'filé.

EXERCICE

1 En 48 on s' faisait mitarder facile à la Santuche : — **2** le yoyo ça t'valait d'autor quat' jours. — **3** Au mitard pour la fume on fait la tringle, — **4** à moins qu'on ait une cheville avec un maton parachuteur.

82e Leçon

1 — Vingt balais à Clairvaux, t'es bibard (1) à la décarrade.
2 — J'ai respiré (2) bessif (3) la maison J't'arquepince (4), et je me suis esbigné du clandé.
3 — Je remouche le baron aux courtines, j'moufte (5) pas, je le prends en filoche.

d'années sur le boulevard Sébastopol, était la plus habile. — **10** Jamais elle ne lui avait donné le moindre argent. — **11** Elle payait tout ce qu'elle devait de cette façon, — **12** jusqu'à l'avocat de son amant qui était amoureux d'elle !

NOTES

(1) Le **maton** est celui qui mate, qui observe, c'est-à-dire le surveillant. — **(2) Se mouiller :** ne pas craindre de se donner à fond dans une affaire, ou de se compromettre. — **(3) Parachuter :** en prison, c'est faire parvenir illégalement (comme on envoyait aux maquisards, par parachute, des armes, du matériel, de l'argent...). — **(4) Coupe-la-soif :** alcool, ou boisson alcoolisée. — **(5) Marlou** avait autrefois le sens de souteneur ; il signifie maintenant : rusé, habile, malin, homme de ressource. — **(6) Fifre** ou **que fifre :** rien. Synonyme : **que tchi.** — **(7) Frangine** n'a nullement ici le sens de sœur, mais celui de femme. — **(8) Sœur :** même remarque. — **(9) Lamefé :** largonji de femme. — **(10) Fortiche,** fort, mais surtout malin. **Faire le fortiche :** faire le malin, faire le fanfaron.

EXERCICE

1 En 1948 on se faisait mettre au cachot pour bien peu de chose, à la prison de la rue de la Santé. — **2** La transmission d'un objet d'une cellule à l'autre par le moyen d'une ficelle était punie de quatre jours de cachot. — **3** Au cachot on doit subir la privation de tabac, — **4** à moins d'avoir un arrangement avec un surveillant qui vous en procure illégalement.

Nous recommandons la lecture d'un très beau livre de René Biard sur les Maisons de redressement pour enfants : « Bagnards en culotte courte ». Le jour de ses onze ans, il s'appelait 222, il a eu quinze jours de cachot...

2e vague : 51e leçon.

---

1 Quand on a passé vingt ans à la prison centrale de Clairvaux, on est un vieillard au moment où on en sort... — **2** J'ai tout de suite pressenti la police, et je me suis échappé discrètement du lupanar clandestin... — **3** Aux courses je reconnais le baron, je fais comme si de rien n'était et je le prends en filature... — **4** Tante Y. n'a plus besoin d'absorber de médicament anticonceptionnel quand le grand C. parvient à lui manifester sa virilité... — **5** Avec un tel vent les jupes des dames accordent à nos regards des jouissances esthétiques élevées... — **6** A l'armée j'avais tout de même un emploi fructueux en qualité de cuisinier : — **7** avec la dîme prélevée sur les vivres, il

4 — Tante Y. elle a plus besoin de pilule quand le grand C. arrive à y en filer une pétée.
5 — Avec un zef pareil on peut se payer des drôles de jetons de mate.
6 — A la grive j'avais tout de même une bonne gâche comme cuistot :
7 — avec la gratte y avait de la défense !
8 — Aboule d'abord ton fric, lui bonnit la frangine,
9 — tu mettras la tête à l'étau après.
10 — Y a des galoups (6), on peut les écraser que dans le raisin !
11 — Le vieux Gégène quand il l'a glissée il était de la zone (7),
12 — accroché de partout, à soixante-dix carats et mèche (8) y pouvait pas repartir au combat.

PRONONCIATION

2 lamèzoñ chtarkëpiñss', jmë sui (**ou** jëm'sui) hèsbigné — **3** jël'prañ (**ou** jlë prañ) hañ **(pas de liaison !)** — **5** spèyé, chtoñd'mat' — **6** toud'mêm' — **10** galoup' kdañl'-rèziñ — **11** dlazon' — **12** ipouvèpa rpartir.

EXERCICE

1 C'mec-là y m'a fait un galoupe — **2** ya d'ça trois piges et mèche, — **3** mais te casse pas, quand j'décarrerai du ballon, — **4** dans un marcotin et des poussières, — **5** y aura de la rebiffe, moi j'te l'dis.

Vingt balais à Clairvaux t'es bibard à la décarrade

est possible de s'assurer des revenus substantiels !... — **8** Donnez-moi d'abord votre argent, lui dit la fille, — **9** vous n'honorerez mon intimité d'un baiser qu'ensuite !... — **10** Il est des incorrections qu'on ne peut effacer que dans le sang. — **11** Quand le vieil Eugène est décédé, il était complètement démuni d'argent, — **12** endetté de tous côtés, à plus de soixante-dix ans il ne pouvait refaire sa situation (par des moyens illégaux).

NOTES

(1) Bibard : vieux, mais avec une idée péjorative : vieil ivrogne, vieux débauché, vieillard aux facultés affaiblies. — **(2) Respirer :** soupçonner, subodorer, mais aussi supporter : **c'est dur à respirer,** c'est difficile à admettre ; **un mec dur à respirer** est un homme difficile à supporter, ou dangereux au combat. — **(3) Bessif** (ou **bécif) :** a) par contrainte ; b) tout de suite (avec souvent l'idée de contrainte). — **(4) La maison J't'arquepince** (d'**arquepincer,** ou **arcpincer :** arrêter) : la police (comme **la maison Poulaga, la maison Poulardin, la maison Bourremann,** etc. — **(5) Moufter :** protester, grommeler. S'emploie presque toujours négativement. **Ne pas moufter :** ne pas protester, ou ne pas piper mot, faire comme si de rien n'était. — **(6) Galoup** (ou **galoupe,** masc.) : a) acte indélicat, trahison, goujaterie ; b) infidélité amoureuse. — **(7) Etre de la zone :** a) être sans logis (les sans-logis couchaient sur les fortifications de la zone militaire de Paris, couvertes d'une herbe rare : **les fortifs** ou **lafs** ou la **zone,** d'où **se zoner :** aller se coucher) ; b) être sans argent. — **(8) ...et mèche :** ...et plus. On peut dire aussi **...et des briques, ...et des briquettes, ...et des poussières** (quand on parle de **poussières,** c'est souvent d'ailleurs par antiphrase, pour traduire « bien davantage »).

EXERCICE

1 Cet homme s'est comporté incorrectement à mon égard — **2** il y a plus de trois ans — **3** mais soyez sans crainte, quand je sortirai de prison, — **4** dans un peu plus d'un mois — **5** je me vengerai, je vous l'affirme.

2e vague : 52e leçon.

83ᵉ Leçon

LE MITARD

1 — Au bigne, pour que dalle (1), un parachutage, le yoyo, une pêche dans la gueule d'un hotu,
2 — tu te retrouves vite fait au prétoire entre deux matuches devant le maque (2).
3 — T'as pas le temps d'en placer une, tu morfles et tu plonges (3) au mite (4).
4 — C'est la cabane du gnouf, le mitard.
5 — Au maxi tu peux t'appuyer un quatre-vingt-dix : trois marcotins !
6 — pour une cavale ou un coup de saccagne à un gaffe.
7 — Plus de bouquins, plus de cantoche. La galtouse et la boule de bricheton comme bectance tous les deux jours !
8 — Tu te fais tartir à mort.
9 — Tu piques le dix, tu gambergeailles (5) à des braquages
10 — pour remonter tes boules après ta décarrade du placard.
11 — La noye, t'as les miches à glagla avec une berlue (6) minable sur les arêtes.
12 — Y te reste plus que la veuve Poignet, consolatrice du mitardé,
13 — Ça fait pas bésef !

PRONONCIATION

1 këdal, — **2** tut'retrouv' (**ou** tutë r'trouv'), d'vañl'mak — **3** tapal'tañ — **6** koud'sakagn' — **8** tut'fè — **9** tupiklëdiss' (**ou** tupikëldiss') — **12** it' rest'pluk lavœvpwagnè.

EXERCICE

1 Mitardé on s'fait tartir. — **2** Sans fume, sans bouquins, sans bectance. — **3** On t'file des fringues plutôt craspèques. — **4** Des fois ton culbutant est plein d'merde. — **5** Faut pas t'aviser d'renauder, — **6** le bricard te cloquerait de la rallonge vite fait !

LE CACHOT

1 En prison, pour un rien, l'introduction illicite d'un objet quelconque, la transmission d'une cellule à une autre au moyen d'une ficelle, un coup de poing au visage de quelque individu méprisable, — **2** et on comparaît en un rien de temps au tribunal de la prison entre deux gardiens devant le directeur. — **3** On n'a pas le temps de dire un seul mot, on est condamné et on est enfermé au cachot. — **4** Le cachot, c'est la prison de la prison. — **5** On peut au maximum y passer quatre-vingt-dix jours : trois mois ! — **6** pour une évasion ou pour un coup de couteau à un surveillant. — **7** Plus de lecture, plus de cantine. Une gamelle, et l'un de ces pains qui se présentent sous la forme d'un ellipsoïde de révolution aplati, tous les deux jours ! — **8** On s'ennuie à mourir. — **9** On marche inlassablement, on rêvasse à des cambriolages — **10** pour rétablir sa situation après sa sortie de prison. — **11** La nuit on est gelé **(littéralement :** on a les fesses gelées) avec une misérable couverture sur les os. — **12** Il ne reste plus que le plaisir solitaire, consolateur de l'homme au cachot. — **13** C'est peu !

NOTES

(1) Que dalle : rien. Synonymes : **que lape** (que la peau), **que fifre, que pouic, que tchi.** — **(2)** Le directeur de prison partage le nom de **maque** avec le souteneur parce que, dans l'esprit des détenus, il les exploite comme le proxénète les prostituées. — **(3) Morfler,** c'est être condamné, **plonger** c'est être incarcéré et spécialement mis au cachot. — **(4) Mite** n'est pas une apocope de **mitard ;** c'est **mitard** qui est un dérivé de **mite,** plus ancien. Aussi a-t-on dit, pour : puni de cachot, **mité** avant de dire **mitardé.** — **(5) Gamberger,** c'est réfléchir, combiner, calculer, méditer, penser. **Gambergeailler** est un dérivé légèrement péjoratif. Il s'agit d'une pensée plus vague, plutôt rêvasserie que méditation. — **(6) Berlue :** a) couverture ; b) activité apparemment honnête destinée à **couvrir,** c'est-à-dire à servir de paravent à une autre qui l'est moins ; c) illusion. **Se berlurer :** se faire des illusions, se bercer d'espoirs irréalisables.

EXERCICE

1 Quand on est détenu au cachot on s'ennuie beaucoup. — **2** Sans tabac, sans livres, sans rien à manger. — **3** Il vous est donné des vêtements dégoûtants. — **4** Il arrive que votre pantalon soit plein de saleté **(merde** n'a pas nécessairement le sens d'excrément, c'est le nom de toute matière molle et fort sale, boue, cambouis, etc.).

84e Leçon

LA CERISE D'UN JOYEUX

1 — Pour mon premier sapement (1) j'ai été groupé innocent, me confia le bat' d'Af (2) Tango.

2 — J'étais griveton (3) peinard à Nancy.

3 — Mon voisin de paje (4) porte plainte qu'on y avait fauché son morlingue (5) ;

4 — on m'accuse. Je vais à Niort (6). Pas de preuves.

5 — Mais v'là le mecton qu'avait planqué les lousses (7) qui se met à table et me charge.

6 — Tu sais, tomber pour fauche ou pour poiss (8), c'est pas l'affure. Mais moi je ne donne pas les copains...

7 — Bien. Me v'là balancé au Bat-d'Af. C'est de là qu'a (9) commencé mes malheurs.

8 — Une fois qu' t'es ladé, tu sais jamais quand c'est que t'en sortiras.

9 — J'aimerais mieux bécif récolter deux piges de centrouse que deux ans de grive, mézig.

10 — ...Alors un jour y avait à Béni Ousouf un pied qu'y m'obstinait (10).

— **5** Il ne serait pas prudent de protester — **6** le brigadier aurait tôt fait de vous donner une prolongation (de votre peine de cachot).

2e vague : 53e leçon.

LA MALCHANCE D'UN SOLDAT DES BATAILLONS D'AFRIQUE

(Les bataillons d'Afrique ayant disparu, l'argot des leçons qui y sont consacrées est en partie désuet.)

1 Pour ma première condamnation, j'ai été arrêté alors que j'étais innocent, [me confia] le bataillonnaire d'Afrique Tango. — **2** J'étais soldat, tranquille à Nancy. — **3** Mon voisin de lit porte plainte pour vol de son porte-monnaie ; — **4** [on m'accuse], je nie. (Il n'y avait) [pas de preuves] (contre moi). — **5** Mais soudain l'individu qui avait caché l'argent se met à me dénoncer et témoigne contre moi. — **6** Comme vous le savez, être arrêté pour vol ou comme souteneur n'est pas une bonne affaire. Mais moi je ne dénonce pas les camarades... — **7** Je reviens à mon récit. Me voici envoyé à un Bataillon d'Infanterie légère d'Afrique du Nord. C'est à dater de là qu'ont commencé mes malheurs. — **8** Une fois qu'on est là on ne peut jamais savoir quand on en sortira. — **9** J'aimerais mieux tout de suite, quant à moi, être frappé de deux années de prison centrale que de deux années dans l'armée. — **10** Un jour, donc, il y avait à Béni Ousouf un sergent qui me harcelait. — **11** Je lui demande de me laisser en paix. Il recommence à me harceler. — **12** Je lui réponds par un refus d'obéissance. Je suis traduit devant le conseil de guerre. (J'y suis frappé d'une peine) [de deux ans de travaux publics]).

NOTES

(1) Attention aux deux sens de **saper :** 1° Habiller ; 2° Etre condamné. — **(2)** Les bataillons d'Afrique sont devenus par apocope les **bat' d'Af,** puis les **dafs.** Les bataillons d'infanterie légère d'Afrique du Nord furent constitués en 1831. On y incorporait les jeunes qui avaient subi une peine de prison avant leur majorité. La **disciplote** y était féroce ; le gradé **cherchait** l'homme, c'est-à-dire qu'il cherchait sans répit à le prendre en défaut, au besoin en le provoquant. **Le bat' d'Af** peut être soit le bataillon d'Afrique, soit, comme ici, le bataillonnaire, appelé aussi par antiphrase **joyeux.** — **(3) Griveton** (ou

11 — J'y dis : « La paix ! » Il rebiffe à m'obstiner.

12 — J'y fais un « refus ». Je m'annonce au falot. Deux ans de travaux publics.

Jean GALTIER-BOISSIERE,
« Loin de la riflette » (11)
(A suivre)

PRONONCIATION

1 Griv'toñ (**ou** grif'toñ) — **3** koñ hyavè **(pas de liaison !)** — **4** pad'prœv' — **5** vlalmèktoñ, kismè atabl' **(pas de liaison !)** — **6** j'donn' pa — **7** sèdla — **8** kañsèktañsortira — **9** dœzañd'griv' — **10** kimostinè — **11** irbif — **12** uñrfu jmanoñssôfalo.

EXERCICE

1 Quand t'es griveton, t'as pas intérêt à renauder sur la jaffe — **2** ni à chercher des crosses au juteux, — **3** sans ça tu te retrouves au gnouf vite fait. — **4** Si tu fais du rébecca t'es balancé aux Dafs. — **5** Et ladé, crois-moi, t'as pas fini d'en baver ! (**ou** d'en roter, **ou** d'en chier).

grifton) : soldat. La **grive** était autrefois la guerre, et maintenant l'armée ou le service militaire. — **(4)** Le **page** ou **pageot** (orthographié curieusement ici **paje)** est le lit, appelé aussi **plume, plumard, pucier,** etc. — **(5)** Le **morlingue** était le porte-monnaie. Depuis la guerre c'est le portefeuille. — **(6) Aller à Niort** (ou **battre à Niort),** c'est nier ; ici l'argot tire parti de la ressemblance phonétique entre **nier** et **Niort. Battre** peut d'ailleurs être employé seul au sens de nier ou de feindre. **Battre le dingue,** c'est simuler la folie. — **(7) Lousse :** dérivé par largonji de **sou.** Ne semble pas avoir jamais été courant. — **(8)** La poisse c'est la malchance, **le poisse** c'était le souteneur (apocope de **poisson).** Ici l'orthographe et l'utilisation de ce mot dans l'acceptation de « proxénétisme » nous paraissent tout à fait inhabituelles, de nos jours on dirait **tomber pour maque.** — **(9)** Cette faute d'accord est encore commune dans le langage populaire quand il y a inversion du sujet et du verbe ; mais, bien entendu, sa fréquence est « une fonction décroissante de l'âge limite de l'instruction obligatoire », pour parler comme nos modernes gendarmes, lesquels sont maintenant des gens obligatoirement instruits. — **(10)** Noter la prononciation populaire **ostiner,** à laquelle on peut appliquer la même remarque qu'à la note précédente. — **(11)** Le **rif, riffe** ou **rifle** (masc.) est le feu, la bagarre, la guerre, et aussi le revolver. La **riflette** est le front, la zone des combats. **De rif :** résolument, rapidement, ou de force.

EXERCICE

1 Quand on est soldat, il est dangereux de protester à propos de la nourriture — **2** ou de chercher noise à l'adjudant. — **3** Faute de quoi on se trouve en un tournemain envoyé en prison. — **4** Si l'on regimbe on est envoyé aux Bataillons d'Infanterie légère d'Afrique. — **5** Et là, croyez-moi, vous en avez pour longtemps à être tourmenté !

Parmi tous les livres contenant de l'argot, l'un des plus vrais et des plus frappants est « La peau des mercenaires » de Silvagni (Collection « L'air du temps », Gallimard 1954), témoignage émouvant sur la vie des soldats de la Légion étrangère.

2e vague : 54e leçon.

85e Leçon

1 — Ah ! mon pote (1), j'peux dire qu'aux trav' (2) j'ai tout subi, les coups de matraque sur la cabèche (3),
2 — la crapaudine (4) en plein soleil de juillet...
3 — la cellote et le tombeau (5)...
4 — Un jour le chaouch (6), pétard au poing, voulait me faire soulever une pierre trop maous...
5 — C'est régulier (7), que je réponds, tuez-moi, mais la pierre est trop lourde. Il y met de la mauvaise volonté, que dit le chef.
6 — Alors j'y saute dessus, j'ai pensé y crever les châsses.
7 — Penses-tu que le chaouch aurait été assez bille pour me fusiller !
8 — Je r'passe au falot : « Un (8) voie de fait », je repoisse cinq ans.
9 — Et puis on me refile aux « Incorrigibles ». Ah ! aux « Incos » (9) j'peux dire j'ai payé (10) !
10 — Par exemple le coup de la gamelle... T'es au « silo » (11), pas (2), tu crèves de chaleur, de faim, de soif :
11 — le chacal t'apporte ta galtouse, il la plante devant ton blair (t'es ligoté),
12 — et pis à l'instant que tu te penches pour lamper, bing, un coup de botte dedans, il t'éparpille ton manger (12),
13 — et si tu tiens pas à claboter de faim, faut licher ta bectance dans le sable.

Jean GALTIER-BOISSIERE,
« Loin de la riflette ».

PRONONCIATION

1 koud'matrak — **2** dañldo — **4** mfèrsoulvé, mahouss' — **5** këjrépoñ, kdilchef — **8** jër'pwas — **9** oñmërfil **(ou**

1 Ah ! mon ami, je puis dire qu'aux Travaux publics [j'ai tout subi, les coups de matraque sur la tête], — **2** le supplice de la crapaudine sous les ardeurs du soleil de juillet — **3** la cellule et le tombeau. — **4** Un jour le tirailleur indigène, revolver au poing, prétendait me faire soulever une pierre trop grosse... — **5** Ce que vous faites est dans l'ordre normal des choses, répondis-je, et vous pouvez bien me tuer, mais cette pierre est trop lourde. (Il y met de la mauvaise volonté, dit le chef). — **6** Je me jetai alors sur lui, et je pensai lui crever les yeux. — **7** Si vous pensez que le tirailleur indigène a été assez sot pour me fusiller, vous vous trompez ! — **8** Je suis traduit à nouveau devant le conseil de guerre. Pour voie de fait (envers un supérieur) j'y suis condamné à un supplément de cinq ans (de travaux forcés). — **9** Puis on m'envoie à la section spéciale des « Incorrigibles ». Ah ! je peux dire qu'aux « Incorrigibles » j'ai souffert **(littéralement :** j'ai payé ma dette à la société). — **10** On vous soumet entre autres au supplice du récipient individuel. Supposons que vous soyez en train de subir le supplice du silo ; vous mourez (de chaleur, de faim, de soif). — **11** Le gradé vous apporte votre pitance, il la place devant votre nez (vous êtes attaché) — **12** et à l'instant où vous vous penchez pour laper, d'un coup de botte il éparpille vos vivres, — **13** et si vous n'avez pas le désir de mourir de faim, il vous faut boire votre nourriture dans le sable.

NOTES

(1) Pote (primitivement **poteau) :** ami. **Mon pote,** ou **mon p'tit pote,** est extrêmement fréquent dans la langue populaire. — **(2) Les trav'** désignaient autrefois la peine des travaux publics en Afrique du Nord pour les soldats, ou des travaux forcés en Guyane pour les civils ; **le trav,** c'est le condamné lui-même. — **(3) Cabèche :** tête (mot espagnol passé dans le sabir). **Couper cabèche** était pendant la guerre 14-18 l'idéaliste formule qui résumait le patriotisme des tirailleurs noirs. Le mot voisin du vieux français **caboche** (même sens) est encore utilisé et a donné **cabochard,** entêté. — **(4) La crapaudine** consistait à allonger sur le ventre le supplicié, à ramener ses jambes en arrière, le bras gauche et la jambe droite liés derrière le dos et s'entrecroisant avec le bras droit et la jambe gauche. Cela fait on l'exposait au grand soleil. — **(5)** La peine de la cellule, **la cellote,** s'expiait parfois sous la tente individuelle, la tête restant exposée au soleil, et prenait alors le nom de **tombeau.** Si elle s'accompagnait de la privation de nourriture et d'eau, c'était le **hareng saur.** — **(6)** Le **chaouch** était le tirailleur indigène chargé de surveiller les détenus « et toujours heureux d'abattre oñmrëfil) — **10** dlagamèl — **11** dvañ — **12** ktut'pañch, botëd'dañ — **13** dañl'sab(l).

EXERCICE

1 Si t'es assez bille, mon p'tit pote, — **2** pour faire du rébecca quand le pied te cherche — **3** tu te retrouves en cellotte, c'est régulier. — **4** Si t'y fais un refus, tu vires au falot. — **5** T'épates pas, alors, de gerber cinq piges de mieux !

86e Leçon
LES CASSEURS

1 — Le jeunot pue-la-sueur, s'il a la rame, un poil dans la paluche en crin (1),

2 — certain qu'y va se trouver hareng ou casseur, ça fait pas un pli (2).

3 — Hareng, on verra ça plus loin, c'est une sorte de mec à part.

4 — Des casseurs y en a des bottes (3), surtout des loquedus (4) traîne-lattes,

5 — des baluchonneurs (5) ramasse-miettes, qui craquent les lourdes des bonniches.

6 — Ça la ramène (6) ce genre de mecs, ça roule des mécaniques (7), ça jacte en coin...

un blanc ». — **(7) Régulier** se prononçait dans le bas peuple **réguyer.** — **(8)** Noter le genre : **un voie de fait :** un motif de voie de fait. — **(9) D'inco,** pour « incorrigible », on peut rapprocher cette autre apocope : **ino,** pour « inoccupé ». Dans une prison centrale, celui qui choisit de ne pas travailler est déclaré **ino :** il doit demeurer toute la journée assis sur un tabouret sans activité aucune. C'est une épreuve à laquelle il est impossible de résister ; le malheureux **ino** demande bien vite à être classé dans les actifs ! — **(10) Payer,** c'est expier par la souffrance ; l'idée sous-entendue est que **quand on a payé on doit plus rien aux bourres,** c'est-à-dire qu'on est innocent. Ne pas confondre avec l'expression **ça paye,** plus récente, qu'on emploie assez bizarrement pour marquer qu'une situation, un spectacle, etc., sont extrêmement drôles et... impayables. — **(11) Le silo** était une fosse où on entassait, debout, plusieurs hommes punis. On voudrait espérer qu'à l'heure actuelle tous ces supplices ont complètement disparu, grâce aux ouvrages qui les ont dénoncés, en particulier « Biribi » de Georges Darien (1890), « Sous la Casaque » de Dubois-Dessaules, « Dante n'avait rien vu » d'Albert Londres, « Joyeux fait ton fourbi » de Julien Blanc (1947), « Ciel de cafard » de Marcel Montarron (1931). Toutefois le beau livre de Joël Taravo, « Les derniers joyeux » (« La Jeune Parque » 1968), montre qu'en 1960 les Bat' d'Af existaient encore, et qu'ils étaient à peu de chose près, avec leurs tortures, les effroyables enfers qu'ils ont toujours été. « Il n'y a pas longtemps que le Bila (bataillon d'infanterie légère d'Afrique) est aboli, écrit en 1968 Joël Taravo. On ne l'a pas supprimé pour ce qu'il s'y passait, non, mais en raison de la disparition des colonies. » — **(12) Pas,** forme populaire de n'est-ce pas ? (dans des milieux un peu plus relevés on prononce **spa).** Cette interrogation n'a guère d'autre sens ici que celui d'un appel à l'attention de l'interlocuteur : vous me suivez bien n'est-ce pas ? — **(13) Le manger,** pour : les victuailles, est une expression courante dans le petit peuple. Cf. l'écriteau traditionnel des cafés populaires : on peut apporter son manger.

EXERCICE

1 Si vous êtes assez niais, mon jeune ami, — **2** pour vous rebeller alors que le sergent cherche par tous les moyens à vous prendre en défaut, — **3** il n'y a pas lieu de vous étonner d'être condamné à une peine de détention cellulaire. — **4** Si vous lui opposez un refus d'obéissance, vous êtes traduit devant le conseil de guerre. — **5** Ne vous étonnez pas dans ces conditions d'être condamné à une prolongation de peine de cinq ans !

2e vague : 55e leçon.

7 — seulement c'est toujours à la corde, ça se retourne les fouilles pour décher à l'apéro,
8 — ça bottine à droite et à gauche
9 — et une fois au trou, ça ramasse les clopes,
10 — ça se fait classer auxi (8) pour pousser la soupe !

(à suivre)

PRONONCIATION

2 kivastrouvé — **3** un'sortëd'mèk — **4** lokdu trên'latt' — **5** kikraklé lourd' — **7** sœlmañ, toujoura **(pas de liaison !)** sasrëtourn' (**ou** sassërtourn) — **10** sasfèklassé hôxi **(pas de liaison !)**

EXERCICE
BONIMENTS MORAUX (9) D'UN BIBARD

1 Tu t'en r'sens pas pour aller au carbi, jeunot ? C'que j'te comprends ! — **2** Le boulot des caves, sûr que c'est pas toujours marrant ! — **3** Seulement faut gamberger, avant de te lancer : — **4** casseur c'est pas du tout cuit, faut qu'ça plaise, — **5** sans ça tu s'ras jamais qu'un baluchonneur, un traîne-lattes. — **6** Démerde-toi plutôt pour avoir deux trois moulins qui tournent ! — **7** T'es beau gosse, ça f'ra pas un pli !

LES CAMBRIOLEURS

1 S'il se trouve qu'un jeune ouvrier est indolent, s'il est très paresseux, — **2** on peut être assuré qu'il ne tardera pas à devenir souteneur ou cambrioleur, la chose ne fait pas le moindre doute. — **3** Le proxénète, comme nous le verrons par la suite, appartient à une catégorie d'humanité exceptionnelle. — **4** Quant aux cambrioleurs il en est des quantités (mais) surtout de pauvres hères misérables, — **5** des voleurs d'objets sans valeur, qui pénètrent par effraction dans les mansardes des bonnes à tout faire. — **6** Les individus de cette sorte font les fanfarons, cherchent à en imposer par des attitudes prétentieuses, parlent comme les détenus de prison centrale (en tordant la bouche pour ne pas être vus), — **7** mais ils sont toujours dans le dénuement, ils sont obligés de fouiller longuement dans leurs poches pour arriver à payer leur apéritif, — **8** ils cherchent à emprunter par-ci, par-là, — **9** et une fois en prison, ils ramassent les résidus de cigarettes — **10** et se font mettre dans la catégorie des détenus auxiliaires pour participer à la distribution des repas !

NOTES

(1) Avoir un poil dans la main (pop.) **ou dans la paluche,** c'est être paresseux ; si ce poil est **grand, gros,** ou si c'est un **crin,** c'est qu'on l'est extrêmement. On peut dire également, pour marquer une extrême fainéantise : **il a un poil dans la main qui lui sert de canne.** Fréhel chantait dans la chanson : « Tel qu'il est, il me plaît » :

Et le poil qu'il a dans la main
C'est pas du poil, c'est du crin.

(2) Ça fait pas un pli (pop.) c'est une affaire qui se présente heureusement, comme un vêtement qui tombe bien, une chose facile, assurée. — **(3) Des bottes :** des quantités, beaucoup. On dit aussi : **des floppées, des chiées** (avec, dans l'argot des étudiants, le superlatif : **des mégachiées,** formé avec le préfixe **méga,** un million). — **(4) Loquedu :** a) individu dangereux (syn. en ce sens de **toc) ;** b) affreux ; c) sans capacité, sans argent, etc. Il s'agit en somme d'un terme de mépris au sens assez indéterminé. — **(5) Le baluchonneur** est le cambrioleur sans envergure qui rafle dans une chambre des objets sans valeur et les met dans un drap ou une couverture qu'il noue. — **(6) Crâner :** faire le fanfaron, avoir une attitude prétentieuse ou vaniteuse. On dit aussi **faire le crâneur** ou **faire le mariolle.** — **(7) Rouler les mécaniques** ou **des mécaniques,** c'est faire le bravache, en roulant des épaules pour donner une impression de force et d'assurance. Un **rouleur** est donc un prétentieux, qui veut paraître plus fort qu'il n'est. — **(8) Auxi :** détenu qui fait diverses

87e Leçon

LES CASSEURS (fin)

1 — Rare qu'y aït quelqu'un qui les assiste,
2 — leurs lamedés (1) se font la valise vite fait
3 — avec le premier Raton bien monté (2) qui se pointe.
4 — Y a qu'leur daronne qui se ramène au parloir,
5 — des pauvres vioques qui se passent quelquefois de becqueter
6 — pour leur envoyer un petit mandagat, ou bien pour décher le bavard ;
7 — à force, quand ils ont morflé cinq six fois (3)
8 — y se trouvent à la paume (4) et finissent par calancher au placard.
9 — Ça vaut de travailler de la plume (5) que si on se branche rayon coffios :
10 — là, le casseur qui sait y faire,
11 — qui se la donne à mort (6) de ses hommes de barre,
12 — y peut tomber un jour sur un beau paquet de talbins
13 — et puis après se ranger des voitures, s'attriquer une petite cabane à la campe, c'est le rêve (7) !

PRONONCIATION

1 Kyé **(monosyll.)** — **2** lam'dé sfoñ, vit'fè — **3** kispoint' — **4** yak' **(monosyll.),** kisramèn' — **5** pôv'viok kispass' kèkfwad'bèkté — **7** kañtizoñ, siñksîfwa — **8** isrëtrouv' (**ou** issërtrouv') — **10** sè hifèr **(pas de liaison !)** — **11** kisladon', dsézom' — **13** épi haprè **(pas de liaison !)** srañgé, un' petit' kañp' sèlrèv'.

EXERCICE

1 J'venais de m'foutre au plume, — **2** j'pionçais pas encore. — **3** V'là qu' ma lourde s'met à craquer — **4** je déhotte du page, j'prends mon goumi et je m'planque. — **5** Sitôt qu'ma lourde besognes ou corvées lui laissant une certaine liberté à l'intérieur de la prison. Par exemple, c'est un auxi **qui pousse la soupe,** c'est-à-dire qui conduit le véhicule chargé des vivres et procède à leur distribution. — **(9)** L'adjectif « moral » n'a pas d'équivalent en argot, le substantif « morale » non plus, la nécessité de tels vocables ne s'étant jamais fait sentir.

EXERCICE
CONSEILS (MORAUX) D'UN VIEILLARD

1 Vous n'avez nulle envie d'aller travailler, jeune homme ? Comme je vous comprends ! — **2** Le travail honnête est rarement **(littéralement :** n'est pas toujours) amusant. — **3** Toutefois il faut réfléchir avant de choisir un métier : — **4** la profession de cambrioleur n'est pas de tout repos, il y faut une vocation certaine, — **5** faute de quoi vous ne serez jamais qu'un médiocre et misérable voleur ! — **6** Faites en sorte, plutôt, d'avoir deux ou trois filles qui travaillent pour vous ! — **7** Vous êtes joli garçon, cela ne fera pas la moindre difficulté !

2e vague : 56e leçon.

LES CAMBRIOLEURS (fin)

1 Il est rare qu'il se trouve quelqu'un pour les pourvoir d'argent et d'aliments. — **2** Leurs maîtresses disparaissent rapidement — **3** avec le premier arabe bien partagé par la nature qui se présente. — **4** Il n'y a que leur mère pour venir (les voir) au parloir (de la prison), — **5** de pauvres vieilles qui se privent parfois de manger pour leur adresser un modeste mandat, ou pour payer l'avocat ; — **7** à la longue, quand ils ont été condamnés cinq ou six fois, — **8** ils sont condamnés à la relégation et terminent leur vie en prison. — **9** Cela ne vaut la peine d'utiliser le levier à effraction que si l'on se spécialise dans le vol des coffres-forts : — **10** dans cette catégorie, le cambrioleur qui a du doigté, — **11** qui se méfie extrêmement de ses complices — **12** peut découvrir un jour un important paquet de billets de banque — **13** et mener alors une vie tranquille, s'acheter une petite maison à la campagne, c'est (pour lui) l'idéal !

NOTES

(1) Lamedé : largonji de **dame,** compagne légitime ou illégitime. (Dans le peuple on ne disait jamais votre femme, qui eût été considéré comme presque grossier, mais **votre dame ;** cet usage est en voie de disparition.) On emploie aussi **lamefé (largonji** de femme). — **(2) Etre bien monté** c'est être pourvu largement par la nature des avantages a été en d'dans — **6** le mec j'y ai effacé le sourire — **7** et j' l'ai frimé après. — **8** Merde, c'était mon frangin !

88e Leçon

1 — Tu m'l'avais pas dit, qu'Polo-le-Belgico avait posé sa chique (1) !
2 — Merde alors, il l'a avalé ? J'étais pas au coup, parole d'homme (2) !
3 — C'est Bribri qui vient de m'affranchir (3) ;
4 — paraît qu'y s'est filé en l'air d'un coup d'flingue
5 — parce que sa Zézette y avait fait un galoupe !
6 — Ça m'a coupé la chique (4), j'te jure !
7 — Une connasse (5) pareille, y avait pas de quoi lâcher la rampe comme un cave.
8 — Il aurait mieux fait d'y filer une bonne tisane,
9 — de la mettre à l'amende (6) et de repartir à zéro avec un beau petit lot.
10 — Mais se buter pour une grognasse pareille, c'est trop con, j'en chialerais !
11 — Parce que Polo pour moi c'était un vrai frangin, c'était mon pote depuis la communale,

qui comblent les dames. — **(3)** Dans la langue populaire on dit plus souvent **cinq six fois** que cinq **ou** six fois. — **(4) Paumer :** perdre, être perdant (par exemple au jeu)... mais aussi parfois, chose curieuse, presque le contraire : prendre, attraper : **j'ai paumé la crève,** j'ai attrapé la grippe ; **je me suis fait faire marron en flag :** je me suis fait prendre en flagrant délit, **c'est mézig qui va paumer pour les copains :** c'est moi qui vais subir tous les désagréments pour mes amis. (Ce deuxième sens était autrefois le seul.) **Etre paumé** c'est être perdu, avoir perdu pied, être désemparé... Un **paumé,** ou une **paumée,** est une personne qui se laisse aller, qui a renoncé à la lutte, et qui est complètement dépourvue de ressources. La **paume** est la relégation, sans doute parce qu'on y est plus misérable, plus perdu que partout ailleurs. — **(5) Plume** (f.) : barre servant à l'effraction des portes (syn. **dingue** (f.) **pince-monseigneur** (f.) (pop.). Rappelons que le **plume** est le lit ! — **(6) A mort :** extrêmement (l'idée de trépas a complètement disparu de cette expression ; **bander à mort :** éprouver une vive excitation amoureuse). — **(7) C'est le rêve :** c'est l'idéal ; une vie tranquille est souvent en effet pour les mauvais garçons l'idéal dont ils rêvent et qu'ils cherchent à atteindre par des voies bien scabreuses.

EXERCICE

1 Je venais de me mettre au lit — **2** et je ne dormais pas encore, — **3** lorsque ma porte fit entendre un craquement. — **4** Je sortis de mon lit, pris ma matraque et me dissimulai. — **5** Dès que ma porte a été fracturée — **6** j'ai assommé l'individu — **7** et je l'ai dévisagé ensuite. — **8** Ciel ! c'était mon frère !

2e vague : 57e leçon.

---

1 Vous ne m'aviez pas dit que Paul-le-Belge était mort. — **2** Mort, lui ? est-il possible ? Je l'ignorais, je vous l'assure ! — **3** C'est mademoiselle Brigitte qui vient de me l'annoncer ; — **4** il paraît qu'il s'est tué d'un coup de revolver — **5** parce que son amie Josette lui avait fait une infidélité. — **6** Cela m'a abasourdi, je vous l'affirme. — **7** (Perdre) une telle imbécile, il n'y avait pas là une raison suffisante pour se supprimer comme le font en pareil cas les hommes étrangers au milieu ! — **8** Il aurait agi plus sagement en lui administrant une sévère correc-

12 — et d'penser qu'il est dans la boîte à dominos (7)
13 — en train de bouffer les pissenlits par la racine,
14 — ça m'fait un peu comme si c'était moi qu'avais dévissé mon billard...
15 — ça m'fout salement l'bourdon !

PRONONCIATION

1 Tum'lavèpadi kpololbeljiko — **3** kivyiñd'mafrañchir — **5** pasksa, galoup' — **6** chtëjur — **7** yavèpadkwa — **8** ilôrètipa — **9** dlamèt(r), èdërpartir (ou èd' rëpartir), bôptilo — **10** mèsbuté — **11** paskë, sétè huñ **(pas de liaison !)** — **13** añtriñd'boufé.

EXERCICE

1 T'es pas un peu con d'vouloir te buter pour une gonzesse ? — **2** Si encore c'était un prix de Diane, j'dis pas ! — **3** Mais un mec comme tézig, bien baraqué, baratineur et tout — **5** des comme celle-là il en dégauchit treize à la douzaine en moins de jouge !

Paraît qu'y s'est filé en l'air d'un coup d'flingue.

89ᵉ Leçon

ZAZIE DANS LE TUBE

(On va latter (1) le mec Raymond-la-Pataphe de quèques espressions tout ce qu'y a d'aux pommes...)

1 — ...Charles c'est un pote et il a un tac...
2 — Il est rien (2) moche son bahut, dit Zazie.
3 — Monte ; dit Gabriel, et sois pas snob.
4 — Snob mon cul (3), dit Zazie.

tion, — **9** en lui imposant le paiement d'une forte somme (pour punition de son incorrection) et en recommençant sa vie sur d'autres bases avec quelque jolie fille. — **10** Mais se tuer pour une fille aussi méprisable, c'est si stupide que j'en pleurerais ! — **11** Paul était en effet pour moi un véritable frère, il était mon ami depuis l'école publique primaire, — **12** et quand je songe qu'il est dans son cercueil — **13** et qu'il est la proie des vers — **14** j'ai en quelque sorte l'impression que c'est moi qui suis mort — **15** et je me sens affreusement triste.

NOTES

(1) Poser sa chique, ou **avaler sa chique,** ou **l'avaler** (on dit aussi **avaler son bulletin de naissance)** ne sont que quelques-unes des expressions imagées qui traduisent le verbe mourir. — **(2) Parole d'homme** (s-e : **du milieu,** la parole d'un truand étant considérée comme plus sûre que celle d'un **cave) :** je vous en donne ma parole d'honneur ! — **(3) Affranchir :** avertir, renseigner, initier (en particulier aux règles en usage dans le milieu). **Affranchie de la cicatrice :** dévirginisée. — **(4) Ça m'coupe la chique,** ou simplement **ça m'la coupe :** j'en suis stupéfait, mais aussi : cela me désoriente, cela m'enlève tous mes moyens. — **(5) Connasse :** a) idiote, imbécile (fém. de **con) ;** b) prostituée amateur, opérant sans accepter la « protection » d'un souteneur. — **(6)** L'amende est exigée par le souteneur, soit de la femme qui l'a quitté, soit du collègue qui lui a ravi son gagne-pain. — **(7) Boîte à dominos :** cercueil (ou encore **paletot de sapin,** ou **paletot sans manches). Les dominos** sont les dents (aucun rapport avec l'image de la **boîte à dominos).** — **(8) Bouffer les pissenlits par la racine** est une image beaucoup moins affligeante que l'évocation académique « du ver rongeur, du ver irréfutable » : on mange, au lieu d'être mangé.

EXERCICE

1 N'êtes-vous pas tout à fait stupide de vouloir vous suicider pour une femme ? — **2** Si encore c'était une beauté, cela pourrait à la rigueur se comprendre. — **3** Mais un homme de votre sorte — **4** bien fait, beau parleur et possédant tous les avantages, — **5** peut trouver des filles semblables, en quantité et en un rien de temps !

2e vague : 58e leçon.

ZAZIE DANS LE METRO

(Nous allons emprunter à M. Raymond Queneau, pataphysicien, quelques expressions tout à fait remarquables.)

1 Charles est mon ami et il a un taxi. — **2** Ce taxi qui

5 — Elle est marante (4), ta petite nièce, dit Charles, qui pousse la seringue et fait tourner le moulin...

6 — Institutrice... Y a la retraite.

7 — Retraite mon cul (3), dit Zazie.

8 — ...Alors ? pourquoi que tu veux l'être, institutrice ?

9 — Pour faire chier (5) les mômes, répondit Zazie. Ceux qu'auront mon âge dans dix ans, dans vingt ans,

10 — dans cinquante ans, dans cent ans, dans mille ans, toujours des gosses à emmerder.

11 — Eh bien ! dit Gabriel.

12 — Je serai vache comme tout avec elles. Je leur ferai lécher le parquet... je leur botterai les fesses.

13 — Parce que (6) je porterai des bottes. En hiver. Hautes comme ça (geste). Avec des grands éperons pour leur larder la chair du derche.

14 — ...le tombeau véritable du vrai Napoléon je t'y conduirai. — Napoléon mon cul (3), réplique Zazie. Il m'intéresse pas du tout cet enflé, avec son chapeau à la con (7).

Raymond QUENEAU,
« Zazie dans le métro ».

est le sien est bien vilain, dit Zazie. — **3** Montez, dit Gabriel, et ne faites pas de manières ! — **4** Mais je ne fais pas de manières, protesta Zazie. — **5** Votre petite nièce est amusante, dit Charles, pressant sur le démarreur et faisant tourner le moteur... — **6** Le métier d'institutrice est intéressant par la retraite dont il fait bénéficier. — **7** Je ne me soucie pas de la retraite, dit Zazie. — **8** Pourquoi donc, dans ces conditions, désirez-vous être institutrice ? — **9** Pour tourmenter les enfants, répondit Zazie. Ceux qui auront mon âge dans dix ans, dans vingt ans, — **10** dans cinquante ans, dans cent ans, dans mille ans, toujours des gosses à ennuyer. — **11** Ciel ! s'émerveille Gabriel. — **12** Je ferai preuve à leur égard d'une extrême sévérité. Je leur ferai lécher le parquet... Je leur donnerai des coups de pied au fondement. — **13** Car je porterai en hiver de très grandes bottes, munies de longs éperons pour piquer profondément leur arrière-train. — **14** ...je vous mènerai voir le tombeau authentique de Napoléon. Napoléon ? je ne m'en soucie pas réplique Zazie. Ce benêt coiffé d'un chapeau ridicule ne m'intéresse nullement.

NOTES

(1) Latte étant synonyme de **soulier,** de **bottine, latter** a le même sens que **bottiner,** c'est-à-dire **emprunter.** Il est à noter que si on emprunte quelque chose **à** quelqu'un, on **bottine,** on **latte** — ou, en français populaire, on **tape** — quelqu'un **de** quelque chose. — **(2) Rien** a ici, par antiphrase, le sens de très. On sous-entend peut-être : **c'est rien de l'dire** (sous-entendu encore : **faut le voir).** — **(3)** Cette formule populaire énergique dont la petite Zazie est coutumière (et qui a tant fait pour le succès du roman de Raymond Queneau) doit être bien connue de l'étudiant argotier. Noter les nuances qu'elle comporte selon le cas : **snob mon cul** indique seulement une protestation, d'ailleurs vigoureuse, contre l'accusation de snobisme faite à l'enfant ; **retraite mon cul** rejette, comme indigne d'elle, la perspective intéressée d'une retraite trop paisible, **Napoléon mon cul** exprime une concision saisissante le peu de cas que Zazie fait de l'Empereur. (Il semble bien que ce traitement de Napoléon par le mépris soit l'une des constantes de la pensée quenienne.) Placée traditionnellement par le bas peuple, au cours d'un dialogue, à la suite d'un mot ou d'une phrase auxquels on veut attacher une idée de dérision ou de mépris, cette expression permet de voir par quel mécanisme l'ellipse est l'un des procédés les plus efficaces de l'argot. Car de quel verbe sous-entendu **mon cul** est-il le sujet ou le complément ? On n'en sait rien. On peut donc imaginer celui qu'on

PRONONCIATION

kèkzèspressioñ, touskiadôpom'.

1 céhuñ pot' — **5** taptit'nièss — **6** ialar'trèt — **7** rtrèt'moñku — **8** fèrchiélémôm' — **12** vachkom'tou — **13** paskë, lachèr'duderch' — **14** padutoustañflé.

EXERCICE

1 Lulu-la-Mornifle m'a bottiné de dix sacs. — **2** J'y ai filé un balourd — **3** il y a vu que tchi. — **4** C' qui serait au poil c'est qu' pour me r'balloter le talbin — **5** y m'en refile un qui voie le jour !

90ᵉ Leçon

1 — Mézig, pas un homme (1) ?
2 — je vous prends tous (2) le cul dans la farine, on pourra compter les plis (3) !
3 — Dans une tasse près de l'Etoile y avait un soupeur (4) qui cloquait (5) des biscottes.
4 — Probable que son toubib l'avait foutu au régime !
5 — Pour serbillonner (6), Pierrot-la-Cravetouse (7) s'était saboulé en gonzesse ;
6 — seulement les lardus l'ont emporté :
7 — ils ont cru que c'était un tapin en cierge qu'attendait les clilles,
8 — total y s'est retrouvé en carluche comme travelot !
9 — Au bout de quelques piges en clandé,
10 — la frangine la mieux rouletaga
11 — barre en brioche (8) de Bérézina en Waterloo ;
12 — les roberts zyeutent vers les panards
13 — et le valseur, sous la paluche tritureuse du micheton, se débine en saindoux.

voudra. Et cette omission d'un verbe lui donne tous les sens et tous les pouvoirs. — **(4)** L'orthographe la plus courante est **marrante,** du verbe **se marrer :** rire, ouvertement ou au contraire « in petto » (mais en argot, l'orthographe...). Une **marrade** est une partie de rire (le mot est employé surtout après coup, quand on raconte cette partie : **c'te marrade !** ou **la marrade ! C'te marrade** a aussi le sens de : cela va de soi. — **(5) Faire chier,** ou **faire tartir,** c'est ennuyer, tourmenter, ou même, comme ici, torturer ; sens beaucoup plus fort, paradoxalement, que l'expression **casser les pieds** (ou **les couilles,** ou **les burnes,** etc.), qui signifie plutôt **importuner.** — **(6) Car** ne s'emploie jamais dans la langue populaire ; il se traduit par **parce que,** prononcé **paskë** ou **pask.** — **(7)** Ridicule : **à la con, à la noix de coco** ou **à la noix, à la manque** (pop.), **à la mords-moi l'nœud,** ou simplement **à la mords-moi.**

EXERCICE

1 Lucien-le-Faux-Monnayeur m'a emprunté un billet de dix mille anciens francs. — **2** Je lui en ai donné un faux. — **3** Il n'y a absolument rien vu. — **4** Il serait amusant que pour me restituer le billet — **5** il m'en rende un qui soit authentique !

2e vague : 59e leçon.

---

1 Moi je ne suis pas un homme ? — **2** je vous mets tous au défi de subir avec moi l'épreuve du postérieur dans la farine, on pourra compter les plis... — **3** Dans un urinoir situé au voisinage de l'Arc-de-Triomphe de l'Etoile un individu au goût dépravé plaçait des biscottes. — **4** Il faut croire que son médecin l'avait mis au régime !... — **5** Pour faire le guet Pierre-le-Vantard s'était habillé en femme, — **6** mais les policiers l'ont emmené : — **7** ils ont cru que c'était une fille en faction qui attendait les clients, — **8** le résultat est qu'il a été incarcéré en qualité de travesti !... — **9** Après quelques années dans un lupanar, — **10** la fille au corps le plus harmonieux — **11** se défait et tombe de Charybde en Scylla ; — **12** les seins regardent dans la direction des pieds — **13** et les muscles fessiers, triturés par la main des clients, s'amollissent à l'extrême.

NOTES

(1) Pas un homme : dire à un individu du sexe mascu-

poulaille était dans la crèche, — **3** deux perdreaux sapés en gonzesse... — **4** Sans faire gaffe j' m'y serais gouré — **5** j'aurais été leur faire du gringue ! — **6** Ceux-là alors, le cul dans la farine, sûr qu'ils ont pas les trente-deux plis !

PRONONCIATION

1 pa huñ nom' — **2** jvoupranñtouss' lë ku (**ou** ël ku) — **3** prèd'létwal — **4** probab'ksoñ — **5** krav'touz' — **6** l'oñ hañporté **(pas de liaison !)** — **7** izoñkruksétèhuñ — **8** kom'travlo — **9** ôboud'kèkpijañ — **10** roultaga — **13** èlvalsœur sdébin'.

EXERCICE

1 Encore heureux que La Puce nous a serbillonné d'entrée : — **2** j'ai entravé bécif qu' la

lin qu'il n'est pas un homme, c'est laisser entendre qu'il est **une tante,** c'est-à-dire un homosexuel passif, et que, selon la logique du Milieu, il manque par conséquent de courage et de loyauté. — **(2) Prendre quelqu'un (à la belote, à la castagne,** etc.), c'est lui lancer un défi pour un jeu, pour un combat, etc. (Une **castagne** est une rixe, une bagarre, ou plus spécialement un combat à mains nues.) — **(3) On pourra compter les plis :** allusion à une épreuve dont on parle beaucoup (mais qui est de toute évidence parfaitement imaginaire) et qui consisterait, pour voir si quelqu'un est une **tante,** à l'asseoir dans la farine et à compter sur l'empreinte les plis radiés de l'anus : il doit y en avoir trente-deux pour disculper le suspect de l'infamante accusation. — **(4)** Le substantif **soupeur** s'applique à deux sortes d'individus atteints d'étranges aberrations du sens génésique (ou de celui de l'odorat) : d'une part ceux qui, tels Ugolin, dévorent leurs enfants (ou même ceux d'un autre) à l'endroit même où ils viennent de commencer leur brève carrière, d'autre part ceux — appelés également **croutonnards** — qui déposent du pain dans certains édicules publics et viennent ensuite le reprendre à des fins alimentaires (ou peut-être seulement olfactives ?) — **(5) Cloquer :** mettre, placer, ou donner. — **(6) Serbillon,** ou **serre** (masc.) : signe. Faire signe : **envoyer le serbillon** ou **faire le serre.** Mais **faire le serre** c'est aussi faire le guet, ou mettre en garde. — **(7) Pierrot-la-Cravetouse** est ainsi appelé parce qu'il aime cravater ses auditeurs, c'est-à-dire, les bluffer par des vantardises. **Cravater** a aussi le sens d'arrêter, de faire prisonnier. — **(8) Barrer** ou **se barrer :** partir. **Barrer en brioche** (ou **en couille) :** tomber en déliquescence.

EXERCICE

1 Il est heureux que La Puce nous ait avertis d'un signe dès le premier instant : — **2** j'ai compris tout de suite que la police était dans l'établissement, — **3** deux policiers habillés en femme... — **4** Si je n'avais pas fait attention je m'y serais trompé, — **5** je serais allé leur faire la cour ! — **6** Ces individus, vraiment, sont à coup sûr des homosexuels passifs !

On fera bien de lire, de Martin Rolland, « La pipe en sucre » et « L'herbe aux lapins » (Edmond Nalis, éditeur, 1967 et 1969). Le premier est un livre très réussi à partir d'une enfance ratée. « Cette pipe en sucre a un drôle de goût, fort éloigné de celui de la guimauve. »

2e vague : 60e leçon.

91e Leçon

L'ECOLE DES VOYOUS

(Lulu-la-Couleuvre, truand et romancier amateur, est en train d'improviser un roman devant un magnétophone, en mimant la scène qu'il évoque.)

1 — « Y paumait vachement ses légumes (1), à me voir comme ça à ressaut,

2 — avec mon calibre prêt à balancer la fumée (2)...

3 — Officiel (3) qu'il allait aller au refile (4) des deux cents sacs qu'y me devait, le sale pédé (5) !

4 — Sa gonzesse à loilpuche dans le coin, elle mouftait pas... Elle me frimait, elle devait comparer...

5 — Son bonhomme avec sa poitrine de vélo, ses épaules Saint-Galmier...

6 — par rapport à mézig, ça jouait pas en sa faveur !

7 — Une idée, mais alors champion (6) m'a traversé la cafetière.

8 — A la menace de mon flingue, j'ai fait repousser Belval dans le loinqué (7)...

9 — Ta sauterelle, j'y ai dit, je vais te (8) la sauter là, devant ta sale gueule !

10 — Je l'ai fait mettre sur la carante. Elle a obéi bien sage (9).

11 — Comme elle était placardée, je pouvais la tringler (10) debout

12 — sans même retirer mon bada et sans cesser de braquer l'autre fumier.

13 — Au bout d'un moment, la nana, ça y fait de l'effet, forcément... »

Alphonse BOUDARD,
« L'école des voyous »
(comédie en six tableaux noirs, 1969)

L'ECOLE DES VOYOUS

1 « Il mourait de peur, de me voir dans une telle colère, — **2** avec mon revolver prêt à tirer... — **3** Il était certain que cet ignoble individu allait me restituer les deux cent mille francs (anciens) qu'il me devait. — **4** Sa maîtresse, nue dans le coin (de la pièce) ne pipait mot... Elle me regardait et devait comparer... — **5** Son amant avec sa poitrine rentrante et ses épaules tombantes, — **6** ne pouvait soutenir la comparaison avec moi ! — **7** Une idée m'est venue en tête, une idée remarquable. — **8** Sous la menace de mon arme, j'ai fait reculer Belval dans le coin (de la pièce)... — **9** Je vais posséder votre femme, lui ai-je dit, ici même, sous vos propres yeux ! — **10** Je l'ai obligée à se placer sur la table. Elle a obéi bien docilement. — **11** Dans la posture où elle se trouvait il m'était possible de la connaître en restant debout — **12** sans avoir besoin seulement d'ôter mon chapeau et sans cesser de viser le dégoûtant personnage. — **13** Au bout d'un certain temps la dame n'a pu rester insensible (à ma besogne).

NOTES

(1) Perdre (ou **paumer**) **ses légumes :** avoir peur. C'est l'une des nombreuses expressions populaires qui font allusion aux effets drastiques de l'effroi **(avoir la colique, la chiasse, les colombins, la trouille, la pétasse, la pétoche** — et, pour nos ancêtres, **la venette** — **faire dans sa culotte, chier dans son froc, foirer, avoir la foire),** ou à l'effort qu'on est contraint de faire pour contenir ces effets : **serrer les fesses, avoir le trouillomètre à zéro, avoir les miches à zéro** (ou **les avoir à zéro), chier du vermicelle,** etc. — **(2) Balancer la fumée** (ou **la purée) :** a) tirer des coups de feu ; b) tirer des coups qui pour n'être pas de feu n'en sont pas moins considérés par les dames comme dangereux. — **(3) Officiel !** c'est certain, inévitable, indiscutable (terme sportif ; on dit aussi : **c'est affiché). Officiel que... :** il est certain que, je vous affirme que... — **(4) Aller au refile,** c'est rendre, aussi bien dans le sens de vomir que dans le sens de restituer (en général sous la contrainte). — **(5) Sale pédé,** terme injurieux qui ne signifie nullement ici que l'insulté est homosexuel. — **(6)** Le substantif **champion** devient adjectif dans la langue populaire : remarquable, superbe, etc. Chose curieuse, alors que le substantif champion a pour féminin championne, l'adjectif **champion** est invariable : **une idée champion.** — **(7) Loinqué, largonji** de : coin. — **(8) Te la sauter :** le pronom « méridional » (comme dans : **Alors on se la mange, cette bouillabaisse ?)** marque ici non pas qu'il s'agit d'un service rendu à un ami, mais d'une punition

PRONONCIATION

1 vach'mañ, amvwar kom'sa arsô — **2** pré ha **(pas de liaison !)** — **3** alé hôrfil **(pas de liaison !)**, kim'dëvè — **4** èm'frimè èd'vè — **7** kaftièr' — **8** rpoussé — **9** jvétla sôté la dvañ — **10** jléfé mètt' — **11** jpouvè, dbou — **13** fèd'lèfè.

EXERCICE

1 Wal c'est un tringleur fini ; — **2** y peut pas frimer une gonzesse — **3** sans avoir envie de la foutre à loilpé. — **4** Et quand elle y est, y faut qu'y la saute. — **5** Officiel ! — **6** Bien rare qu'y revienne avec la pine sous le bras !

Son bonhomme avec sa poitrine de vélo, ses épaules Saint-Galmier...

92e Leçon

LES BALOURDS

1 — Ossim-le-Bic s'est fait la belle (1) de la relègue à Rouen ;

2 — il a grillé le dur, et une fois à Pantruche,

3 — comme il était à la côte (2), y s'est payé (3) quelques lopes dans les tasses :

4 — avec sa saccagne (4), il a fait descendre les morlingues.

5 — Seulement un peu d'artiche, ça suffit pas pour tenir le pavé (5).

6 — Y lui fallait des faffes (6).

7 — Y s'est pointé chez Nanar l'imprimeur. On y avait boni l'adresse en centrouse.

8 — Le Nanar y l'a vu tout beau, le pauvre Raton !

d'un cruel raffinement. — **(9) Sage :** adjectif employé adverbialement. — **(10) Tringler,** image élégante pour : connaître (au sens biblique) ; **la tringlette :** les plaisirs de la chair ; **être de la tringle** ou **être tringleur** c'est avoir un goût prononcé pour les joies amoureuses. **Se mettre la tringle,** par contre, c'est être privé (de nourriture, d'amour, etc.) ; on dit aussi **faire rideau,** et il y a sans doute une relation entre ces deux expressions (par l'intermédiaire de tringle à rideau).

EXERCICE

1 Wladimir est extrêmement sensuel ; — **2** il ne peut voir une dame — **3** sans désirer de la dépouiller de ses vêtements. — **4** Et quand elle l'est, il n'a de cesse qu'il ne la connaisse bibliquement. — **5** C'est comme j'ai l'honneur de vous le dire ! — **6** Il est rare qu'il échoue dans une entreprise de séduction !

2e vague : 61e leçon.

LES FAUX PAPIERS

1 Ossim l'Algérien s'est évadé du centre de relégation de Rouen. — **2** Il a voyagé dans le train sans payer sa place, et une fois arrivé à Paris, — **3** comme il était tout à fait démuni d'argent, il s'est attaqué à quelques invertis dans les vespasiennes. — **4** Sous la menace de son couteau il s'est fait donner les portefeuilles. — **5** Mais avoir un peu d'argent ne suffit pas pour réussir à séjourner (illégalement) à Paris. — **6** Il lui fallait encore des papiers. — **7** Il s'est rendu chez Bernard l'imprimeur, dont on lui avait donné l'adresse pendant son séjour à la prison centrale. — **8** Bernard s'est rendu compte que ce pauvre Arabe était un naïf facile à berner. — **9** Pour cinquante mille francs anciens il lui a fabriqué une carte parfaite ; — **10** Il a inscrit sur cette carte : Jacques Dupont, né à Ozoir-la-Ferrière.

(A suivre)

NOTES

(1) La **belle** est un mot magnifique pour désigner la liberté retrouvée grâce à une évasion. **Se faire la belle,** ou **faire la belle,** ou **se mettre en belle,** c'est s'évader. La **belle** est aussi l'occasion favorable. **Avoir belle** ou **l'avoir belle** (de faire telle ou telle chose) : avoir une occasion favorable de la faire sans difficulté. **Se la faire belle :** mener une vie heureuse et sans soucis. **Mener en belle :** c'est berner quelqu'un, ou l'emmener dans un

9 — Pour cinquante raides y lui a maquillé (7) une brême de première ;

10 — Jacques Dupont, né à Ozoir-la-Ferrière, il a cloqué (8) dessus.

(A suivre)

PRONONCIATION

1 dlarlègh' — **2** griyél'dur, fwa ha **(pas de liaison !)** — **3** étèha kèk'lop' — **4** dèssañd' lé — **5** sœlmañ (**ou** smañ), tnir — **7** oñ nyavè — **8** lnanar, lpôv'ratoñ — **9** y lui ya **ou** il y a — **10** d'su.

EXERCICE

1 A la Libé les droicos l'avaient belle — **2** de se mettre en belle en même temps que les politiques. — **3** Après y en a qu'ont su mener les Ricains en belle — **4** et qui s'la sont faite belle — **5** en maquillant des drôles d'arnaques avec les surplus !

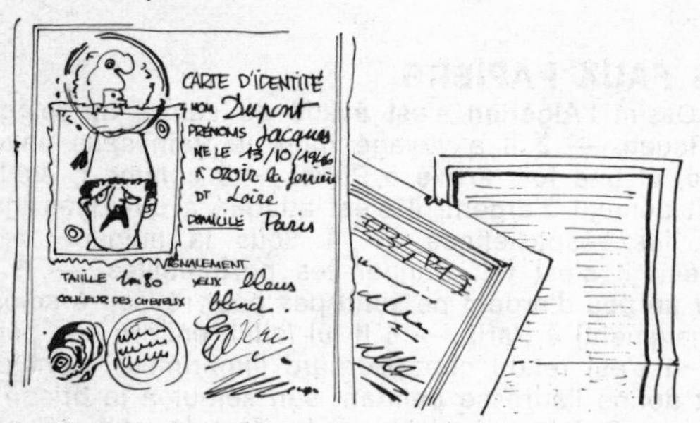

93e Leçon

LES BALOURDS (fin)

1 — L'autre il était plutôt joice : y sait pas ligoter.

2 — La noye d'après, y drague à Barbès, bien pénard (1) ;

3 — manque de vase (2), un coup de serviette (3) dans le secteur !

4 — Ossim se fait taper aux faffes par les lardus.

endroit propice pour lui régler son compte. — **(2) Etre à la côte :** une des innombrables expressions populaires pour : être sans argent. Ne pas confondre avec **marcher à la cote :** imposer sa loi dans le milieu. — **(3) Se payer,** s'offrir le plaisir de... (ici, de s'attaquer à des adversaires peu dangereux). — **(4) Saccagne :** couteau (arme, ou canif de pick-pocket pour couper les poches). **Saccagner** frapper au moyen d'un couteau. — **(5) Etre sur le pavé :** être sans emploi, ou sans domicile. **Tenir le haut du pavé :** dominer, occuper le premier rang. **Tenir le pavé,** c'est simplement réussir à subsister. — **(6) Faffes** (n. m.) (autrefois **fafiots) :** papiers (d'identité), ou billets de banque. **Faux faffes** est donc synonyme de **balourds** ou de **tocs.** — **(7) Maquiller :** falsifier, dénaturer, ou fabriquer des faux. **Se maquiller,** se blesser ou se rendre malade volontairement, ou simuler la maladie, pour être exempté du service militaire, pour percevoir des indemnités, etc. — **(8) Cloquer :** mettre, placer ou donner. **Etre en cloque :** être enceinte (c'est-à-dire peut-être ronde comme une **cloque,** gonflement de la peau dû par exemple à une brûlure).

EXERCICE

1 A la libération les condamnés de droit commun avaient une belle occasion — **2** de s'évader en même temps que les détenus politiques. — **3** Ensuite il en est parmi eux qui ont su manœuvrer pour duper les Américains — **4** et qui ont mené joyeuse vie — **5** en manigançant d'énormes filouteries sur les excédents (de stocks américains).

2e vague : 62e leçon.

LES FAUX PAPIERS (fin)

1 L'autre, qui ne sait pas lire, était tout heureux. — **2** La nuit suivante, il rôde tranquillement sur le boulevard Barbès ; — **3** par un malencontreux hasard une rafle est opérée dans le quartier. — **4** Les policiers demandent à Ossim ses papiers. — **5** D'un seul coup d'œil sur la carte ils étaient parfaitement renseignés, — **6** ils l'ont rapidement emmené dans le car de police. — **7** L'Algérien ne s'est pas encore remis de sa stupéfaction. — **8** Il n'a rien compris à ce coup en traître. — **9** Il grommelle sans cesse, il s'enflamme de terribles accès de colère, sans savoir contre qui. — **10** A la prison de la rue de la Santé il va et vient dans sa cellule. — **11** « Quel est l'infâme qui m'a dénoncé ? »

5 — Un seul coup de châsse sur la brème, ils étaient au coup (4),
6 — y te (5) l'ont emballarès dans le car vite fait.
7 — Le Bic il en est pas encore revenu !
8 — Il y a entravé que dalle, à ce coup fourré (6),
9 — y groume tout le temps, y pique des rognes terribles, y sait pas après qui.
10 — A la Santuche y pique le dix (7) dans sa cellote :
11 — « Qui qu' c'est le putain de sa mère (8) qui m'a balancé » ?

PRONONCIATION

1 Lôt' putô jwass' — **2** noy' — **3** mañk'dëvaz' **(ou** mañkëd'vaz') — **4** sfètapé hô **(pas de liaison !)** — **5** koud'châss', izétè hô — **6** it'loñ añbalarèss' dañl'kar'vit'fè — **7** l'bik il añ nè — **8** këdal' (ou kdal') askou — **9** toul'tañ, tèrib', pa haprèki **(pas de liaison !)** — **10** ipikël'diss' **(ou** ipik'lë diss') — **11** kiksè lë putiñd'samèr'.

EXERCICE

1 Quand on a la scoumoune, on peut rien goupiller sans qu'ça vous retombe sur les endosses ! — **2** J' m'étais fait chouraver mon lardeuss dans un rade, — **3** et j' l'avais drôlement à la caille, — **4** surtout qu'ça caillait drôlement ! — **5** J'en r'pique un aussi sec dans un bistrot, naturliche ! — **6** Manque de vase, y avait des cadènes dans la vague, c'était le pardingue d'un lardu ! — **7** J'me suis r'trouvé au ballon vite fait.

y groume tout le temps. y pique des rognes terribles y sait pas après qui.

NOTES

(1) Pénard (ou **peinard) :** autrefois, malin ; actuellement, tranquille, sans souci. **Un père pénard :** un homme qui vit tranquillement, **sans s'en faire** (sans se faire de bile). — **(2) Manque de vase,** ou **de pot,** ou **de bol** (ou tout autre synonyme argotique d'anus) : manque de chance. — **(3) Coup de serviette :** rafle, arrestation massive opérée à l'improviste par la police. On dit aussi **descente de police,** ou **coup de raclette,** mais **la raclette** est plus spécialement la ronde de police qui contrôle, en voiture, les policiers de service sur la voie publique. — **(4) Etre au coup :** être au courant, connaître la vérité. — **(5) Te :** pronom explétif, courant dans la langue populaire, sans autre utilité que de marquer la vivacité d'une action. — **(6) Coup fourré** (terme d'escrime) : mauvais coup donné par traîtrise, hypocritement. — **(7) Piquer le dix :** parcourir sa cellule d'une façon automatique, « pour se casser les nerfs », dit Auguste le Breton.

L'illustre Papillon analyse ci-dessous le mécanisme de la manœuvre :

« La cellule a quatre mètres de long, c'est-à-dire cinq petits pas de la porte au mur. Je commence à marcher, les mains derrière le dos... Une, deux, trois, quatre, cinq, demi-tour... une, deux, trois, quatre, cinq, demi-tour... et commence le va-et-vient interminable du mur à la porte de la cellule... Une, deux, trois, quatre, cinq... quatorze heures de marche. Pour bien acquérir l'automatisme de ce mouvement, il faut apprendre à baisser la tête, les mains derrière le dos, ne marcher ni trop vite, ni trop doucement, bien faire des pas de même dimension et tourner automatiquement, à un bout de la cellule sur le pied gauche et à l'autre bout sur le pied droit...

...Une, deux, trois, quatre, cinq... La répression de la Justice m'a transformé en balancier, l'aller et retour dans une cellule est tout mon univers. »

Henri CHARRIERE, Papillon
(Editions Robert Laffont).

(8) Putain de ta mère est la traduction littérale de l'injure arabe.

EXERCICE

1 Quand on est poursuivi par la malchance, on ne peut rien entreprendre sans que cela vous retombe sur le dos ! — **2** Je m'étais fait voler mon pardessus dans un café, — **3** et j'étais furibond — **4** d'autant qu'il faisait très froid ! — **5** Naturellement, j'en subtilise aussitôt un dans un autre établissement. — **6** Quelle malchance, il y avait des menottes dans la poche, c'était le pardessus d'un policier ! — **7** J'ai été immédiatement incarcéré.

2e vague : 63e leçon.

94ᵉ Leçon
AUX COURTINES

1 — Willy-le-Tubeur m'a balancé une affaire (1) : Chouchou II dans la troisième.
2 — Heureux que je me suis détranché (2) au dernier carat,
3 — Le Chouchou II c'est un drôle d'oignon (3) !
4 — J'ai mis tout mon artiche sur Papillon, on le donnait à quatre contre un (4).
5 — Y s'est arraché de la gelée (5) juste dans la ligne droite
6 — et il a coiffé Pharaon III au poteau (6) ;
7 — d'une courte tête, d'accord, mais j'ai tout de même affuré le paxon,
8 — parce que Papillon était en surcote (7).
9 — Alors tu vois, bonnir que les courtines c'est le tombeau des harengs,
10 — c'est du charre, suffit de savoir flamber (8) !

PRONONCIATION

1 Vilil'tubœr — **2** këj' më sui **(ou** kjëm'sui) — **4** oñl'donè hakat' — **5** i sè harachéd'la jlé — **7** toud'mêm'-afurél'paxoñ — **8** l'papiyoñ — **9** klé, sèl' — **10** sufidsavwar.

EXERCICE

1 Néné-le-Tubeur s'est fait bordurer d'Auteuil. — **2** A Vincennes ça sera bientôt du kif. — **3** Son affaire dans la troisième c'était loin d'être un soleil ! — **4** Encore heureux qu' j'avais pris une couvrante, — **5** son gail c'était un mort !

J'ai mis tout mon artiche sur Papillon

AUX COURSES HIPPIQUES

1 William-le-Donneur de renseignements m'a indiqué un « bon » renseignement : — **2** miser sur Chouchou II dans la troisième (course). — **3** Il est heureux que j'aie changé d'avis au dernier moment (car) Chouchou II est un cheval vraiment mauvais. — **4** J'ai joué tout mon argent sur Papillon, on fixait sa cote à quatre contre un. — **5** Il ne s'est détaché du peloton que peu avant l'arrivée, — **6** et il a dépassé Pharaon III in extremis, — **7** de fort peu, certes, mais j'ai néanmoins gagné une grosse quantité d'argent — **8** car Papillon a rapporté plus qu'il n'était prévu. — **9** Ainsi, vous le voyez, dire que les courses sont la ruine des souteneurs — **10** est un mensonge : il suffit de savoir jouer !

NOTES

(1) Une **affaire** (ou un **tuyau,** ou un **tube)** est un renseignement confidentiel — et généralement monnayé — qui vous permettra de gagner à coup sûr en misant sur le bon cheval. **L'affaire** est aussi ce cheval. Un **tubeur** est donc un vendeur de pronostics. — **(2) Se détrancher,** qui signifie ici changer d'avis, a aussi le sens de tourner la tête. **Détrancher quelqu'un,** c'est détourner son attention, à des fins en général peu avouables. — **(3)** Un **oignon** est un mauvais cheval. Nombreux synonymes : un **mort,** un **veau,** une **bique,** un **carcan,** une **carne,** un **fer-à-repasser,** un **tout mauvais,** un **tréteau.** — **(4)** Dire **qu'on donne un cheval à quatre contre un** signifie qu'il rapportera quatre fois sa mise... s'il gagne. — **(5)** Un cheval est **dans la gelée** quand il se trouve à l'intérieur du peloton et que par conséquent il lui est très difficile d'en sortir. — **(6) Coiffer au poteau** un concurrent (pop.), c'est le dépasser au moment où il va franchir la ligne d'arrivée. — **(7)** Il y a **surcote** lorsque après la course le gagnant rapporte davantage que sa cote ne le laissait prévoir. — **(8)** Quand un joueur — souteneur ou non — perd c'est parce qu'il a **la cerise, la poisse, la scoumoune,** c'est-à-dire de la malchance ; mais quand il gagne, c'est parce qu'il sait **flamber !**

EXERCICE

1 René-le-Vendeur de pronostics est interdit de séjour sur le champ de courses d'Auteuil. — **2** Il en sera bientôt de même sur celui de Vincennes. — **3** Son pronostic au sujet de la troisième course n'était pas, tant s'en fallait, d'une certitude éblouissante ! — **4** Il est heureux que j'aie pris un pari secondaire à titre d'assurance, — **5** (car) le cheval qu'il recommandait n'avait aucunement la volonté de vaincre !

2e vague : 64e leçon.

95e Leçon

BARBEAU ET BARBIQUET (1)

1 — Mords voir la Lulu, Marco, si ça devient pas un beau petit lot ?
2 — D'accord, mon petit pote, la Lulu c'est un vrai prix de Diane (2),
3 — mais faut pas te berlurer (3), c'est pas une frangine à maquer (4)
4 — pour un petit gars comme tézigue
5 — qu'a tout c'qu'y faut pour faire un homme sérieux (5).
6 — La Lulu, c'est qu'un boudin (6),
7 — Césarine elle prend son pied avec n'importe quel lavedu,
8 — c'est un vrai bourrin qui s'enverrait en l'air même avec des michetons !
9 — Gaffe en loucedoc (7) autour de tézigue
10 — tu dégauchiras facile des tas de petits sujets qui godent pour ta pomme (8)
11 — et qui demandent qu'à te balancer leur monnaie.

PRONONCIATION

1 sissadvyiñpa uñbôptilo — **2** moñptipot', sèhuñ **(pas de liaison) !** prid'dian' — **3** t'berluré — **4** ptiga — **5** katouskifô — **8** séhuñ, michtoñ — **9** loussdoc — **10** détad' pëtisujè **(ou** détadëptisujè), — **11** èkidmañd' kat'balañsé.

La Lulu, c'est un vrai prix de Diane

LE VIEUX ET LE JEUNE SOUTENEUR

1 Marc, observez donc Lucienne ; ne devient-elle pas fort séduisante ? — **2** Je suis de votre avis, mon jeune ami, Lucienne est une véritable beauté, — **3** mais vous ne devez pas vous faire d'illusions, ce n'est pas une femme à protéger — **4** pour un jeune homme comme vous — **5** qui avez l'étoffe d'un malfaiteur de qualité. — **6** Lucienne n'est qu'une femme méprisable qui accorde gratuitement à tous ses faveurs, — **7** elle se laisse aller à ses caprices amoureux et éprouve du plaisir avec le premier venu — **8** c'est une véritable nymphomane qui se laisserait aller à la volupté jusque dans les bras des clients ! — **9** Regardez discrètement autour de vous, — **10** vous trouverez sans peine de nombreuses jeunes femmes amoureuses de vous — **11** et qui brûlent du désir de vous donner le produit de leur commerce galant.

NOTES

(1) Un **barbeau** étant un souteneur, un jeune souteneur inexpérimenté s'appelle, avec la nuance de condescendance, que cela comporte, un **barbiquet,** un **barbizet,** un **barbillon,** ou encore un **barbeau à la mie de pain.** — **(2) Un prix de Diane** est une femme jeune et belle. Hippique et aimable comparaison avec les jeunes pouliches capables de remporter l'épreuve du même nom. — **(3)** Une **berlue** est une couverture, en argot. Mais en français **avoir la berlue** c'est voir les choses autrement qu'elles ne sont, d'où le second sens argotique de **berlue :** rêverie, illusion, et **se berlurer :** se faire des illusions, se laisser aller à des rêves ou à des espoirs trompeurs. — **(4) Maquer une nana,** c'est « protéger » une fille, surveiller ses activités et surtout contrôler ses recettes, en lui abandonnant le minimum strictement nécessaire. — **(5)** Un **homme sérieux** est un malfaiteur courageux et décidé à réussir sans se laisser aller à des emballements ou à des légèretés coupables. — **(6) Boudin, bourrin,** et **béguineuse** (assez désuet) sont à peu près synonymes : il s'agit de femmes dominées par leurs caprices amoureux et leurs impulsions sexuelles, prenant leur plaisir avec le premier venu — même s'il n'appartient pas au Milieu ! — et, chose plus grave encore, sans en exiger de contrepartie monnayée. Inutile de dire que ces trois termes sont extrêmement péjoratifs dans la bouche de ces messieurs. — **(7) En loucedoc (largonji** de **en douce) :** discrètement, silencieusement. Vers les années 20 Mistinguett chantait :

« J'ai fait ça en douce
Derrière les fortifications... »

Il y avait encore à Paris à l'époque une ceinture de **fortifs,** la **zone,** sur l'herbe pelée de laquelle de nombreux petits

EXERCICE

1 Suffit pas d'envoyer une gonzesse s'espliquer sur le ruban — **2** pour devenir un vrai julot aussi sec. — **3** Pour être un homme coté, faut pas maquer n'importe quelle tordue, — **4** faut pas avoir les chocottes quand y a une corrida, — **5** mais avant tout faut avoir une bonne mentalité. — **6** Te berlure pas, barbillon, c'est plus duraille que tu crois !

96ᵉ Leçon

SERIE BLEME (1)

Acte I - Scène I

Chalet de montagne très isolé. Par la grande baie, cirque majestueux. Apparaissent, lourdement chargés de valoches, James Monroe, petit frère de Marilyn, et son domestique Machin, muet à siphon (2).

JAMES MONROE

1 — Machin, c'est le jourdé (3) le moins toc [de ma vie.

2 — Je satisfais enfin ma glandilleuse (4) [envie.

3 — De venir m'entifler (5) dans ce coinstot [perdu,

Pour y fuir tout un tas de pauvres lavedus.

4 — Oui, rien qu'à reluquer les blancs lolos [(6) de l'Alpe,

Je suis près de guincher une java du [scalpe (7) (...)

(Machin lui donne du sirop de tolu, il boit.)

5 — Ouf ! Aussi sec je sens ma force décupler.

Neige divine, esgourde un peu quand je [débloque (8).

sujets étaient initiés par des **barbeaux** ou des **barbillons** qui les **maquaient** sans tarder et les envoyaient **s'expliquer sur le ruban. Faire ça :** expression populaire pour : faire l'amour. — **(8) Ma pomme, mézigue :** moi. **Ta pomme, tézigue :** toi. **Sa pomme, sézigue :** lui (ou elle). Puriste, Albert Simonin, qui est orfèvre ès matières argotiques, demande dans le « Petit Simonin illustré par l'exemple » (n.r.f.) qu'on orthographie **cézigue** quand il s'agit d'une tierce personne, avec le sens de celui-là. On écrira donc : **chacun pour sézigue** (chacun pour soi), mais **cézigue, c'est pas un mégotier** (celui-là n'est pas un homme sans envergure. **De mégoter,** lésiner, voir petit). Au n° 7 de la présente leçon **cézigue** est remplacé par **Césarine,** qui est donc ici un simple pronom signifiant elle.

EXERCICE

1 Il ne suffit pas de pousser une femme au racolage sur le trottoir — **2** pour devenir immédiatement un véritable proxénète. — **3** Pour jouir d'une flatteuse notoriété (dans le milieu des malfaiteurs) il convient d'abord de ne pas protéger la première femme venue, — **4** il faut montrer du courage quand une bagarre se produit, — **5** mais surtout il faut se comporter d'une façon strictement conforme aux lois « morales » dudit milieu. — **6** Ne vous abusez pas, jeune souteneur, la chose est plus difficile que vous ne pensez !

2e vague : 65e leçon.

SERIE BLEME

(Madame Ursula Vian-Kübler nous a amicalement communiqué cette pièce inédite de son mari, et a bien voulu nous autoriser à en reproduire des extraits. Nous l'en remercions vivement. Composée en vers, cette pièce ne doit pas être tenue pour de l'argot parlé : c'est une création littéraire. Boris Vian y a utilisé plaisamment le contraste entre la noblesse de l'alexandrin et le débraillé du vocabulaire argotique — qui est d'ailleurs employé à plusieurs reprises de façon fantaisiste et peu orthodoxe).

1 Machin, ce jour est le plus beau de ma vie. — **2** Je puis enfin satisfaire ma périlleuse envie — **3** de venir m'introduire dans ce pays (coin) perdu, pour y fuir quantité de pauvres imbéciles. — **4** Le seul fait de contempler les blancs sommets des Alpes me rend si heureux que j'en danserais presque la danse du scalp (...) — **5** Ouf ! Aussitôt (que j'ai bu) [je sens ma force décupler]. [Neige divine], écoute ce que je vais dire : — **6** [A Paris je vivais la vie d'un pauvre] vieux, je

6 — A Paris je vivais la vie d'un pauvre vioque
Je pondais des romans comme on fait la
[putain.
7 — J'en gambergeais (9) plus d'onze (10) à
[chaque marquotin.
Simenon pâlissait (11) là-bas dans l'Amé-
[rique
Et Simenon, papa, n'est pas beurre de
[bique (12)
8 — Lourdé, borgnio, lourdé, jalmince assoiffé
[d'encre,
9 — Gallimard me bouffait la prose (13)
[comme un chancre
10 — Et pour chaque soleil qu'il affurait sans
[mal,
Me cloquait cinq pour sang (14) d'un
[geste seigneurial.
11 — Les nanas s'enquillaient chez moi, car la
[ligote,
C'est pas leur fort, mais moi, le coup dans
[l'échalote (15),
12 — C'est mon faible et j'aimais assez la pasti-
[quette (16)
Avec une loumi (17) le soir sur ma car-
[pette
13 — Ajoute à ce toutim une frite agréable,
Et ces fréquentations bien peu recom-
[mandables
Que l'on fade aux cocktails de ces fions
[d'éditeurs...
14 — Oui, Machin, la bagouse a tant de sup-
[porteurs
Que si j'avais ouvert ma lourde à leurs
[manières
15 — La bicyclette (18) aurait entiflé mes
[arrières.

(Il s'aperçoit que Machin reste les bras ballants.)

faisais des romans comme les prostituées font leurs débauches (à la tâche) ; — **7** j'en imaginais chaque mois plus de onze. Simenon, là-bas en Amérique, en pâlissait de jalousie, et pourtant, mon ami, Simenon n'est pas le premier venu ! — **8** Jour et nuit, jaloux assoiffé de manuscrits, — **9** l'éditeur Gallimard absorbait ma prose comme un chancre dévorant, — **10** et pour chaque million qu'il gagnait sans se fatiguer m'en concédait 5 % en se donnant des airs de grand seigneur. — **11** Les femmes s'introduisaient chez moi ; car si elles ont peu de goût pour la lecture, j'ai quant à moi pour l'étreinte amoureuse — **12** un penchant irrésistible. J'aimais assez l'acte de chair avec quelque garce, le soir sur mon tapis. — **13** Ajoutez à tout cela un visage agréable, [et ces fréquentations bien peu recommandables que l'on] se fait aux cocktails de ces imbéciles d'éditeurs... — **14** Oui, Machin, l'homosexualité a tant de zélateurs que si j'avais fait accueil à leurs manières, — **15** ils auraient pénétré mes terres les plus secrètes... — **16** Mais vous voici bien rêveur et votre travail attend d'être fait. Déballez-donc (les valises), Machin, tout en m'écoutant !

NOTES

(1) Ce titre évoque l'atmosphère des célèbres collections de romans policiers de la « Série noire » et de la « Série blême ». La pièce est en trois actes et en vers. Dans le N° 39-40 de la revue « Bizarre » consacré à Boris Vian, Jean Ferry écrit qu'elle est « agrémentée d'une quantité de cadavres rarement atteinte depuis Hamlet » et que « son appareil critique posera d'amers problèmes aux agrégatifs de l'an 2000 » (... à ceux, ajouterons-nous, qui n'auront pas étudié assez consciencieusement « la Méthode à Mimile »). — **(2)** Machin est appelé « muet à siphon » parce que — comme il l'explique lui-même au cours de la pièce — il ne parle que par intermittences, comme les geysers ou les fontaines intermittentes à siphon. — **(3)** **Jourdé :** jour (formé par adjonction à **jour** d'un suffixe libre, comme les synonymes **journanche,** ou **journaille. Lourdé,** qu'on trouve un peu plus loin (N° 8) semble une apocope de **lourdéji, largonji** de **jourdé.** Ce mot ne semble pas s'être lexicalisé. — **(4)** **Glandilleux ;** périlleux, ou délicat, difficile. — **(5)** **Entifler :** entrer. **S'entifler :** s'introduire. — **(6)** **Lolo :** lait dans le langage enfantin. Dans « **Mon p'tit salé** » (Mon enfant) berceuse argotique d'Eugène Héros (1892) la femme de l'assassin et néanmoins bonne mère chante :

Les sal' bourgeois qu'il fout à l'eau
C'est méritoire,
Car le lend'main j'ai du lolo
Pour te fair'boire.

16 — Te voilà dans la vape et ton travail attend.
Déballe donc, Machin, déballe en esgour-
[dant !

Boris VIAN, Série blême.

PRONONCIATION

Comme ce texte est en alexandrins, il convient de n'y supprimer aucun des **e** caducs. Répétons-le : il ne s'agit pas ici d'argot parlé.

Simenon papa, c'est pas du beurre de bique

97e Leçon

BALLADE DE LA CHNOUF (1)
(extraits)

1 — C'était un brav' gnière
Qui ne mouftait guère (2)
2 — Qu'avait depuis sa jeunesse
Le goût d'la cambrousse
3 — Les jetons (3) d'la rousse
Et un faible pour la fesse (4).
4 — Pour se faire du v'lours
Sans trop se démancher
5 — Il cultivait dans sa crèche
Un bel arbre à came (5)
6 — Tout c' qu'y a d' régulier
Un peu champion (6) pour la dèche (7)...
7 — Sans s'casser l'faubourg (8),
Faisant gaffe aux bourres,

Par métonymie (et non pas par l'attraction de Gina Lollobrigida, bien postérieure... si nous osons dire !) **lolo** est devenu synonyme de **sein** (on dit aussi **boîte à lolo).** — **(7) Java du scalpe** est simplement la traduction fantaisiste de la danse par laquelle les Indiens d'Amérique exprimaient, leur joie féroce. Noter l'orthographe non moins fantaisiste **scalpe,** pour que ça rime mieux avec Alpe. — **(8) Débloquer,** employé ici dans le sens de parler, veut dire habituellement dire des sottises (syn. **déconner).** — **(9) Gamberger,** réfléchir, méditer, comprendre, imaginer. La **gamberge** est la réflexion, l'intelligence. — **(10) Plus d'onze :** on sait que, quoique onze commence par une voyelle, le mot qui le précède ne s'élide pas en français. Mais la langue populaire pratique volontiers cette élision et François Mauriac lui-même parle du soleil **d'onze heures. Un bouillon d'onze heures** est un breuvage empoisonné. — **(11)** Simenon pâlissait... s.-e. de jalousie en voyant son record battu. — **(12) Du beurre de bique,** c'est quelque chose de très médiocre, qui ne mérite que dédain. On dit aussi **de la roupie de sansonnet.** — **(13) La prose :** attention au genre ! S'il s'agissait **du prose,** le sens serait tout différent puisque **le prose,** ou **prosinard,** est le postérieur, ou l'anus, et par conséquent aussi la chance. — **(14)** Noter l'orthographe expressive de **cinq pour sang,** qui suffit à transformer l'éditeur en vampire. Les ouvrages de Boris Vian sont pleins de ces merveilleuses créations verbales ! — **(15)** Bien que **l'échalote** soit elle aussi le fondement, **le coup dans l'échalote** désigne généralement une étreinte très orthodoxe. — **(16) Une pastiquette** est une partie galante à deux ou à plusieurs. (Syn. **partie de jambes en l'air).** — **(17)** Cette orthographe inhabituelle de **loumi,** femme, garce, se justifie peut-être par le fait qu'il s'agit d'un mot gitan. — **(18) Bicyclette** est employé ici pour **pédale,** homosexualité masculine (de **pédé,** apocope de pédéraste).

2e vague : 66e leçon.

BALLADE DES STUPEFIANTS

1 C'était un brave garçon, calme et taciturne, — **2** et qui avait depuis sa jeunesse le goût de la campagne, — **3** la crainte de la police et un faible pour les dames. — **4** Pour se faire du bénéfice sans trop se fatiguer — **5** il faisait fonctionner dans sa chambre un bel appareil à fabriquer de la drogue — **6** des plus classiques, tout à

8 — Il récoltait des pacsons (9)
Tortorait d'première
9 — S'envoyait en l'air
Avec des nanas maison (10)
10 — Vlà qu'il frime une sacrée môme
Baraquée de pre (11)
11 — Et des châsses de feu
En moins de jouge il l'empaume

Chanson de Boris VIAN

(A suivre)

Extraits publiés avec l'aimable autorisation de Mme Ursula VIAN-KÜBLER

98e Leçon

BALLADE DE LA CHNOUF (fin)

1 — Le noir, la blanche et la neige
Mènent le guinche au bal des camés...
2 — Il l'a embarquée (1) dans sa piaule
Elle a voulu en tâter (2)

fait merveilleux pour produire de l'argent. — **7** Sans se donner de mal, se méfiant des policiers — **8** il recueillait des quantités (d'argent), absorbait une nourriture de première qualité, — **9** et goûtait la volupté dans les bras de femmes extraordinaires... — **10** Il voit tout à coup une très belle fille au corps remarquablement harmonieux — **11** et aux yeux ardents, il la séduit en un instant...

NOTES

(1) Chnouf ou **schnouffe** (de l'allemand schnupfen : aspirer par le nez, priser) désigne maintenant la **drogue,** c'est-à-dire les stupéfiants en général, après avoir désigné seulement ceux qui sont absorbés par les narines, comme l'indique assez clairement l'onomatopée. **Se chnouffer, se droguer :** s'adonner aux stupéfiants. — **(2)** Le verbe **moufter** ne s'emploie que négativement : **pas moufter,** c'est ne pas dire un mot, demeurer sans réaction, en particulier quand on devrait protester ou intervenir. — **(3) Avoir les jetons,** c'est avoir peur. Mais **coller** (ou **foutre) un jeton,** c'est donner un coup ; et **prendre un jeton,** c'est ou bien recevoir un coup, ou bien être le spectateur d'une scène érotique, apercevoir une nudité intime, etc. On dit aussi dans ce cas **prendre un jeton de mate** (de **mater :** regarder, épier). — **(4) La fesse :** a) les choses de l'amour ; b) les femmes. **Il est drôlement porté sur la fesse, le mec !** Cet individu a du goût pour l'amour, ou pour les dames. **Qu'est-ce qu'y a comme fesse dans c'guinche !** Quelle abondance de femmes dans ce bal ! (il s'agit bien entendu des femmes **pinaucumettables,** comme dit l'argot des étudiants, ou encore **mettables,** c'est-à-dire qui semblent devoir gagner à être connues... au sens biblique, bien entendu). — **(5) L'arbre à came** n'est pas une locution argotique, mais une invention verbale de Boris Vian à partir de l'arbre à cames du moteur à explosion. La **came** (apocope de **camelote)** est la marchandise, avec un sens généralement péjoratif. Cette marchandise peut être de la **drogue,** c'est-à-dire un stupéfiant quelconque (autrefois la cocaïne seulement), mais aussi du sperme ou de la vomissure. **Cultiver un arbre à came** c'est donc gagner sa vie en fabriquant ou en vendant des stupéfiants. **Se camer,** comme **se chnouffer** ou **se défoncer,** c'est s'adonner aux stupéfiants. — **(6) Champion** (adj.) de premier ordre, magnifique. **Un peu** étant employé ici par antiphrase pour « beaucoup », **un peu champion** veut dire : de tout premier ordre, tout à fait merveilleux. — **(7) Etre dans la dèche** (pop.) c'est être dans le dénuement ; mais en argot la **dèche** est la dépense (du verbe **décher,** payer, dépenser). Ici **pour la dèche** signifie : pour subvenir à la dépense, aux faux frais. — **(8) Faubourg :** postérieur. « Ce mot,

3 — Le pauvre cave, pas si mariole,
Il l'a laissé se chnoufer.
4 — Quand on est en carte
Et qu'on d'vient trop tarte,
5 — C'est pas choucard pour l'osier.
En six marquotins
6 — Ce foutu bourrin
Pouvait plus faire (3) un lacsé.
7 — Il s'est aperçu
Qu'avec son hotu
8 — Il bousillait (4) son affaire
Il y a balancé
9 — Sa tatane (5) au cul
Lui disant d'se faire la paire.
10 — Le noir, la neige et la blanche
Mènent le guinche au bal des camés
11 — La chnouf c'est pas comme la boutanche,
Sitôt qu'on a l'manque (6), on est siphoné
12 — Elle l'a donné (7) pour une piquouse
Les condés l'ont enchtibé
13 — C'est comme ça quand on fait un douze (8)
L'arbre à came... il est canné !

Chanson de Boris VIAN

déclare Auguste Le Breton, fut lancé par moi en 1937 dans un bal musette de Saint-Ouen, à mon ami Roger Le Boutonneux. » (Rencontre curieuse, on trouve déjà ce mot, avec le même sens, dans Béroalde de Verville, en 1612 !) — **(9)** Un **pacson,** ou un **pacsif,** ou un **paquet** (s.-e. de **talbins** c'est-à-dire de billets de banque) : une grande quantité d'argent. **Mettre le pacsif,** c'est mettre le prix, ou employer les grands moyens. — **(10) Maison** est ici un adjectif invariable populaire : de premier ordre (comme dans **une tarte maison).** — **(11) De pre,** apocope de **de première,** qui est elle-même une apocope **de première bourre :** de première qualité (comme **maison).** Dans le langage des écoliers, le **pre** est le premier (en classe ou au jeu).

2ᵉ vague : 67ᵉ leçon.

BALLADE DE LA DROGUE (fin)

1 L'opium, l'héroïne et la cocaïne mènent la danse au bal des toxicomanes... — **2** Il l'a emmenée dans sa chambre. Elle a voulu essayer (de la drogue). — **3** Le pauvre naïf, pas bien malin, l'a laissé s'intoxiquer... — **4** Quand on est inscrite comme prostituée sur les registres de la police et qu'on devient trop laide — **5** il n'est pas facile de gagner de l'argent. Au bout de six mois — **6** cette satanée fille facile ne pouvait même plus gagner un billet de mille francs. — **7** Il s'est rendu compte qu'en s'encombrant de cette fille laide et médiocre — **8** il ruinait son trafic de stupéfiants. Il lui a lancé — **9** un coup de pied à l'arrière-train en lui disant de partir. — **10** L'opium, l'héroïne et la cocaïne conduisent la danse au bal des toxicomanes. — **11** La drogue est plus grave que l'alcoolisme, sitôt qu'on souffre de (la) privation (de stupéfiant) on devient fou. — **12** Elle l'a dénoncé en échange d'une piqûre. Les policiers l'ont incarcéré. — **13** Voilà ce qui arrive quand on fait une erreur. La source de revenus est tarie **(littéralement :** l'arbre à drogue est mort) !

NOTES

(1) Embarquer, tout comme **emballer,** a deux sens : a) arrêter, mettre en prison ; b) séduire, conquérir rondement. — **(2)** Ici **tâter** a le sens très français de goûter, d'essayer. Mais **savoir y tâter,** c'est être habile dans une chose ou une autre, « s'y entendre ». — **(3) Faire** est très employé en argot dans des acceptions assez particulières :

99e Leçon

LES BARJOTS (1)

1 — Ces mecs-là, le samedi y mettent leur lewis (2) et y viennent rouler, mais c'est des charlots (3)
2 — Si t'appelles ça des voyous moi je suis cureton !
3 — Si y font un casse, ces cons-là, y a toujours une faille (4) et y se font piquer en flag !
4 — Y feront pas le poids si la Porte d'Ivry se ramène !,
5 — On ira chez eux semer la merde (5),
6 — on leur foutra une trempe à ces pédés !
7 — on va se les farcir (6) et on calcera leurs frangines
8 — Y sont tous barjots ces enculés-là (7) ! Y cassent au flan,
8 — y piquent le cracmuche de n'importe quel cave,
10 — y se font emballer par les lardus !
11 — Avant de plonger à Fresnes
12 — qu'est-ce qu'y se font mettre comme grosse tête en débarquant au quart !

faire un crapautard, c'est voler un porte-monnaie, **faire un lacsé,** c'est se procurer un billet de mille francs (particulièrement par un moyen illicite quelconque). **Faire un micheton,** pour une fille, c'est réussir à trouver un client. **Etre fait,** c'est être arrêté, être fait prisonnier. **Faut pas m'la faire** (pop.) : ne me jouez pas la comédie, ou : ne cherchez pas à me mentir. **La faire à (la vertu, la tendresse),** etc. (pop.) : jouer la comédie de la vertu, de la tendresse, etc. — **(4) Bousiller :** a) exécuter un travail de façon défectueuse ; b) détruire ou détériorer, tuer ; c) tatouer. — **(5) Tatane :** chaussure, ou pied. — **(6) Avoir le manque** ou **être dans le manque,** c'est se trouver dans l'état de besoin terriblement douloureux causé par la privation de stupéfiant chez les intoxiqués. — **(7)** Dans son très moral désir d'attirer l'attention de l'auditeur sur les dangers de la drogue, Boris Vian semble oublier la célèbre chanson « Du gris », que nous avons déjà citée (leçon 75), et qui montre que l'alcool, comme la drogue, incite pernicieusement ceux qui lui sont soumis à une indigne délation. — **(8) Faire un douze** c'est faire une erreur, une bévue, un impair dont on paie très cher les effets.

2e vague : 68e leçon.

LES FOUS

(Cette leçon s'inspire du beau livre de Jean Monod « Les Barjots », « essai d'ethnologie des bandes de jeunes », publié chez Julliard en 1968. Malgré son parti pris d'objectivité et d'impassibilité scientifique, on sent que l'auteur n'a pu se défendre de compassion à l'égard des pitoyables victimes qu'il étudiait. Une large place est faite dans ce livre à l'argot des jeunes voyous, qui ne diffère guère, d'ailleurs, de celui du milieu que par des nuances — ou par quelques expressions variant avec le quartier.)

1 Le samedi ces garçons passent leur pantalon collant de toile (ou blue-jean) et viennent faire les fanfarons, mais ce sont de faibles cervelles. — **2** Ils ne sont pas plus des voyous que je ne suis un ecclésiastique. — **3** Lorsque ces imbéciles exécutent un cambriolage, il y a toujours un incident fâcheux et ils se font prendre en flagrant délit ! — **4** Ils ne seront pas de force si la bande de jeunes des parages de la Porte d'Ivry se rend dans leur quartier ! — **5** Nous nous rendrons chez eux pour mettre le désordre, — **6** et nous les corrigerons, ces pédérastes ! — **7** Nous les démolirons et nous posséderons leurs amies. — **8** Ces homosexuels passifs sont

PRONONCIATION

1 L'sam'di, lèviss' — **2** mwach'sui kurtoñ — **3** si hi **(ou** si) foñ huñ, ya **(une syllabe),** isfoñ — **4** ifroñpalpwa, sramèn' — **5** on nira chézœ **(liaison !)** smé lamerd' — **7** kalsra — **10** isfoñ hambalé — **12** kèskisfoñmètt.

EXERCICE

1 Ya les snobs et les zonards. — **2** A Saint-Ouen c'est pas des emmanchés comme à la Chapelle. — **3** Là-bas c'est tous des tantes. — **4** On s'est fait enchrister rapport à ces pédés-là (8). — **5** Nanar, j'y mettrai une grosse tête et on l'calcera en série.

tous déments ! Ils cambriolent au hasard (sans préparation) — **9** ils dérobent le porte-monnaie de n'importe quel individu (étranger au milieu) — **10** et ils se font arrêter par les policiers ! — **11** Avant d'être incarcérés à Fresnes — **12** ils reçoivent tant de coups qu'ils en sont défigurés !

NOTES

(1) Barjot est le verlan de **jobard,** qui en français est synonyme de crédule mais qui en argot a le sens de fou. Dans l'argot des bandes de jeunes un **barjot** est donc un fou, mais souvent avec une nuance laudative. « Il s'agit d'une folie simulée, dit Jean Monod, où le barjot se donne pour un niais afin de mieux niaiser son entourage et, éventuellement, de se soustraire aux conséquences de ses écarts de comportement et de langage... Le **barjotisme...** est la simulation la plus efficace, dans ses effets aussi bien sur autrui que sur soi-même. On ne dupe vraiment le monde que quand on est tombé soi-même dans le piège libérateur de sa propre simulation. » — **(2) Lewis,** marque de blue-jean, pantalon collant de toile adopté par de nombreux jeunes — pas uniquement d'ailleurs par des voyous. — **(3) Un charlot** est un individu sans envergure, de cervelle faible, **un pauv' type.** — **(4) Une faille** est un incident inattendu qui compromet une opération délictueuse insuffisamment préparée. — **(5) Semer la merde :** répandre le désordre, faire en sorte que les choses aillent le plus mal possible. On dit aussi **semer la barrabille.** — **(6) Se farcir quelque chose,** c'est l'absorber : **se farcir la dîne,** manger. « **Se farcir quelqu'un,** c'est se l'approprier aussi bien par le sexe que par le poing — ou de préférence le pied » — écrit Jean Monod. « Métaphores de la violence, il est remarquable qu'en outre certains verbes pronominaux désignant les relations sexuelles soient eux-mêmes des métaphores culinaires et alimentaires. » « On dit aussi **se manger quelqu'un** (le démolir), de même qu'on dit d'une fille, quand elle plaît, qu'elle vous **becte, becter** signifiant manger ». — **(7)** Noter l'agressivité exacerbée et l'allusion perpétuelle à l'homosexualité : dans les bandes de jeunes, selon les cas, on la rejette avec un mépris haineux, ou au contraire on la simule... ou on la pratique. Il s'agit là de phénomènes fort complexes, difficiles à appréhender de l'extérieur, que le livre de Jean Monod s'efforce d'éclaircir. — **(8)** Rappelons que **emmanché, tante, pédé,** etc. sont avant tout des termes de mépris qui ne désignent pas nécessairement des homosexuels.

EXERCICE

1 (Parmi les voyous) il y a ceux qui sont habillés correc-

100e Leçon
L'ARGOT DE L'X

(Nous n'avons pas la prétention d'enseigner en une leçon une langue aussi savante que l'argot de l'Ecole Polytechnique : pour le connaître il convient d'y être entré — ce qui n'est pas si facile — et par conséquent de s'y trouver encore, en qualité de conscrit *ou* d'ancien *(1), ou d'en être sorti, peut-être* dans la botte *(2), peut-être* dans la pantoufle *(3), mais autant que possible pas* « dans les 10 % » *(4). C'est donc seulement à titre de curiosité que nous donnerons ici, racontée dans le langage qui convient, une anecdote morale et authentique tirée des annales de cette illustre école *.)*

1 — A Carva (5) il faut des borius (6), c'est le réglo (7)
2 — à l'inté comme en tenue d'exo.
3 — Un cocon (8) se baladait à poil dans le sesqui (9),
4 — il se fait cravater par un basoff (10).
5 — Le basoff lui colle (11) deux crans,
6 — le cocon, il pose une réclamation au binet de ser (12),
7 — que le motif est pas dans le réglo.
8 — Le pitaine (13) de ser fait sauter les deux crans, d'accord,
9 — mais il lui en refile deux autres immé (14),
10 — motif : il avait pas ses borius.

PRONONCIATION

1 Boriuss', sèlréglo — **2** añt'nu — **3** s'baladè, seskui — **4** isfé — **6** binèd'sèr' — **9** r'fil, zôt'.

MATHEUX

11 — Alors, t'as rupiné (15) ?
12 — Tu parles ! J'ai merdé sur mon exo (16) tel le bizuth (17) ! Pourtant c'était immé !
13 — Bah ! tout le monde peut pas tirer la méganote (18) !
14 — Oui, mais moi je vais sûrement tirer la bulle (19) !
15 — C'est quand même con de gratter pendant toute une année et de chiader tel le dingue,

tement et ceux des zones périphériques. — **2** A Saint-Ouen (les jeunes) ne sont pas des homosexuels comme ceux du quartier de la Porte de la Chapelle. — **3** Là-bas ce sont tous des individus méprisables. — **4** Nous avons été arrêtés par la faute de ces ignobles personnages ! — **5** Je défigurerai Bernard à force de coups et nous le sodomiserons à tour de rôle.

2e vague : 69e leçon.

LA LANGUE SPECIALE DE L'ECOLE POLYTECHNIQUE

1 A l'Ecole Polytechnique le règlement impose le port des bretelles, — **2** tant à l'intérieur qu'en tenue de sortie. — **3** Un élève déambulait dans le plus simple appareil et le corridor de l'entresol ; — **4** il fut surpris par un adjudant. — **5** Ce dernier lui infligea deux jours d'arrêts simples ; — **6** l'élève déposa une réclamation au cabinet de service, — **7** arguant que le cas n'était pas prévu par le règlement. — **8** Le capitaine de service leva certes la punition, — **9** mais la remplaça aussitôt par deux autres jours d'arrêt, — **10** au motif que l'intéressé ne portait pas ses bretelles.

NOTES

(1) Le conscrit est l'élève de première année, **l'ancien** celui de deuxième année. — **(2) La botte :** les carrières des services publics de l'Etat, généralement demandées par les premiers classés à la sortie. Pour être **bottier,** il faut **chiader,** c'est-à-dire travailler d'arrache-pied. — **(3)** Les **pantouflards,** ceux qui **entrent dans la pantoufle,** sont les élèves qui démissionnent, quittant le service public pour prendre des emplois privés. — **(4) Sortir dans les 10 %,** c'est devenir fou : c'est à ce pourcentage que l'argot de l'Ecole, résolument optimiste, évalue la proportion d'aliénés que fournit chaque promotion. — **(5) Carva,** ou **la boîte à Carva,** c'est l'Ecole Polytechnique, du nom d'un ancien directeur des études, Carvalho ; on dit plus souvent **l'X.** Un polytechnicien, c'est **un X,** bien sûr, mais c'est aussi un **gnasse Carva ;** on dit peut-être encore aussi, mais surtout à l'extérieur de l'Ecole, **un pipo.** — **(6) Borius,** général commandant l'Ecole, imposa aux élèves le port constant de la bretelle. — **(7) C'est le réglo :** c'est le règlement ; mais **c'est réglo :** c'est régulier, c'est normal ; dans l'argot militaire, dire d'un chef qu'il est **réglo,** et plus souvent **réglo réglo,** c'est dire qu'il est

16 — pour faire des bites dans le cunu (20) quand on passe au blal (20) !
17 — Quand j'pense que c'est pour des clopinettes
18 — que j'me suis fait chier aux cours de c'con-là qu'étaient imbittables,
19 — au lieu de draguer (21) comme les copains
20 — ou de coincer tranquillement la bulle (22) dans ma piaule !
21 — Bon, allez, je m'tire, j'ai un tapir (23) à cinq heures !

PRONONCIATION

12 Egzo, bizu sétè him'mé — **13** toulmoñd' — **14** jvè sûrmañ — **15** kañmêm' koñd'graté — **16** débit' dañl'kunu — **18** dëskoñla kétè hiñbitabl' — **19** ôliœd'draghé — **20** oud'koiñssé.

à cheval sur le règlement (on dit aussi : **jugulaire jugulaire).** — **(8)** Les **cocons** sont les élèves (ceux qui ont été conscrits ensemble, **co-conscrits).** C'est la raison pour laquelle le dépensier chargé de la nourriture des cocons s'appelle le **magnan.** — **(9) Le sesqui** est le corridor de l'entresol, intermédiaire entre le rez-de-chaussée et le premier étage, comme le sesquioxyde de fer Fe2 03 est intermédiaire entre le protoxyde Fe0 et le bioxyde Fe 02. — **(10) Le basoff** (abréviation du vieux terme de **bas-officier)** est un adjudant chargé de la surveillance des élèves. — **(11) Coller** est ici simplement **mettre, appliquer.** Mais **une colle** est une interrogation, un **colleur** est un interrogateur, tandis que dans l'argot des lycées **une colle** est une retenue ou une consigne. — **(12) Le binet de ser :** le cabinet de service. L'argot des écoles, plus encore que les autres argots, utilise l'aphérèse ou l'apocope, c'est-à-dire l'abréviation par suppression de syllabes ou de lettres initiales ou finales : **amphi, exam, promo, méca rat', cal dif,** pour amphithéâtre, examen, promotion, mécanique rationnelle, calcul différentiel. — **(13) Pitaine** a non seulement le sens de capitaine, mais, par ironie, celui d'agent civil ou d'élève chargé d'une fonction quelconque. Par exemple **le pitaine Képler** est l'agent qui balaie les salles : comme le rayon vecteur des planètes d'après la loi de Képler, il balaie des aires égales en des temps égaux ; **le pitaine Printemps** apporte les feuilles nouvelles (des cours polygraphiés). — **(14)** Remplacer **immé** par **aussi sec** serait ici une faute de ton ; l'argot de l'X n'est pas l'argot du Milieu : pour un gnasse Carva une femme n'est pas une **lamefé** ni une **gonzesse,** mais en dépit des traditions de la galanterie militaire française, un **chameau ;** un zélateur du sexe, donc un fanatique de la femme, est un **fana chameau.**

ETUDIANTS EN MATHEMATIQUES

11 Alors, avez-vous bien réussi ? — **12** Ne m'en parlez-pas ! Je me suis perdu dans mon exercice comme un débutant ! La solution en était pourtant immédiate ! — **13** Bah ! Tout le monde ne peut pas obtenir une note très élevée ! — **14** Certes, mais moi je vais à coup sûr obtenir la note zéro ! — **15** Il est tout de même navrant de faire effort pendant toute une année et de travailler de façon insensée — **16** pour faire des fautes dans le calcul numérique quand on passe au tableau noir ! — **17** Quand je pense que c'est pour rien — **18** que je me suis ennuyé à mourir aux cours incompréhensibles de cet imbécile, — **19** au lieu de chercher des filles comme mes camarades — **20** ou de me reposer tranquillement dans ma chambre ! — **21** Au revoir, je m'en vais, j'ai un élève en leçon particulière à cinq heures.

NOTES

(15) Rupiner : bien réussir à une **colle** (interrogation orale), à un **exo** (exercice), à un **exam'** (examen). Très bien réussir se dit **rupiner en brute** ou **en vache.** — **(16) Exo :** exercice, ou extérieur (Cf. N° 2, même leçon). **Exoter :** chasser, exclure d'une école. — **(17) Bizuth :** élève de première année, ou élève nouvellement arrivé. Noter la prononciation : bizu. **Bizutage :** brimades infligées aux bizuths. — **(18) Méganote :** note élevée (on peut dire aussi **mégafoutre,** même sens). Le préfixe méga, qui en physique multiplie les unités par un million, est dans l'argot des étudiants un simple augmentatif. Ex. **Chiée,** grande quantité, **Mégachiée,** très grande quantité. — **(20) Cunu,** abréviation (qui s'imposait, évidemment) de (cal) cul nu(mérique). — **(21) Blal,** aphérèse de **tablal,** qui est lui-même un « singulier de fantaisie » de **tableau** (comme **boulal** pour **boulot,** repas, banquet). — **(21) Draguer :** se mettre en quête de filles, en principe en ratissant les rues, mais surtout en opérant de façon méthodique. — **(22) Coincer la bulle,** c'est se mettre au repos, en principe dans la position horizontale (indiquée par le niveau à bulle d'air). Une **bulle** est un zéro (note qui a la forme d'une bulle) ou du moins une très mauvaise note. — **(23) Un tapir** est un élève qui prend des leçons particulières, à cause de la lourdeur bien connue de l'animal. (Un individu dont l'esprit n'est pas vif est dit **lourd,** ou **lourdingue.)**

Indiquons encore un mot intéressant du vocabulaire des étudiants : **p-q** (pron. péku), abréviation de **papier-cul,** papier hygiénique, a également, par une assimilation bien naturelle, le sens de rapport, d'exposé écrit. Un individu qui, en parlant, utilise le style de ces textes écrits est dit **pécufiant** (attraction évidente de **pontifiant). Pécufier,** c'est donc parler — ou même agir — avec solennité ou avec emphase.

2ᵉ vague : 70ᵉ leçon.

Il est conseillé à l'étudiant de poursuivre la 2ᵉ vague, à raison d'une leçon par jour, jusqu'à ce qu'il arrive à cette 100ᵉ et dernière leçon... et même de continuer à réviser quelque temps encore.

BIBLIOGRAPHIE

Puisque vous êtes arrivé jusqu'ici, cher lecteur, c'est que vous avez su persévérer dans votre étude de l'argot, et nous vous en félicitons (particulièrement si vous êtes étranger) : vous avez dès maintenant des connaissances solides. Vous les perfectionnerez en vous immisçant graduellement dans des milieux populaires ou voyous, en descendant progressivement les échelons de la truanderie ou du vice. S'il advient que vos aventures vous conduisent en prison, vous ferez de spectaculaires progrès.

Mais vous pourrez également accroître votre culture en lisant de bons ouvrages qui compléteront votre vocabulaire et affineront votre sens de l'argot. Il ne saurait être question d'en dresser la liste : Il y en a des milliers ! Nous pensons toutefois rendre service en indiquant quelques argotiers de haute qualité et quelques-uns de leurs meilleurs ouvrages (du point de vue qui nous intéresse ici).

A. - DICTIONNAIRES

Tous les dictionnaires du XIXe siècle peuvent être considérés comme pratiquement inutilisables, bien qu'ils contiennent de nombreux mots encore usités : on ne sait jamais, en effet, dans quelle mesure on peut compter sur le renseignement qu'on y a trouvé. Nous ne donnerons donc ici que les dictionnaires dont *la première édition* a vu le jour au cours du XXe siècle. Encore les plus anciens doivent-ils être utilisés avec circonspection.

ROSSIGNOL : *Dictionnaire d'argot* (1901).

Aristide BRUANT : *L'argot au XXe siècle* (1901).
(Ce dictionnaire français-argot est en réalité l'œuvre de Léon de Bercy, le célèbre chansonnier et cabaretier n'ayant guère fait que le signer.)

Docteur Jean LACASSAGNE : *L'argot du Milieu* (1928). *(Réédité en 1935 avec la collaboration de Pierre Devaux.)*

Emile CHAUTARD : *La vie étrange de l'argot* (1931).

Jean GALTIER-BOISSIERE et Pierre DEVAUX : *Dictionnaire historique, étymologique et anecdotique d'argot* (publié dans le « Crapouillot » en mai et septembre 1939, édité en volume en 1947 et en 1950).

Géo SANDRY et Marcel CARRERE : *Dictionnaire de l'argot moderne* (1953).

Albert SIMONIN : *Le petit Simonin illustré* (1957). (Dessins de Paul Grimault.) Réédité en 1968 sous le titre : *Petit Simonin illustré par l'exemple.*

Auguste LE BRETON : *Langue verte et noirs desseins* (1960).

Gaston ESNAULT : *Dictionnaire des argots* (1965).
Jean MARCILLAC : *Dictionnaire français-argot* (1968).
(Nous attirons l'attention de nos lecteurs sur le fait que le *Dictionnaire d'argot* de Jean La Rue date de 1894, et non de 1948 comme les éditions récentes pourraient le faire croire.)

DICTIONNAIRES SPECIAUX

L. SAINEAN : *L'argot des tranchées* (1915).
A. DAUZAT : *L'argot de la guerre* (1919).
Henri BAUCHE : *Dictionnaire du langage populaire parisien (in* « Le langage populaire ») (1920).
Alphonse BOUDARD : *Petit dictionnaire Pieds-Nickelés-Cave (in* « La bande des Pieds-Nickelés (1908-1912) », publication en recueil de la célèbre bande dessinée de Forton, parue à l'époque dans « l'Epatant »).
Docteur Gérard ZWANG : *Glossaire (in* « Le sexe de la femme (1967).
Signalons encore, dans un domaine voisin, que le *Dictionnaire érotique* d'Alfred Delvau, bien que datant de 1864, est encore plein d'intérêt aujourd'hui (réédité en 1960.)
ALBERT-LEVY et G. PINET : *L'argot de l'X* (1894).
(Demeure lui aussi partiellement valable, malgré sa date.)

B - OUVRAGES SUR L'ARGOT

L. SAINEAN : *L'argot des tranchées* (1915).
Albert DAUZAT : *L'argot de la guerre* (1919).
Albert DAUZAT : *Les argots, caractères, évolution, influence* (1924).
Pierre GUIRAUD : *L'argot* (1958).
Jean RIVERAIN : *Chroniques de l'argot* (1963).
Robert GIRAUD : *Le royaume d'argot* (1965).
(Réédité en 1969 sous le titre *Le royaume secret du Milieu.)*
Denise FRANÇOIS : *Les argots* (1968).
(*In* « Le langage », volume XXV de l'Encyclopédie de la Pléiade, publié sous la direction d'André Martinet.)

C - POEMES ET CHANSONS

Jean RICHEPIN : *La chanson des gueux* (1876).
André GILL : *La muse à Bibi* (1879).
Marcel SCHWOB : *Ecrits de jeunesse.*
Aristide BRUANT : *Dans la rue* (1889 et 1895).

Ary STEEDE : *Les culs rouges* (argot militaire) (1895).
Emile CHAUTARD : *Goualantes de la Villette et d'ailleurs.*
Paul PAILLETTE : *Tablettes d'un lézard* (1890).
Jehan RICTUS : *Les soliloques du pauvre* (1897).
Jean GALTIER-BOISSIERE : *Anthologie de la poésie argotique* (1952).

D - ROMANS, THEATRE ET DIVERS

Il ne saurait être question de dresser ici une liste des ouvrages écrits en argot ou contenant de l'argot. Nous nous contenterons de donner, au hasard de notre bibliothèque, quelques auteurs et quelques ouvrages utiles à l'étudiant.

Louis-Ferdinand Céline mérite une place à part dans notre panthéon : dès le *« Voyage au bout de la nuit »* (1932), il inventait une nouvelle façon d'écrire qui faisait très largement appel au vocabulaire et à la syntaxe du français tel qu'on le parle dans le peuple et de l'argot. Ses créations verbales originales elles-mêmes, souvent géniales, s'inspirent de l'esprit de cette langue populaire.

Un certain nombre d'écrivains se sont fait en quelque sorte une spécialité de l'argot. Nous croyons devoir signaler d'abord ces grands orfèvres :
TRIGNOL : *Pantruche, Vaisselle de fouille.*
Pierre DEVAUX : *La langue verte, Le livre des darons sacrés, Jésus-la-Caille,* traduction en langue verte du roman de Francis Carco.
Albert SIMONIN : *Touchez pas au grisbi, Le cave se rebiffe, Grisbi or not grisbi, Lettre ouverte aux voyous, Le savoir-vivre chez les truands, Le hotu...*
Auguste LE BRETON : *Du rififi chez les hommes, Du rififi chez les femmes, Razzia sur la chnouf, Le rouge est mis, Les hauts murs, La loi des rues, Les Tricards, Du rififi à New York, Du rififi au Proche-Orient, Les jeunes voyous...*
Alphonse BOUDARD : *La métamorphose des cloportes, La cerise, Les matadors, L'école des voyous...*
Georges ARNAUD : *Schtilibem 41.*
Joël TARAVO : *Les derniers joyeux* (1968).

Citons encore deux grands phénomènes de librairie :
Albertine SARRAZIN : *L'astragale, La cavale, La traversière.*
Henri CHARRIERE : *Papillon.*

Nous indiquerons maintenant, en vrac, des ouvrages contenant de l'argot, à des degrés et dans des styles bien divers, souvent d'ailleurs excellents :

Michel AUDIARD : *Ne nous fâchons pas !*
René FALLET : *Banlieue Sud-Est.*
Julien BLANC : *Joyeux fais ton fourbi.*
José GIOVANNI : *Le trou, Histoire de fou.*
SILVAGNI : *La peau des mercenaires.*
René LEFEVRE : *Les musiciens du ciel.*
Jean GALTIER-BOISSIERE : *La bonne vie, La vie de garçon, Loin de la rifflette...*
Ange BASTIANI : *Le pain des jules.*
Georges DARIEN : *Biribi.*
Jean-Paul CLEBERT : *Paris insolite.*
Alexandre BREFFORT : *Mon taxi et moi, Contes du grand-père Zig.*
(Le père d'Irma-la-Douce, merveilleux argotier, qui fut chauffeur de taxi et camelot, a enregistré une extraordinaire « postiche » (boniment de camelot) en argot, malheureusement non publiée.)
Marcel AYME : *Le vin de Paris, En arrière...*
Jean DOUASSOT : *La gana.*
Jacques RISSER : *Le bon fade, Sérénade corse.*
Jacques PERRET : *Le caporal épinglé, Bande à part.*
NERON : *Max et les ferrailleurs.*
Yves GIBAUD : *Allons enfants.*
Boris VIAN : *Série blême.*
Robert GIRAUD : *La petite gamberge.*
Albert PARAZ : *Le gala des vaches.*
Blaise CENDRARS : *Bourlinguer.*
Raymond QUENEAU : *Zazie dans le métro.*
Jean MONOD : *Les barjots.*
Marc STEPHANE : *Ceux du trimard.*
(Roman d'un « camberlot », c'est-à-dire d'un journalier agricole, « doyen — en 1928 — des gars de batterie de l'Ile de France ». Argot très particulier, curieux mélange d'argot parisien et de patois de ch'Nord, mais très savoureux.)
Henri BARBUSSE : *Le feu.*
Roland DORGELES : *Les croix de bois.*
[Ces deux romans célèbres sont sévèrement critiqués, non seulement pour leur valeur de témoignage sur la guerre 1914-1918, mais même à propos de la vraisemblance du langage qu'ils font parler aux soldats, par Jean NORTON CRU dans ses ouvrages : *Témoins* (1929) et *Du témoignage* (1930).]
René BIARD : *Bagnards en culotte courte, Maffia en taule.*
Martin ROLLAND : *La pipe en sucre, l'herbe aux lapins.*

Ajoutons que des milliers de romans policiers originaux ou traduits en français font un large usage de l'argot. Ils permettront à l'étudiant de se perfectionner en se divertissant, et éventuellement de se préparer à la vie aventureuse à laquelle il se destine.

SAN ANTONIO par exemple, utilise dans tous ses romans des mots d'argot, et nombre de ses créations verbales drolatiques s'en inspirent.

TABLE DES MATIÈRES

Achevé d'imprimer
30 septembre 1970
sur les presses de la
Société d'Etudes
et de Réalisations Graphiques
40, rue Marceau, 94-Ivry
